COLLECTION

FOLIO CLASSIQUE

Léon Tolstoï

La Tempête de neige

et autres récits

Préface de Michel Aucouturier

Professeur émérite à l'Université Paris-Sorbonne

Traductions de Michel Aucouturier,
Gustave Aucouturier et Boris de Schlœzer

Gallimard

La traduction de *Polikouchka* est due à Gustave Aucouturier et celle du *Cheval* à Boris de Schlœzer. Les autres textes sont traduits par Michel Aucouturier.

Un gentilhomme campagnard entre le sabre et la plume
(Tolstoï avant *La Guerre et la Paix*)

De Sébastopol à Iasnaïa Poliana

Le 10 septembre 1855, Sébastopol tombe aux mains des troupes franco-britanniques alliées aux Turcs. La guerre de Crimée prend fin, les combattants reviennent dans leurs foyers. Parmi eux, le sous-lieutenant d'artillerie comte Léon Tolstoï. Promu lieutenant en mars 1856, mis en congé en mai, il ne sera libéré du service militaire qu'à la fin de l'année. Il porte encore l'uniforme sur la photographie, prise en février 1856, qui le montre, un peu en retrait, les bras croisés et le regard ailleurs, en compagnie de plusieurs écrivains connus, les romanciers Tourguéniev, Grigorovitch et Gontcharov, le dramaturge Ostrovski, le critique Droujinine. Si la jeunesse et l'uniforme le distinguent encore au sein de ce groupe, ce n'est plus le soldat, mais l'écrivain que la photographie fixe pour la postérité. Une période de sa vie s'achève, une autre commence, à laquelle son mariage, en septembre 1862, va venir à son tour mettre fin.

Soldat, il l'est devenu par pis-aller plutôt que par vocation : c'est pour échapper aux tentations

gentilhomme campagnard vivant
on domaine et souffrant, comme
n de ses personnages autobiogra-
excès de liberté » qu'il a décidé en
de vingt-deux ans, d'accompagner son frère aîné Nicolas dans sa garnison caucasienne et, après avoir participé en volontaire à plusieurs actions contre les rebelles tchétchènes, de s'engager comme sous-officier d'artillerie. La guerre de Crimée lui a fait demander sa mutation dans l'armée des Balkans, puis à Sébastopol assiégé. Mais c'est déjà dans le Caucase, à l'avant-poste cosaque de Starogladkovskaïa, sur les bords du Terek, au pied des chaînes enneigées du Daghestan, où il a séjourné de 1851 à 1854, que s'est révélée sa vocation d'écrivain, et qu'il a, par un coup d'essai aussitôt reconnu comme un coup de maître, accédé du jour au lendemain à la notoriété avec le récit d'inspiration autobiographique Enfance. La vigueur et l'originalité de son talent de romancier-psychologue, observateur vigilant et lucide des détours et des mensonges de la conscience de soi, qui ont frappé les lecteurs de ce premier chef-d'œuvre, se sont trouvées confirmées très rapidement par les récits qu'il tire de son expérience de soldat. Publiés en revue, les deux premiers, décrivant la guerre du Caucase, Le Coup de main et L'Opération de déboisement, sont suivis par les trois Récits de Sébastopol, écrits en pleine bataille, et lus comme des reportages envoyés du théâtre d'opérations. Réunis dès 1856 en un volume de Récits de guerre, ils ont établi dans le public sa réputation d'« écrivain militaire », et préparé la conversion du soldat en littérateur.

Vingt ans plus tard, dans une préface à l'une des premières traductions en français de son œuvre, Ivan Tourguéniev présentera son cadet comme l'« un des plus remarquables écrivains de la nouvelle école littéraire russe, de cette école qui procède de Pouchkine et de Gogol, et bien plus de notre grand humoriste que de notre grand poète » : un écrivain qui se rattache à « ce grand courant réaliste qui, à l'heure actuelle, domine partout dans la littérature et dans les arts », bien qu'il ait « une couleur et une note qui lui sont propres ». C'est cette « nouvelle école russe », rassemblée autour de la revue Le Contemporain *que dirige le poète Nekrassov, le premier à avoir deviné en Tolstoï le grand écrivain et à l'avoir publié, qui, à la fin de 1855, l'accueille comme l'un des siens. En quelques semaines, le jeune gentilhomme campagnard paré des lauriers du héros de Sébastopol est devenu la coqueluche des milieux littéraires de Saint-Pétersbourg. Ses confrères s'empressent de faire sa connaissance, les revues se disputent ses nouvelles œuvres : avant de conclure un contrat d'exclusivité (qui sera d'ailleurs rapidement rompu) avec* Le Contemporain *de Nekrassov, auquel il doit son premier succès, Tolstoï, flatté, accédera de bonne grâce aux sollicitations des* Annales de la patrie *de Katkov et de la* Bibliothèque de lecture *de Droujinine.*

*Le jeune officier, comme le suggère la photographie de groupe évoquée plus haut, fait pourtant parmi eux figure d'*outsider. *Admiré pour la vigueur et l'originalité de son talent, il séduit par sa vive intelligence, son caractère ouvert et son impétuosité juvénile, mais choque par sa franchise de sol-*

dat, son orgueil d'aristocrate, son non-conformisme systématique et provocant d'autodidacte mal dégrossi jouant les paysans du Danube. Au cours des dîners qui réunissent les littérateurs pétersbourgeois, les accrochages se multiplient, en particulier avec Tourguéniev, qui l'a reçu en frère aîné, mais avec lequel s'ouvrira bientôt l'abîme infranchissable d'une incompatibilité d'humeur absolue. Se conduisant, selon le journal de Droujinine, en « troglodyte, bachi-bouzouk et rédif[1] *», le jeune officier iconoclaste dont la méfiante lucidité lui fait toujours soupçonner chez ses interlocuteurs la « phrase », le discours convenu, se fait un malin plaisir de contester les idées reçues : il fait scandale en se moquant du culte d'Homère, de Shakespeare ou de Goethe, en attaquant l'autorité du critique Bielinski, fondateur de l'« école naturelle » et figure emblématique de l'opposition libérale, ou encore, comme le lui rappellera Nekrassov, en refusant à ceux qui ne possèdent pas de serfs le droit de discourir contre le servage.*

Car en ces années de « dégel », où la défaite de Crimée et la mort du despote Nicolas Ier ont mis les réformes à l'ordre du jour et où le relâchement de la censure et de la surveillance policière a permis le réveil de l'opinion, on parle beaucoup de politique. Une minorité de « slavophiles » souhaite que la Russie trouve sa voie dans un retour aux principes communautaires et patriarcaux qui survivent, croient-ils, dans sa société rurale. Mais dans leur majorité, les intellectuels prennent pour modèle la société « bourgeoise » de l'Occident, garantissant

1. *Rédif* : irrégulier turc.

la liberté de l'individu et l'égalité de tous devant la loi, et soumettant le pouvoir à la représentation nationale. C'est en particulier vers la France que se tournent maintenant sans entraves les regards de la Russie intellectuelle et littéraire avide de réformes, que Tolstoï a découverte à son retour de Crimée, dans laquelle l'a plongé sa nouvelle vocation et dont, malgré ses foucades et les efforts des slavophiles pour le convertir à leurs vues, il en vient à partager les aspirations.

Depuis que le voyage en Occident, facilité par le développement des chemins de fer, n'est plus soumis à l'autorisation de la police, les villes d'eaux allemandes, les boulevards parisiens, les lacs et les montagnes de Suisse deviennent les lieux de séjour favoris des Russes fortunés. Au début de 1857, Tolstoï passe trois mois à Paris, où il retrouve Tourguéniev, Botkine et d'autres confrères et connaissances de Russie. Il se rend au bal de l'Opéra, visite le Louvre, Versailles, le musée de Cluny, la Bibliothèque nationale, Fontainebleau, le tombeau de Napoléon, le cimetière du Père-Lachaise ; il fréquente les théâtres, assiste à une séance de tribunal, à une séance de l'Académie française, suit des cours au Collège de France. Les Français le séduisent par leur tempérament sociable et par le sentiment de « liberté sociale » qui imprègne leur vie quotidienne. Cependant, le spectacle d'une exécution capitale et de la foule venue y assister, auquel il s'est laissé entraîner par curiosité, met fin à l'enchantement. Il fuit Paris et la société contemporaine pour les paysages bucoliques de la Suisse. Il s'installe dans une pension de famille de Clarens, où vivent de nombreux Russes, notamment sa cou-

sine Alexandra, avec laquelle il se lie d'amitié et à laquelle il se confie volontiers. Il séjourne à Genève, entreprend de longues excursions vers Chamonix et le mont Blanc, le Saint-Bernard et Turin, puis vers la Suisse intérieure, et ne revient en Russie, après s'être arrêté à Berlin et à Dresde, qu'à la fin de l'été.

Mais sa nouvelle activité d'écrivain ne suffit plus à remplir son existence. Il refuse de la considérer comme un véritable métier: «Par bonheur, écrit-il à Botkine et à Tourguéniev le 1er novembre 1857, je n'ai pas écouté Tourguéniev lorsqu'il essayait de me démontrer qu'un écrivain ne doit être qu'un écrivain. Ce n'était pas dans ma nature.» Il n'oublie pas sa vocation première, celle de propriétaire foncier, pour laquelle il a abandonné quinze ans plus tôt ses études universitaires. Au retour de son long périple en Occident, il ne s'attarde pas à Saint-Pétersbourg, au milieu de ses nouvelles connaissances: il a hâte de retrouver son berceau de Iasnaïa Poliana, la grande propriété où il est né, et à laquelle l'attachent ses souvenirs d'enfance — et la vieille tante Tatiana qui lui a tenu lieu de mère et qui est longtemps restée sa confidente.

*Cependant, les conditions d'exercice du métier de gentilhomme rural (*pomiechtchik*) ne sont plus ce qu'elles étaient dix ans plus tôt. Depuis la mort de Nicolas Ier et la défaite de Crimée, tout le monde sait en Russie que le servage est condamné. Le nouveau tsar Alexandre II le laisse entendre, met en place des comités préparant l'émancipation des serfs. La grande question est celle de la propriété des terres, dont cette émancipation menace de* *déposséder toute la classe des propriétaires nobles, pilier de la monarchie russe. Élevé à la campagne, tirant sa subsistance du travail des serfs, Tolstoï a été habitué depuis sa naissance à voir dans le servage sinon un état naturel, du moins une fatalité sociale, imposant seulement à la classe privilégiée dont il fait partie des devoirs particuliers, à la fois matériels et moraux, vis-à-vis des paysans dont elle n'a pas seulement la propriété juridique, mais aussi la responsabilité morale. Ce n'est qu'à Sébastopol, face au péril commun et aux doutes que les revers militaires font naître sur l'état de la société russe, que cette fatalité sociale est remise en question : dans son journal du 2 août 1855, évoquant une discussion avec son camarade de combat Stolypine, sur « l'esclavage en Russie », il assignait au roman autobiographique inspiré par son expérience de propriétaire foncier, mis en chantier trois ans plus tôt, une tâche nouvelle : montrer « l'impossibilité d'une vie correcte pour un propriétaire foncier de notre temps ayant de l'instruction, avec le servage ».*

Aussi, dès son premier retour à Iasnaïa Poliana, à la fin de l'été 1856, a-t-il convoqué l'assemblée du village pour proposer à ses serfs un contrat qui les libérerait moyennant une redevance sur les terres dont ils conserveraient l'usage. Les paysans, méfiants, et dans l'attente d'une loi plus avantageuse, refusent de le signer. Décidé malgré cela à les libérer, Tolstoï commence par substituer à la corvée obligatoire une redevance, tout en libérant juridiquement ses serfs domestiques, qui deviennent des employés salariés. En octobre 1857, trois mois après son retour de France et de Suisse, il peut écrire à son ami Botkine : « À la campagne, je me suis démené près de trois mois, et maintenant les choses sont arrangées, si bien que si l'émancipation est proclamée demain, je n'aurai même pas à me déplacer et rien ne changera. Les paysans me paient pour leur terre, et je fais cultiver la mienne par des journaliers libres. » Il se passera encore trois ans avant que l'émancipation ne soit inscrite dans la loi par le manifeste du 19 février (3 mars) 1861. Tolstoï l'a anticipée. C'est sans doute la raison pour laquelle un gouverneur libéral le nomme « arbitre rural », fonction créée pour connaître des litiges entre seigneurs et paysans créés par l'application du manifeste. Dénoncé par la noblesse de son district comme coupable de parti pris en faveur des paysans, il devra bientôt se démettre de cette fonction.

Le sentiment ancien d'une dette des privilégiés envers le peuple, que le contact des paysans de son domaine, puis celui des paysans déracinés que sont les soldats russes a renforcé, ne le quitte cependant pas avec l'abolition du servage. La grande plaie de la Russie, vue d'Europe, est l'ignorance des classes populaires. C'est au cours de son séjour en Allemagne, dès juillet 1857, qu'est venue à Tolstoï l'idée de remplir sa dette en s'y attaquant. Mais ce n'est qu'en 1859 qu'il passera à la réalisation de ce projet, en ouvrant dans sa maison, à Iasnaïa Poliana, une école où tous les habitants du voisinage sont invités à envoyer leurs enfants. Il y inaugure une méthode pédagogique révolutionnaire, fondée sur le rejet de toute contrainte et l'appel à la curiosité et au désir d'apprendre des élèves pour la définition du contenu de l'enseignement et de ses horaires. Le succès est immédiat, et Tolstoï songe bientôt à développer son expérience en recrutant des enseignants qu'il forme lui-même à sa méthode. Son deuxième voyage à l'étranger (juillet 1860-avril 1861), motivé à l'origine par la santé de son frère Nicolas, envoyé par ses médecins à Hyères pour y soigner sa tuberculose, se prolongera, après la mort de celui-ci, par un voyage d'enquête et d'études sur les pratiques pédagogiques en France, en Allemagne, en Belgique, en Angleterre. À son retour, il tente en vain de créer une association pour le développement de l'enseignement élémentaire, et fonde une revue, Iasnaïa Poliana, *pour faire connaître son expérience et propager ses idées.*

Cette activité pédagogique pour laquelle il se passionne l'absorbe pendant plus d'un an. Elle ne suffit cependant pas, pas plus que ses soucis et ses tâches nouvelles d'exploitant agricole, pour le fixer durablement dans la propriété qui a été le berceau de son enfance. Il lui faut encore réaliser son vieux rêve, y reconstituer l'univers familial dont il a gardé la nostalgie. La fondation d'un foyer est depuis longtemps son obsession. L'idée du mariage plane sur ses relations avec les jeunes filles qu'il rencontre en société : avec l'une d'elles, une voisine de campagne, Valérie Arsenieva, il l'évoque sans s'engager vraiment, confiant ses doutes et ses hésitations à son journal intime : ils lui inspireront bientôt un court roman, Le Bonheur conjugal, *où il croit faire le deuil de ses illusions romanesques sur l'amour comme base du mariage. Mais cinq ans plus tard, sa philosophie désabusée ne résistera pas à un coup de foudre pour la fille, encore toute jeune, d'une amie d'enfance. Son mariage avec Sophie Behrs ouvrira en 1862 une nouvelle époque dans sa vie et dans son œuvre : ce sera celle des grands chefs-d'œuvre de la maturité,* La Guerre et la Paix *et* Anna Karénine.

De la « dialectique de l'âme » à l'« arrachage des masques »

Mais revenons en 1855. Les Récits de guerre, *qui ont fait la célébrité de Tolstoï, ne représentent à ses yeux qu'une œuvre de circonstance. Il a aussi des projets plus ambitieux, et de longue haleine.* Enfance, *bientôt suivi d'*Adolescence, *se rattachait au premier d'entre eux, conçu dès 1850 sous le titre de « Quatre époques du développement », et qui se proposait de décrire, à partir de souvenirs personnels, les étapes de la formation d'une personnalité. Au moment où il revient à la vie civile, le troisième et dernier volet,* Première jeunesse *— le quatrième ne verra jamais le jour —, est encore en chantier : il ne paraîtra qu'en janvier 1857. Mais deux nouveaux projets sont venus prendre la relève : l'un, conçu dès 1852 comme une suite du premier, mais selon une perspective nouvelle, « dogmatique », ainsi qu'il l'écrit dans son journal, c'est-à-dire celle d'un roman à thèse, est* Le Roman d'un gentilhomme rural russe *où, s'inspirant de son expérience de propriétaire foncier réformateur, il voudra en 1855 « dénoncer les misères du servage et indiquer les moyens de les corriger ». L'évolution rapide des rapports entre seigneurs et paysans, et de son propre statut de propriétaire terrien pendant la période de préparation de l'abolition du servage,* *rendra le projet caduc. Renonçant à le mener à terme, il n'en publie partiellement que la première partie, sous le titre de* La Matinée d'un gentilhomme rural, *qui paraît en 1856. Un autre projet, né lui aussi dès 1852 sous la forme de croquis de paysages et de mœurs du Caucase, prend alors en charge le matériau autobiographique : il en sortira, dix ans plus tard, après maint tâtonnement, ce premier court roman « tolstoïen » que seront* Les Cosaques.

Mais en même temps qu'il travaille par intermittence à ces projets de longue haleine, Tolstoï, encouragé par ses premiers succès et sollicité par les revues, ne résiste pas à la tentation d'une exploitation littéraire immédiate d'expériences qui l'ont marqué : ainsi, le souvenir d'une nuit de vagabondage à travers la steppe balayée par la tempête de neige, lors d'un retour en Russie pendant l'hiver 1854-1855 (attesté par son journal intime), lui inspire La Tempête de neige, *qu'il achève en dix jours en février 1856 et publie aussitôt dans* Le Contemporain. *L'esclandre qu'il a provoqué à Lucerne en juillet 1857, en invitant à la table d'un hôtel de luxe un petit chanteur ambulant que les riches clients anglais ont humilié par leur indifférence, enregistrée le même jour dans son journal, forme le sujet de la nouvelle* Lucerne, *écrite aussitôt en trois jours et publiée dans le numéro de septembre du* Contemporain. *La très forte impression que lui a faite un ancien violoniste de l'Opéra de Saint-Pétersbourg ayant sombré dans l'alcool lui inspire en janvier 1857 le récit* Albert *(intitulé d'abord* L'Homme perdu, *puis* Le Déchu*), dont la rédaction sera ralentie par les distractions de son* *voyage à l'étranger, si bien qu'il ne paraîtra dans* Le Contemporain *qu'en août 1858. C'est sans doute un épisode quasi anecdotique dont Tourguéniev nous a gardé le souvenir, qui lui fait inscrire dans son journal, en 1856, l'idée d'écrire l'histoire d'un cheval : elle ne sera réalisée que quelques années plus tard, et le récit restera près de vingt ans dans ses tiroirs avant d'être publié en 1885 par les soins de son épouse sous le titre de* Kholstomer[1]. *Enfin, c'est un événement dont il n'a pas été le témoin direct, mais qui lui a été raconté par des amis, qui lui suggère en 1863 le sujet de la nouvelle* Polikouchka.

À ces récits, dont le point de départ est un événement vécu ou rapporté, s'ajoutent deux œuvres nées d'une idée, révélatrice des préoccupations intellectuelles de l'écrivain : ce sont les récits Deux Hussards *et* Trois Morts[2], *construits l'un et l'autre sur un parallèle. Écrit en un mois, entre le 12 mars et le 15 avril 1857, et paru dans le numéro de mai 1857 du* Contemporain, Deux Hussards *prend sa source dans une réflexion teintée de nostalgie sur l'évolution des mœurs : le récit oppose deux générations, celle des « pères », c'est-à-dire des parents, que Tolstoï, orphelin de bonne heure, n'a guère connus et dont, peut-être pour cette raison, il a tendance à idéaliser l'époque, et la sienne, qu'il voit au contraire d'un œil critique.* Trois Morts, *écrit au cours de l'année 1858 et publié dans la*

1. La traduction française de Boris de Schlœzer, reprise ici, a paru sous le titre *Le Cheval*.

2. *Trois Morts* est publié en Folio classique dans le recueil *La Mort d'Ivan Ilitch, Trois Morts, Maître et serviteur*, édition de Françoise Flamant.

revue La Bibliothèque de lecture en janvier 1859, confronte, lui, trois façons de vivre la mort, avec ici aussi un jugement de valeur implicite que le lecteur est appelé à déduire de cette confrontation.

Le choix de tous ces sujets peut paraître fortuit. Mais il n'a rien d'arbitraire. Avec les deux petits romans que sont Le Bonheur conjugal et Les Cosaques, l'ensemble représente dans l'évolution de Tolstoï, avant le moment d'équilibre qui fera naître La Guerre et la Paix, une phase de recherches et de tâtonnements : leur analyse révèle le lien étroit qui unit le travail de son imagination et de son écriture au besoin toujours insatisfait de trouver un sens à sa propre vie.

De ces récits, du point de vue de l'expression littéraire, La Tempête de neige est sans doute le plus audacieux et le plus original. Son titre et son sujet évoquent pour le lecteur russe l'un des cinq Récits de Belkine, par lesquels Pouchkine, en 1830, signait l'acte de naissance de la grande prose russe. Ses maîtres mots, selon le poète, devaient être « précision et brièveté ». Vingt-cinq ans plus tard, les goûts ont changé. « J'ai lu La Fille du capitaine, écrit Tolstoï dans son journal le 1er novembre 1853, et, hélas ! je dois reconnaître que la prose de Pouchkine a vieilli — non par le style, mais par la manière d'exposer. Aujourd'hui, à juste titre, dans la nouvelle tendance, l'intérêt des détails du sentiment a remplacé l'intérêt des événements eux-mêmes. Les nouvelles de Pouchkine ont quelque chose d'un peu nu. » La « nouvelle tendance », c'est celle « qui procède », selon la formule de Tourguéniev citée plus haut, « bien plus de notre grand humoriste [Gogol] que de notre grand poète [Pou-

chkine]», c'est-à-dire l'école réaliste (que Bielinski avait baptisée «naturelle»), formée depuis les années 1840 autour du Contemporain. *Mais c'est bien sa propre voie que trace ici Tolstoï en insistant sur «l'intérêt des détails du sentiment». Dès 1856, le critique Tchernychevski définira à partir d'*Enfance *et des* Récits de guerre *ce qui fait son originalité parmi les romanciers-psychologues réalistes: son intérêt pour «le processus psychologique lui-même, ses formes, ses lois, la* dialectique de l'âme, *pour employer un terme précis». L'intérêt pour les états psychologiques à demi conscients et pour les mécanismes du rêve relève de ce que recouvre ce terme, qui s'est imposé depuis dans la critique russe.*

Tolstoï a-t-il consciemment repris le titre de la nouvelle de Pouchkine pour prendre le contre-pied de son esthétique? Le contraste, en tout cas, est frappant: La Tempête de neige *de Pouchkine est bel et bien une nouvelle, au sens classique du terme, selon la définition de Goethe: «le récit d'un événement extraordinaire». Elle raconte le mariage «par erreur», béni par le pope d'une petite église de campagne, d'une jeune femme, enlevée contre le gré de ses parents, et dont le ravisseur s'est égaré, avec un inconnu que la tempête de neige lui a substitué, qui se laisse faire et disparaît aussitôt la cérémonie terminée. Un deuxième hasard dénoue le quiproquo lorsque, plusieurs années plus tard, vivant en veuve d'un mari qu'elle n'a jamais connu, l'héroïne tombe amoureuse d'un homme qui se trouve être l'inconnu auquel elle est déjà mariée sans le savoir. La tempête de neige, on le voit, n'est que la motivation réaliste de l'événement tout à fait extraordinaire que raconte le récit. Or chez*

Tolstoï, c'est elle-même, dans ce qu'elle a de plus «ordinaire» (pour le pays et la saison), qui forme le sujet. Les péripéties d'une traversée nocturne de la steppe hivernale balayée par le vent et la neige, et d'où tous les repères ont disparu, sont loin de ce que les formalistes appelaient un «sujet», c'est-à-dire une intrigue. Ce sont pourtant elles qui nous tiennent en haleine tout au long du récit minutieux qui nous fait partager au fil des minutes et des heures les sensations du narrateur, ses impressions et ses rêveries : les images de la plaine disparaissant sous son tapis de neige, de l'horizon bouché par la chute des flocons, du ciel noir où apparaît parfois la lune, la vue des chevaux lancés à l'aventure dans le grand désert blanc par un cocher qui a perdu sa route, les silhouettes et les voix des autres cochers du convoi — toutes ces images qui se succèdent sous son regard alternent avec celles qui envahissent sa conscience assoupie, se superposant d'abord au réel, puis se mêlant et se substituant à lui. Tolstoï mène ici à son terme le projet qui avait inspiré cinq ans plus tôt, avant même Enfance, *son premier essai littéraire, de caractère quasi expérimental, une* Histoire de la journée d'hier, *inachevée, dont le brouillon s'est conservé dans ses papiers : celui de suivre tout au long d'une journée comme les autres, et jusqu'à son assoupissement progressif, le cheminement de la conscience, ses caprices et ses intermittences.*

L'efficacité de ce type de narration sans sujet repose sur un art que, beaucoup plus tard, le poète Boris Pasternak définira ainsi : «Toute sa vie et à tout moment, [Tolstoï] posséda la faculté de voir les choses dans leur qualité unique et définitive d'un instant particulier, dans leur fond et dans leur relief, comme nous les voyons bien rarement : dans l'enfance ou sur la crête d'un bonheur qui renouvelle tout de fond en comble, ou dans le triomphe d'une grande victoire spirituelle.» Cet art, celui de trouver les mots qui puissent faire partager au lecteur cette fraîcheur de sensation qui donne le sentiment du réel, c'est celui que Tolstoï cultive depuis ses premiers récits. Les éloges que la critique contemporaine décerne à La Tempête de neige *témoignent de sa réussite. «Le talentueux auteur, écrit Droujinine, crée tout un tableau fantastique à partir d'un objet dont l'homme prosaïque ne serait pas capable de dire dix mots de suite [...] on y trouve de la vie, on y trouve du style, on y trouve cette rare alliance d'une puissante faculté d'analyse et d'une délicate poésie, qui, à elle seule, sans aucun additif extérieur, met incontestablement le comte Tolstoï au rang des écrivains russes de première classe.»*

La finalité de cet art de la description reste pourtant, conformément au principe de base de l'esthétique réaliste, la création de personnages. Ceux de La Tempête de neige *illustrent l'originalité et la maîtrise de Tolstoï dans ce domaine : les quatre compagnons de l'errance nocturne du narrateur, «le moujik craignant Dieu» devenu cocher d'occasion auquel il s'est confié d'abord, «l'injurieur», petit vieillard sec dont la maladresse suscite les quolibets de ses compagnons, «le donneur de leçons» qui rappelle au narrateur un personnage familier de ses souvenirs d'enfant, et enfin l'énergique chef de convoi que rien ne peut décourager, personnages qu'il ne fait qu'entendre et deviner au son de leur voix dans la tempête, possèdent néanmoins un relief et une individualité étonnants.*

Cet art du portrait prend une importance décisive dans tous les autres récits de la même période, où ce n'est pas l'événement, mais le personnage, qui est au centre de l'œuvre. C'est le cas, bien sûr, de La Matinée d'un gentilhomme rural, *où il ne reste du roman projeté qu'une suite de quatre portraits fortement individualisés de paysans russes à la veille de l'abolition du servage, présentés dans leur habitat et leur environnement familial à l'occasion de la visite que leur rend le jeune maître dont ils ont sollicité l'aide. C'est le cas de* Lucerne *et d'*Albert, *récits sans intrigue, pouvant se ramener l'un et l'autre au portrait d'un personnage original de musicien marginal. C'est le cas de* Deux Hussards *et de* Trois Morts, *qui, comme leur titre l'indique, confrontent deux personnages (le troisième, dans* Trois Morts, *étant un arbre) placés dans une situation analogue. C'est le cas du* Cheval, *où le personnage sur lequel l'écrivain exerce ses dons de psychologue est un vieux hongre pie achevant sa carrière de trotteur dans un pâturage où de jeunes juments viennent le taquiner. C'est enfin le cas de* Polikouchka, *le seul de ces récits qui soit une véritable nouvelle: l'intrigue qui en forme le sujet — le suicide d'un paysan ne supportant pas d'avoir trahi sans le vouloir la confiance qu'a mise en lui sa bienfaitrice, la dame noble dont il est le serf — tire sa force dramatique de la confrontation de trois personnages, le serf domestique Polikeï, la «barynia» éprise de ses bonnes œuvres et le paysan riche, qui, se retrouvant par hasard à la tête d'une somme d'argent inespérée,* doit pourtant vaincre son avarice pour racheter son neveu appelé au service militaire.

« Il me semble, écrivait Tolstoï dans son journal à l'époque où il faisait ses premiers pas en littérature, que décrire un homme est proprement impossible ; mais il est possible de décrire l'effet qu'il m'a produit. » Fidèle à la démarche qu'il a adoptée depuis ses débuts, il décrit minutieusement les expressions et les gestes de ses personnages tels que peut les percevoir le regard d'un narrateur ou, lorsque celui-ci n'est pas explicite, de l'auteur lui-même, dissimulé dans un texte qui a toutes les apparences de la plus stricte objectivité. Ce « regard d'autrui », à la fois « empathique » et sans indulgence, qui saisit la cohérence interne du personnage tout en démasquant ses ruses et ses faux-semblants, associe indissolublement le critère éthique de l'authenticité à la perception plastique de l'être humain (et, à la limite, de l'être vivant) dans ses faits et gestes quotidiens.

Seigneurs et paysans

Mais l'art du portrait n'est pas non plus la finalité dernière de ces récits. Même La Matinée d'un gentilhomme rural, qui paraît s'y ramener, véhicule un message. La condamnation du servage, nous l'avons vu, est le sens que, dès 1855, Tolstoï donne au projet de Roman d'un gentilhomme rural russe dont le récit est issu. Cette condamnation s'exprime presque ouvertement dans plusieurs œuvres qui, au cours des années précédentes, ont contribué à poser le problème devant l'opinion : la *nouvelle de Grigorovitch* Antoine le malchanceux *(1847), où un paysan était la victime de la vindicte de l'intendant tout-puissant auquel le propriétaire noble abandonnait son pouvoir, et surtout les* Récits d'un chasseur *de Tourguéniev (publiés entre 1847 et 1852), où des figures de paysans serfs, saisis pour la première fois dans tout leur relief, leur complexité et leur variété d'êtres humains, dénonçaient implicitement le scandale de l'esclavage auquel ils étaient soumis.*

Le message de La Matinée d'un gentilhomme rural *est plus ambigu. Le héros, Nekhlioudov, autoportrait de Tolstoï à vingt ans, est un jeune homme idéaliste, qui voit dans son état de gentilhomme propriétaire de serfs une mission sociale, et se juge responsable de leur bien-être. Mais les quatre paysans qu'il visite lui proposent chacun un problème inédit, et à sa façon insoluble : l'un, bien que consciencieux et travailleur, ne parvient pas à s'arracher à sa misère, mais est pris de panique à l'idée de quitter son isba délabrée pour une construction plus moderne et sur une terre plus fertile, loin de son environnement coutumier ; un autre est un mauvais garçon qui exploite sa vieille mère au profit d'une épouse dépensière ; le troisième, pathologiquement inapte au travail, a mené à la tombe sa première épouse, ce qui n'empêche pas sa mère de demander au seigneur d'user de son droit de propriété pour lui en désigner une nouvelle ; le quatrième enfin est un paysan riche, dont les enfants pratiquent le métier lucratif de rouliers, et qui cache son argent pour rejeter l'offre de son maître qui voudrait l'intéresser à l'exploitation de son domaine. Au terme de ces visites, Nekhlioudov sombre dans un découragement qui le fait douter de sa vocation : les remèdes qu'il a imaginés pour aider ses paysans se heurtent à leur routine et à l'idée qu'ils se font de leurs intérêts. De ces visites, inspirées pourtant par les aspirations les plus généreuses, il revient avec un sentiment de malaise, et même de honte, qu'il ne parvient pas à s'expliquer.*

Ce qu'il éprouve, en fait, c'est la mauvaise conscience du riche face au pauvre, de l'homme instruit face à l'ignorant, du maître tout-puissant face à l'esclave privé de droits. Le fossé d'incompréhension qui sépare le monde des propriétaires de celui des paysans trouve une illustration tragique dans l'histoire du serf Polikouchka, victime paradoxale non de la cruauté ou de l'injustice de sa maîtresse, mais au contraire de sa bienveillance. L'image du village russe est encore plus sombre ici que dans La Matinée d'un gentilhomme rural. *À la misère s'ajoutent la superstition, la jalousie, l'avarice. Aucun des paysans n'est épargné : ni le héros Polikeï, partagé entre la honte que lui cause sa mauvaise réputation de kleptomane et la vanité qu'il tire d'une gloire usurpée de guérisseur de chevaux, et qui suscite chez le lecteur plus de pitié condescendante ou amusée que de véritable sympathie. Ni le riche paysan Doutlov, qui ne se décide que par crainte superstitieuse à utiliser la somme d'argent qui lui est tombée du ciel pour racheter son neveu de la conscription, dans une démonstration d'abnégation chrétienne trop théâtrale pour être tout à fait sincère. Ni les serfs domestiques, que la présence du cadavre de Polikeï remplit de terreur superstitieuse, ni les villageois se déchirant au cours de la réunion du mir pour se renvoyer l'un à l'autre le fardeau de la conscription. Les paysans, ici, n'échappent pas plus à la lucidité corrosive de Tolstoï que la dame noble, sotte et incapable de réflexion, qui a pris Polikeï sous sa protection par caprice plus que par véritable esprit de charité.*

« La principale impression morale de ce récit [...], écrit Tourguéniev à propos de La Matinée d'un gentilhomme rural, *consiste en ce que, tant que durera le servage, il n'existe pas de possibilité de rapprochement et de compréhension entre les deux parties, malgré le désir de rapprochement le plus désintéressé et le plus honnête. » Mais avec une intuition qu'aiguise une pointe d'irritation devant l'esprit de contradiction de son cadet, le libéral occidentaliste qu'est Tourguéniev y subodore aussi une leçon qu'il apprécie moins : « Mais à côté de cette impression, il en court une autre, marginale, accessoire, à savoir qu'en général éduquer le paysan, améliorer sa vie quotidienne, ne peut mener à rien — et cette impression est désagréable. » Ce jugement annonce celui que les théories pédagogiques de Tolstoï inspireront un peu plus tard au démocrate « radical » Tchernychevski, qui avait pourtant si bien accueilli* Enfance *et les* Récits de guerre *: il accusera le maître d'école réformateur de Iasnaïa Poliana d'affirmer que « nous autres, gens instruits, ne savons pas ce que nous devons enseigner au peuple et comment l'enseigner, et ne pouvons pas le savoir ». Tourguéniev comprend d'instinct que les valeurs au nom desquelles Tolstoï prend le parti des paysans contre les seigneurs n'ont rien à voir avec l'idéal rationaliste des Lumières qui inspire l'intelligentsia. Si les*

paysans ont raison contre leur maître, ce n'est pas parce qu'ils sont meilleurs, ou parce qu'ils ont pour eux la justice: c'est parce qu'ils n'ont pas le choix. À la différence du maître, ils n'obéissent pas à des impératifs moraux, mais à des besoins vitaux. Ils n'agissent pas pour réaliser un idéal de justice ou répondre à une aspiration au bien, mais parce qu'ils ne peuvent pas faire autrement: ils sont soumis à des exigences premières, impératives, qui n'ont pas à être justifiées par la morale ou par la raison parce qu'elles sont un fait imprescriptible, indissociable de leur existence même.

Tolstoï, comme Tourguéniev, prend le parti du paysan écrasé par le servage, mais au nom d'un principe qui n'est pas celui de la justice ou de l'humanité, mais celui de l'authenticité. Tel est le critère éthique fondamental auquel il soumet tous ses personnages. C'est ce critère qui, dans Trois Morts, *fonde la hiérarchie que révèle l'épreuve suprême de vérité qu'est la mort, entre la dame noble, le moujik et l'arbre. La première, qui ressemble beaucoup à la maîtresse de Polikouchka, «croit, par l'imagination et par la raison, aux promesses de la vie future, mais tout son être se cabre, et elle n'a pas d'autre moyen de se rassurer (en dehors des consolations d'un pseudo-christianisme) — la place est prise. Elle est odieuse et pitoyable». Son incapacité à affronter la mort révèle la fragilité des convictions qui lui ont été inculquées par une éducation artificielle, imprégnée de conventions sociales. Au grand scandale de la croyante qu'est sa cousine Alexandra, Tolstoï met le christianisme de la dame au rang de ces préjugés, et lui oppose la religion spontanée, naturelle, faite d'un* accord profond avec la nature et avec la vie, qui permet au paysan d'attendre la mort avec sérénité : « Le moujik a une mort sereine justement parce qu'il n'est pas chrétien. Sa religion est autre, même s'il a par habitude observé les rites chrétiens. Sa religion, c'est la nature avec laquelle il a toujours vécu. Il a abattu des arbres, il a semé et fauché son seigle, il a tué des moutons, il a vu naître des agneaux, il a vu naître des enfants et mourir des vieillards ; il connaît cette loi qu'il n'a jamais voulu se cacher comme le fait la châtelaine, et il la regarde en face simplement, sans détourner le regard. Une brute dites-vous, mais en quoi est-ce mal, une brute ? Cette brute incarne le bonheur et la beauté, l'harmonie avec l'univers, alors que la grande dame n'est que discordance. L'arbre a une mort paisible, une bonne mort, une belle mort. Belle parce qu'il ne ment pas, qu'il ne joue pas la comédie, qu'il n'a pas peur, qu'il n'a pas de regrets. »

C'est l'arbre qui occupe le sommet d'une hiérarchie naturelle fondée sur l'authenticité. Ayant fait de la mort d'un chêne l'étalon de la beauté et de la vérité, il était tout naturel que Tolstoï prît un cheval pour héros de l'un de ses récits, Le Cheval, conçu dès 1856, avant même Trois Morts, mais réalisé seulement vingt ans plus tard. Tourguéniev, témoin de l'épisode qui est sans doute à l'origine de ce récit, où Tolstoï, caressant un cheval aperçu dans un pré, lui prêtait une voix et un discours, disait à l'écrivain qu'il avait sans doute, dans quelque vie antérieure, été lui-même un cheval. Une fois admise la convention du langage humain, on ne peut qu'admirer, comme lui, l'intuition avec *laquelle Tolstoï interprète le comportement d'un animal, et son rapport aux êtres vivants, animaux et humains, qui l'entourent : on peut y voir une tentative de revenir, par la sympathie que nous inspirent « nos frères inférieurs », à une authenticité immédiate, libre de toute réflexivité. Mais cet exercice de « psychologie animale » a encore une autre finalité : en s'identifiant à un cheval, Tolstoï peut jeter « du dehors » sur l'existence humaine un regard distancié, affranchi des habitudes qui nous rendent aveugles aux conventions régissant nos institutions et les pratiques ancrées dans nos usages. Il y a là une application particulièrement éclatante du principe de « défamiliarisation » (*ostraniénié*), c'est-à-dire de « désautomatisation du signe », dont les critiques formalistes, après Victor Chklovski, faisaient à la fois le procédé de base de l'art de Tolstoï et la source de sa philosophie. Comme le regard du Persan sur le Paris de la Régence, celui du cheval sur la société des hommes prive leurs institutions, et en particulier la plus fondamentale de toutes, celle de la propriété, de la légitimité que lui confèrent nos habitudes. Dans* Le Cheval, *ce qui apparaît comme une simple tentative de « se mettre dans la peau » d'un cheval, sert en réalité à une remise en cause du principe même de la propriété, annonçant la critique radicale de la société que développera plus tard l'œuvre de Tolstoï.*

La nature contre la civilisation

Cette critique de la civilisation contemporaine au nom du principe de l'authenticité s'amorce cependant déjà dans deux récits des années 1856-1857, Deux Hussards *et* Lucerne.

Le récit Deux Hussards *est mentionné pour la première fois dans le journal de Tolstoï sous le titre de « Un père et un fils », évoquant pour nous le célèbre roman de Tourguéniev* Pères et fils, *qui paraîtra six ans plus tard. Mais la ressemblance s'arrête là : dans son roman, Tourguéniev opposera deux générations de l'intelligentsia russe, la sienne, celle des « idéalistes » qui ont eu vingt ans en 1840, et celle des « réalistes » (taxés de « nihilisme ») qui veulent la supplanter vers 1860. Tolstoï, moins impliqué dans les débats d'idées contemporains, confronte à travers deux hussards, un père et son fils, l'« esprit du temps » qui caractérise deux époques : à celle du fils, qui est la sienne, il oppose en la personne du père celle de ses parents, contemporains des guerres napoléoniennes, du soulèvement « décembriste » et de Pouchkine. Le hussard des années vingt, Tourbine le père, tête brûlée, joueur sans scrupules, bretteur infatigable, coureur de jupons impénitent, homme à bonnes fortunes et à scandales, a pour prototype un légendaire parent éloigné, Tolstoï « l'Américain », que l'écrivain a entrevu dans son enfance et qui incarne pour lui l'esprit de cette génération. Les « qualités distinctives » de son fils, le hussard des années quarante, sont celles que Tolstoï déplore chez ses contemporains : l'amour de « la décence et des commodités de l'existence », « l'esprit pratique dans ses rapports avec les hommes et les circonstances, le bon sens et la prudence ». Placé dans des circonstances analogues, à trente ans d'intervalle, il se conduit, aussi bien au jeu qu'en amour, avec une circonspection* mesquine qui contraste vivement avec l'insolente témérité de son père, qu'il évoque avec un sentiment de honte. En parlant des «penchants violents, passionnés, et à dire vrai dépravés que l'on trouvait au siècle passé», l'auteur paraît se ranger au jugement du fils. Mais ce n'est qu'une feinte : la matière même de son récit lui donne tort ; Tourbine le père a laissé, à tous les témoins de son passage en tourbillon dans la petite ville de province où se déroulent les deux épisodes, et en particulier à la jeune veuve un peu sotte qu'il a conquise en une soirée et quittée à jamais au petit matin, un souvenir enchanté. Le fils, lui, ne réussit qu'à effaroucher la jeune fille naturelle et spontanée qu'il a cru séduire, et à mériter l'épithète de «vaurien» que lui adresse, au terme de sa piteuse équipée, le jeune camarade idéaliste qu'il a mis dans la confidence. Tolstoï a beau se distancer de son héros, la morale de l'authenticité tourne ici à une apologie implicite de son amoralisme spontané, opposé à la vertu de convention du fils.

L'ambivalence du personnage se retrouve dans le contraste opposant les deux époques dont les deux hussards sont l'incarnation. Malgré leur coloration humoristique, qui suggère l'influence du Gogol des *Âmes mortes*, la saveur et le pittoresque des scènes de la vie de province des années 1810-1820 et le relief de leur personnage central, le comte Fiodor Tourbine, trahissent manifestement chez Tolstoï une certaine nostalgie du passé, celle-ci s'exprimant dès l'ouverture du récit par l'évocation satirique des modes et des manières de vivre contemporaines.

La critique de la civilisation contemporaine au nom de l'authenticité, de la spontanéité du senti-

ment, en un mot de la nature, se fait plus directe et plus explicite dans Lucerne, *où Tolstoï se représente lui-même sous le masque transparent du prince Nekhlioudov, son porte-parole déjà dans* La Matinée d'un gentilhomme rural, *et où le récit d'un épisode de son existence, brièvement raconté dans son journal intime, se pare des couleurs de la fiction pour servir de prétexte à une diatribe passionnée. Le narrateur s'indigne de la froideur égoïste des riches touristes anglais réunis dans un grand hôtel de Lucerne, qui, après s'être mis au balcon pour écouter, avec un plaisir manifeste, un chanteur ambulant se produisant sous leurs fenêtres, l'ont humilié en lui refusant l'obole qui lui était due. À travers eux, il fustige la «civilisation» dont ils sont le fleuron: «Se peut-il que le développement de la communauté fondée sur la raison et l'égoïsme que l'on appelle la civilisation anéantisse et contredise les besoins de la communauté fondée sur l'instinct et l'amour? Et se peut-il que ce soit là cette égalité pour laquelle a été versé tant de sang innocent et ont été commis tant de crimes?»*

La critique de l'Occident bourgeois, de l'hypocrisie de ses institutions libérales, si chèrement payées par les excès sanglants de la Révolution française, et qui dissimulent en fait l'égoïsme et la domination du fort sur le faible derrière le paravent des grands principes, est un lieu commun sur lequel se retrouvent beaucoup d'intellectuels et d'écrivains russes de la génération de Tolstoï, dont l'occidentalisme est mis à mal par les désillusions de 1848 et le spectacle de l'Europe embourgeoisée de Napoléon III et de Victoria, et qui se rapprochent à pré-

sent des slavophiles des années 1840, opposant au «juridisme» occidental les institutions communautaires et patriarcales de la Russie d'avant Pierre le Grand: ainsi Alexandre Herzen avec De l'autre rive *(1850) ou Dostoïevski avec les* Notes d'hiver sur des impressions d'été *(1863). Sensible au discours des slavophiles, qu'il a fréquentés et attentivement écoutés, Tolstoï ne va cependant pas jusqu'à partager leur nationalisme et leur idéalisation du passé russe. Ce qu'il condamne dans* Lucerne, *c'est moins l'Occident qu'une civilisation contemporaine dont la Russie fait désormais partie. Par-delà les slavophiles, la contradiction qu'il aperçoit entre «la communauté fondée sur la raison et l'égoïsme que l'on appelle la civilisation» et la «communauté fondée sur l'instinct et l'amour» évoque Jean-Jacques Rousseau, l'un de ses maîtres à penser, et l'opposition romantique entre* Gemeinschaft *et* Gesellschaft.

À la civilisation qui étouffe la voix de la nature, Tolstoï-Nekhlioudov oppose l'«esprit universel» qui parle spontanément en nous. «Nous avons un maître infaillible, et un seul, c'est l'esprit universel qui nous pénètre tous, tous ensemble et chacun séparément, qui met en chacun de nous une aspiration à ce qui doit être; ce même esprit qui, dans l'arbre, le pousse à croître vers le soleil, dans la fleur, lui commande de répandre sa semence à l'automne, et en nous, nous pousse à nous serrer instinctivement les uns contre les autres. Et c'est cette unique, infaillible et bienheureuse voix qu'étouffe le développement bruyant et hâtif de la civilisation.»

Cet «esprit universel» évoque lui aussi le lan-

gage de l'idéalisme allemand dans lequel baigne la génération littéraire dont Tolstoï, si peu « intellectuel » qu'il soit, subit malgré lui l'influence. Or, en se réclamant de ce principe universel, qui se réalise à travers toute la variété des actions et des pensées humaines dans leurs apparentes contradictions, Nekhlioudov s'interdit de juger la conduite des uns ou des autres, et désarme sa propre indignation : « Non, se dit-il en pensant au petit chanteur, tu n'as pas le droit de le plaindre et de t'indigner de la fortune du lord. Qui a pesé le bonheur intime que chacun d'entre eux connaît au fond de son cœur ? [...] Infinies sont la bonté et la sagesse de celui qui a permis et ordonné d'exister à toutes ces contradictions. À toi seulement, vermisseau insignifiant, qui t'efforces de façon impudente et illégitime de pénétrer ses lois et ses intentions, elles apparaissent comme des contradictions. Lui, il regarde avec douceur de sa lumineuse et incommensurable hauteur et se réjouit de l'harmonie infinie dans laquelle vous tous vous mouvez en des contradictions sans fin. Dans ton orgueil, tu as cru t'arracher aux lois de l'universel. Non, toi aussi, avec ta petite et vulgaire indignation contre les valets de chambre, toi aussi tu as répondu à l'exigence harmonieuse de l'éternel et de l'infini... »

L'étrange pouvoir de la poésie

Ces réflexions apaisées, c'est le chant du petit Tyrolien résonnant dans le lointain au-dessus du lac endormi qui les a suggérées au héros du récit.

L'esprit universel parle le langage de la musique, c'est-à-dire de la poésie, ou de l'art (les trois termes sont ici synonymes) ; il parle à tout homme, même lorsque celui-ci, absorbé par les buts pratiques que lui impose la civilisation, affecte d'y être sourd : « Le voilà, se dit Nekhlioudov, l'étrange destin de la poésie. — Tout le monde l'aime, la recherche, ne désire et ne recherche qu'elle dans la vie, et personne ne veut en reconnaître la force, personne ne sait apprécier ce bien suprême, personne n'apprécie et ne remercie ceux qui l'apportent aux hommes. » Et il interroge en pensée les pensionnaires de l'hôtel Schweizerhof. « Pourquoi avez-vous tous quitté votre pays, votre famille, vos occupations et vos affaires d'argent, et êtes-vous venus vous rassembler dans la petite ville suisse de Lucerne ? Pourquoi vous êtes-vous tous ce soir déversés sur vos balcons et avez-vous écouté dans un silence respectueux la chanson d'un petit miséreux ? [...] Est-ce que pour de l'argent, même pour des millions, on aurait pu tous vous éloigner de votre pays et vous rassembler dans ce petit coin de Lucerne ? Est-ce que pour de l'argent on aurait pu vous rassembler tous sur des balcons et vous obliger à rester une demi-heure silencieux et immobiles ? Non ! Et il y a une seule chose qui vous fait agir et qui va éternellement vous faire agir plus que tous les autres ressorts de la vie : c'est le besoin de poésie, dont vous n'êtes pas conscients, mais que vous ressentez et continuerez à ressentir aussi longtemps qu'il restera en vous quelque chose d'humain. »

C'est la musique qui, pour Tolstoï, exprime de la façon la plus immédiate cette toute-puissance de l'« esprit universel » que l'homme civilisé ne veut pas reconnaître, mais à laquelle, bon gré mal gré, il est toujours soumis. Plus tard, dans La Sonate à Kreutzer, *il verra dans ce pouvoir irrationnel de la musique, qu'il associera à celui du sexe, quelque chose de maléfique. Dans les récits de jeunesse, au contraire, il y voit l'expression même de l'authenticité, délivrée des contraintes artificielles de la civilisation. Il s'efforce à plusieurs reprises d'en décrire les effets libérateurs. Au finale de* La Matinée d'un gentilhomme rural, *les maladroites improvisations au piano du jeune héros l'aident à s'évader par l'imagination de la sphère pratique de sa vie de propriétaire où il vient d'éprouver une série de déconvenues humiliantes. Dans* Deux Hussards, *les chants d'un chœur tsigane, que Tolstoï décrit avec la délectation d'un connaisseur, constituent l'apothéose de la folle nuit où le hussard « du bon vieux temps » a fait la démonstration de sa nature généreuse.*

Dans Lucerne *et dans* Albert, *la musique et l'effet qu'elle produit sur les hommes sont au cœur même du sujet. Dans* Lucerne *déjà, Tolstoï s'attachait à nous rendre sensibles à l'enchantement créé par le chant du petit Tyrolien, qui arrache instantanément le héros à l'accablement où l'a plongé la société guindée de la table d'hôte du Schweizerhof. Dans* Albert, *il décrit de la même façon la réaction collective d'un auditoire disparate et frivole, médusé par le jeu d'un violoniste de génie : « Les notes du thème s'écoulèrent avec aisance et grâce à la suite de la première, illuminant soudain d'une clarté étonnamment limpide et apaisante le monde intérieur de chacun. Pas une fausse note, pas une sonorité excessive qui vînt troubler les auditeurs subjugués, tous les sons étaient clairs, gracieux et pleins de sens. Tout le monde suivait en silence, avec le frémissement de l'espoir, le développement de leur mélodie. De l'état d'ennui, de distraction bruyante et de sommeil de l'âme où se trouvaient ces gens, ils étaient soudain transportés sans le savoir dans un monde tout différent, oublié. Tantôt ils sentaient se lever dans leur âme une sensation de contemplation paisible du passé, tantôt c'était le souvenir passionné d'un moment de bonheur, tantôt un besoin infini de pouvoir et d'éclat, tantôt un sentiment de soumission, d'amour insatisfait et de tristesse.* » Arrachés sans le vouloir aux conventions et aux préoccupations mesquines de leur vie quotidienne, les auditeurs sont littéralement transportés par la musique dans un monde plus authentique, qui ne leur est pas inconnu, mais que les intérêts et les soucis de la vie pratique leur ont fait oublier.

La figure du petit chanteur ambulant, dans Lucerne, n'est que le prétexte des réflexions du narrateur, c'est-à-dire de Tolstoï lui-même, sur les méfaits de la civilisation et la toute-puissance de l'art. En déplaçant le centre de gravité sur la personne de l'artiste et en nous ouvrant son monde intérieur à travers un rêve, il aiguise et dramatise dans Albert le conflit qui oppose l'art à la vie. Le petit chanteur tyrolien rabroué par les riches Anglais, se dit en fin de compte le narrateur, connaît peut-être un bonheur qui leur est inaccessible : « *Qui sait s'il y a en eux autant d'humble et insouciante joie de vivre et d'accord avec l'univers qu'il n'en vit dans l'âme de ce petit homme ?* » Mais le bonheur qu'apporte l'art, et dont l'évocation ras-

sure le narrateur de Lucerne *et dissout son indignation dans l'acceptation de l'harmonie universelle, ne coûte-t-il pas trop cher ? Albert, le violoniste déchu qui a fui la protection asservissante du riche mélomane Délessov, ne le trouvera que dans la rêverie délicieuse qui s'empare de lui au moment où il va mourir de faim et de froid sur le seuil d'une maison où il n'a même plus la force de frapper. Le conflit de l'art et de la vie est ici celui du rêve et de la réalité, c'est-à-dire de deux univers inconciliables.*

C'est là une conclusion bien pessimiste. Elle rejoint celle des deux longs récits (ou courts romans) des années 1856-1862, Le Bonheur conjugal *et* Les Cosaques, *qui sont l'un et l'autre l'histoire d'une résignation à l'échec dans la quête ardente du bonheur. C'est dans* La Guerre et la Paix *seulement, œuvre à laquelle Tolstoï consacrera les dix premières années d'une vie familiale réalisant enfin ses rêves d'enfant, que ce pessimisme sera surmonté, en même temps que le fossé qui sépare le désir du bonheur de l'aspiration au bien.*

MICHEL AUCOUTURIER

La Tempête de neige

et autres récits

La Tempête de neige

I

Vers les sept heures du soir, ayant pris du thé, je quittais un relais de poste dont j'ai oublié le nom, mais qui se trouve quelque part sur le territoire de l'Armée du Don, près de Novotcherkassk[1]. Il faisait déjà nuit lorsque, enveloppé dans ma pelisse et la capote du traîneau, je m'installai à côté d'Aliochka[2]. Passé le bâtiment de la poste, le temps paraissait doux et calme. Bien qu'il ne neigeât pas, on ne voyait pas la moindre étoile au-dessus de nos têtes, et le ciel semblait extrêmement bas et noir, comparé à la plaine couverte de neige immaculée qui s'étendait devant nous.

À peine avions-nous dépassé les silhouettes sombres des moulins, dont l'un agitait maladroitement ses grandes ailes, et quitté le village, que la route me parut devenir plus lourde et plus enneigée, tandis que le vent se mettait à souffler plus fort sur ma gauche, à déporter les queues et les crinières des chevaux et à balayer avec obstination la neige soulevée par les patins du traîneau et les sabots des chevaux. Le son de la clochette s'entendait de moins en moins, un filet d'air froid entré par quelque interstice de ma manche me parcourut le dos, et je repensai aux paroles du maître de poste, qui m'avait conseillé de ne pas partir, si je ne voulais pas passer la nuit à chercher mon chemin et à grelotter.

— Il ne faudrait pas qu'on se perde, hein? dis-je au cocher. N'obtenant pas de réponse, je m'exprimai plus clairement. — Qu'en penses-tu, cocher, on va arriver jusqu'au relais? On ne va pas se perdre?

— Dieu sait, me répondit-il sans tourner la tête. — Ça balaie joliment: on ne voit même plus la route. Seigneur Dieu tout-puissant!

— Dis-moi plutôt si tu espères nous amener jusqu'au relais ou non? continuais-je à l'interroger. — On va y arriver?

— On devrait, fit le cocher, et il dit encore quelque chose que le vent m'empêcha d'entendre.

Je n'avais pas envie de rebrousser chemin; mais l'idée de passer la nuit à tourner en rond dans le froid et la tempête, au milieu d'une steppe absolument nue, comme l'est cette partie du territoire de l'Armée du Don, ne me réjouissait guère. En outre, bien que l'obscurité m'empêchât de bien l'examiner, mon cocher ne me plaisait pas et ne m'inspirait guère confiance. Il était assis en plein milieu du traîneau, ramenant les jambes sous son siège, au lieu de les laisser pendre sur le côté, comme il se doit, il était trop grand, il avait une voix traînante et portait un curieux bonnet qui n'était pas celui d'un cocher — trop grand, glissant d'un côté sur l'autre ; et puis il n'excitait pas ses chevaux de la voix comme on le fait d'habitude, mais conduisait en tenant les rênes des deux mains, comme un valet de chambre qui se serait assis à la place du cocher ; mais surtout, je ne lui faisais pas confiance parce qu'il s'était couvert les oreilles d'un foulard. Bref, je n'aimais pas ce dos sérieux et voûté qui se dressait devant moi, et n'en attendais rien de bon.

— À mon avis, il vaudrait mieux revenir, me dit Aliochka. Tourner en rond, ça n'a rien de drôle !

— Seigneur mon Dieu ! Cette bourrasque ! On n'y voit rien de rien de cette route, on en a plein les yeux… Seigneur mon Dieu, grommelait le cocher.

Il n'y avait pas un quart d'heure que nous étions en route lorsque soudain, arrêtant ses chevaux, il passa les rênes à Aliochka, dégagea maladroitement ses jambes et, faisant craquer la neige sous ses grandes bottes, partit chercher la route.

— Qu'est-ce qu'il y a ? Où vas-tu ? On s'est perdus, ou quoi ? lui demandai-je ; mais le cocher ne me répondait pas et s'éloignait du traîneau en tournant la tête pour se protéger du vent.

— Eh bien ? Elle est là ? répétai-je lorsqu'il fut revenu.

— Il n'y a rien, me dit-il brusquement avec impatience et irritation, comme si c'était par ma faute qu'il avait perdu sa route ; et, remettant lentement ses longues jambes sous le siège, il se mit à trier les rênes entre ses moufles gelées.

— Alors qu'est-ce qu'on va faire ? demandai-je lorsque nous fûmes repartis.

— Qu'est-ce qu'on peut faire ? On va à la grâce de Dieu.

Et nous repartîmes au même petit trot, en glissant à présent tantôt sur de la poudreuse, tantôt sur une croûte de neige friable et nue.

Malgré le froid, la neige fondait très vite sur mon col ; le vent, qui la chassait au ras du sol, forcissait toujours et elle commençait à tomber en flocons secs et clairsemés.

Il était clair que nous allions à la grâce de Dieu, car, ayant trotté encore un quart d'heure, nous n'avions pas aperçu le moindre poteau [1].

— Alors, qu'en penses-tu, demandai-je de nouveau au cocher, on va arriver jusqu'au relais ?

— Lequel ? Celui d'où on est partis, ça oui, si on laisse faire les chevaux : ils vont nous ramener ; autrement, c'est douteux... on risque d'y passer.

— Bon, alors on revient, dis-je, — effectivement...

— Donc on revient ? répéta le cocher.

— Oui, oui, fais demi-tour !

Le cocher lâcha les rênes. Les chevaux allongèrent le trot, et bien que je n'eusse pas remarqué que nous avions rebroussé chemin, le vent changea de direction, et bientôt à travers la neige on aperçut les moulins. Le cocher reprit courage et se mit à causer.

— Ce tantôt, il y en a qui venaient dans l'autre sens par une tempête pareille, dit-il, eh bien ils sont restés toute la nuit dans des meules, ils ne sont arrivés qu'au matin. Encore heureux qu'ils aient pu atteindre les meules, sans ça ils y passaient tous — vu qu'on gelait. Il y en a un du reste qui a eu les jambes gelées — il en est mort au bout de trois semaines.

— Mais à présent il ne fait pas froid et ça s'est un peu calmé, lui dis-je, — on pourrait y aller ?

— Il fait doux, c'est d'accord, mais ça souffle. Maintenant qu'on va dans l'autre sens, ça paraît mieux ; mais ça souffle fort. On pourrait y aller, si c'était un *coulier*[1], ou quelqu'un comme ça, qui décide pour lui-même ; autrement, si vous croyez que c'est rien, de faire geler le client ? Après, on est responsable de votre grâce !

II

À ce moment-là on entendit derrière nous les clochettes de plusieurs troïkas[2], qui nous rattrapaient à toute vitesse.

— C'est une clochette de *coulier*, dit mon cocher, il y en a une seule comme ça dans toute la poste.

Et en effet, la clochette du premier attelage, que le vent nous faisait déjà entendre distinctement, était extrêmement agréable à écouter : un son pur, plein, profond et un peu modulé. C'était, comme je l'ai appris par la suite, un arrangement propre aux chasseurs : trois clochettes — une grande au milieu, au son de framboise[3], comme on dit, et deux petites, accordées en tierce. Le son de cette tierce et de la quinte chevrotante qui résonnait dans l'air était extrêmement frappant et étrangement agréable dans cette steppe déserte et inhabitée.

— C'est la poste qui file, dit mon cocher lorsque le premier des trois attelages fut arrivé à notre hauteur. — Comment est la route ? Est-ce qu'on peut passer ? cria-t-il au cocher du dernier traîneau ; mais celui-ci se contenta de stimuler ses chevaux de la voix et ne lui répondit pas.

Mon cocher dut avoir honte.

— Si on y allait, barine ! me dit-il. Il y en a qui sont passés — leur trace est fraîche maintenant.

Je lui donnai mon accord, et de nouveau nous nous tournâmes contre le vent et nous engageâmes dans la neige profonde. Je regardais sur le côté pour ne pas perdre la trace laissée par les traîneaux. Pendant deux verstes à peu près, elle resta clairement visible ; puis on n'aperçut qu'un petit sillon en creux sous les patins, et bientôt j'étais absolument incapable de reconnaître si c'était une trace ou simplement un effet du vent. Mes yeux s'étaient fatigués à suivre la fuite monotone de la neige sous les patins, et je me mis à regarder devant moi. Nous vîmes encore passer le poteau de la troisième verste, mais la quatrième resta introuvable ; comme auparavant, nous allions tantôt contre le vent, tantôt dans sa direction, tantôt vers la droite, tantôt vers la gauche, et bientôt, nous en étions à dire, le cocher que nous avions pris trop à droite, moi, trop à gauche, et Aliochka que nous avions tout simplement rebroussé chemin. De nouveau, nous nous arrêtâmes à plusieurs reprises, le cocher, chaque fois, dégageait ses grandes jambes et allait chercher la route ; mais c'était en pure perte. Moi aussi, une fois, j'allai regarder si ce que je croyais voir n'était pas la route ; mais à peine avais-je fait, au prix des plus grands efforts, cinq ou six pas contre le vent, et m'étais-je convaincu que c'étaient partout les mêmes couches de neige, blanches et monotones, et que la route que j'avais cru voir n'existait que dans mon imagination, que déjà j'avais cessé de voir le traîneau. Je criai : « Cocher ! Aliochka ! », mais je sentais que le vent venait cueillir ma voix jusque dans ma bouche et l'emportait en un instant loin de moi. J'allai dans la direction où devait se trouver le traîneau — pas de traîneau, je tournai à droite —, toujours rien. J'ai honte de me souvenir de quelle voix tonitruante, perçante, et même un peu désespérée je criai encore une fois : « Cocher ! », alors qu'il était à deux pas de moi. Sa silhouette noire, avec son petit knout et son énorme bonnet de guingois, se dressa tout d'un coup devant moi. Il me conduisit jusqu'au traîneau.

— Encore heureux qu'il fasse doux, dit-il, parce que s'il se met à geler — malheur... Seigneur mon Dieu !

— Laisse aller les chevaux, qu'ils nous ramènent, dis-je en m'asseyant dans le traîneau. — Ils vont nous ramener ? Hein, cocher ?

— Ils devraient.

Il lâcha les rênes, frappa trois fois de son petit fouet le coussinet[1] du limonier, et nous repartîmes. Nous étions en route depuis près d'une demi-heure lorsque tout à coup nous entendîmes de nouveau devant nous le même carillon de chasseurs, accompagné de deux autres clochettes ; mais à présent, ils venaient à notre rencontre. C'étaient les trois troïkas de tout à l'heure, mais elles avaient déjà déposé le courrier et revenaient au relais avec leurs chevaux de retour attachés derrière elles. Les trois vigoureux chevaux de l'attelage du courrier, avec leur clochette de chasseur, couraient devant à vive allure. Le cocher assis sur son siège poussait des cris véhéments. Derrière, il y avait deux traîneaux vides et dans chacun, deux cochers assis au milieu, et on les entendait parler d'une voix forte et gaie. L'un d'eux fumait la pipe, et une étincelle embrasée par le vent éclaira une partie de son visage.

En les regardant, je me sentis honteux d'avoir peur de prendre la route, et mon cocher, sans doute, éprouva le même sentiment, parce que nous dîmes d'une seule voix : « Suivons-les. »

III

La dernière troïka n'était pas encore passée que mon cocher amorçait maladroitement un demi-tour et heurtait de son timon les chevaux attachés par trois derrière l'un des traîneaux. L'un des attelages fit un écart, arracha la courroie qui le retenait et s'enfuit au galop.

— Regardez-moi ce diable bigleux qui ne voit pas ce qu'il fait : il fonce en plein dans les gens. Le diable l'emporte ! commença à jurer d'une voix enrouée et chevrotante un cocher assis dans le dernier traîneau, un petit vieux, autant qu'on pouvait en juger par sa voix et sa carrure ; il en sortit d'un bond pour retenir les chevaux, tout en continuant à abreuver mon cocher d'injures violentes et grossières.

Mais les chevaux ne se laissaient pas prendre. Le cocher courut à leur poursuite, et en un instant chevaux et cocher avaient disparu dans le brouillard blanc de la tempête.

— Vassi-liii ! Amène le cheval isabelle, pas moyen de les attraper comme ça, l'entendit-on encore crier.

L'un des cochers, un homme de très haute taille, sortit du traîneau, détacha en silence ses trois chevaux, enfourcha l'un d'eux en prenant appui sur l'avaloire et, faisant crisser la neige, disparut dans la même direction au petit galop de ses bêtes entravées.

Quant à nous, avec les deux autres troïkas suivant celle du courrier qui, faisant tinter ses clochettes, courait en avant au grand trot, nous poursuivîmes notre course à travers la plaine.

— Tu parles qu'il va les attraper ! dit mon cocher à l'adresse de celui qui était allé chasser les chevaux — un cheval qui ne suit pas les autres, c'est un cheval enragé, qui est capable de vous entraîner Dieu sait où !

Depuis que mon cocher s'était mis à suivre les autres, il était devenu plus gai et plus bavard, ce dont, de mon côté, comme je n'avais pas encore sommeil, je ne manquai pas de profiter. Je me mis à l'interroger pour savoir d'où il était et ce qu'il faisait, et j'appris bientôt que c'était un pays, de la région de Toula, un serf, du village de Kirpitchny, qu'ils manquaient de plus en plus de terre et que le sol avait complètement cessé de produire depuis le choléra[1], qu'ils étaient deux frères, le troisième était parti soldat, qu'ils avaient à peine assez de blé pour jusqu'à Noël et qu'ils devaient gagner de l'argent, que le patron, chez eux, c'était son jeune frère parce qu'il était marié, tandis que lui, il était veuf; qu'il venait ici tous les ans de leurs villages des artels[1] de cochers, que lui, il ne faisait pas le cocher mais travaillait pour la poste pour aider son frère, qu'il se faisait ici, grâce à Dieu, cent vingt roubles-assignats[2] par an, sur lesquels il en envoyait cent à sa famille, et que la vie serait belle « mais les *couliers* étaient trop vaches, et puis les gens ici étaient tous des *injurieurs* ».

— Qu'est-ce qu'il avait à jurer, je vous le dis, ce cocher ? Seigneur mon Dieu ! Est-ce que j'ai fait exprès de lui détacher son cheval ? Est-ce que je veux du mal à quelqu'un ? Et cette idée de courir après lui ! Ils seraient bien revenus tout seuls, les chevaux : tout ce qu'il va réussir à faire, c'est de les épuiser, et lui-même, il va se perdre, répétait le petit moujik craignant Dieu.

— Qu'est-ce qu'on voit de noir, par là ? demandai-je, en remarquant quelques objets sombres devant nous.

— Ça, c'est un convoi. Voilà une façon agréable de voyager ! continuait-il, comme nous arrivions à la hauteur d'immenses chariots couverts de paillasses roulant l'un derrière l'autre. — Regarde voir, il n'y a personne, tout le monde dort. Le cheval est malin, il connaît son chemin : pas moyen de le faire dévier. Nous aussi, nous avons conduit des convois, ajouta-t-il, alors on connaît.

En effet, c'était un étrange spectacle que ces énormes chariots couverts de neige depuis leur bâche de paillasses jusqu'aux roues, qui se déplaçaient absolument seuls. C'est seulement dans le chariot de tête que se souleva légèrement, de deux doigts à peine, la paillasse couverte de neige, et qu'on vit un bonnet en émerger un instant lorsque nos clochettes tintèrent près du convoi. Un grand cheval pie, le cou tendu en avant et les muscles du dos bandés, marchait à pas mesurés sur la route complètement ensevelie sous la neige, balançait d'un mouvement monotone sa tête velue sous le brancard blanchi, et tendit une oreille couverte de neige lorsque nous passâmes à sa hauteur.

Ayant conduit en silence pendant près d'une demi-heure, le cocher m'adressa de nouveau la parole.

— Dites-moi, barine, qu'est-ce que vous en pensez : nous sommes dans la bonne direction ?

— Je n'en sais rien, répondis-je.

— Avant, il y avait un de ces vents, et maintenant on ne le sent même pas. Non, on n'est pas dans la bonne direction, on tourne aussi en rond, conclut-il avec un calme parfait.

On voyait que, si peureux qu'il fût — en société, même la mort est belle, comme dit le proverbe —, il était devenu parfaitement serein depuis que nous étions en nombre et qu'il n'était plus le chef et le responsable. Avec un sang-froid parfait, il faisait des observations sur les fautes du cocher de tête, comme s'il n'avait rien à y voir. Je remarquais en effet que le premier attelage, que je voyais de profil, était tantôt sur ma gauche et tantôt sur ma droite ; il me semblait même que nous tournions en rond dans un tout petit espace. Du reste, cela pouvait être une illusion des sens, de même qu'il me semblait parfois que le premier attelage remontait une pente, ou suivait une déclivité, ou descendait, alors que la steppe était parfaitement plate partout.

Il se passa encore un certain temps, et je crus apercevoir très loin sur l'horizon une longue bande noire qui se déplaçait ; mais au bout d'un instant je compris que c'était le convoi que nous avions déjà dépassé une fois. La neige couvrait toujours ses roues grinçantes, dont certaines ne tournaient même pas ; les gens dormaient toujours sous leurs paillasses ; et le cheval pie de tête, dilatant les naseaux, continuait à flairer la route et à dresser les oreilles.

— Regardez-moi ça, on n'arrête pas de tourner en rond et on retombe sur le même convoi ! dit mon cocher d'un ton mécontent. — Le *coulier* a de bons chevaux, alors ça lui est égal de les faire courir pour rien ; mais nos chevaux à nous finiront carrément par s'arrêter, si on passe la nuit à courir comme ça.

Il toussa pour s'éclaircir la gorge.

— On devrait revenir, barine, avant qu'il ne soit trop tard.

— Pourquoi ? On finira bien par arriver quelque part.

— Arriver où ? On va passer la nuit dans la steppe. Ce que ça souffle... Seigneur mon Dieu !

Bien que surpris de voir que le cocher de tête, qui avait manifestement quitté la route et perdu la bonne direction, continuait, en poussant de temps à autre des cris joyeux, à filer au grand trot sans la chercher, je ne voulais plus me laisser distancer.

— Suis-les, dis-je.

Le cocher obéit, mais de plus mauvaise grâce encore qu'auparavant, et cessa de m'adresser la parole.

IV

La tempête soufflait de plus en plus fort, et la neige tombait, sèche et clairsemée ; on avait l'impression qu'il commençait à geler légèrement : j'avais de plus en plus froid au nez et aux oreilles, il m'arrivait plus souvent de sentir un filet d'air froid se glisser sous ma pelisse, que je devais serrer autour de moi. Parfois, le traîneau heurtait un éclat de pierre gelé affleurant sous la neige balayée par le vent. Comme j'avais déjà parcouru six cents verstes sans m'arrêter pour dormir, si curieux que je fusse de l'issue de notre vagabondage, je fermais les yeux et m'assoupissais malgré moi. Une fois, en les ouvrant, je fus ébloui par ce qui, au premier instant, m'apparut comme une vive lumière éclairant la plaine blanche : l'horizon s'était considérablement élargi, le ciel noir et bas avait soudain disparu, tout autour on voyait les traits blancs obliques des flocons tombant du ciel ; les silhouettes des attelages qui nous précédaient étaient plus distinctes, et lorsque je levai les yeux, il me sembla d'abord que les nuages s'étaient dissipés et que le ciel n'était voilé que par la neige. Pendant que je m'étais assoupi, la lune s'était levée, et elle répandait à travers les nuages vaporeux et les flocons tombant du ciel sa lumière froide et vive. La seule chose que je voyais distinctement, c'était mon traîneau, les chevaux, mon cocher et les trois attelages qui nous précédaient : le premier, celui du courrier, sur le siège duquel était toujours assis un seul cocher qui le faisait filer au grand trot ; un deuxième dans lequel, lâchant les rênes et abrités sous la guérite qu'ils s'étaient faite de leur longue houppelande, étaient assis deux hommes qui fumaient toujours leur pipe, comme le montraient les étincelles qui jaillissaient près d'eux ; un troisième traîneau enfin, où on ne voyait personne, et dont, apparemment, le cocher s'était installé au milieu pour dormir. Cependant, lorsque je me réveillai, le cocher de tête commençait à arrêter parfois son cheval pour chercher son chemin. Alors, dès que nous étions arrêtés, on entendait mieux les hurlements du vent et on apercevait plus distinctement l'énorme quantité de neige qu'il faisait voler dans l'air. Je voyais, dans le clair de lune voilé par la tempête de neige, se mouvoir la petite silhouette du cocher qui, du manche de son fouet, tâtait devant lui la neige, allant et venant dans la brume lumineuse, puis revenant vers le traîneau, bondissant sur le siège par le côté, et on entendait de nouveau à travers le sifflement monotone du vent ses cris vifs et retentissants pour encourager les chevaux, et le tintement de la clochette. À chaque fois que le cocher de tête sortait de son traîneau pour chercher des traces de la route ou de quelque meule, on entendait, venant du second traîneau, la voix gaillarde et pleine d'assurance de l'un des cochers, qui lui criait :

— Écoute-moi, Ignachka[1] ? on est partis complètement à gauche ; prends sur ta droite, dans le vent. Ou bien : — Qu'est-ce que tu as à tourner en rond comme un idiot ? Marche en suivant la neige, comme elle est tombée — tu arriveras en plein dessus. Ou encore : — À droite, prends sur ta droite, mon vieux. Regarde, on voit quelque chose de noir, peut-être bien que c'est le poteau. Ou : — Qu'est-ce que tu as à tournicoter ? Dételle le cheval pie et laisse-le aller devant, il te ramènera en plein sur la route. Ça vaudra mieux !

Mais celui qui donnait des conseils, loin de dételer son bricolier et de descendre dans la neige pour chercher sa route, ne sortait pas seulement le nez de sa houppelande, et lorsque Ignachka, le cocher de tête, en réponse à l'un de ses conseils, lui cria de prendre sa place, puisqu'il connaissait la bonne direction, le donneur de conseils répondit que s'il avait des chevaux de courrier, il le ferait et les ramènerait tous sur la route.

— Nos chevaux à nous ne voudront pas marcher devant dans la tempête, cria-t-il. C'est pas leur genre !

— Alors arrête ton méli-mélo, répondit Ignachka, en sifflant gaiement pour encourager ses chevaux.

L'autre cocher, assis dans le même traîneau que le donneur de conseils, ne disait rien à Ignachka et évitait en général de s'en mêler, bien qu'il ne dormît pas encore, comme je pouvais en juger par son brûle-gueule allumé et par le son ininterrompu et régulier de sa voix, que j'entendais lorsque nous nous arrêtions. Il racontait une histoire. Une fois seulement, lorsque Ignachka se fut arrêté pour la sixième ou la septième fois, il dut trouver irritant de voir interrompre sans arrêt le plaisir que lui donnait le parcours, et il lui cria :

— Allons, qu'est-ce que tu as encore à t'arrêter ? Regardez-moi ça, il veut retrouver son chemin ! C'est la tempête, qu'on te dit, un point c'est tout ! Même l'arpenteur, par ce temps-là, ne s'y retrouverait pas. Avance, tant que les chevaux te tirent. On ne mourra pas de froid, tout de même... allez, avance !

— Et comment donc ! Le facteur, l'année dernière, il est bien mort de froid ! commenta mon cocher.

Le cocher du troisième attelage restait toujours endormi. Une fois seulement, pendant un arrêt, le donneur de conseils lui cria :

— Philippe ! Oh, Philippe ! et, comme il ne répondait pas, il remarqua : — Il n'aurait pas gelé, par hasard ? Tu devrais regarder, Ignachka.

Ignachka, qui suffisait à tout, s'approcha du traîneau et se mit à secouer le dormeur.

— Tu as vu ça, un petit verre et voilà ce que ça donne ! Si tu es gelé, dis-le ! disait-il en le secouant.

Le dormeur marmonna et émit un juron.

— Il est vivant, les gars ! fit Ignachka, et il repartit en courant ; et de nouveau nous filions, et même si vite, que le petit bricolier bai de mon attelage, dont le cocher fouettait sans arrêt la queue, dut passer plus d'une fois à un petit galop maladroit.

V

Il devait déjà être près de minuit lorsque nous fûmes rejoints par le petit vieux et Vassili, partis à la recherche des chevaux échappés. Ils les avaient rattrapés et nous avaient retrouvés ; mais comment ils avaient fait, dans cette tempête aveuglante et sans visibilité, au milieu de la steppe nue — cela restera toujours pour moi un mystère. Le petit vieux, les coudes et les jambes ballants, trottait sur le limonier (les deux autres chevaux étaient attachés à l'arceau : dans la tempête, on ne peut pas abandonner les chevaux à eux-mêmes). Arrivé à notre hauteur, il se remit à injurier mon cocher :

— Regardez-moi ça, ce diable bigleux ! Vrai de vrai...

— Hé, tonton Mitrytch[1], cria le conteur du deuxième traîneau, tu n'es pas mort ? Viens te mettre avec nous.

Mais le vieux ne lui répondit pas et continua à vitupérer. Lorsqu'il en eut assez, il s'approcha du deuxième traîneau.

— Tu les as tous attrapés ? lui demanda-t-on.

— Manquerait plus que ça !

Et sa silhouette menue s'allongea en plein trot sur le dos du cheval, se laissa glisser dans la neige, courut sans s'arrêter derrière le traîneau et s'y laissa tomber à la renverse, ses jambes dépassant le rebord. Le grand Vassili se rassit en silence auprès d'Ignachka et se mit à chercher la route avec lui.

— En voilà un injurieur... Seigneur mon Dieu, marmonna mon cocher.

Après cela, nous poursuivîmes longtemps notre route sans nous arrêter, à travers le désert blanc, dans la lumière froide, transparente et vacillante de la tempête. Dès que j'ouvre les yeux, j'ai toujours devant moi, couverts de neige, le même bonnet mal enfoncé, le même dos, le même arceau bas sous lequel, entre les courroies tendues de la bride, se balance, toujours à la même distance, la tête du limonier avec sa crinière noire, régulièrement soulevée par le vent et emportée toujours du même côté ; et à moitié dissimulé par son dos, j'aperçois toujours le même petit bricolier bai sur la droite, avec sa queue attachée haut et son rouleau [1] qui cogne de temps à autre contre le rebord du traîneau. Quand je baisse les yeux, c'est toujours la même neige poudreuse que labourent les patins, et le vent, obstinément, soulève et emporte toujours tout du même côté. Devant, toujours à la même distance, fuient les troïkas de tête ; à droite, à gauche, tout est blanc et irréel. L'œil a beau chercher un nouvel objet où se poser : ni poteau, ni meule, ni palissade, rien. Partout tout est blanc, blanc et mouvant : l'horizon paraît tantôt lointain et infini, tantôt resserré tout autour de moi à deux pas de distance, parfois un grand mur blanc s'élève sur la droite et court le long du traîneau, puis il disparaît soudain et se dresse devant pour s'enfuir plus loin et disparaître de nouveau. Si on jette les yeux au ciel, on a d'abord l'impression qu'il fait clair, on croit voir de petites étoiles à travers le brouillard ; mais les étoiles s'enfuient toujours plus haut, et on ne voit que la neige qui vous passe devant les yeux pour vous tomber sur le visage et sur le col de la pelisse ; le ciel est partout également clair, également blanc, incolore, monotone et en perpétuel mouvement. Le vent paraît changer de direction : tantôt il vous souffle en plein visage et vous colle les yeux avec de la neige, tantôt il vous prend de côté et joue à vous agacer en vous couvrant la tête du col de votre pelisse puis, l'air de se moquer, vous en frappe le visage, tantôt il vient de derrière et paraît gronder en s'engouffrant dans une crevasse. On entend sans arrêt le crissement léger des sabots et des patins sur la neige et le tintement des clochettes qui faiblit lorsque la neige est profonde. Par instants seulement, lorsque nous allons contre le vent et sur la croûte gelée et nue, l'oreille saisit distinctement le sifflement énergique d'Ignat et le carillon allègre de sa clochette avec son écho en quinte chevrotante, et ces sons rompent soudain joyeusement la mélancolie du désert, puis redeviennent monotones, jouant toujours avec une insupportable fidélité le même motif, que je crois entendre malgré moi. Le froid commençait à envahir l'une de mes jambes et lorsque je me retournais pour mieux me couvrir, la neige accumulée sur mon col et mon bonnet de fourrure se déversait dans mon cou et me faisait frissonner ; mais dans l'ensemble, je me sentais encore au chaud dans ma pelisse, et la somnolence me gagnait.

VI

Les images et les souvenirs se succédaient à une cadence accélérée dans mon imagination.

« Le donneur de conseils qui n'arrête pas de crier dans le second traîneau, quel genre de moujik est-ce ? Il doit être roux, trapu, avec des jambes courtes, pensé-je, quelque chose comme Fiodor Philippytch, notre vieux garçon de buffet. » Et je vois soudain l'escalier de notre grande maison, et cinq domestiques qui, avançant lourdement, font entrer le piano à queue apporté d'une aile du bâtiment à l'aide de serviettes ; je vois Fiodor Philippytch, les manches de sa redingote de nankin retroussées, qui court en avant, portant l'une des pédales, ouvre les targettes, tire sur une serviette par-ci, pousse un peu par-là, passe entre les jambes, gêne tout le monde, et n'arrête pas de crier d'un ton soucieux :

— Prenez-le sur vous, ceux de devant, là, ceux de devant ! Oui, comme ça, plus haut la queue, plus haut, plus haut, plus haut, faites-le entrer dans la porte ! C'est ça.

— Permettez, Fiodor Philippytch, on va y arriver sans vous, remarque timidement le jardinier, coincé contre la balustrade, tout rouge d'effort, soutenant à grand-peine un coin du piano.

Mais Fiodor Philippytch ne veut rien entendre.

« Qu'est-ce que ça signifie, me disais-je, pense-t-il qu'il est utile, qu'il est indispensable à la tâche commune, ou se réjouit-il simplement de ce que Dieu lui ait donné cette éloquence assurée et persuasive, et prend-il plaisir à la prodiguer? Ça doit être ça.» Et, Dieu sait pourquoi, je vois l'étang, les domestiques fatigués qui, les pieds dans l'eau jusqu'aux genoux, tirent un filet de pêche, et de nouveau Fiodor Philippytch, un arrosoir à la main, criant après tout le monde, qui court çà et là le long du rivage et ne s'approche que rarement de l'étang pour vider l'eau trouble qui remplit l'arrosoir en retenant de la main les carassins dorés, et en puiser de la fraîche. Mais à présent, nous voilà en juillet, en plein midi. Je vais quelque part en marchant sur l'herbe fraîchement fauchée du parc, sous les rayons brûlants du soleil à son zénith. Je suis encore très jeune, quelque chose me manque et j'ai envie de quelque chose. Je me dirige vers l'étang, vers mon endroit préféré, entre le buisson d'églantine et l'allée de bouleaux, et je me couche sur l'herbe pour dormir. Je me rappelle le sentiment avec lequel, couché, je regarde, à travers les tiges rouges et épineuses de l'églantier, le sol noir, grumeleux, desséché, et le miroir de l'étang, d'un bleu ciel éclatant. C'était une sorte de naïve satisfaction de soi mêlée de tristesse. Tout ce qui m'entourait était si beau et cette beauté agissait si puissamment sur moi qu'il me semblait que j'étais beau moi aussi, et la seule chose qui me faisait de la peine était qu'il n'y eût personne pour m'admirer. Il fait chaud. Pour me consoler, j'essaie de m'endormir; mais les mouches, les insupportables mouches ne me laissent pas en repos, même ici, commencent à se rassembler autour de moi et avec insistance, dures comme des osselets, sautent de mon front sur mes mains.

Une abeille bourdonne tout près de moi, en plein soleil ; des papillons aux ailes jaunes, comme alanguis par la chaleur, volettent d'herbe en herbe. Je regarde le ciel ; j'ai mal aux yeux, le soleil brille trop fort à travers le feuillage vert pâle d'un bouleau frisé, qui balance ses branches très haut, mais tout doucement au-dessus de moi — et j'ai l'impression d'avoir encore plus chaud. Je couvre mon visage d'un mouchoir ; j'étouffe, et les mouches paraissent coller à mes bras où perlent des gouttes de sueur. Des moineaux s'agitent dans le buisson d'églantine. L'un d'eux saute par terre à un mètre de moi, joue à frapper le sol de deux coups de bec énergiques et, faisant craquer les branches, s'envole du buisson avec un gazouillement joyeux ; un autre bondit à terre comme lui, hoche vivement la queue et, telle une flèche, s'envole lui aussi en gazouillant, à la poursuite du premier. Sur l'étang, on entend le battoir frapper le linge mouillé, et les coups paraissent retentir et se répandre par le bas, le long de la surface de l'étang. On entend des baigneurs rire et s'éclabousser. Un bruissement a parcouru le sommet des arbres, encore loin de moi ; j'entends le souffle de vent se rapprocher, voilà qu'il passe dans l'herbe, voilà que frémissent les feuilles du buisson d'églantine, qu'elles s'agitent au bout de leurs branches ; et voilà que, soulevant un coin de mon mouchoir et chatouillant mon visage en sueur, un filet d'air frais parvient jusqu'à moi. Une mouche pénètre sous le mouchoir relevé, elle s'affole et se débat près de ma bouche humide. Une branche sèche me comprime le dos. Non, je n'y tiendrai pas : allons nous baigner. Mais voilà que tout près du buisson j'entends des pas pressés et une voix de femme, effrayée :

— Ah, Seigneur Dieu ! C'est pas possible ! Et pas un seul homme !

— Qu'est-ce qui arrive, qu'est-ce que c'est ? demandé-je en sortant de l'ombre à une domestique qui passe en courant et en poussant des exclamations. Elle se retourne à peine, agite les bras et continue sa course. Mais voici la vieille Matriona, qui a cent cinq ans, retenant de la main le fichu qui lui tombe de la tête, sautillant et traînant sa jambe couverte d'un bas de laine, qui court vers l'étang. Deux petites filles courent en se tenant par la main, et, s'accrochant à la jupe de chanvre de l'une d'elles, un gamin de dix ans, vêtu de la redingote de son père, clopine derrière elles.

— Qu'est-ce qui arrive ? leur demandé-je.

— Il y a un paysan qui s'est noyé.

— Où ça ?

— Dans l'étang.

— Qui est-ce ? Quelqu'un de chez nous ?

— Non, quelqu'un qui passait.

Le cocher Ivan, traînant ses grandes bottes à travers l'herbe fauchée, et le gros commis Iakov, haletant, courent vers l'étang, et je les suis en courant.

Je me souviens de ma sensation : une voix me disait : « Vas-y, jette-toi à l'eau et retire le noyé, sauve-le, et tout le monde va t'admirer », ce dont précisément j'ai tellement envie.

— Où ça, où ça ? demandé-je à la foule des domestiques assemblés sur le rivage.

— Là-bas, juste sur le gouffre, vers l'autre rive, presque à côté du bain, dit la lavandière en rassemblant le linge mouillé sur sa palanche. — Je le vois qui plonge; et le voilà qui se montre, et qui disparaît de nouveau, et qui reparaît, et le voilà qui crie: «Je me noie, saints du paradis!» — et il coule de nouveau, et on ne voit plus que des bulles. C'est là que j'ai compris qu'il se noyait. Et je me suis mise à hurler: «Seigneur, un paysan qui se noie!»

Et la lavandière, faisant basculer la palanche sur son épaule, s'éloigne par le sentier en balançant les hanches.

— Non, mais quel malheur! dit Iakov Ivanov, le commis, avec l'accent du désespoir. — Les ennuis que ça va nous faire avec le juge d'instruction, on n'en a pas fini.

Un paysan que je ne connais pas, armé d'une faux, s'est frayé un chemin à travers la foule des femmes, des enfants et des vieillards rassemblés sur l'autre rive et, accrochant sa faux à une branche, commence lentement à se déchausser.

— Où donc, où s'est-il noyé, continué-je à demander autour de moi, voulant m'y précipiter et faire quelque chose d'extraordinaire.

Mais on me montre la surface toute lisse de l'étang, qu'un souffle de vent ride parfois légèrement. Je n'arrive pas à comprendre comment il peut se faire qu'un homme se soit noyé et que l'eau reste toujours aussi lisse, aussi belle et indifférente au-dessus de lui, avec ses reflets d'or au soleil de midi; et il me semble que je ne peux rien faire, étonner personne, d'autant plus que je nage très mal; et le paysan est déjà en train de passer sa chemise par-dessus sa tête, et le voilà qui va se jeter à l'eau. Tout le monde le regarde avec espoir et le cœur battant ; mais, entré dans l'eau jusqu'aux épaules, le paysan revient lentement et remet sa chemise : il ne sait pas nager.

Les gens continuent à se rassembler, la foule augmente d'instant en instant, les femmes se tiennent les unes aux autres ; mais personne ne fait rien pour aider. Ceux qui viennent d'arriver donnent des conseils, poussent de grands soupirs et leur visage exprime l'effroi et le désespoir ; parmi ceux qui étaient déjà là, quelques-uns, fatigués de rester debout, s'asseyent sur l'herbe, d'autres s'en vont. La vieille Matriona demande à sa fille si elle a fermé la porte du four ; le petit garçon vêtu de la redingote de son père est très occupé à jeter des cailloux dans l'eau.

Mais voilà que, aboyant et se retournant d'un air interrogateur, arrive Trésor, le chien de Fiodor Philippytch : et le voilà lui-même qui apparaît derrière le buisson d'églantine, dévalant la pente en courant et en criant quelque chose.

— Qu'est-ce que vous avez à rester plantés là ? crie-t-il en enlevant sa redingote sans cesser de courir. — Un homme s'est noyé, et ils restent plantés là sans rien faire ! Une corde, vite !

Tout le monde regarde Fiodor Philippytch avec espoir et crainte, cependant que lui, s'appuyant du bras sur l'épaule d'un domestique serviable, déchausse de la pointe du pied gauche le talon de son pied droit.

— Là-bas, là où il y a des gens, un peu à droite du saule, Fiodor Philippytch, c'est là-bas ! lui dit quelqu'un.

— Je sais, répond-il et, fronçant les sourcils, sans doute en réponse aux signes de pudeur qui se manifestent dans la foule des femmes, il ôte sa chemise et sa croix, les donne au petit jardinier qui se tient obséquieusement devant lui et, marchant avec énergie dans l'herbe fauchée, s'approche de l'étang.

Trésor, que la précipitation de son maître rend perplexe, arrêté près de la foule et mastiquant quelques brins d'herbe arrachés sur le rivage, regarde son maître d'un air interrogatif, et soudain, avec un glapissement joyeux, se jette à l'eau en même temps que lui. Au premier instant, on ne voit que de l'écume et des éclaboussures qui jaillissent jusqu'à nous; mais voilà que Fiodor Philippytch, agitant les bras avec grâce et levant et abaissant régulièrement son dos blanc, nage vivement, à grandes brasses, vers l'autre rive. Trésor, suffoquant, revient à la hâte, s'ébroue près de la foule et s'essuie à l'herbe du rivage en se couchant sur le dos. Au moment où Fiodor Philippytch aborde à l'autre rive, deux cochers arrivent en courant au pied du saule avec un filet enroulé au bout d'un bâton. Fiodor Philippytch, Dieu sait pourquoi, lève un bras, plonge une fois, deux fois, trois fois, laissant à chaque fois échapper de sa bouche un filet d'eau, secouant gracieusement sa chevelure et ne répondant pas aux questions qui fusent de toutes parts. À la fin, il sort de l'eau et, autant que je puisse le voir, s'occupe seulement de faire déployer le filet. Celui-ci est tiré hors de l'eau, mais il ne contient que de la vase et quelques petits carassins frétillants. Pendant qu'on descend encore une fois le filet, je passe de l'autre côté de l'étang.

On n'entend que la voix de Fiodor Philippytch donnant des ordres, le clapotis que fait la corde mouillée en sortant de l'eau et des soupirs de frayeur. La corde mouillée, attachée à l'aile droite du filet, sort de plus en plus de l'eau avec toujours plus d'herbe qui s'y accroche.

— Maintenant tirez tous ensemble, d'un seul coup ! résonne la voix de Fiodor Philippytch. On commence à apercevoir les flotteurs arrosés d'eau.

— Il y a quelque chose, ça résiste, les amis, fait une voix.

Mais voilà que les ailes, où se débattent deux ou trois petits carassins, remontent sur la berge, mouillant et écrasant l'herbe. Et voilà qu'à travers une mince couche frémissante d'eau bouillonnante on aperçoit dans le filet tendu quelque chose de blanc. Un soupir d'effroi retenu, mais qui résonne avec une force extraordinaire au milieu d'un silence de mort, traverse la foule.

— Tirez, tirez tous ensemble, tirez au sec ! crie la voix résolue de Fiodor Philippytch, et on traîne le noyé sur les tiges de bardanes et de chardons fauchés, jusque sous le saule.

Et voici qu'arrive ma bonne vieille tante[1] dans sa robe de soie, je vois son ombrelle violette à franges, si mal assortie à cette image de la mort, affreuse dans sa simplicité, et son visage prêt à fondre en larmes. Puis la déception qui s'exprime sur ce visage à l'idée qu'il n'y a rien ici à quoi puisse s'appliquer son arnica, et je me souviens du sentiment douloureux et triste que j'éprouvai lorsque, avec l'égoïsme naïf de l'amour, elle me dit : « Allons, mon ami. Ah, comme c'est affreux ! Et dire que tu te baignes et tu nages toujours tout seul ! »

Je me rappelle le soleil éclatant et chaud qui grillait la terre sèche et friable sous mes pieds, ses reflets dans le miroir de l'étang, les grosses carpes qui s'ébattaient près de ses rives, les bancs de petits poissons qui, plus loin, en faisaient frémir la surface, un faucon tournoyant haut dans le ciel, au-dessus des canetons qui, faisant écumer l'eau et jaillir les éclaboussures, traversaient les roseaux pour émerger au milieu de l'étang, les nuages blancs d'orage qui moutonnaient en s'accumulant à l'horizon, la boue retirée de l'eau par le filet que le sol absorbait peu à peu, et le bruit du battoir qui recommençait à se répandre à la surface de l'étang tandis que je m'éloignais.

Mais le battoir résonne comme si c'étaient deux battoirs qui résonnaient en même temps en tierce, et ce bruit me tourmente, me pèse, d'autant plus que je sais que le battoir est une cloche, et que Fiodor Philippytch ne va pas la faire taire. Et ce battoir, comme un instrument de torture, m'écrase la jambe, que le froid envahit — et je m'endors.

Je fus réveillé, me sembla-t-il, par l'impression que nous allions très vite, et par deux voix qui semblaient parler tout à côté de moi.

— Ohé Ignat, Ignat, écoute ! fait la voix de mon cocher. — Prends-moi mon client : toi, tu dois de toute façon faire le trajet, alors que moi, à quoi ça me sert de foncer pour rien ! Prends-le-moi !

La voix d'Ignat, juste à côté de moi, répond :

— J'ai quoi à y gagner d'être responsable de ton client ? Tu me paies un demi-pot[1] ?

— Un demi-pot, quoi encore ! Un petit verre, c'est d'accord.

— Un petit verre, tu parles ! crie l'autre voix. — Éreinter ses chevaux pour un petit verre !

J'ouvre les yeux. Toujours la même impression insupportable de neige qui s'agite devant mes yeux, les mêmes cochers et les mêmes chevaux, mais à mes côtés j'aperçois un traîneau. Mon cocher a rattrapé Ignat et nous filons côte à côte pendant assez longtemps. Bien qu'une voix, dans l'autre traîneau, lui conseille de ne pas accepter moins d'un demi-pot, Ignat s'arrête tout d'un coup.

— Allez, tant pis, mets-le chez moi, tu as de la chance. Tu me paies un petit verre demain, dès que nous sommes arrivés. Il y a beaucoup de bagages avec ?

Mon cocher, avec une vivacité inhabituelle, bondit sur la neige, me salue bien bas et me demande de changer de traîneau. Je suis tout à fait d'accord ; mais on voit que le petit paysan craignant Dieu est si content, qu'il veut épancher sur quelqu'un sa reconnaissance et sa joie : il me fait des révérences, remercie tout le monde, moi, Aliochka, Ignachka.

— Enfin, Dieu soit loué ! C'est vrai, qu'est-ce que ça veut dire, seigneur mon Dieu ! Ça fait la moitié de la nuit que nous filons sans savoir où. Lui, il va vous amener à destination, mon brave seigneur, parce que mes chevaux à moi, ils n'avancent plus du tout.

Et il s'affaire avec une énergie redoublée pour décharger mes affaires.

Pendant le transbordement, je m'approche, littéralement porté par le vent, du deuxième traîneau. Il était, surtout du côté où il était abrité du vent par la houppelande posée sur la tête des deux cochers, au quart enseveli sous la neige ; mais sous la houppelande, c'étaient la paix et le confort. Le vieux était couché, toujours dans la même pose, les jambes hors du traîneau, tandis que le conteur continuait son histoire : « Au même moment où le général, donc, arrive, donc, au nom du tsar dans la prison de Marie, à ce moment-là Marie lui dit : "Général ! Je n'ai pas besoin de toi et je ne peux pas t'aimer, et, donc, tu n'es pas mon amoureux ; mon amoureux, c'est justement le prince..." »

— Au même moment..., allait-il continuer, mais, m'ayant aperçu, il s'arrêta un instant pour rallumer sa pipe.

— Alors, barine, on est venu écouter l'histoire ? demanda l'autre, celui que j'avais appelé le donneur de conseils.

— C'est qu'on a l'air d'être bien, chez vous, et de bien s'amuser ! dis-je.

— Que voulez-vous, c'est pour ne pas s'ennuyer — au moins, ça évite de penser.

— Mais dites-moi, vous ne savez pas où on est à présent ?

La question parut ne pas plaire aux cochers.

— Va donc savoir ! Peut-être bien qu'on est arrivés jusque chez les Kalmouks [1] ! répondit le donneur de conseils.

— Alors qu'est-ce qu'on va faire ? demandai-je.

— Qu'est-ce qu'on peut faire ? On avance, peut-être bien qu'on arrivera, dit-il d'un air mécontent.

— Bon, et si on n'arrive pas et que les chevaux s'arrêtent dans la neige, quoi alors ?

— Eh bien quoi ! Rien !

— Mais on pourrait geler.

— C'est sûr qu'on pourrait, vu qu'on ne voit même plus de meules à présent : donc on est vraiment arrivés chez les Kalmouks. L'important, c'est de regarder d'après la neige.

— Tu aurais peut-être peur de geler, barine ? demanda le petit vieux d'une voix chevrotante.

Il avait l'air de se moquer de moi, mais on voyait qu'il était glacé jusqu'aux os.

— Oui, il commence à faire très froid, dis-je.

— Sacré barine ! Tu devrais faire comme moi : courir un peu de temps en temps — ça te réchaufferait.

— Rien de tel que de courir un peu derrière le traîneau, fit le donneur de conseils.

VII

— Je vous en prie, c'est prêt ! me criait Aliochka depuis le premier traîneau.

La tempête soufflait si fort, que c'est à grand-peine que, plié en deux et retenant des deux mains les pans de ma pelisse, je pus, marchant sur la neige instable que le vent emportait sous mes pieds, franchir les quelques pas qui me séparaient de mon traîneau. Mon ancien cocher s'était déjà installé à genoux au milieu du traîneau vide, mais, lorsqu'il m'aperçut, il ôta son grand bonnet, laissant le vent soulever furieusement sa chevelure, et me demanda un pourboire. Sans doute ne s'attendait-il même pas à ce que je lui en donne un, car mon refus ne le vexa pas le moins du monde. Il me remercia quand même, renfonça son bonnet en me disant : « Allons, Dieu vous garde, barine... » et, secouant les rênes et avec un clappement des lèvres, il s'éloigna de nous. Là-dessus, Ignachka cingla lui aussi ses chevaux d'un grand coup de fouet et les excita de la voix. De nouveau le crépitement des sabots, les cris d'encouragement et le bruit de la clochette succédèrent au hurlement du vent, qui s'entendait surtout lorsque nous étions arrêtés.

Après avoir changé de traîneau, je passai près d'un quart d'heure sans dormir, occupé à observer l'allure de mon nouveau cocher et de ses chevaux. Ignachka était gaillardement assis, il n'arrêtait pas de sauter sur son siège, de brandir son fouet au-dessus des chevaux, de pousser des cris d'encouragement, de cogner ses jambes l'une contre l'autre et, se penchant en avant, de remettre en place l'avaloire du limonier, qui glissait constamment vers la droite. Il n'était pas très grand, mais paraissait bien bâti. Par-dessus sa pelisse courte, il portait une houppelande sans ceinture dont le col était presque entièrement rabattu, découvrant son cou nu ; il avait des bottes de cuir, et non de feutre, et portait un petit bonnet qu'il enlevait et rajustait à chaque instant. Ses oreilles n'étaient couvertes que par ses cheveux. Tous ses mouvements dénotaient non seulement de l'énergie, mais plus encore, me semblait-il, le désir d'éveiller celle-ci. Cependant, plus nous avancions, et plus souvent il sautait sur son siège pour se mettre à l'aise, tapait ses jambes l'une contre l'autre et nous adressait la parole, à Aliochka ou à moi : j'avais l'impression qu'il avait peur de perdre courage. Il y avait de quoi, nous avions beau avoir de bons chevaux, la neige devenait de plus en plus lourde, et les chevaux, visiblement, avaient de moins en moins d'allant : il fallait les encourager du fouet, et le limonier, un bon cheval de grande taille à longs poils, avait trébuché une ou deux fois, bien qu'à chaque fois, effrayé, il eût donné un grand coup de collier et redressé sa tête ébouriffée presque jusqu'à la clochette. Le bricolier de droite, que j'observais sans le vouloir, en même temps que le long pompon de cuir de l'avaloire, qui s'agitait et sautillait du côté extérieur, faisait manifestement descendre les rênes et appelait le knout, mais, fidèle à son habitude de bon cheval, et même de cheval un peu vif, il paraissait s'en vouloir de manquer de force, baissait et relevait la tête d'un air furieux, demandant qu'on lui lâchât la bride. Il n'était guère rassurant en effet de voir la tempête souffler toujours plus fort, le froid devenir de plus en plus vif, les chevaux faiblir, la route devenir de plus en plus mauvaise, et de penser que nous ne savions absolument pas où nous étions et dans quelle direction nous devions nous diriger, non seulement pour arriver au relais, mais même pour atteindre un abri quelconque, — et c'était absurde et étrange d'entendre la clochette tinter de façon si désinvolte et si joyeuse et Ignatka pousser des cris d'encouragement si pleins d'entrain et d'une si belle sonorité, comme si nous traversions un village en fête en plein midi par un jour de gel ensoleillé, — et surtout il était étrange de penser que nous nous éloignions toujours, et à toute vitesse, de l'endroit où nous nous trouvions, pour aller Dieu sait où. Ignatka entonna une chanson, d'une voix de fausset assez pitoyable, mais si fort et en s'arrêtant pour siffler de telle façon, qu'il paraissait étrange d'avoir peur en l'écoutant.

— Eh là ! Qu'est-ce que tu as à t'égosiller comme ça, Ignat, fit la voix du donneur de conseils. — Arrête-toi un moment !

— De quoi ?

— Arrê-ê-ête !

Ignat s'arrêta. De nouveau tout se tut, et le vent se mit à hurler et à siffler, et la neige, en tourbillonnant, à remplir le traîneau. Le donneur de conseils vint vers nous.

— Eh bien quoi ?

— Quoi, quoi ? Où on va ?

— Je me demande bien !

— Qu'est-ce que tu as à te taper comme ça ? Tu as les pieds qui gèlent ?

— Je ne les sens plus du tout !

— Tu devrais aller voir par là-bas : on aperçoit quelque chose — ça ne serait pas des fois un campement kalmouk ? Ça te réchaufferait les pieds.

— Allons-y. Tiens-moi mes chevaux.

Et Ignat courut dans la direction indiquée.

— Il faut tout le temps regarder et marcher un peu : c'est comme ça qu'on trouve ; autrement, ça sert à quoi d'avancer sans savoir ! me disait le donneur de conseils. — Tu as vu ça comme il a fait suer ses chevaux !

Pendant tout le temps qu'Ignat resta éloigné — et cela dura si longtemps que je craignis même qu'il ne se fût perdu —, le donneur de conseils me raconta d'une voix calme et pleine d'assurance ce qu'il fallait faire en cas de tempête, et que le mieux était de dételer son cheval et de le laisser aller, que, vrai de vrai, il te remettrait sur le bon chemin, ou que parfois on pouvait aussi s'orienter d'après les étoiles, et que, si c'était lui qui était en tête, il y a belle lurette que nous serions déjà au relais.

— Eh bien, tu as trouvé ? demanda-t-il à Ignat qui revenait, avançant à grand-peine dans la neige qui lui arrivait presque aux genoux.

— Il y a bien quelque chose, faut croire que c'est un campement, répondit Ignat tout essoufflé, — mais lequel, je n'en sais rien. On a dû arriver jusqu'au bois de Prolgovskaïa. Il faut prendre plus à gauche.

— Qu'est-ce qu'il raconte ! Ce sont tout simplement nos campements, ceux de derrière le relais, rétorqua le donneur de conseils.

— Je te dis que non !

— Je l'ai aperçu, je sais : c'est bien celui-là ; ou sinon celui de Tamychevo. De toute façon il faut prendre vers la droite : ça nous fera arriver juste sur le grand pont, à la huitième verste.

— Mais puisque je te dis que non ! Je l'ai bien vu ! répondit Ignat avec irritation.

— Ah, mon vieux ! Et ça se dit cocher !

— Cocher, justement ! Vas-y voir toi-même.

— Pas besoin d'y aller ! Je le sais très bien.

Ignat s'était fâché, c'était clair : sans répondre, il bondit sur son siège et repartit.

— J'ai les pieds glacés, je ne te dis que ça : pas moyen de les réchauffer, dit-il à Aliochka en continuant à les taper l'un contre l'autre de plus en plus souvent, et à vider la neige qui était entrée dans les tiges de ses bottes.

J'avais affreusement sommeil.

VIII

« Se pourrait-il que je sois déjà en train de geler ? me disais-je dans mon sommeil — il paraît qu'on commence toujours par s'endormir. J'aimerais mieux me noyer que geler, qu'on me retire de l'eau dans un filet ; d'ailleurs, au fond, peu importe — se noyer, geler, si seulement il n'y avait pas ce bâton qui s'enfonce dans mon dos, et que je puisse m'endormir. »

Et je m'endors pour une seconde.

« Mais comment ça va finir, tout de même ? me dis-je soudain, en ouvrant un instant les yeux et en plongeant mes regards dans l'espace tout blanc. — Comment ça va finir ? Si nous ne trouvons pas de meules et que les chevaux s'arrêtent, ce qui, apparemment, va bientôt arriver, — nous allons tous geler. » Je reconnais que, bien que j'eusse un peu peur, le désir qu'il nous arrivât quelque chose d'extraordinaire, d'un peu tragique, était en moi plus fort que cette petite crainte. Il me semblait que ce ne serait pas mal si au petit matin, dans quelque village lointain et inconnu, nos chevaux nous amenaient d'eux-mêmes à moitié gelés, ou même tout à fait gelés pour certains. Et des images allant en ce sens passaient devant moi avec une netteté et une rapidité extraordinaires. Les chevaux s'arrêtent, la neige s'accumule de plus en plus, et voilà qu'on ne voit plus des chevaux que l'arceau et les oreilles ; mais tout d'un coup on voit apparaître au-dessus d'eux Ignachka avec sa troïka qui passe près de nous. Nous le supplions, nous lui crions de nous prendre ; mais le vent emporte notre voix, nous sommes sans voix. Ignachka ricane, crie sur ses chevaux, sifflote et disparaît de notre vue dans un profond ravin rempli de neige. Le petit vieux sautille sur son cheval, les coudes ballants, et veut s'éloigner, mais il ne parvient pas à bouger ; mon ancien cocher, avec son grand bonnet, se jette sur lui, le renverse par terre et le piétine dans la neige. « Tu es un sorcier, crie-t-il, — tu es un injurieur ! Nous allons chercher notre chemin ensemble. » Mais la tête du petit vieux émerge d'une congère : il n'est plus tellement un petit vieux, mais plutôt un lièvre, et il détale devant nous. Tous les chiens le poursuivent. Le donneur de conseils, qui n'est autre que Fiodor Philippytch, dit qu'il faut que tout le monde s'asseye en rond, que ça ne fait rien si la neige nous recouvre, car nous serons au chaud. Et, en effet, nous nous sentons à l'aise et au chaud ; mais seulement j'ai soif. Je prends mon coffre, j'offre à tout le monde du rhum avec du sucre et j'en bois moi-même avec le plus grand plaisir. Le conteur raconte une histoire où il est question de l'arc-en-ciel, — et nous avons maintenant au-dessus de nous un plafond de neige et un arc-en-ciel. « À présent faisons-nous tous une petite chambre dans la neige et dormons ! » dis-je. La neige est douce et chaude comme de la fourrure. Je me fais une petite chambre et veux y entrer ; mais Fiodor Philippytch, qui a vu mon argent dans le coffre, me dit : « Stop ! donne-moi l'argent. De toute façon on doit y passer ! » et il me saisit par la jambe. Je lui donne l'argent et demande seulement qu'on me laisse partir ; mais ils ne veulent pas croire que ce soit là tout mon argent et ils veulent me tuer. Je saisis la main du petit vieux et commence avec une volupté inexprimable à la couvrir de baisers ; la main du petit vieux est tendre et sucrée. Il veut d'abord me l'arracher, mais ensuite il me l'abandonne et même me caresse lui-même de l'autre main. Mais Fiodor Philippytch s'approche et me menace. Je cours dans ma chambre ; mais ce n'est pas une chambre, c'est un long couloir blanc et quelqu'un me tient par les jambes. Je lui échappe. Mes vêtements et un morceau de ma peau restent dans les mains de celui qui me tient ; mais j'ai seulement froid et honte — d'autant plus honte que ma tante avec son ombrelle et sa petite pharmacie homéopathique vient à ma rencontre, bras dessus, bras dessous avec le noyé. Ils rient et ne comprennent pas les signes que je leur fais. Je me jette sur le traîneau, mes pieds traînent dans la neige ; mais le petit vieux me court après, les coudes ballants. Il est déjà tout près, mais j'entends devant moi tinter deux clochettes, et je sais que lorsque je les aurai atteintes, je serai sauvé. Les clochettes retentissent de plus en plus fort ; mais le petit vieux m'a rattrapé et tombe sur moi, m'écrasant le visage de son ventre, si bien que j'entends à peine les clochettes. Je saisis de nouveau sa main et me mets à la baiser, mais le petit vieux n'est plus le petit vieux, mais le noyé... et il crie : « Ignachka ! Arrête-toi, voilà les meules d'Akhmetka, on dirait ! Vas-y donc jeter un coup d'œil ! » Ça, pour le coup, c'est trop effrayant. Non, il vaut mieux que je me réveille...

J'ouvre les yeux. Le vent a rabattu sur mon visage le pan du manteau d'Aliochka, j'ai un genou découvert, le traîneau glisse sur de la neige durcie et la tierce des clochettes résonne bien fort avec sa quinte chevrotante.

Je cherche des yeux les meules ; mais à leur place, les yeux grands ouverts à présent, je vois une maison avec un balcon et le mur crénelé d'une forteresse. Cela ne m'intéresse guère d'examiner comme il faut cette maison et cette forteresse : j'ai surtout envie de revoir le couloir blanc le long duquel je courais, d'entendre le son du carillon d'église et de baiser la main du petit vieux. Je referme les yeux et je m'endors.

IX

Je dormais d'un profond sommeil ; mais j'entendais toujours la tierce des clochettes, que je voyais en rêve tantôt sous la forme d'un chien qui aboyait en se jetant sur moi, tantôt sous celle d'un orgue dont je formais l'un des tuyaux, tantôt sous la forme de vers français que je composais. Parfois il me semblait que cette tierce était un instrument de torture dont on se servait pour me comprimer sans arrêt le talon droit. C'était si fort, que je me réveillai et ouvris les yeux en me frottant la jambe. Elle commençait à geler. La nuit était toujours aussi claire, vaporeuse, blanche. C'était toujours le même mouvement qui me poussait, en même temps que le traîneau ; le même Ignachka qui était assis de côté et tapait du pied à chaque instant ; le même bricolier qui, le cou tendu et levant peu les jambes, trottait dans la neige profonde, tandis que le pompon sautillait sur l'avaloire et fouettait le ventre du cheval. La tête du limonier, la crinière au vent, tendant et relâchant les rênes attachées à l'arceau, se balançait régulièrement. Mais tout cela, plus encore qu'avant, était recouvert, enseveli sous la neige. La neige tourbillonnait devant, sur les côtés, recouvrait les patins, les jambes des chevaux jusqu'aux genoux et tombait d'en haut sur les cols et les bonnets. Le vent soufflait tantôt à droite, tantôt à gauche, secouait mon col, le pan de la houppelande d'Ignat, la crinière du bricolier et hurlait au-dessus de l'arceau et entre les timons.

Il commençait à faire affreusement froid, et à peine avais-je sorti la tête de mon col que des tourbillons de neige sèche et glacée me collaient les cils, le nez, la bouche et me pénétraient dans le cou — tout est blanc, lumineux et enneigé, rien nulle part que lumière trouble et neige. Je commençais à avoir sérieusement peur. Aliochka dormait à mes pieds, tout au fond du traîneau ; il avait le dos complètement recouvert d'une épaisse couche de neige. Ignachka gardait son entrain : il passait son temps à tirer sur les rênes, pousser des cris d'encouragement et taper ses jambes l'une contre l'autre. La clochette tintait toujours aussi merveilleusement. Les chevaux renâclaient, mais couraient toujours, trébuchant de plus en plus souvent, et un peu moins vite. De nouveau, Ignachka bondit sur son siège, fit tournoyer sa moufle et entonna une chanson de sa voix fluette et tendue. Puis, sans finir sa chanson, il arrêta sa troïka, jeta les rênes par-dessus son siège et descendit du traîneau. Le vent hurla frénétiquement ; une grande pelletée de neige se déversa sur les pans de ma pelisse. Je me retournai : la troisième troïka avait disparu (elle s'était laissé distancer). Auprès du deuxième traîneau, dans un brouillard de neige, on voyait le petit vieux sautiller d'un pied sur l'autre. Ignachka s'écarta de trois pas du traîneau, s'assit sur la neige et se mit à enlever ses bottes.

— Qu'est-ce que tu fais là ? demandai-je.

— Il faut que je me rechausse ; sans quoi j'ai les pieds complètement gelés, répondit-il en continuant sa besogne.

J'avais trop froid pour sortir le cou de mon col de fourrure et regarder comment il faisait. J'étais assis tout droit et observais le bricolier qui, une jambe écartée, balançait d'un air fatigué et souffrant sa queue recouverte de neige. La secousse que provoqua Ignachka en sautant sur son siège me réveilla.

— Eh bien, où est-on maintenant ? demandai-je. — Est-ce qu'au moins nous allons arriver avant le jour ?

— Ne vous faites pas de souci, on vous amènera à destination. — Maintenant je me suis bien réchauffé les pieds en me rechaussant.

Et il fit repartir les chevaux, la clochette tinta, le traîneau se remit à osciller et le vent à siffler sous les patins. Et nous recommençâmes à naviguer sur cette mer infinie de neige.

X

Je m'endormis profondément. Et lorsque Aliochka, en me poussant du pied, me réveilla et que j'ouvris les yeux, le jour était levé. Il semblait faire encore plus froid que pendant la nuit. La neige ne tombait plus, mais un vent sec et violent continuait à recouvrir les champs de neige poudreuse, qui s'accumulait en particulier sous les sabots des chevaux et sous les patins des traîneaux. À droite, du côté de l'orient, le ciel était lourd, d'une teinte bleuâtre et sombre ; mais des bandes obliques rouge-orange vif s'y dessinaient de plus en plus nettement. Au-dessus de nos têtes, par-delà les nuages blancs qui couraient et commençaient à peine à se colorer, on apercevait le bleu pâle du ciel ; à gauche, les nuages étaient clairs, légers et mobiles. Alentour, aussi loin que portait le regard, les champs étaient recouverts de neige blanche et profonde, étalée en couches aux bords tranchés. On distinguait çà et là un monticule grisâtre qu'une fine et sèche poussière de neige franchissait avec obstination. Nulle part la moindre trace de traîneau, d'homme ou d'animal. Les contours et les couleurs du dos du cocher et des chevaux se découpaient, nets et clairs, même sur ce fond blanc. Le rebord du bonnet bleu foncé d'Ignachka, son col, ses cheveux, et même ses bottes étaient blancs. Le traîneau était complètement recouvert. Le limonier gris avait tout le côté droit de la tête et du garrot plein de neige ; mon bricolier avait les jambes saupoudrées jusqu'aux genoux et toute sa croupe en sueur, dont les poils frisaient, était tapissée de neige du côté droit. Le pompon continuait à sautiller au rythme du motif qu'on voulait bien imaginer, le bricolier lui-même trottait toujours à la même allure, et c'est seulement à son ventre rentré, qui s'élevait et s'abaissait rapidement, que l'on pouvait juger de son épuisement. Un seul objet nouveau attirait l'attention : c'était le poteau indicateur de distance, d'où la neige se déversait sur le sol, et au pied duquel le vent avait entassé à droite toute une montagne de neige et continuait à rager et à déplacer la neige poudreuse d'un côté à l'autre. Je fus extrêmement étonné de constater que nous avions passé toute la nuit, soit douze heures, attelés aux mêmes chevaux, sans savoir où nous allions et sans nous arrêter, et que nous étions tout de même arrivés. Notre clochette paraissait tinter encore plus gaiement. Ignat s'enveloppait dans sa houppelande et poussait des cris d'encouragement ; derrière nous, s'ébrouaient les chevaux et tintaient les clochettes de la troïka du petit vieux et du donneur de conseils ; mais le dormeur s'était bel et bien laissé distancer dans la steppe. Une demi-verste plus loin, nous tombâmes sur la trace toute fraîche, à peine recouverte de neige, d'un traîneau et d'une troïka, ainsi que, par intervalles, les traces roses du sang d'un cheval qui manifestement se blessait les jambes en courant.

— C'est Philippe ! Tu as vu ça, il a fait plus vite que nous ! dit Ignachka.

Mais voici qu'on aperçoit une maisonnette agrémentée d'une enseigne, seule au bord de la route au milieu de la neige qui la recouvre presque jusqu'au toit et jusqu'aux fenêtres. Près de l'auberge se tient une troïka de chevaux gris, dont la sueur fait friser le poil, les jambes écartées et la tête basse. L'entrée est déblayée et, devant la porte, on aperçoit une pelle ; mais le vent qui mugit continue à soulever en tourbillons et à balayer la neige du toit.

Au bruit de nos clochettes, un grand cocher roux et rubicond paraît sur le pas de la porte, un verre de vodka à la main, et il crie quelque chose. Ignat se tourne vers moi et me demande la permission de s'arrêter. C'est là que j'aperçois sa trogne pour la première fois.

XI

Il n'avait pas le visage noirâtre, sec et agrémenté d'un nez droit que la vue de ses cheveux et de sa carrure me faisait attendre. C'était une trogne ronde, joyeuse, au nez aussi retroussé que possible, avec une grande bouche et des yeux ronds d'un bleu clair éclatant. Ses joues et son cou étaient rouges comme s'ils venaient d'être astiqués ; ses sourcils, ses longs cils et le duvet qui recouvrait régulièrement le bas de son visage étaient tapissés de neige et complètement blancs. Il ne restait qu'une demi-verste à faire jusqu'au relais, et nous nous arrêtâmes.

— Mais faites vite, dis-je.

— C'est l'affaire d'une minute, répondit Ignachka en sautant de son siège et en s'approchant de Philippe.

— Allons-y, vieux, dit-il en retirant de sa main droite la moufle qui tenait le fouet et en les jetant l'un et l'autre sur la neige ; et, renversant la tête, il vida d'un seul coup le petit verre de vodka qu'on lui tendait.

L'aubergiste, sans doute un Cosaque à la retraite, sortit de l'auberge, une chopine à la main.

— Qui en veut ? fit-il.

Le grand Vassili, un paysan efflanqué aux cheveux châtains et à la barbiche de bouc, et le donneur de conseils, un gros blond au visage rubicond encadré d'une épaisse barbe toute blanche, s'approchèrent et burent aussi un petit verre chacun. Le petit vieux fit mine de se joindre au groupe des buveurs, mais on ne lui offrait rien, et il s'en alla vers ses chevaux attachés derrière le traîneau et se mit à caresser le dos et la croupe de l'un d'eux.

Le petit vieux était exactement comme je l'avais imaginé : petit, maigrichon, avec un visage ridé bleui par le froid, une barbiche au poil rare, un petit nez pointu et des dents jaunes abîmées. Il portait un bonnet de cocher tout neuf, mais sa maigre demi-pelisse tout usée, tachée de goudron, aux pans et à l'épaule troués, ne couvrait ni ses genoux ni le pantalon de chanvre qu'il portait en dessous, enfoncé dans d'immenses bottes de feutre. Il se tenait tout voûté, tout renfrogné, et, le visage et les genoux tremblants, s'activait auprès du traîneau, cherchant manifestement à se réchauffer.

— Allons, Mitrytch, offre-toi un petit verre : ça te réchaufferait bien.

Mitrytch sursauta. Il remit en place l'avaloire de son cheval, arrangea l'arceau et s'approcha de moi.

— Dites, barine, fit-il en ôtant le bonnet qui couvrait ses cheveux gris et en faisant une profonde révérence, — on a passé la nuit à tourner en rond et à chercher son chemin avec vous : vous pourriez bien me payer un petit verre ! Vous voulez bien, votre grâce ? Vu que j'ai pas de quoi me réchauffer, ajouta-t-il avec un petit sourire obséquieux.

Je lui donnai une pièce d'un quart de rouble. L'aubergiste revint avec un petit verre qu'il présenta au vieux. Celui-ci enleva la moufle avec laquelle il tenait son fouet et leva vers le verre une petite main noire, noueuse et légèrement bleuie ; mais son pouce, comme s'il ne lui appartenait pas, ne lui obéit pas : il ne put retenir le verre, qui se vida et tomba dans la neige.

Tous les cochers éclatèrent de rire.

— Il est drôlement gelé, le Mitrytch ! Il n'arrive même pas à retenir sa vodka !

Mais Mitrytch était très contrarié d'avoir renversé son verre.

On lui en remplit pourtant un second, qu'on lui versa dans la bouche. Il devint aussitôt plus gai, fit un saut dans l'auberge, alluma sa pipe et se mit à sourire en montrant ses dents jaunes abîmées et à jurer après chaque mot. Ayant vidé leur dernier verre, les cochers se séparèrent pour rejoindre leurs troïkas, et nous repartîmes.

La neige était de plus en plus blanche et brillante, si bien qu'on avait mal aux yeux à la regarder. Des raies oranges et rougeâtres montaient en s'élargissant de plus en plus dans le ciel ; on aperçut même à l'horizon, à travers des nuages gris argenté, le disque rouge du soleil. L'azur du ciel devint plus éclatant et plus foncé. Le long du chemin, près du relais, la trace était claire, nette, jaunâtre, il y avait çà et là des fondrières ; l'air glacial et dense donnait une agréable sensation de légèreté et de fraîcheur.

Ma troïka filait à toute allure. La tête du limonier et son cou, dont la crinière flottait sur l'arceau, montaient et descendaient rapidement, sans presque changer de place, sous la clochette de chasseurs, dont la languette ne s'agitait plus, mais raclait les parois. Les bons bricoliers tendaient d'un même effort les courroies gelées et tordues, ils bondissaient énergiquement, leur pompon se balançait droit sous le ventre et l'avaloire. Parfois le bricolier s'écartait de la voie tracée, frottant la congère, et, s'en dégageant vivement, nous projetait de la neige dans les yeux. Ignachka, de sa voix de ténor, poussait des cris joyeux d'encouragement ; parfois nos patins faisaient crisser la glace ; derrière nous les deux clochettes tintaient joyeusement, et les cochers poussaient des cris de leurs voix avinées. Je me retournai : les bricoliers gris au poil frisé, tendant le cou, retenant régulièrement leur souffle, le mors de travers, bondissaient sur la neige. Philippe, brandissant son fouet, remettait en place son bonnet ; le petit vieux, les jambes en l'air, comme auparavant, était couché au milieu du traîneau.

Deux minutes plus tard, le traîneau faisait grincer les planches du préau balayé du relais, et Ignachka tournait vers moi son visage joyeux, badigeonné de neige et respirant le froid.

— On vous a quand même amené à destination, barine, me dit-il.

Deux Hussards

Récit

Dédié à la comtesse Marie Tolstoï[1].

Du Jomini tant et plus,
Mais sur la vodka — motus[2].

Dans les années 1800, à l'époque où n'existaient encore ni les chemins de fer ni les routes asphaltées[3], ni l'éclairage au gaz ni les bougies de stéarine[4], ni les divans bas à ressorts, ni les meubles non laqués, ni les jeunes gens désenchantés portant monocle, ni les femmes-philosophes libéraux, ni les aimables dames aux camélias[5] qui se sont tant multipliées de nos jours, — en ces temps naïfs où, en partant de Moscou pour Saint-Pétersbourg, en voiture couverte ou en carrosse, on emportait toute une cuisine de provisions préparées chez soi, on roulait huit jours sur un chemin de terre plein de poussière ou de boue, et on croyait aux côtelettes Pojarski[6], aux clochettes de Valdaï[7] et aux boubliks[8], — lorsque par les longues soirées d'automne on voyait charbonner les bougies de suif, éclairant des cercles de famille de vingt ou trente personnes, que dans les bals on garnissait les candélabres de bougies de cire ou de spermaceti, lorsqu'on disposait symétriquement les meubles, lorsque ce n'était pas seulement par l'absence de rides et de cheveux gris que nos pères étaient jeunes, mais quand ils se battaient en duel pour des femmes et bondissaient d'un bout à l'autre de la pièce pour ramasser les mouchoirs qu'on avait laissés tomber, par mégarde ou non, quand nos mères portaient des tailles bien hautes et de gigantesques manches, et réglaient leurs affaires de famille en tirant les cartes ; lorsque les ravissantes dames aux camélias fuyaient la lumière du jour, — aux temps naïfs des loges maçonniques[1], des martinistes[2], des Tugendbund[3], à l'époque des Miloradovitch, des Davydov, des Pouchkine[4], — on assistait dans la ville de K., chef-lieu de gouvernement, au rassemblement des gentilshommes propriétaires de l'endroit, et l'Assemblée de la noblesse tirait à sa fin[5].

I

— Bon, tant pis, passe pour la salle commune, disait un jeune officier vêtu d'une pelisse et coiffé d'une casquette de hussard, qui venait de descendre d'un traîneau de voyage pour entrer dans le meilleur hôtel de la ville de K.

— Il y a un rassemblement si énorme, Votre Excellence mon bon monsieur, disait le garçon de couloir, qui avait déjà eu le temps d'apprendre de l'ordonnance du nouvel arrivant que celui-ci s'appelait comte Tourbine, et, pour cette raison, lui donnait du « Votre Excellence », — la dame Afremovski avec ses filles a promis de partir ce soir ; vous pourrez donc prendre, aussitôt qu'elle sera libre, la chambre onze, poursuivait-il, en précédant le comte dans le couloir d'un pas léger et en se retournant vers lui à chaque instant.

Dans la salle commune, autour d'une petite table, sous un grand portrait en pied, tout noirci, de l'empereur Alexandre, plusieurs personnes, des nobles *du cru*, sans aucun doute, étaient attablées devant une coupe de champagne, tandis que, un peu sur le côté, se tenaient quelques marchands de passage, en cafetans bleu foncé.

Tandis qu'il entrait dans la pièce et appelait *Blücher*, un énorme chien de berger gris qui était arrivé avec lui, le comte se débarrassait de sa pelisse au col encore couvert de givre, demandait de la vodka et, restant vêtu de sa capote de velours bleu sombre, s'asseyait près de la table et entrait en conversation avec les messieurs présents qui, immédiatement prévenus en sa faveur par ses dehors ouverts et avenants, lui offraient une coupe de champagne. Le comte vida d'abord son petit verre de vodka, puis commanda aussi une bouteille de champagne pour en régaler ses nouveaux amis. Le postillon entra pour demander son pourboire.

— Sachka, cria le comte, donne-lui !

Le postillon sortit avec Sachka, puis revint, avec de l'argent à la main.

— C'est quoi, ça, mon bon monsieur Vot' Excellence, avec tout ce que je me suis dépensé pour servir ta grâce ! Tu m'as promis un demi-rouble, et il ne m'en donne qu'un quart.

— Sachka ! donne-lui un rouble !

Sachka, la tête baissée, regardait les pieds du postillon.

— Ça lui suffit comme ça, dit-il d'une voix de basse, — et puis je n'ai plus d'argent.

Le comte tira de son portefeuille les deux seuls billets de cinq roubles qui s'y trouvaient, et en donna un au postillon qui lui baisa la main et sortit.

— Il m'a eu ! dit le comte. — Les derniers cinq roubles qui me restaient.

— Ça c'est à la hussarde, comte, dit en souriant l'un des gentilshommes, dont les moustaches, la voix et une espèce de désinvolture énergique dans les jambes trahissaient l'officier de cavalerie à la retraite. — Vous comptez rester longtemps chez nous, comte ?

— Je dois me procurer de l'argent ; sans ça je partirais tout de suite. En plus, ils n'ont pas de chambre. Qu'ils aillent au diable, avec leur maudite auberge...

— Permettez, comte, répliqua le cavalier, — vous ne voulez pas vous installer chez moi ? Je suis ici, chambre sept. Si ça ne vous ennuie pas d'y passer la nuit en attendant. Vous devriez rester chez nous un jour ou deux. Ce soir, il y a bal chez le maréchal de la noblesse. C'est lui qui serait content !

— Sérieusement, comte, restez, enchaîna un autre interlocuteur, un jeune homme assez beau garçon. — Qu'est-ce qui vous presse ? Ça n'arrive qu'une fois tous les trois ans, des élections. Vous pourriez au moins jeter un regard sur nos demoiselles, comte !

— Sachka, mon linge ! Je vais faire un tour aux bains, dit le comte en se levant. — Et après, on va voir, ça serait peut-être une idée de faire un saut chez le maréchal.

Puis il appela le garçon, lui parla un instant, à quoi le garçon répondit avec un petit sourire que « tout pouvait se faire », et sortit.

— Alors, cher monsieur, je fais porter ma valise dans votre chambre, cria le comte en sortant.

— Je vous en prie, vous me ferez plaisir, répondit le cavalier en marchant rapidement vers la porte. — Chambre sept, n'oubliez pas.

Lorsque ses pas se furent tus, le cavalier revint à sa place et dit en se rapprochant de son voisin, un fonctionnaire, et en le fixant de ses yeux souriants :

— C'est bien lui, tu sais !

— Allons !

— Je te dis que c'est lui, le fameux hussard bretteur, — tu sais, Tourbine, le fameux ! Il m'a reconnu, je te parie qu'il m'a reconnu. Ça ne m'étonne pas, nous avons passé trois semaines sans interruption à faire la noce avec lui à Lebedian [1], lorsque j'y suis allé pour la remonte. Il y a eu une histoire, là-bas — qui nous est arrivée à tous les deux —, apparemment il s'en est sorti. Un sacré gaillard, hein ?

— Un gaillard, ça oui. Et quelles manières agréables ! On ne remarque rien, comme ça, répondit le beau jeune homme. — Comme on a vite fait de s'entendre... Il doit avoir dans les vingt-cinq ans, pas plus, non ?

— Non, c'est l'impression qu'il donne, mais il est plus vieux que ça. Ce bonhomme-là, il faut savoir ce que c'est ! La Migounova, qui l'a enlevée ? Lui. Sabline, il l'a tué, Matnev, il l'a jeté par la fenêtre en le prenant par les pieds, le prince Nesterov, il lui a gagné trois cent mille roubles ! C'est une tête brûlée, je ne vous dis que ça ! Joueur, bretteur, séducteur ; mais un hussard qui a le cœur sur la main, ma parole, un vrai frère. C'est qu'il n'y a que nous qui puissions l'apprécier. Si quelqu'un pouvait seulement comprendre ce que c'est qu'un vrai hussard ! Ah, c'était le bon temps !

Et l'ancien officier de cavalerie raconta à son interlocuteur l'histoire d'une bordée à Lebedian avec le comte, qui non seulement n'avait pas eu lieu, mais n'aurait jamais pu se produire. Et cela pour deux raisons : la première était que c'était la première fois de sa vie qu'il voyait le comte, et qu'il avait pris sa retraite deux ans avant que celui-ci n'entrât au service ; la seconde était qu'en fait, l'ancien officier de cavalerie n'avait jamais été dans la cavalerie, et n'avait servi que quatre ans comme élève-officier au régiment de Belov[1], où il n'avait attendu que de passer aspirant pour prendre sa retraite. Mais dix ans plus tôt, ayant fait un héritage, il s'était effectivement rendu à Lebedian, y avait flambé sept cents roubles avec des remonteurs, et s'était déjà fait faire un uniforme de uhlan avec revers orangés pour s'engager. Le désir de s'engager dans la cavalerie et les trois semaines passées à Lebedian avec les remonteurs étaient restés la période la plus éclatante, la plus heureuse de sa vie, si bien qu'il avait d'abord transposé ce désir dans la réalité, puis dans son souvenir, et avait commencé à croire lui-même à son passé d'officier de cavalerie, ce qui ne l'empêchait pas d'être, par son bon cœur et son honnêteté, un homme des plus estimables.

— Oui, celui qui n'a pas servi dans la cavalerie ne nous comprendra jamais. Il se mit à cheval sur sa chaise et, la mâchoire en avant, commença à parler d'une voix de basse. — Tu te trouves, des fois, devant ton escadron ; tu as sous toi un vrai démon, pas un cheval, tout en lançades, tu te tiens comment dire ? à la diable. Arrive le chef d'escadron pour passer la revue : « Lieutenant, qu'il fait, on ne fera rien de bon sans vous — emmenez l'escadron au pas de cérémonie. » Bon, tu dis, et c'est parti ! Tu te retournes, tu cries à tes moustachus. Ah, sacré bon Dieu, c'était le bon temps !

Le comte, tout rouge et les cheveux mouillés, revint des bains et alla tout droit à la chambre sept, où était déjà assis le cavalier, en robe de chambre, la pipe à la bouche, en train de penser avec délectation et non sans une certaine crainte à la chance qui lui était échue de vivre dans la même chambre que le célèbre Tourbine. « Et si, lui venait-il soudain à l'esprit, s'il se mettait en tête de me déshabiller, de m'amener tout nu jusqu'à la barrière de péage et de m'asseoir dans la neige, ou... de me barbouiller de goudron, ou simplement... Non, il ne fera pas ça à un camarade... », se disait-il pour se rassurer.

— Tu donnes à manger à Blücher, Sachka, cria le comte.

Sachka parut, qui avait bu son verre de vodka à l'arrivée, et était déjà passablement ivre.

— Tu n'as pas pu y tenir, canaille, tu as déjà bu ! Donne à manger à Blücher !

— De toute façon il ne crèvera pas : avec un poil comme ça ! répondit Sachka en caressant le chien.

— Allons, pas de discussion ! Va le nourrir.

— Votre chien, vous ne pensez qu'à le voir bien nourri, alors qu'un homme, dès qu'il a bu un petit verre, vous le lui reprochez !

— Je vais te casser la figure ! cria le comte d'une voix qui fit trembler les vitres et effraya même un peu le cavalier.

— Vous devriez demander si votre Sachka a déjà mangé quelque chose aujourd'hui. Battez-moi, allez-y, si vous préférez un chien à un homme, fit Sachka. Mais il reçut aussitôt un tel coup de poing en plein visage qu'il tomba à la renverse, se cogna la tête à la cloison et, portant la main à son nez, sortit d'un bond de la chambre et s'affala sur le banc du couloir.

— Il m'a cassé les dents, marmonnait Sachka, en essuyant d'une main son nez ensanglanté, tandis que de l'autre il grattait le dos de Blücher qui se léchait les babines, — il m'a cassé les dents, mon petit Blücher, mais c'est quand même mon comte à moi et j'irais au feu pour lui, c'est comme ça ! Parce que c'est mon comte, tu comprends, mon Blüchot ? Tu veux manger ?

Au bout d'un instant, il se leva, nourrit le chien et, presque dessaoulé, alla servir son comte et lui proposer du thé.

— Vous me vexeriez, tout simplement, disait

humblement le cavalier, debout devant le comte qui était couché sur son lit, les jambes relevées et appuyées sur le rebord, — voyons, je suis aussi un vieux soldat et un camarade, si je puis dire. Plutôt que d'emprunter à quelqu'un, je serais enchanté de vous avancer deux cents roubles ; je ne les ai pas sur moi, je n'en ai que cent, mais je vais les faire venir tout de suite. Vous me vexeriez tout simplement, comte !

— Merci petit père[1], dit le comte, qui avait tout de suite deviné quel genre de relations devait s'établir entre eux, en tapant sur l'épaule du cavalier, — merci. Bon, eh bien nous allons aussi aller au bal, puisque c'est comme ça. Et maintenant, qu'est-ce que nous faisons ? Raconte-moi ce qu'il y a dans votre ville : qu'est-ce qu'il y a comme jolies femmes ? Comme bambocheurs ? Comme joueurs ?

Le cavalier expliqua que les jolies femmes, il y en aurait des tas au bal, que comme noceur, il y avait surtout le capitaine de police que l'on venait d'élire, mais qu'il lui manquait la vraie fougue des hussards, c'était juste comme ça, un brave garçon ; que le chœur tsigane d'Iliouchka se produisait dans la ville depuis le début des élections, c'était Stiochka qui chantait en solo, et que ce soir *tout le monde* y serait en sortant de chez le maréchal.

— Et pour ce qui est du jeu, ce n'est pas mal non plus, racontait-il. — Il y a Loukhnov, un étranger de passage, qui joue pour de l'argent, et Ilyine, celui qui est au huit, un cornette des uhlans, qui perd aussi beaucoup d'argent. Chez lui, c'est déjà commencé. Ils jouent tous les soirs, et, je vais vous dire, comte, quel brave garçon, cet Ilyine ! S'il y en a un qui n'est pas près de ses sous, c'est bien lui : il vous donnerait sa dernière chemise.

— Eh bien, allons chez lui, fit le comte. On verra ce que c'est comme public.

— Allons-y, allons-y ! Ils vont être terriblement contents.

II

Le sous-lieutenant de cavalerie Ilyine venait de se réveiller. La veille, il s'était assis à la table de jeu à huit heures du soir et avait joué pendant quinze heures d'affilée, jusqu'à onze heures du matin. Il avait dû perdre pas mal d'argent, mais il ne savait pas exactement combien, parce qu'il avait à peu près trois mille roubles à lui et quinze mille roubles de la caisse du régiment, qu'il avait depuis longtemps mélangés avec son propre argent, et parce qu'il avait peur de compter ce qui lui restait pour ne pas voir se confirmer ce qu'il pressentait — à savoir qu'il manquait déjà quelque chose de l'argent du régiment. Il était près de midi lorsqu'il s'était endormi, et il avait dormi de ce sommeil lourd et sans rêves qu'ont seulement les très jeunes gens après une très grande perte au jeu. Réveillé à six heures du soir, au moment même où le comte Tourbine arrivait à l'hôtel, et voyant autour de lui des cartes éparpillées sur le plancher, de la craie et des tables maculées au milieu de la chambre, il se rappela avec effroi le jeu de la veille et la dernière carte, un valet, qu'on lui avait battu pour cinq cents roubles ; mais, ne croyant pas encore tout à fait à la réalité, il alla chercher son argent sous son oreiller et se mit à le compter. Il reconnut quelques billets qui, à force de cornages et de reports, étaient passés plusieurs fois de main en main, et se rappela tout le déroulement du jeu. Ses trois mille roubles avaient fondu, et il manquait déjà deux mille cinq cents roubles de l'argent de la caisse.

Cela faisait quatre nuits de suite que le uhlan jouait.

Il venait de Moscou où on lui avait confié la caisse du régiment. À K., il avait été retenu par le maître de poste sous prétexte de manque de chevaux, mais en réalité à la suite de l'accord que celui-ci avait passé depuis longtemps avec le propriétaire de l'hôtel pour retenir pendant une journée tous les voyageurs. Le uhlan, un gamin joyeux qui venait de recevoir de ses parents trois mille roubles pour son équipement, était content de passer quelques jours dans la ville de K. pendant les élections, et espérait bien s'y amuser. Il connaissait dans la région un propriétaire chargé de famille et était sur le point d'aller le voir et de faire un brin de cour à ses filles, lorsque le cavalier se présenta pour faire sa connaissance, et le soir même, sans penser à mal, le présenta à ses amis, Loukhnov et d'autres joueurs, dans la salle commune. Depuis ce moment, le uhlan passait son temps à la table de jeu, et non seulement il n'était pas allé voir le propriétaire qu'il connaissait, mais il avait même cessé de demander des chevaux et n'était pas sorti de sa chambre depuis quatre jours.

Après s'être habillé et avoir pris du thé, il s'approcha de la fenêtre. Il eut envie de faire un tour pour chasser les souvenirs obsédants du jeu. Il mit sa capote et sortit de l'hôtel. Le soleil avait déjà disparu derrière les maisons blanches à toits rouges ; c'était le crépuscule. Il faisait doux. Une neige humide tombait à gros flocons dans les rues boueuses. Il se sentit soudain envahi d'une tristesse insupportable à la pensée qu'il avait passé à dormir cette journée qui prenait fin.

« Cette journée qui a passé, elle ne reviendra plus jamais », pensa-t-il.

« J'ai gâché ma jeunesse », se dit-il soudain à lui-même, non qu'il pensât vraiment qu'il avait gâché sa jeunesse — il était même à cent lieues de le penser —, mais cette phrase lui était venue toute seule à l'esprit.

« Qu'est-ce que je vais bien pouvoir faire maintenant ? se disait-il. Emprunter à quelqu'un et partir. » Une dame passa le long du trottoir. « En voilà une sotte, se dit-il, Dieu sait pourquoi. — Mais à qui emprunter ? Personne. J'ai gâché ma jeunesse. » Il s'approcha des galeries marchandes. Un vendeur en pelisse de renard se tenait sur le seuil de son échoppe et lui faisait signe d'entrer. « Si je n'avais pas enlevé le huit, j'aurais regagné ma mise. » Une vieille mendiante le suivait en geignant. « Personne à qui emprunter. » Un monsieur vêtu d'une pelisse en peau d'ours passa dans son attelage, puis il croisa une sentinelle dans sa guérite. « Qu'est-ce que je pourrais bien faire d'extraordinaire ? Leur tirer dessus ? Non, ce n'est pas drôle ! J'ai gâché ma jeunesse. Ah, qu'ils sont beaux, ces colliers de chevaux décorés ! Une troïka : ça serait bien de faire un tour ! Ah, mes jolis pigeons ! Rentrons. Loukhnov va bientôt arriver, on va se mettre au jeu ! » Il revint à l'hôtel, recompta son argent. Non, il ne s'était pas trompé la première fois : il manquait toujours deux mille cinq cents roubles sur la caisse du régiment. « Je vais miser vingt-cinq sur la première carte, vingt-cinq sur la deuxième — sur sept tas, puis sur quinze, sur trente, sur soixante... — ça fait trois mille. J'achète les colliers et je file. Il ne me laissera pas faire, le salaud ! J'ai gâché ma jeunesse. » Voilà ce qui se passait dans la tête du uhlan au moment où Loukhnov entrait effectivement chez lui.

— Alors, il y a longtemps que vous êtes levé, Mikhaïlo Vassilitch[1] ? demanda Loukhnov en enlevant lentement les lunettes cerclées d'or de son nez décharné et en les essuyant soigneusement avec un mouchoir de soie rouge.

— Non, il y a juste quelques instants. J'ai fort bien dormi.

— Il y a un hussard qui est arrivé, il s'est arrêté chez Zavalchevski... vous êtes au courant ?

— Non, je ne sais rien... Mais quoi, il n'y a encore personne ?

— Ils sont passés chez Priakhine, je crois. Ils vont bientôt arriver.

Bientôt, en effet, entrèrent plusieurs personnes : un officier de la garnison, qui accompagnait toujours Loukhnov ; un marchand — un Grec à l'immense nez busqué de couleur marron et aux yeux noirs enfoncés dans les orbites ; un gros propriétaire au visage bouffi, possesseur d'une distillerie, qui jouait des nuits entières d'affilée, et toujours à un demi-rouble la mise. Tous avaient hâte d'engager la partie ; mais les principaux joueurs n'en soufflaient mot, surtout Loukhnov, qui parlait le plus calmement du monde des malfaiteurs qui sévissaient à Moscou.

— Non, mais vous imaginez ! disait-il, Moscou, l'antique capitale, une cité, une métropole, — et la nuit, il s'y promène des bandits armés de crochets, déguisés en diables, qui font peur au brave populo, dévalisent les gens de passage — et terminé ! Que fait la police ? Voilà ce qu'on voudrait bien comprendre.

Le uhlan écoutait attentivement ce qu'on lui racontait sur les brigands, mais il finit par se lever et demander à voix basse qu'on apportât les cartes. Le gros propriétaire fut le premier à parler :

— Allons, messieurs, à quoi bon perdre un temps précieux ! S'il faut y aller, allons-y !

— Oui, avec les demi-roubles que vous avez entassés hier, on comprend que vous aimiez ça, dit le Grec.

— C'est vrai, il serait temps, dit l'officier de la garnison.

Ilyine regarda Loukhnov. Loukhnov continuait tranquillement, en le regardant droit dans les yeux, à raconter son histoire de brigands déguisés en diables griffus.

— Vous faites la banque ? demanda le uhlan.

— Ce n'est pas un peu tôt ?

— Belov, cria le uhlan, en rougissant Dieu sait pourquoi. — Apporte-moi à dîner… je n'ai encore rien mangé, messieurs... apporte du champagne et donne-nous des cartes.

À ce moment-là, le comte et Zavalchevski entrèrent dans la chambre. Il apparut que Tourbine et Ilyine étaient de la même division. Ils sympathisèrent tout de suite, burent du champagne en entrechoquant leurs verres et au bout de cinq minutes, ils se tutoyaient. Ilyine, apparemment, avait beaucoup plu au comte. Celui-ci n'arrêtait pas de sourire en le regardant et plaisantait sur sa jeunesse.

— Regardez-moi ce uhlan ! répétait-il. — Ces moustaches, non mais regardez-moi ces moustaches !

Il n'y avait qu'un léger duvet, et tout blanc, sur la lèvre d'Ilyine.

— Vous alliez vous mettre à jouer, on dirait ? dit le comte. — Allons, je te souhaite de gagner, Ilyine ! Tu m'as tout l'air d'être un champion ! ajouta-t-il en souriant.

— Oui, on va s'y mettre, répondit Loukhnov en décachetant un paquet de cartes. — Et vous, comte, vous ne daignerez pas ?

— Non, pas ce soir. Autrement, je vous aurais tous mis sur le carreau. Moi, quand je commence à miser, la banque n'a qu'à se tenir ! Mais je n'ai pas de quoi. J'ai tout perdu au relais de Volotchok. Je suis tombé sur un petit biffin aux doigts pleins de bagues, un tricheur probablement, et il m'a ratiboisé aussi sec.

— Tu y es donc resté longtemps ? demanda Ilyine.

— Vingt-deux heures d'affilée. Je m'en souviendrai, de ce maudit relais ! Mais le maître de poste ne m'oubliera pas non plus.

— Pourquoi donc ?

— J'arrive, je vois sortir le maître de poste, une tête de bandit, de filou, — pas de chevaux, qu'il me dit ; or moi, j'ai une règle : quand il n'y a pas de chevaux, je n'enlève même pas ma pelisse, je monte dans la chambre du maître de poste, pas dans son bureau, tu vois, mais carrément chez lui et je lui fais tout ouvrir en grand, les portes, les lucarnes, en disant que c'est enfumé. C'est donc ce que je fais. Or tu te souviens comme il gelait le mois dernier : des vingt degrés au-dessous de zéro. Le maître de poste commence à discuter, je lui allonge mon poing. Là-dessus une vieille, des petites filles, des femmes, de glapir, d'empoigner leurs pots pour filer au village. Je vais vers la porte : si tu me donnes des chevaux, je pars, sinon je ne laisse sortir personne, je fais geler tout le monde !

— Ça c'est un bon moyen ! dit le propriétaire joufflu en éclatant de rire. — C'est comme pour se débarrasser des cafards !

— Seulement je ne suis pas arrivé à les retenir, je suis sorti, et le maître de poste m'a échappé avec toutes ses bonnes femmes. Je n'ai gardé en gage que la vieille, elle était sur son poêle à éternuer et à prier le bon Dieu. Ensuite on est entrés en pourparlers : le maître de poste essayait de loin de me convaincre de laisser partir la vieille, et moi je lui lançais dessus Blücher — il est excellent pour traquer les maîtres de poste, Blücher. Il m'a fait attendre mes chevaux jusqu'au lendemain matin, la canaille. Là-dessus est arrivé ce petit biffin. Je suis parti dans l'autre chambre et nous nous sommes mis à jouer. Vous avez vu Blücher ?... Blücher !... Psst !

Blücher entra en courant. Les joueurs daignèrent lui accorder leur attention, bien qu'ils eussent manifestement envie de l'accorder à autre chose.

— Mais pourquoi donc ne jouez-vous pas, messieurs ? Il ne faut surtout pas que je vous gêne. C'est que je suis un sacré bavard, dit Tourbine, — le *tu aimes-tu n'aimes pas* [1] est une bonne chose.

III

Loukhnov rapprocha deux bougies, sortit un énorme portefeuille marron rempli d'argent, l'ouvrit sur la table avec lenteur, comme s'il accomplissait un rite sacré, en sortit deux billets de cent roubles qu'il glissa sous les cartes.

— Comme hier, deux cents pour la banque, dit-il en rajustant ses lunettes et en décachetant le paquet de cartes.

— Bien, dit Ilyine sans le regarder, tout en continuant sa conversation avec Tourbine.

Le jeu commença. Loukhnov distribuait avec précision, comme une machine, s'arrêtant parfois pour noter sans hâte quelque chose ou regarder sévèrement par-dessus ses lunettes en disant d'une voix faible : « Envoyez. » Le gros propriétaire parlait le plus fort, se faisant à lui-même des commentaires à haute voix, et humectait ses gros doigts en pliant les cartes. L'officier de la garnison ne disait rien, signait sa mise sous la carte d'un geste élégant et, sous la table, la cornait légèrement. Le Grec était assis à côté du banquier et suivait attentivement le jeu de ses yeux noirs enfoncés dans leurs orbites, paraissant guetter quelque chose. Zavalchevski, debout près de la table, s'animait soudain tout entier, sortait de la poche de son pantalon un billet de cinq ou de dix roubles, posait dessus une carte, la tapotait de sa paume en disant : « Allez mon petit sept ! », mordillait sa moustache, se balançait d'une jambe sur l'autre, rougissait et se mettait tout entier en mouvement jusqu'au moment où la carte sortait. Ilyine mangeait le veau froid aux cornichons que l'on avait placé à côté de lui sur le divan de crin et, s'essuyant rapidement les mains à sa redingote, jouait une carte après l'autre. Tourbine, qui était d'abord assis sur le divan, vit aussitôt ce qui se passait. Loukhnov ne regardait pas le uhlan et ne lui disait rien ; parfois seulement ses lunettes se dirigeaient un instant vers ses mains, mais la plupart de ses cartes étaient perdantes.

— Voilà une carte que j'aimerais bien battre, disait parfois Loukhnov en regardant la carte du gros propriétaire qui jouait à un demi-rouble la mise.

— C'est Ilyine que vous devriez battre, moi, qu'est-ce que ça peut me faire, remarquait le propriétaire. Et effectivement, les cartes d'Ilyine étaient battues plus souvent que les autres. Celui-ci déchirait nerveusement sous la table la carte battue et en choisissait une autre d'une main tremblante. Tourbine se leva du divan et demanda au Grec de le laisser s'asseoir à côté du banquier. Le Grec changea de place et le comte, lui prenant sa chaise, commença à fixer des yeux avec insistance les mains de Loukhnov.

— Ilyine, fit-il tout à coup de sa voix habituelle, qui, sans qu'il le voulût, couvrait toutes les autres, — pourquoi joues-tu toujours la même carte ? Tu ne sais pas jouer !

— Est-ce que ça ne revient pas au même ?

— Mais comme ça tu es sûr de perdre. Laisse-moi ponter un coup à ta place.

— Non, excuse-moi je te prie : je joue toujours tout seul. Joue pour ton compte, si tu en as envie.

— J'ai dit que je ne jouerais pas pour moi ; c'est pour toi que je veux jouer. Ça m'ennuie de te voir perdre.

— Il faut croire que c'est le destin !

Le comte se tut et, accoudé à la table, continua à regarder fixement les mains du banquier.

— Je n'aime pas ça ! fit-il soudain d'une voix forte et en détachant bien les mots.

Loukhnov se tourna vers lui.

— Je n'aime pas ça ! Je n'aime pas ça du tout ! fit-il encore plus fort, en regardant Loukhnov droit dans les yeux.

Le jeu continuait.

— C'est moche ! fit de nouveau Tourbine, alors que Loukhnov venait de battre une grosse carte d'Ilyine.

— Qu'est-ce qui ne vous plaît donc pas, comte ? demanda le banquier d'un ton poli et indifférent.

— Ce que je n'aime pas, c'est qu'en jouant avec Ilyine, vous lui cédez les simples et vous battez les doubles mises. Voilà ce qui ne me plaît pas.

Loukhnov eut un léger mouvement des épaules et des sourcils, comme pour dire qu'il fallait en toute chose s'abandonner au destin, et continua à jouer.

— Blücher, psst ! cria le comte en se levant. — Taïaut ! ajouta-t-il rapidement.

Blücher, se cognant du dos au divan et renversant presque au passage l'officier de la garnison, sortit d'un bond de son encoignure, accourut vers son maître et gronda, parcourant les joueurs du regard et remuant la queue, comme pour demander : « Qui est-ce qui se tient mal ici ? hein ? »

Loukhnov posa les cartes sur la table et en écarta sa chaise.

— Ce n'est pas possible de jouer comme ça, dit-il, — je déteste les chiens. Ça ne s'appelle pas du jeu, quand on vous amène toute une meute !

— Ces chiens-là surtout : on les appelle des sangsues, je crois, renchérit l'officier de la garnison.

— Alors, on joue ou on ne joue pas, Mikhaïl Vassiliévitch, demanda Loukhnov au maître des lieux.

— Ne nous gêne pas, s'il te plaît, comte, dit Ilyine en se tournant vers Tourbine.

— Viens par ici un moment, dit Tourbine en prenant Ilyine par le bras, et il l'emmena derrière la cloison.

De là, on entendait parfaitement ce que disait le comte, qui parlait de sa voix habituelle. Et il avait une voix qui s'entendait à trois pièces de distance.

— Tu es fou, ou quoi ? Tu ne vois pas que ce monsieur à lunettes est un tricheur de première classe ?

— Allons, voyons, qu'est-ce que tu racontes ?

— Pas de voyons qui tienne : laisse tomber, je te dis. Ça me serait bien égal. Une autre fois je t'aurais plumé moi-même ; mais ça me fait de la peine de te voir te ruiner. En plus, est-ce que tu ne jouerais pas l'argent du régiment ?

— Non, qu'est-ce que tu vas chercher là !

— Je suis passé par là moi aussi, mon vieux, alors je connais tous les trucs des tricheurs ; je te dis que l'homme à lunettes en est un. Laisse tomber, s'il te plaît. Je te le demande comme à un camarade.

— Encore une taille seulement, et j'arrête.

— Une seule, je connais ça ! Bon, on va voir.

Ils revinrent. En une taille, Ilyine misa sur tant de cartes qui furent toutes battues, qu'il perdit beaucoup d'argent.

Tourbine posa la main au milieu de la table.

— Allez, basta ! On s'en va.

— Non, je ne peux vraiment pas ; laisse-moi je t'en prie, dit Ilyine avec irritation, en mélangeant les cartes cornées et sans regarder Tourbine.

— Va au diable ! Continue à perdre à coup sûr, si c'est ce que tu veux. Moi je m'en vais. Zavalchevski ! On va chez le maréchal.

Et ils sortirent. Tout le monde se taisait, et Loukhnov ne recommença à distribuer que lorsque le bruit de leurs pas et des crocs de Blücher sur le plancher du couloir se fut éteint.

— Quelle caboche ! fit le propriétaire en riant.

— Bon, à présent il ne va plus nous gêner,

ajouta à la hâte et encore en chuchotant l'officier de la garnison.

Et la partie continua.

IV

Les musiciens, serfs domestiques du maréchal de la noblesse, réunis dans le buffet vidé de ses meubles à l'occasion du bal, et qui avaient déjà retroussé les manches de leurs redingotes, entonnèrent au signal donné la vieille polonaise « Alexandre, Élisabeth », et, dans la lumière éclatante et douce des bougies de cire, on vit défiler d'un pas glissant sur le parquet de la grande salle : le vieux général-gouverneur, survivant de l'époque de Catherine II avec son étoile, donnant le bras à l'épouse efflanquée du maréchal de la noblesse, le maréchal lui-même avec à son bras la femme du gouverneur, etc. etc. — toutes les autorités de la province en combinaisons et assortiments variés — lorsque Zavalchevski, vêtu d'un frac bleu sombre au col immense et aux épaules bouffantes, en bas de soie et escarpins vernis, répandant autour de lui le parfum au jasmin dont il avait abondamment aspergé ses moustaches, ses revers et son mouchoir, accompagné du séduisant hussard en culotte de cheval bleu ciel ajustée et veste rouge brodée d'or, qu'ornaient la Croix de Saint-Vladimir et la médaille de l'année 1812, entrèrent dans la salle. Le comte était petit, mais bien bâti et la taille bien prise. Ses yeux bleu ciel extraordinairement brillants et ses cheveux assez longs ondulés en boucles épaisses donnaient un éclat particulier à sa beauté. Son arrivée était attendue : le beau jeune homme qui l'avait vu à l'hôtel en avait déjà informé le maréchal. La nouvelle avait produit une impression mélangée ; mais en général plutôt défavorable. « Ce gamin va encore nous tourner en ridicule », se disaient les femmes âgées et les hommes. « Et s'il allait m'enlever ? » pensaient plus ou moins les jeunes dames et les demoiselles.

Dès que la polonaise eut pris fin, que les couples eurent échangé une révérence et se furent de nouveau séparés, les femmes d'un côté et les hommes de l'autre, Zavalchevski, heureux et fier, amena le comte à la maîtresse de maison. La maréchale, en proie à un léger tremblement intérieur à l'idée que ce hussard pourrait l'entraîner sous les yeux de tous dans quelque scandale, se détourna fièrement et avec une expression de mépris en disant : « Très heureuse ! J'espère que vous allez danser ? » et le regarda d'un air méfiant, avec une expression qui disait : « Si tu te permets d'offenser une femme, tu seras un vrai misérable ! » Le comte, cependant, ne tarda pas à vaincre cette prévention par son amabilité, ses attentions et ses dehors pleins de charme et de gaieté, si bien que, au bout de cinq minutes, l'expression du visage de la maréchale disait déjà à tous ceux qui l'entouraient : « Je sais m'y prendre avec ces messieurs : il a tout de suite compris à qui il avait affaire ; il va passer toute la soirée à me dire des amabilités. » Mais à cet instant même le gouverneur, qui avait connu le père du comte, l'abordait et le prenait à part avec beaucoup de bienveillance pour causer avec lui, ce qui contribua encore à tranquilliser le public et fit remonter le comte dans son estime. Puis Zavalchevski l'emmena faire la connaissance de sa sœur, une jeune veuve potelée qui, depuis l'arrivée du comte, le dévorait de ses grands yeux noirs. Le comte invita la petite veuve à danser la valse que venaient justement d'attaquer les musiciens, et là, par ses talents de danseur, triompha définitivement de la prévention générale.

— Quel danseur ! fit une grosse dame en suivant le mouvement de ses jambes moulées dans la culotte de cheval bleu foncé, qui tournoyaient à travers la salle, et en comptant mentalement : une, deux, trois ; une, deux, trois... — un champion.

— Non mais regardez cette allure, fit une autre dame, que la société du chef-lieu jugeait de mauvais ton, — comment fait-il pour ne rien accrocher avec ses éperons ! C'est étonnant comme il est adroit !

Le comte éclipsa par ses talents les trois meilleurs danseurs du chef-lieu : le grand aide de camp blond du gouverneur, qui se distinguait par sa rapidité et la façon qu'il avait de serrer de près sa cavalière, l'officier de cavalerie, qui se distinguait par son gracieux balancement dans la valse et un fréquent, mais léger claquement du talon ; et un troisième, un civil, dont tout le monde disait qu'il avait beau ne pas être une lumière, il était un merveilleux danseur et l'âme de tous les bals. Et en effet, ce civil, depuis le début du bal et jusqu'à sa fin, invitait toutes les dames dans l'ordre où elles étaient assises, ne cessait pas un instant de danser, et ne s'arrêtait que rarement pour essuyer de son mouchoir de batiste complètement trempé son visage épuisé, mais joyeux. Le comte les éclipsa tous et dansa avec les trois dames principales : la grande, qui était riche, belle et sotte, la moyenne, maigre, pas particulièrement belle, mais qui s'habillait à merveille, et la petite, une dame sans beauté, mais très intelligente. Il dansa aussi avec d'autres dames, avec toutes celles qui étaient mignonnes, et il y en avait beaucoup. Mais la petite veuve, sœur de Zavalchevski, était celle qui lui plaisait le plus, et il dansa avec elle et le quadrille, et l'écossaise, et la mazurka. Il commença, tandis qu'ils étaient assis pendant le quadrille, par lui débiter une foule de compliments, la comparant à Vénus et à Diane, et à une rose, et à je ne sais quelle autre fleur. En réponse à toutes ces amabilités, la petite veuve ne faisait que plier son cou blanc, et baisser les yeux en regardant son petit mouchoir blanc de batiste ou en faisant passer d'une main dans l'autre son éventail. Et quand elle disait : « Cessez, comte, vous plaisantez », etc., sa voix de gorge respirait une candeur si naïve et une si amusante sottise qu'en la regardant il vous venait en effet à l'esprit que ce n'était pas une femme, mais une fleur, et non une rose, mais quelque somptueuse fleur sauvage blanc et rose, sans odeur, surgie toute seule d'un tas de neige vierge dans quelque pays très lointain.

L'association de cette naïveté qui n'avait rien de convenu avec la fraîcheur de sa beauté faisait au comte une si étrange impression, que plus d'une fois dans les intervalles de la conversation, tandis qu'il la regardait sans rien dire dans les yeux ou parcourait du regard les lignes gracieuses de ses bras et de son cou, il lui venait un si puissant désir de la saisir soudain dans ses bras et de la couvrir de baisers, qu'il devait sérieusement se retenir. La petite veuve remarquait avec satisfaction l'impression qu'elle produisait ; mais il y avait quelque chose qui commençait à l'inquiéter et à l'effrayer dans l'attitude du comte, bien que le jeune hussard se montrât dans son obséquieuse amabilité d'un respect qui, selon les idées d'aujourd'hui, touchait à la mièvrerie. Il courait lui chercher de l'orgeade, ramassait son mouchoir, arracha une chaise, pour être le premier à la lui présenter, des mains d'un jeune propriétaire scrofuleux qui voulait aussi se montrer serviable, etc.

Ayant constaté que l'amabilité mondaine de l'époque agissait peu sur sa dame, il essaya de la faire rire en lui racontant des anecdotes amusantes : il l'assurait qu'il était prêt, si elle le lui ordonnait, à se mettre debout sur les mains, à imiter le chant du coq, à sauter par la fenêtre ou à se jeter par un trou dans la rivière gelée. Cela lui réussit parfaitement : la petite veuve s'égaya, fut prise de grands rires qui découvraient de superbes dents blanches, et se montra absolument satisfaite de son cavalier. Quant au comte, elle lui plaisait de plus en plus à chaque instant, si bien qu'à la fin du quadrille, il en était sincèrement amoureux.

Lorsque après le quadrille la petite veuve vit s'approcher son ancien soupirant, un garçon de dix-huit ans, fils du plus riche propriétaire de la région, le jeune homme scrofuleux auquel Tourbine avait arraché la chaise, elle le reçut avec beaucoup de froideur, et ne manifesta pas le dixième de l'émoi qu'elle éprouvait en présence du comte.

— Bravo, lui dit-elle, tout en regardant le dos de Tourbine et en calculant inconsciemment le nombre d'archines[1] de cordon doré qu'il avait fallu pour broder son mantelet, — je vous félicite : vous aviez promis de passer me prendre pour une promenade et de m'apporter des bonbons.

— Je suis venu, Anna Fiodorovna, mais vous étiez déjà partie et je vous ai laissé des bonbons de la meilleure qualité, dit le jeune homme d'une voix fluette malgré sa grande taille.

— Vous vous trouvez toujours des excuses ! Je n'ai pas besoin de vos bonbons. N'allez pas croire...

— Je vois bien, Anna Fiodorovna, que votre attitude envers moi a changé, et je sais pourquoi. Mais ce n'est pas bien, ajouta-t-il, interrompu dans son discours par une forte émotion cachée, qui s'exprimait par un étrange et rapide tremblement des lèvres.

Anna Fiodorovna ne l'écoutait pas et continuait à suivre des yeux le comte Tourbine.

Le maréchal de la noblesse qui recevait, un vieillard édenté à l'embonpoint majestueux, s'approcha du comte et, le prenant par le bras, l'invita dans son cabinet pour fumer et boire un verre, s'il en avait envie. Aussitôt que Tourbine fut sorti, Anna Fiodorovna sentit qu'elle n'avait absolument plus rien à faire dans la salle et, prenant par le bras une vieille demoiselle cachectique, son amie, s'en alla avec elle dans le vestiaire.

— Alors ? Il est gentil ? demanda la demoiselle.

— Seulement, il est affreusement accrocheur, répondit Anna Fiodorovna en s'approchant de la glace pour s'y regarder.

Son visage s'illumina, ses yeux s'éclairèrent d'un rire, elle rougit même, et soudain, imitant les danseuses de ballet qu'elle avait vues à ces élections, elle se retourna sur un pied, puis se mit à rire de son rire de gorge, mais charmant, et fit même un petit saut, les genoux pliés.

— Quel numéro ! Il m'a demandé un souvenir, dit-elle à son amie, — mais il n'aura rien-du-tout, chantonna-t-elle en terminant sa phrase, et elle leva son doigt vêtu d'un gant de daim qui remontait jusqu'au coude.

Dans le bureau où le maréchal de la noblesse avait emmené Tourbine, il y avait différentes sortes de vodkas, de liqueurs, d'amuse-gueule et du champagne. Dans un nuage de fumée, des gentilshommes assis ou déambulant à travers la pièce parlaient des élections.

— À partir du moment où toute la respectable noblesse de notre canton l'avait honoré de son choix, disait le capitaine de police fraîchement élu, déjà passablement éméché, — il ne devait pas manquer à ses devoirs devant toute la société, jamais il n'aurait dû…

L'arrivée du comte interrompit la conversation. Tous voulurent faire sa connaissance, surtout le capitaine de police qui serra longuement sa main entre les siennes et le pria à plusieurs reprises de ne pas lui refuser le plaisir de l'accompagner après le bal dans la nouvelle auberge, où il offrait à boire à la noblesse et où devaient chanter les

Tsiganes. Le comte lui promit d'y être sans faute, et but avec lui plusieurs coupes de champagne.

— Pourquoi donc ne dansez-vous pas, messieurs ? demanda-t-il avant de sortir de la pièce.

— Nous ne sommes pas des danseurs, lui répondit en riant le capitaine de police, — nous, ce serait plutôt la bouteille, comte. D'ailleurs, j'ai vu grandir tout ça, toutes ces demoiselles, comte ! Moi aussi, il m'arrive parfois de danser une écossaise, comte… je sais faire, comte…

— Allons-y tout de suite, faisons un tour de danse, dit Tourbine, — pour nous réchauffer avant les Tsiganes.

— Allons-y, pourquoi pas, messieurs ! Faisons plaisir au maître de maison.

Et deux ou trois gentilshommes qui, depuis le début du bal, étaient restés à boire dans le bureau du maréchal de la noblesse, le visage tout rouge, mirent les uns des gants noirs, les autres des gants de soie tricotée, et ils s'apprêtaient à accompagner le comte dans la salle, lorsqu'ils furent retenus par le jeune homme scrofuleux qui, tout pâle et contenant à peine ses larmes, s'avançait vers Tourbine.

— Vous pensez que si vous êtes comte, vous pouvez bousculer les gens comme au marché, disait-il en haletant, — parce que c'est impoli…

De nouveau, un tressaillement involontaire des lèvres coupa le flot de ses paroles.

— Comment ? s'écria Tourbine en se renfrognant soudain. — Quoi ? Gamin ! cria-t-il en lui saisissant les mains et en les serrant si fort que le sang afflua au visage du jeune homme, moins par dépit que par peur. — Eh bien ! Vous voulez vous battre ? Je suis à vos ordres !

À peine Tourbine eut-il lâché les mains qu'il avait si vigoureusement serrées, que deux gentilshommes avaient déjà pris le jeune homme par les bras et l'entraînaient vers la sortie.

— Vous êtes fou, ou quoi ? Je parie que vous avez bu. Attendez qu'on le dise à votre papa. Qu'est-ce qui vous arrive ? lui disaient-ils.

— Non, je n'ai pas bu, c'est lui qui bouscule les gens sans s'excuser. C'est un porc ! Un point, c'est tout ! glapissait le jeune homme, qui ne retenait plus ses larmes.

Mais on ne l'écouta pas et on le ramena chez lui.

— Voyons, comte ! le raisonnaient de son côté le capitaine de police et Zavalchevski. — Ce n'est qu'un gosse, on lui donne encore la fessée, il n'a que seize ans. Qu'est-ce qui a bien pu lui passer par la tête, on se le demande ! Quelle mouche l'a piqué ? Et son père qui est un homme si respectable, c'est notre candidat.

— Qu'il aille donc au diable, s'il ne veut pas...

Et le comte revint dans la salle et, comme auparavant, dansa joyeusement une écossaise avec la jolie petite veuve, et rit de bon cœur en regardant les pas que faisaient les messieurs qui étaient sortis avec lui du bureau, et partit d'un éclat de rire bruyant qui s'entendit d'un bout à l'autre de la salle lorsque le capitaine de police fit un faux pas et s'étala de tout son long au milieu des danseurs.

V

Anna Fiodorovna, pendant que Tourbine était dans le bureau, était venue trouver son frère et, s'étant mis en tête, Dieu sait pourquoi, qu'il fallait faire semblant de ne guère s'intéresser au comte, se mit à lui poser des questions : « Dites, mon frère, qu'est-ce que c'est que ce hussard qui a dansé avec moi ? » Le cavalier expliqua comme il le pouvait à sa sœur quel grand homme était ce hussard, et lui raconta en passant que le comte ne s'était arrêté que parce qu'on lui avait volé de l'argent en chemin, et qu'il lui avait lui-même prêté cent roubles, mais que cela ne suffisait pas, et est-ce qu'elle ne pourrait pas de son côté lui prêter encore à peu près deux cents roubles ; mais Zavalchevski la priait de n'en rien dire à personne, et surtout pas au comte. Anna Fiodorovna promit de les lui envoyer dès ce soir et de bien garder le secret, mais, Dieu sait pourquoi, pendant l'écossaise, elle eut affreusement envie de proposer elle-même au comte autant d'argent qu'il voulait. Elle se demandait comment faire, rougissait, et enfin, surmontant son hésitation, aborda ainsi le sujet :

— Mon frère m'a dit, comte, que vous aviez eu un malheur en route, et que maintenant vous n'aviez plus d'argent. Si vous en avez besoin, ne voulez-vous pas que je vous en prête ? Ça me ferait un plaisir fou !

Mais lorsqu'elle eut prononcé ces mots, Anna Fiodorovna prit peur soudain et rougit. En un instant, la gaieté qui animait le visage du comte avait disparu.

— Votre frère est un sot ! dit-il brusquement. — Vous savez que lorsqu'un homme en offense un autre, ils se battent en duel. Lorsque c'est une femme qui offense un homme, savez-vous ce qu'on fait ?

La pauvre Anna Fiodorovna était si confuse que le rouge envahit son cou et ses oreilles. Elle baissa les yeux et ne répondit rien.

— On l'embrasse devant tout le monde, lui dit à l'oreille le comte en se penchant vers elle. — Permettez-moi au moins de vous baiser la main, ajouta-t-il toujours à voix basse après un long silence, prenant en pitié la confusion de sa dame.

— Ah, pas maintenant, fit Anna Fiodorovna avec un profond soupir.

— Quand donc, alors ? Je pars demain matin très tôt. Et là, vous me le devez.

— Eh bien c'est impossible ! fit Anna Fiodorovna en souriant.

— Permettez-moi seulement de trouver l'occasion de vous voir ce soir pour vous baiser la main. Je la trouverai bien.

— Comment allez-vous faire pour la trouver ?

— Cela ne vous regarde pas. Pour vous voir, rien ne m'est impossible... Alors c'est d'accord ?

— C'est d'accord.

L'écossaise avait pris fin ; on dansa encore une mazurka, au cours de laquelle le comte fit des merveilles, attrapant les mouchoirs, mettant un genou en terre et faisant claquer ses talons d'une façon particulière, « comme à Varsovie », si bien que tous les vieillards quittèrent leur table de boston pour regarder ce qui se passait dans la salle, et que le cavalier, réputé le meilleur danseur, dut s'avouer vaincu. On dîna, on dansa encore le *gross-vater*[1] et on commença à se séparer. Le comte, pendant tout ce temps-là, ne quittait pas des yeux la petite veuve. Il était sincère lorsqu'il disait que, pour elle, il était prêt à se jeter par un trou à travers la glace dans la rivière gelée. Caprice, amour, entêtement, mais ce soir-là, toutes les forces de sa volonté se concentraient sur un unique désir : la voir et l'aimer. Dès qu'il remarqua qu'Anna Fiodorovna faisait ses adieux à la maîtresse de maison, il courut dans l'antichambre et de là, sans manteau, dans la cour, là où se tenaient les voitures.

— La voiture d'Anna Fiodorovna ! cria-t-il. Une calèche à quatre places haut perchée et aux lanternes allumées s'ébranla et se rangea devant le perron. — Arrête-toi ! cria-t-il au cocher en courant vers la calèche, dans la neige jusqu'aux genoux.

— Qu'est-ce que vous voulez ? fit le cocher.

— Je veux monter dans la calèche, répondit le comte en ouvrant la portière en marche et en s'efforçant de monter. — Arrête donc, on te dit ! Nigaud !

— Vaska, arrête, cria le cocher au postillon, et il arrêta les chevaux. — Qu'est-ce qui vous prend de monter dans une calèche qui n'est pas à vous ? C'est la calèche d'Anna Fiodorovna, et pas celle de Votre Excellence.

— Allons, tais-toi donc, nigaud ! Tiens, prends un rouble, et descends fermer la portière. Mais comme le cocher ne bougeait pas, il remonta lui-même le marchepied et, ouvrant la vitre, la referma tant bien que mal. Dans la calèche, comme dans toutes les vieilles calèches, surtout celles qui sont tapissées de passements jaunes, il régnait une curieuse odeur de pourri et de roussi. Le comte avait les jambes couvertes de neige fondante jusqu'à la hauteur des genoux, ni ses bottes de cuir fin ni sa culotte de cheval ne les protégeaient, et le froid de l'hiver le pénétrait jusqu'aux os. Le cocher ronchonnait sur son siège et semblait prêt à en descendre. Mais le comte n'entendait ni ne sentait rien. Il avait le visage en feu, et son cœur battait violemment. Il saisit fébrilement la courroie jaune, se pencha à la fenêtre latérale, et toute sa vie se concentra dans son attente. Celle-ci ne dura guère. Sur le perron on cria : « La calèche de Zaïtsova ! », le cocher agita les rênes, le coffre trembla sur ses hauts ressorts, les fenêtres éclairées de la maison passèrent l'une après l'autre devant la fenêtre de la calèche.

— Écoute-moi bien, fripouille, si tu dis au laquais que je suis là, dit le comte en passant la tête par la fenêtre de devant pour s'adresser au cocher, — je te fais valser, mais si tu ne dis rien, tu auras encore dix roubles.

À peine eut-il redescendu la vitre que le coffre était de nouveau saisi d'une violente secousse, et que la calèche s'arrêtait. Il se serra dans un coin, cessa de respirer, plissa même les paupières : tant il craignait de voir trompée son attente passionnée. La portière s'ouvrit, le marchepied se déplia marche après marche, un bruissement de robe se fit entendre, l'odeur du jasmin envahit la calèche qui sentait le renfermé, de petits pieds rapides gravirent les marches et Anna Fiodorovna, effleurant du pan de sa capote la jambe du comte, se laissa tomber en silence, mais en respirant profondément, sur le siège, à côté de lui.

L'avait-elle vu ou non, nul n'aurait pu en décider, pas même Anna Fiodorovna elle-même ; mais lorsqu'il la prit par la main et dit : « À présent, je vais tout de même vous baiser la main », elle manifesta fort peu de frayeur, ne répondit rien, mais lui abandonna sa main qu'il couvrit de baisers en remontant bien au-delà du gant. La calèche s'ébranla.

— Dis-moi donc quelque chose. Tu n'es pas fâchée ? lui disait-il.

Elle s'enfonça en silence dans son coin, mais soudain, Dieu sait pourquoi, se mit à pleurer, et d'elle-même laissa tomber la tête sur la poitrine de son compagnon.

VI

Le capitaine de police nouvellement élu et sa société, le cavalier et d'autres gentilshommes étaient depuis longtemps déjà en train d'écouter chanter les Tsiganes et de boire dans la nouvelle auberge lorsque le comte, vêtu d'une pelisse en peau d'ours doublée de toile bleu foncé qui avait appartenu au défunt mari d'Anna Fiodorovna, se joignit à leur compagnie.

— Cher seigneur, Votre Excellence ! On brûlait d'impatience de vous voir, disait en montrant ses dents brillantes un Tsigane bigle aux cheveux noirs, qui l'avait accueilli dans le vestibule et s'était précipité pour le débarrasser de sa pelisse.

— Depuis Lebedian on ne vous a pas vu... Il y a Stechka[1] qui se languit de vous...

Stechka, une toute jeune Tsigane à la taille élancée, aux joues rouge brique et au teint hâlé, aux yeux noirs brillants et profonds, ombragés de longs cils, était venue elle aussi à sa rencontre.

— Ah, mon petit comte ! Mon joli pigeon ! Mon chéri ! En voilà une joie ! fit-elle, parlant entre les dents avec un sourire joyeux.

Ilioucha vint en personne le saluer, en affectant de se réjouir. Les vieilles, les femmes, les filles bondirent de leurs sièges pour entourer le nouveau venu. Les uns l'accueillaient en compère, les autres en filleul.

Tourbine salua toutes les jeunes Tsiganes d'un baiser sur la bouche, tandis que les vieilles et les hommes l'embrassaient ou lui baisaient la main. Les messieurs se réjouirent aussi beaucoup de son arrivée, d'autant plus que la saturnale, parvenue à son apogée, commençait à s'épuiser. Chacun sentait venir la satiété ; l'alcool, perdant sa faculté d'exciter les nerfs, ne faisait que peser sur l'estomac. Tout le monde avait déjà dépensé sa charge de gaillardise et s'était habitué aux autres ; toutes les chansons avaient été chantées et s'étaient mélangées dans la tête de chacun, y laissant une vague impression de bruit et de désordre. Quoi que chacun pût faire d'excentrique et de déluré, tout le monde commençait à se dire par moments que ça n'avait rien d'aimable ni de drôle. Le capitaine de police, disgracieusement affalé sur le sol aux pieds d'une vieille, se mit à agiter les jambes et à crier :

— Du champagne... le comte est arrivé !... du champagne !... il est là... allons, du champagne !... je vais m'en remplir une baignoire et m'y tremper... Messieurs les gentilshommes ! J'aime la noble société des gentilshommes... Stechka ! Chante « Le Chemin ».

Le cavalier était gris lui aussi, mais d'une autre façon. Il était assis dans un coin sur un divan, tout près de la grande et belle Tsigane Lioubacha et, sentant que l'ivresse lui brouillait la vue, il battait des paupières en secouant la tête et, répétant toujours les mêmes mots, engageait à voix basse la Tsigane à fuir avec lui. Lioubacha[1] souriait et l'écoutait comme si ce qu'il lui disait était très gai, et en même temps un peu triste, en jetant de temps en temps un coup d'œil vers son mari, le bigle Sachka, qui se tenait en face d'elle derrière une chaise, et, en réponse aux déclarations du cavalier, se penchait vers son oreille et le priait de lui acheter en secret, de façon que les autres n'en sachent rien, du parfum et un ruban.

— Hourra ! s'écria le cavalier lorsque le comte entra.

Le beau jeune homme, l'air soucieux, déambulait avec application et d'un pas assuré d'un bout à l'autre de la pièce en fredonnant des airs de *L'Enlèvement au sérail*.

Un vieux père de famille qui s'était laissé entraîner chez les Tsiganes par les prières insistantes de messieurs les nobles, qui l'assuraient que sans lui c'était fichu, et que si c'était comme ça, il valait mieux carrément y renoncer, était couché sur un divan, où il s'était affalé dès son arrivée, et personne ne faisait plus attention à lui. Un fonctionnaire inconnu qui se trouvait là lui aussi, ayant enlevé sa redingote, était assis à croupetons sur une table et ébouriffait sa chevelure, prouvant ainsi qu'il faisait une noce de tous les diables. Aussitôt que le comte entra, il ouvrit le col de sa chemise et s'assit encore plus haut sur la table. D'une façon générale, la bamboche s'anima avec l'arrivée du comte.

Les jeunes Tsiganes, qui avaient commencé à se disperser à travers la pièce, se remirent en cercle. Le comte assit sur ses genoux Stechka, qui entonnait, et fit encore servir du champagne.

Ilioucha se plaça avec sa guitare devant la soliste, et ce qu'on appelait *la danse*, c'est-à-dire les chansons tsiganes, reprit : « Si je vais le long de la rue... », « Ohé les hussards... », « Tu entends, tu comprends... », etc., dans l'ordre habituel. Stechka chantait merveilleusement bien. Son contralto souple, sonore, jailli du fond de la poitrine, le sourire qui accompagnait son chant, ses yeux rieurs et passionnés, sa jambe qui battait instinctivement la mesure, les cris frénétiques qu'elle poussait lorsque le chœur se mettait de la partie, tout cela touchait une corde vibrante, mais rarement touchée. On voyait qu'elle faisait passer toute sa vie dans la chanson qu'elle était en train de chanter. Iliouchka, dont le sourire, le dos, les jambes, toute la personne vibraient à l'unisson, l'accompagnait à la guitare en la fixant des yeux, comme si c'était la première fois qu'il l'entendait, et, attentivement, l'air soucieux, baissait et relevait la tête en mesure. Puis il se redressait brusquement à la dernière note chantée et, comme s'il se sentait au-dessus du monde entier, l'air fier et décidé, faisait sauter la guitare sur sa jambe, la retournait, claquait des talons, secouait sa tignasse et, fronçant les sourcils, se tournait vers le chœur. Tout son corps, du cou aux talons, commençait à danser jusqu'en ses moindres fibres… Et vingt voix énergiques, puissantes, s'efforçant chacune de répondre aux autres de la façon la plus inattendue et la plus étonnante, se répandirent dans l'air. Les vieilles sautaient sur leurs sièges, en agitant leurs fichus et en souriant de toutes leurs dents, poussaient des cris, en harmonie et en mesure, l'une plus fort que l'autre. Les basses, la tête penchée sur le côté et le cou tendu, grondaient, debout derrière les chaises.

Lorsque Stechka émettait des notes difficiles, Iliouchka rapprochait sa guitare, comme pour l'aider, et le beau jeune homme, enthousiasmé, criait que maintenant, c'était parti pour les bémols.

Quand on se mit à jouer un air de danse et que, secouant les épaules et la poitrine, Douniacha s'avança en dansant, tournoya devant lui et repartit, Tourbine bondit de sa place, se débarrassa de son dolman et, resté en simple chemise rouge, la suivit au pas cadencé, avec des mouvements de jambes que les Tsiganes accompagnèrent d'un sourire flatteur, en échangeant des regards d'approbation.

Le capitaine de police s'assit à la turque, se frappa la poitrine du poing et s'écria « Vivat ! », puis, saisissant le comte par la jambe, se mit à lui raconter qu'il avait auparavant deux mille roubles, et qu'il ne lui en restait que cinq cents, et qu'il pouvait faire tout ce qu'il voulait si seulement le comte le permettait. Le vieux père de famille se réveilla et voulut partir ; mais on l'en empêcha. Le beau jeune homme demandait à une Tsigane de lui accorder une valse. L'officier de cavalerie, voulant se vanter de son amitié avec le comte, se leva de son coin et voulut embrasser Tourbine.

— Ah, mon petit chéri ! fit-il. — Pourquoi nous as-tu donc quittés ? Hein ? Le comte se taisait, pensant manifestement à autre chose. — Où étais-tu donc ? Ah, comte, petit polisson, je sais bien, moi, où tu étais !

Cette familiarité n'eut pas l'heur de plaire à Tourbine. Il dévisagea sans sourire l'officier de cavalerie, et soudain lui lança à la figure une injure si terrible et si grossière que celui-ci se vexa et resta longtemps à se demander s'il fallait prendre cette offense à la plaisanterie ou au sérieux. Il finit par se décider pour la plaisanterie, sourit et revint vers sa Tsigane, en l'assurant qu'il allait sans faute l'épouser après la Semaine sainte. On entonna une nouvelle chanson, puis une troisième, une fois encore on dansa et on célébra les nobles hôtes, et chacun continua à se sentir très gai. Le champagne ne tarissait pas. Le comte buvait beaucoup. Ses yeux s'étaient couverts d'une légère buée, mais il restait ferme sur ses jambes, dansait mieux que jamais, parlait d'une voix assurée et allait même jusqu'à se joindre au chœur et à faire la seconde voix lorsque Stechka chantait « La tendre émotion de l'amitié ». Au milieu de la danse, le marchand qui tenait l'auberge vint demander à ces messieurs de s'en retourner chez eux, parce qu'il était déjà plus de deux heures du matin.

Le comte saisit le marchand au collet et lui ordonna d'exécuter une danse russe. Le marchand refusait. Le comte prit une bouteille de champagne et, renversant le marchand et lui tenant la tête en bas, le maintint dans cette position tandis que, au milieu des rires, il déversait lentement sur lui le contenu de la bouteille.

Déjà, le jour se levait. Tout le monde était pâle et épuisé, à l'exception du comte.

— Mais il faut que je reparte pour Moscou, dit-il soudain en se levant. — Tout le monde chez moi, les amis... Venez me faire vos adieux... et nous prendrons du thé...

VII

— Qu'on attelle les chevaux ! cria le comte en entrant dans la salle commune de l'hôtel avec la foule des fêtards et des Tsiganes. — Sachka ! Pas Sachka le Tsigane, mais le mien, dis au maître de poste qu'il aura une raclée s'il ne me donne pas de bons chevaux. Et sers-nous du thé ! Zavalchevski, occupe-toi du thé, moi, je vais passer chez Ilyine pour voir ce qu'il devient, ajouta Tourbine, et, s'engageant dans le couloir, il se dirigea vers la chambre du uhlan.

Ilyine venait de finir de jouer et, ayant perdu son argent jusqu'au dernier sou, il était couché sur le ventre sur le divan de crin déchiré, sortait l'un après l'autre les crins, les mettait dans sa bouche, les mordillait et les recrachait. Deux chandelles de saindoux, dont l'une avait déjà brûlé jusqu'au papier, posées sur la table de jeu recouverte de cartes, luttaient faiblement avec la lumière du jour qui pénétrait par les fenêtres. Le uhlan avait la tête vide : la passion du jeu recouvrait toutes ses facultés mentales d'une sorte d'épais brouillard. Il essaya un instant de penser à ce qu'il allait faire maintenant, de se demander comment il allait s'y prendre pour partir sans avoir un sou en poche, comment il allait rembourser les quinze mille roubles qu'il avait perdus sur l'argent de la caisse, ce que dirait le commandant du régiment, ce que dirait sa mère, ce que diraient ses camarades, — et il fut envahi d'une telle peur et d'un tel dégoût de soi-même que, cherchant à s'oublier, il se leva et se mit à marcher à travers la pièce en s'efforçant de ne poser les pieds que sur les fentes séparant les lattes du plancher, et il commença à se rappeler une fois encore les moindres péripéties du jeu ; il se représentait vivement en train de regagner la somme perdue, ouvrir le neuf, miser deux mille roubles sur le roi de pique, à droite sort la dame, à gauche l'as, à droite le roi de carreau — et tout est fichu ; alors que s'il y avait eu à droite le six et à gauche le roi de carreau, il aurait regagné son argent, il aurait doublé sa mise et gagné quinze mille roubles comptant, il se serait alors acheté l'ambleur du commandant du régiment, et encore un ou deux chevaux, et aussi un phaéton. Et puis ensuite quoi ? C'est ça qui aurait été formidable !

Il se recoucha sur le divan et se remit à grignoter les crins.

« Qu'est-ce qu'ils ont à chanter au sept ? pensa-t-il. C'est sans doute chez Tourbine qu'on s'amuse. Si j'y allais boire un bon coup ? »

À cet instant, le comte entra.

— Eh bien, vieux, on est capot, hein ? cria-t-il.

« Je vais faire semblant de dormir, se dit Ilyine, — sans ça il va falloir lui parler, et moi j'ai sommeil. »

Mais Tourbine s'approcha de lui et lui caressa les cheveux.

— Eh bien quoi, mon bon ami, tu es capot ? Tu as perdu ? Parle.

Ilyine ne répondait pas.

Le comte lui secoua le bras.

— Oui, j'ai perdu. Eh bien, qu'est-ce que ça te fait ? marmonna Ilyine d'une voix ensommeillée, mécontente, affectant l'indifférence, sans changer de position.

— Tout ?

— Eh bien oui. Qu'est-ce que ça peut bien faire. Tout. Qu'est-ce que ça te fait, à toi ?

— Écoute, dis-moi la vérité, je suis ton camarade, dit le comte, que l'alcool disposait à l'attendrissement, en continuant à lui caresser les cheveux. — Vrai, tu m'as plu. Dis-moi la vérité : si tu as perdu de l'argent de la caisse, je te tirerai de là ; sans quoi il sera trop tard… C'était l'argent de la caisse ?

Ilyine bondit du divan.

— Si tu veux vraiment que je parle, alors ne me parle pas, parce que… et, s'il te plaît, ne me parle pas… une balle dans la tête — voilà tout ce qu'il me reste à faire ! proféra-t-il avec un véritable désespoir, en laissant tomber la tête sur ses bras et en fondant en larmes, alors que quelques instants plus tôt il pensait le plus tranquillement du monde à des ambleurs.

— Allons, femmelette ! À qui ça n'est pas arrivé ! Ce n'est pas si grave : avec un peu de chance, on va rattraper ça. Attends-moi un instant.

Le comte sortit de la pièce.

— Dans quelle chambre est Loukhnov, le propriétaire ? demanda-t-il au garçon de couloir.

Celui-ci s'offrit à conduire le comte. Tourbine, malgré le valet qui lui faisait remarquer que Monsieur venait seulement de regagner sa chambre et daignait se déshabiller, entra dans la pièce. Loukhnov, vêtu de sa robe de chambre, était assis devant sa table et comptait les assignats répartis en plusieurs liasses placées devant lui. Sur la table, il y avait une bouteille de vin du Rhin, qu'il aimait beaucoup. C'était un plaisir qu'il s'était permis de soustraire à son gain. À travers ses lunettes, Loukhnov lança au comte un regard froid et sévère, comme s'il ne le reconnaissait pas.

— On dirait que vous ne me reconnaissez pas ? fit le comte, en s'approchant de la table d'un pas résolu.

Loukhnov reconnut le comte et dit :

— Que puis-je faire pour vous ?

— J'ai envie de jouer avec vous, dit Tourbine en s'asseyant sur le divan.

— Maintenant ?

— Oui !

— Une autre fois avec grand plaisir, comte ! Mais maintenant, je suis fatigué et j'ai l'intention de faire un petit somme. Un petit verre de vin ? C'est du très bon vin.

— Et moi, je veux jouer un peu tout de suite.

— Je ne me propose pas de continuer à jouer à présent. Certains de ces messieurs, peut-être ; mais pas moi, comte ! Vous voudrez bien m'excuser.

— Alors c'est non ?

Loukhnov eut un haussement d'épaules qui exprimait ses regrets de ne pouvoir satisfaire le désir du comte.

— À aucun prix ?

Même geste.

— Et moi je vous le demande instamment... Allons, vous allez jouer ?

Silence.

— Vous allez jouer ? demanda de nouveau le comte. — Faites attention !

Toujours le même silence, et un regard rapide par-dessus ses lunettes vers le visage du comte qui commençait à se rembrunir.

— Vous allez jouer ? cria le comte d'une voix retentissante, en tapant si fort sur la table que la bouteille de vin du Rhin tomba et se renversa. — Avouez que vous avez triché ! Vous allez jouer ? Je vous le demande pour la troisième fois.

— Je vous ai dit que non. Je dois vous dire que c'est étrange, comte ! Et tout à fait inconvenant de mettre ainsi le couteau sur la gorge à quelqu'un ! remarqua Loukhnov sans lever les yeux.

Il y eut un court silence. Le visage du comte pâlissait de plus en plus. Brusquement, un violent coup de poing sur la tête assomma Loukhnov. Il tomba sur le divan, en s'efforçant de ramasser son argent, — et se mit à glapir d'une voix désespérée, tout à fait inattendue dans la bouche d'un homme à l'allure toujours calme et imposante.

Tourbine ramassa l'argent qui restait sur la table, repoussa le domestique qui était accouru à l'aide, et quitta la pièce d'un pas rapide.

— Si vous voulez me demander satisfaction, je suis à votre service, je suis encore dans ma chambre pour une demi-heure.

— Bandit ! Brigand ! entendait-on à travers la porte. — Je vais vous faire traîner en justice !

Ilyine, malgré les promesses du comte de le tirer d'affaire, n'avait pas bougé du divan où il était couché, et des larmes de désespoir l'étouffaient. La conscience du réel qu'avait provoquée, à travers l'étrange méli-mélo de sentiments, de pensées et de souvenirs qui emplissaient son âme, la caresse de sympathie du comte, ne le quittait pas. Sa jeunesse prometteuse, son honneur, sa réputation, ses rêves d'amour et d'amitié — tout cela était perdu à jamais. La source de ses larmes commençait à tarir, un désespoir lucide l'envahissait de plus en plus, et l'idée du suicide lui venait de plus en plus souvent à l'esprit, sans susciter désormais de répulsion ou d'effroi. À ce moment, on entendit les pas assurés du comte.

Le visage de Tourbine portait encore des traces de colère, ses mains tremblaient un peu, mais ses yeux brillaient d'une joie pleine de bonté et de satisfaction de soi.

— Tiens ! Je te les ai regagnés ! dit-il en jetant sur la table plusieurs liasses d'assignats. — Vois si ça fait bien le compte. Et dépêche-toi de venir dans la salle commune, je pars bientôt, ajouta-t-il, faisant comme s'il ne remarquait pas l'immense sentiment de joie et de reconnaissance qui se peignait sur le visage du uhlan ; et, sifflotant une chanson tsigane, il sortit de la pièce.

VIII

Sachka, ayant noué sa large ceinture, annonça que les chevaux étaient prêts, mais il insistait pour que l'on passât d'abord chercher le manteau du comte, qui coûtait, disait-il, trois cents roubles, col de fourrure compris, et rendre sa vilaine pelisse bleue au vaurien qui avait pris le manteau à la place chez le maréchal de la noblesse ; mais Tourbine dit que ce n'était pas la peine, et alla se changer dans sa chambre.

L'officier de cavalerie, assis en silence auprès de sa Tsigane, n'arrêtait pas de hoqueter. L'officier de police, ayant demandé de la vodka, invitait tous ces messieurs à aller prendre leur petit déjeuner chez lui, en promettant que sa femme ne manquerait pas de se joindre elle-même à la danse des Tsiganes. Le beau jeune homme expliquait doctement à Ilioucha que le piano avait plus d'âme, et qu'on ne pouvait pas faire de bémols sur une guitare. Le fonctionnaire buvait tristement son thé dans un coin, et paraissait avoir honte de sa débauche à la lumière du jour. Les Tsiganes se disputaient dans leur langue et insistaient pour honorer encore les messieurs, ce à quoi Stechka s'opposait en disant que le *baroraï* (en tsigane le comte ou le prince, ou plus exactement le grand seigneur) allait se fâcher. D'une façon générale, la dernière étincelle de la noce s'éteignait petit à petit chez tout le monde.

— Allons, encore une chanson pour l'adieu, et puis chacun chez soi ! fit le comte, plus frais, plus gai et plus beau que jamais, en entrant dans la salle en costume de voyage.

Les Tsiganes se disposèrent de nouveau en rond, et ils allaient commencer à chanter lorsque Ilyine entra, un paquet d'assignats à le main, et prit à part le comte.

— Je n'avais que quinze mille roubles d'argent de la caisse, et tu m'en as donné seize mille trois cents, dit-il. Ceux-là sont donc à toi.

— Bonne affaire ! Donne !

Ilyine rendit l'argent en regardant timidement le comte, ouvrit la bouche pour dire quelque chose, mais ne sut que rougir au point d'en avoir les larmes aux yeux, puis saisit la main du comte et se mit à la serrer.

— Fiche-moi le camp ! Ilioucha !... écoute-moi... tiens, voilà de l'argent ; seulement je veux qu'on m'accompagne en chantant jusqu'à la barrière de la ville. — Et il jeta sur la guitare les mille trois cents roubles qu'avait apportés Ilyine. Mais il ne pensa même pas à rendre à l'officier de cavalerie les cent roubles qu'il lui avait empruntés la veille.

Il était déjà dix heures du matin. Le soleil avait dépassé le toit des maisons, les rues étaient pleines de monde, les marchands avaient depuis longtemps ouvert leurs boutiques, des nobles et des fonctionnaires roulaient sur la chaussée, des dames arpentaient la galerie marchande, lorsque la troupe des Tsiganes, l'officier de police, l'officier de cavalerie, le beau jeune homme, Ilyine et le comte en peau d'ours doublée de bleu sortirent sur le perron de l'hôtel. Le soleil brillait et c'était le redoux. Trois traîneaux de louage attelés de chevaux aux queues attachées court, pataugeant dans la boue, s'approchèrent du perron et toute la joyeuse compagnie commença à s'y installer. Le comte, Ilyine, Stechka, Iliouchka et Sachka l'ordonnance montèrent dans le premier. Blücher rageait et, agitant la queue, aboyait sur le limonier. Les autres messieurs s'installèrent dans les deux autres traîneaux, accompagnés eux aussi de Tsiganes, hommes et femmes. Encore devant l'hôtel, les traîneaux s'alignèrent et les Tsiganes commencèrent à chanter en chœur.

Au son des chansons et des clochettes, rejetant sur les trottoirs tous les attelages qui venaient à leur rencontre, les troïkas traversèrent toute la ville jusqu'à la barrière.

L'étonnement était grand chez les boutiquiers et les passants, inconnus et surtout connus, à la vue de ces respectables gentilshommes parcourant en plein jour les rues de la ville, escortés de chansons, de bohémiennes et de bohémiens ivres.

Lorsqu'ils eurent franchi la barrière, les troïkas s'arrêtèrent et tout le monde se mit à faire ses adieux au comte.

Ilyine, qui avait déjà bien arrosé ses adieux, et qui avait conduit lui-même l'attelage, devint soudain très triste et se mit à presser le comte de rester encore un jour, mais lorsqu'il eut compris que sa décision était prise, il s'élança brusquement, les larmes aux yeux, dans les bras de son nouvel ami et lui promit que lorsqu'il arriverait, il allait demander sa mutation chez les hussards, dans le régiment de Tourbine. Le comte était particulièrement gai, il renversa dans un tas de neige l'officier de cavalerie qui le matin même était carrément passé au tu, il lançait Blücher sur l'officier de police, souleva Stechka dans ses bras en disant qu'il voulait l'emmener à Moscou, et enfin il sauta dans le traîneau, installa près de lui sur son siège Blücher, qui voulait à toute force rester dressé sur ses pattes au milieu du traîneau. Sachka, ayant demandé une fois de plus à l'officier de cavalerie de *prendre chez une certaine personne* le manteau d'uniforme et de l'envoyer au comte, sauta à son tour sur le siège du cocher. Le comte cria « En route ! », ôta sa casquette pour l'agiter au-dessus de sa tête et siffla à la manière des postillons pour exciter les chevaux. Les troïkas repartirent chacune de son côté.

On voyait s'étendre au loin sous son tapis de neige la vaste plaine monotone où serpentait le ruban jaune sale de la route. Un soleil éclatant scintillait sur la neige fondue recouverte d'une croûte de glace transparente et chauffait agréablement le visage et le dos. La vapeur montait des chevaux en sueur. La clochette tintait. Un brave moujik conduisant un chariot chargé sur un méchant traîneau branlant, tiraillant ses rênes en corde tressée, s'écartait à la hâte, ses pauvres sandales de tille trempées pataugeant dans la neige fondue du chemin ; dans un autre chariot, une grosse paysanne toute rouge, portant un enfant dans le pli de sa peau de mouton, fouettait du bout de ses rênes une petite haridelle blanche à la queue dégarnie. Le comte se souvint tout à coup d'Anna Fiodorovna.

— Marche arrière ! s'écria-t-il.

Le postillon ne comprit pas tout de suite.

— Demi-tour ! À la ville ! Et plus vite que ça !

La troïka repassa la barrière et fila à vive allure jusqu'au perron de planches de la maison de Mme Zaïtsova. Le comte gravit rapidement les marches, traversa l'entrée, le salon et, trouvant la petite veuve encore endormie, la prit dans ses bras, la souleva du lit, posa un baiser sur ses yeux ensommeillés et ressortit en courant. À moitié endormie, Anna Fiodorovna ne savait que passer sa langue sur ses lèvres en demandant : « Qu'est-ce qui arrive ? » Le comte sauta dans son traîneau, cria un ordre au postillon et, sans faire désormais le moindre arrêt, et sans un souvenir pour Loukhnov, ni pour la petite veuve ni pour Stechka, ne pensant plus qu'à ce qui l'attendait à Moscou, quitta à jamais la ville de K.

IX

Une vingtaine d'années ont passé. Il a coulé beaucoup d'eau sous les ponts, beaucoup de gens sont morts, beaucoup sont nés, beaucoup ont grandi et vieilli, et, en nombre plus grand encore, sont nées et mortes des idées ; beaucoup de choses anciennes, belles ou laides, ont disparu, beaucoup de choses nouvelles sont venues au monde, parfois belles, certes, mais plus souvent encore prématurées et monstrueuses.

Il y a longtemps déjà que le comte Fiodor Tourbine a été tué en duel par un étranger[1] qu'il avait fouetté en pleine rue ; son fils, qui lui ressemblait comme deux gouttes d'eau, était déjà un ravissant jeune homme de vingt-quatre ans, en service au corps des Chevaliers-gardes. Moralement, le jeune comte Tourbine était à l'opposé de son père. Chez lui, il n'y avait pas une ombre de ces penchants violents, passionnés, et à dire vrai dépravés, que l'on trouvait au siècle passé. En même temps que l'intelligence, l'éducation et les dons héréditaires d'une nature généreuse, l'amour de la décence et des commodités de l'existence, l'esprit pratique dans les rapports avec les hommes et les circonstances, le bon sens et la prudence étaient ses qualités distinctives. La carrière du jeune comte s'annonçait brillante : à vingt-trois ans, il était déjà lieutenant... À l'ouverture des opérations militaires[2], il décida qu'il était plus avantageux pour son avancement de s'engager dans l'armée active ; il fut muté dans un régiment de hussards avec le grade de capitaine de cavalerie, et reçut bientôt le commandement d'un escadron.

En mai 1848, le régiment de hussards de S. traversait le gouvernement de K. et l'escadron que commandait le jeune comte Tourbine devait passer la nuit à Morozovka, village appartenant à Anna Fiodorovna. Anna Fiodorovna était encore en vie, mais si avancée en âge qu'elle-même ne se considérait plus comme une jeune femme, ce qui, pour son sexe, signifie beaucoup. Elle avait fortement grossi, ce qui, dit-on, rajeunit une femme : mais même sur cette blancheur grassouillette, on apercevait de grosses rides molles. Elle n'allait plus jamais en ville, avait même du mal à monter dans sa calèche, mais elle était toujours aussi bonne et aussi sotte — on peut le dire, à présent que sa beauté n'est plus là pour plaider en sa faveur. Elle vivait avec sa fille Lise, une jeune beauté provinciale russe de vingt-deux ans, et son frère, l'officier de cavalerie que nous connaissons déjà, qui, à force de bonté d'âme, avait dilapidé sa fortune et, devenu vieux, avait trouvé refuge chez sa sœur. Il avait à présent les cheveux tout blancs, la lèvre supérieure tombante, mais toujours agrémentée d'une moustache soigneusement teinte en noir. Les rides ne couvraient pas seulement son front et ses joues, mais même son nez et son cou, son dos s'était courbé ; et pourtant, dans ses faibles jambes torses, on sentait encore les manières d'un vieux cavalier.

Dans le petit salon de la vieille maisonnette, dont la porte et les fenêtres ouvertes sur le balcon donnaient sur un antique jardin planté de tilleuls disposés en étoile, se trouvaient réunies toute la famille et la maisonnée d'Anna Fiodorovna. La maîtresse de maison aux cheveux blancs, vêtue d'un caraco lilas, assise sur un divan devant une table ronde en acajou, disposait les cartes pour un jeu de patience. Son vieux frère, installé devant la fenêtre, vêtu d'un pantalon blanc bien propre et d'une redingote bleue, tressait sur une fourche un cordon de coton blanc — une occupation que lui avait apprise sa nièce et à laquelle il s'était beaucoup attaché, car il ne pouvait plus rien faire et sa vue était trop faible pour la lecture du journal, son occupation favorite. Pimotchka, la pupille d'Anna Fiodorovna, était assise auprès d'elle et apprenait sa leçon sous la direction de Lise, qui, en même temps, tricotait avec des aiguilles de bois des chaussettes en poil de chevreau pour son oncle. Les derniers rayons du soleil couchant, comme toujours à cette heure, projetaient à travers l'allée des tilleuls leurs rayons obliques fragmentés par le feuillage sur la dernière fenêtre et l'étagère contiguë. Dans le jardin et dans la pièce, il régnait un tel silence que l'on entendait parfois bruire au-dehors les ailes d'une hirondelle, ou soupirer doucement Anna Fiodorovna, ou son vieux frère se racler la gorge en décroisant et recroisant les jambes.

— Comment faut-il les mettre ? Montre-moi, ma petite Lise. J'oublie tout le temps, fit Anna Fiodorovna, en s'arrêtant d'étaler son jeu.

Lise, sans cesser de tricoter, s'approcha de sa mère et regarda les cartes :

— Ah, vous avez tout mélangé, ma chère petite maman ! dit-elle en replaçant les cartes. — C'est comme ça qu'il fallait faire. Votre vœu va tout de même se réaliser, ajouta-t-elle en enlevant subrepticement une carte.

— Allons bon, tu me trompes tout le temps : tu dis que ça a réussi.

— Non, pour de vrai, ça va marcher. Ça y est !

— Bon, bon, petite futée ! Mais est-ce que ce n'est pas l'heure du thé ?

— J'ai déjà donné des ordres pour faire chauffer le samovar. Je vais y aller tout de suite. Je le fais apporter ici ? Allons, Pimotchka, finis vite ton devoir et on va aller courir dehors.

Et Lisa sortit.

— Lisette ! Lison ! fit l'oncle en regardant attentivement sa fourche. — Je crois bien que j'ai de nouveau lâché une maille. Rattrape-moi ça, ma chérie !

— Tout de suite, tout de suite ! Je vais juste faire casser du sucre.

Et en effet, trois minutes plus tard, elle revenait au salon, s'approchait de l'oncle et lui tirait l'oreille.

— Tenez, pour vous apprendre à lâcher des mailles ! fit-elle en riant, vous n'avez même pas fini votre tâche !

— Allons, arrête, arrête ; arrange-moi ça, il devait y avoir un petit nœud.

Lise prit la fourche, sortit une épingle de son fichu, qu'entrouvrit à ce moment un coup de vent du jardin, et, avec l'épingle, rattrapa la maille, la faufila une ou deux fois et rendit la fourche à son oncle.

— Allons, embrassez-moi pour la peine, dit-elle en lui tendant sa joue rose et en épinglant son fichu. — Vous prendrez du rhum dans votre thé aujourd'hui ? C'est que nous sommes vendredi.

Et elle repartit pour l'office.

— Mon oncle, venez voir : il y a des hussards qui viennent nous rendre visite ! appela-t-elle de là.

Anna Fiodorovna et son frère coururent à l'office, dont les fenêtres donnaient sur le village, pour regarder les hussards. Par la fenêtre, on ne voyait pas grand-chose, on apercevait seulement une troupe d'hommes avançant au milieu d'un nuage de poussière.

— C'est bien dommage, ma sœur, remarqua

l'oncle, — c'est dommage qu'on ait si peu de place et que l'aile ne soit pas encore terminée : on aurait pu inviter les officiers. Les officiers de hussards — c'est une belle jeunesse, des garçons joyeux ; j'aurais bien aimé les voir.

— Pourquoi pas, ce serait de bon cœur ; mais vous savez bien, mon frère, qu'on n'a pas la place : ma chambre à coucher, la chambrette de Lise, le salon et votre chambre, là, c'est tout ce qu'il y a. Mikhaïlo Matvéïev leur a fait nettoyer l'isba du staroste[1] : il dit que c'est propre aussi.

— On te trouverait un mari, Lise, un beau hussard ! fit l'oncle.

— Non, je ne veux pas d'un hussard : je veux un uhlan ; vous avez bien été uhlan, mon oncle ? Et ceux-là, je ne veux pas les connaître. Ce sont tous des têtes brûlées, dit-on.

Et Lise rougit un peu, mais se remit à rire de son rire éclatant.

— Voilà Oustiouchka[2] qui court ; il faut lui demander ce qu'elle a vu, dit-elle.

Anna Fiodorovna fit appeler Oustiouchka.

— Pas question de rester assise à son travail, hein ; quel besoin de courir regarder les soldats ! fit Anna Fiodorovna. — Eh bien, où a-t-on logé les officiers ?

— Chez les Eriomkine, Madame. Il y en a deux, de beaux hommes ! L'un est comte, à ce qu'on dit.

— Il s'appelle comment ?

— Quelque chose comme Kazarov, ou Tourbinov ; excusez-moi, je n'ai pas retenu le nom.

— En voilà une sotte, qui ne sait rien raconter. Tu aurais pu au moins demander leur nom.

— Si vous voulez, j'y vais.

— Ça, ça te connaît, je sais bien. Non, qu'on envoie plutôt Danilo ; dites-lui, frère, de faire un saut et de demander si les officiers n'ont besoin de rien ; il faut tout de même leur faire cette politesse, leur dire que *Madame* a fait demander.

Les vieux se rassirent dans la pièce à thé, et Lise alla à l'office pour ranger dans un tiroir le sucre concassé. Oustiouchka y était, qui racontait ce qu'elle avait vu chez les hussards.

— Mademoiselle, ma mignonne, quel joli garçon que ce comte, disait-elle, — un vrai chérubin aux noirs sourcils. C'est ça qu'il vous faudrait comme mari, pour un beau couple, ça ferait un beau couple.

Les autres servantes eurent un sourire approbateur ; la vieille nounou, assise près de la fenêtre avec son tricot, soupira et alla même, dans une aspiration, jusqu'à réciter une courte prière.

Et Lise, portant le sucrier, sortit de la pièce en riant.

« J'aimerais bien voir quand même ce que c'est que ce hussard, pensait-elle, — un brun ou un blond ? Lui aussi, je pense, serait heureux de faire notre connaissance. Et il passera sans même savoir que j'étais là et que je pensais à lui. Et combien y en a-t-il eu déjà qui sont passés comme ça ! Personne ne me voit, à part Oustiouchka et mon oncle. J'ai beau arranger ma coiffure et mettre les manches que je veux, il n'y a personne pour m'admirer, pensait-elle avec un soupir, en regardant son beau bras blanc et bien en chair. — Il doit être grand, avec de grands yeux, et sans doute une petite moustache noire. Non, j'ai déjà vingt-deux ans passés et personne n'est encore tombé amoureux de moi, sauf Ivan Ipatytch le grêlé ; et il y a quatre ans, j'étais encore plus belle ; et c'est comme ça, sans apporter de plaisir à personne, qu'a passé ma vie de jeune fille. Ah, malheureuse que je suis, malheureuse demoiselle de province. »

La voix de sa mère, qui l'appelait pour servir le thé, arracha la demoiselle de province à cet instant de rêverie. Elle secoua sa petite tête et entra dans le salon de thé.

Les meilleures choses arrivent toujours sans qu'on le veuille ; et plus on fait d'efforts, plus le résultat est mauvais. À la campagne, on s'efforce rarement de donner une éducation, et c'est pourquoi en général celle que l'on donne est excellente. C'est ce qui était arrivé avec Lise. Anna Fiodorovna, avec son intelligence bornée et son humeur insouciante, n'avait donné aucune éducation à Lise : elle ne lui avait appris ni la musique, ni le français, chose pourtant si utile, mais elle avait donné comme par hasard à son défunt mari une jolie petite fille pleine de santé, elle l'avait confiée à une nourrice et à une bonne, elle la nourrissait, l'habillait de petites robes de coton et de bottines de chevreau, l'envoyait se promener et cueillir des champignons et des baies, lui apprenait à lire, à écrire et à compter par l'entremise d'un séminariste dont elle louait les services — et, seize ans plus tard, elle avait comme par hasard découvert en Lise une compagne et une maîtresse de maison toujours gaie, bienveillante et active. Anna Fiodorovna, par bonté d'âme naturelle, avait toujours auprès d'elle des pupilles recueillies chez ses serfs ou parmi les enfants abandonnés. Dès l'âge de dix ans, Lise avait commencé à s'en occuper : les enseigner, les habiller, les mener à l'église et mettre le holà ! quand elles faisaient un peu trop les folles. Puis arriva le bon vieil oncle, dont il fallait s'occuper comme d'un enfant. Puis les domestiques et les paysans du village, qui adressaient à la jeune demoiselle leurs prières et lui confiaient leurs maladies, et qu'elle soignait avec de l'infusion de sureau, de la menthe et de l'alcool de camphre. Puis ce furent les soins du ménage, qui passèrent insensiblement entre ses mains. Puis le besoin insatisfait d'amour, qui trouvait un exutoire dans la nature et dans la religion. Et Lise était devenue comme par hasard une femme active, pleine de joyeuse bonhomie, indépendante, pure et profondément religieuse. Bien sûr, elle avait de petites blessures d'amour-propre en voyant à côté d'elle dans l'église ses voisines coiffées de petits chapeaux à la mode qu'on leur avait fait venir de la ville ; il lui arrivait d'être agacée jusqu'aux larmes par les caprices d'une vieille mère bougonne ; il lui arrivait de rêver d'amour de la façon la plus absurde et parfois la plus terre à terre — mais une activité utile devenue pour elle une nécessité dissipait bientôt tout cela, et, à vingt-deux ans, aucune tache, aucun remords ne venait ternir la limpidité et la sérénité de son âme de jeune fille épanouie dans sa beauté physique et morale. Lise était de taille moyenne, plutôt bien en chair que maigre ; elle avait les yeux bruns, petits, avec une touche sombre sur la paupière inférieure ; une longue et lourde tresse blond-châtain. Elle marchait à grands pas, avec un léger déhanchement. L'expression de son visage, lorsqu'elle était occupée et que rien ne venait la troubler, paraissait dire à tous ceux qui la regardaient attentivement : la vie est belle et joyeuse pour ceux qui savent qui aimer et dont la conscience est pure. Même dans les instants d'irritation, de trouble, d'anxiété ou de chagrin, à travers une larme, le sourcil gauche froncé, les lèvres serrées, on voyait étinceler, comme malgré elle, sur les fossettes que faisaient ses joues, les bords de ses lèvres ou dans ses yeux brillants, habitués à sourire et à se réjouir de la vie, — on voyait briller un cœur franc et bon que l'intelligence n'avait pas perverti.

X

L'air était encore chaud, bien que le soleil eût déjà commencé à baisser, lorsque l'escadron entra dans le village de Morozovka. Devant lui, le long de la rue poussiéreuse, trottait, se retournant et s'arrêtant parfois avec un mugissement, une vache bigarrée qui avait perdu son troupeau et n'arrivait pas à comprendre qu'elle n'avait qu'à s'écarter du chemin. Les vieillards, les femmes et les enfants du village, ainsi que les serfs domestiques, s'attroupaient des deux côtés de la rue et regardaient avidement les hussards. Au milieu d'un épais nuage de poussière, en selle sur leurs chevaux moreaux bridés, qui renâclaient de temps à autre, les hussards s'avançaient dans un bruit de sabots. À droite de l'escadron, chevauchant nonchalamment leurs belles montures morelles, s'avançaient deux officiers. L'un était le comte Tourbine, le commandant, l'autre un très jeune homme, élève-officier tout juste promu, Polozov.

Un hussard en tunique blanche sortit de la plus belle des isbas et, ôtant sa casquette, s'avança vers les officiers.

— Où nous a-t-on logés ? lui demanda le comte.

— Votre Excellence ? répondit le quartier-maître, avec un frémissement de tout son corps. — Ici, chez le maire. J'ai nettoyé l'isba. J'ai exigé que ce soit chez le barine, mais on me dit : rien à faire. La dame est un vrai poison.

— Bon, dit le comte en mettant pied à terre et en se dégourdissant les jambes près de l'isba du maire. — Et ma calèche, elle est arrivée ?

— Elle est là, Votre Excellence ! répondit le quartier-maître en désignant de sa casquette le coffre en cuir de la calèche que l'on apercevait dans la cour, et en se précipitant pour précéder le comte dans l'entrée de l'isba, où se pressait une famille de paysans qui voulait voir les officiers. Il bouscula même une petite vieille en ouvrant vivement la porte menant à la pièce nettoyée pour laisser passer le comte.

L'isba était assez grande et spacieuse, mais d'une propreté douteuse. Un valet de chambre allemand, habillé comme un monsieur, était déjà là et, ayant installé et garni un lit de fer, vidait le linge que contenait une valise.

— Pouah, quelle saleté que ce logement ! fit le comte mécontent. — Diadenko ! Tu n'aurais pas pu m'en trouver un plus beau, quelque part chez le propriétaire ?

— Si Votre Excellence l'ordonne, je vais leur faire chasser quelqu'un dans les communs, répondit Diadenko, — mais la maison n'est pas bien avantageuse, elle n'a pas l'air mieux qu'une isba.

— Tant pis, c'est trop tard. Tu peux disposer.

Et le comte s'étendit sur le lit, les bras croisés derrière la tête.

— Johann ! appela-t-il son valet de chambre, tu as de nouveau fait une bosse au milieu. Tu ne sais donc pas faire un lit comme il faut ?

Johann voulut l'arranger.

— Non, à présent c'est trop tard... Et ma robe de chambre, où elle est ? continua-t-il d'un ton mécontent.

Le domestique lui tendit la robe de chambre.

Le comte, avant de la revêtir, regarda l'un des pans.

— C'est bien ce que je pensais, tu n'as pas enlevé la tache. Non mais, peut-on faire plus mal son travail ? ajouta-t-il, en lui arrachant des mains la robe de chambre et en la revêtant. — Tu le fais exprès, ou quoi ?... Le thé est prêt ?...

— Je n'avais pas le temps, répondit Johann.

— Imbécile !

Puis le comte prit le roman français qu'on lui avait préparé et lut en silence pendant assez longtemps, tandis que Johann allait dans l'entrée allumer le samovar. Le comte était manifestement de mauvaise humeur — sans doute à cause de la fatigue, de la poussière qui couvrait son visage, de son uniforme trop serré et de son estomac creux.

— Johann ! cria-t-il de nouveau. — Donne-moi

le compte des dix roubles. Qu'as-tu acheté en ville ?

Le comte regarda la feuille qu'on lui tendait et fit quelques remarques acides sur la cherté des achats.

— Sers-moi du rhum avec le thé.

— Je n'ai pas acheté de rhum, fit Johann.

— Bravo ! Combien de fois je t'ai dit qu'il fallait du rhum !

— Il n'y avait pas assez d'argent.

— Alors pourquoi Polozov n'en a-t-il pas acheté ? Tu devrais en prendre chez son domestique.

— Le cornette Polozov ? je ne sais pas. Il a acheté du thé et du sucre.

— Canaille !... Fiche-moi le camp... Il n'y a que toi qui saches me faire perdre patience... tu sais très bien qu'en campagne, je bois toujours mon thé avec du rhum.

Le comte, toujours couché, décacheta des lettres et se mit à les lire. Le cornette, qui avait emmené l'escadron, revint, la mine joyeuse.

— Eh bien, Tourbine ? On est bien ici, on dirait. Mais pour être fatigué, je suis fatigué, j'avoue. Il a fait chaud.

— Très bien, en effet ! Une affreuse isba puante et pas de rhum grâce à tes bons soins : ton idiot n'en a pas acheté, et celui-ci non plus. Tu aurais pu le dire, au moins.

Et il continua à lire. Ayant fini de lire la lettre, il la froissa et la jeta sur le sol.

— Pourquoi n'as-tu pas acheté de rhum ? chuchotait pendant ce temps-là le cornette, revenu dans l'entrée, en s'adressant à son ordonnance. — Tu avais pourtant de l'argent ?

— Et pourquoi ce serait tout le temps à nous de l'acheter ? Déjà que c'est moi qui tiens toutes les dépenses, pendant que l'autre Allemand ne fait que tirer sur sa pipe.

La deuxième lettre, apparemment, n'était pas désagréable, parce que le comte souriait en la lisant.

— C'est de qui ? demanda Polozov en revenant dans la pièce et en installant son couchage sur des planches, à côté du poêle.

— De Mina, répondit gaiement le comte, en lui passant la lettre. — Tu veux la lire ? Quel enchantement que cette femme !... Vrai, bien mieux que nos demoiselles... regarde tout ce qu'il y a là de sentiment et d'intelligence, dans cette lettre !... Le seul point noir, c'est qu'elle me demande de l'argent.

— Oui, ça, c'est ennuyeux, remarqua le cornette.

— C'est vrai que je lui en ai promis ; mais là, il y a eu la campagne, et puis... du reste, si je commande l'escadron pendant deux ou trois mois encore, je lui en enverrai. Ça sera sans regret, vrai ! Quel enchantement ! Hein ? disait-il en souriant, guettant l'expression du visage de Polozov pendant qu'il lisait la lettre.

— C'est affreusement écrit, mais c'est gentil, et on dirait qu'effectivement elle t'aime beaucoup, répondit le cornette.

— Hum ! Je crois bien ! Il n'y a que ces femmes-là pour aimer pour de bon quand elles aiment.

— Et l'autre lettre, c'est de qui ? demanda le cornette en rendant celle qu'il venait de lire.

— Ce n'est rien... Il y a là-bas quelqu'un, un

vilain monsieur, auquel je dois de l'argent qu'il m'a gagné aux cartes, et ça fait déjà trois fois qu'il m'écrit pour me le rappeler. Je ne peux pas le lui rendre en ce moment... une lettre idiote ! répondit le comte, manifestement indisposé par ce rappel.

Après cette conversation, les deux officiers restèrent assez longtemps silencieux. Le cornette qui, manifestement, se trouvait sous l'emprise du comte, buvait son thé sans rien dire, en jetant parfois un regard vers le beau visage rembruni de Tourbine, qui regardait fixement par la fenêtre, et il n'osait pas reprendre la conversation.

— Tu sais, ça peut très bien se passer, dit soudain le comte en se tournant vers Polozov et en secouant gaiement la tête, — s'il y a cette année une promotion générale, et qu'en plus nous allons au feu, je peux passer devant mes amis les capitaines de la garde.

La conversation se poursuivait sur ce thème au deuxième verre de thé, lorsque le vieux Danilo entra, et leur transmit le message d'Anna Fiodorovna.

— Et puis elle vous fait demander aussi si vous ne daignez pas être le fils de feu le comte Fiodor Ivanovitch Tourbine ? ajouta de son propre chef Danilo, qui avait reconnu le nom de l'officier et se rappelait encore l'arrivée du comte défunt dans la ville de K. — Notre dame, Anna Fiodorovna, le connaissait beaucoup.

— C'était mon père ; et rapporte à Madame que nous lui sommes très reconnaissants, que nous n'avons besoin de rien, mais qu'on lui fait demander, si c'est possible, une chambre un peu plus propre, dans la maison ou ailleurs.

— Allons, pourquoi cela ? dit Polozov lorsque Danilo fut sorti. — Quelle différence ? Pour une nuit, n'est-ce pas bien égal ; et eux, ça va les gêner.

— Allons donc ! Comme si on n'en avait pas assez de courir les galetas !... On voit tout de suite que tu n'es pas un homme pratique... Pourquoi ne pas profiter de l'occasion, si on peut, au moins pour une nuit, se loger de façon décente ? Et eux, au contraire, ils seront affreusement contents.

» Il y a une seule chose qui m'ennuie : si cette dame a effectivement connu mon père, continuait le comte, découvrant dans un sourire ses dents blanches et brillantes, — j'ai toujours un peu honte de feu *mon papa* ; il y a toujours un scandale ou une dette qui ressort. C'est pour ça que je ne supporte pas de rencontrer ces connaissances de mon père. Du reste, c'était l'époque, ajouta-t-il, cette fois d'un ton sérieux.

— Tiens, je ne t'ai pas raconté, dit Polozov : — j'ai eu l'occasion de rencontrer Ilyine, le commandant d'une brigade de uhlans. Il avait très envie de te rencontrer, et il était fou de ton père.

— C'est, je crois bien, un affreux bonhomme que cet Ilyine. Mais surtout, tous ces messieurs qui assurent avoir connu mon père pour se faire bien voir de moi, racontent sur lui, comme si c'étaient de gentilles babioles, des histoires qui font honte à entendre. Bien sûr, je garde mon sang-froid et je regarde les choses sans parti pris — c'était un homme trop fougueux, et il faisait parfois des choses pas très jolies. Mais c'était l'époque qui voulait ça. De nos jours, il aurait peut-être fait quelqu'un de très valable, parce qu'il avait d'immenses capacités, il faut lui rendre cette justice.

Un quart d'heure plus tard, le domestique revint et fit savoir que la dame les invitait à passer la nuit dans la maison.

XI

Lorsqu'elle avait appris que l'officier des hussards était le fils du comte Fiodor Tourbine, Anna Fiodorovna avait été prise d'une agitation fébrile.

— Ah, saints du paradis ! Le cher petit !... Danilo ! Cours vite, dis-leur : Madame vous prie de venir chez elle, avait-elle dit en bondissant de son fauteuil et en se dirigeant à grands pas vers l'office. — Lisette ! Oustiouchka ! Il faut préparer ta chambre, Lise. Tu iras chez ton oncle ; et vous, mon frère... mon frère, il faudrait que vous dormiez au salon. Pour une nuit, ce n'est pas grave.

— Ça ne fait rien, petite sœur ! Je vais coucher sur le plancher.

— Un joli garçon, je pense, s'il ressemble à son père. Je pourrai au moins le voir, le cher petit... Tu t'en occupes, Lise ! Quel bel homme c'était, son père... Où veux-tu mettre la table ? Laisse-la là, disait Anna Fiodorovna, toute fébrile, — et apporte deux lits — prends-en un chez le commis ; et prends sur l'étagère le bougeoir en cristal que mon frère m'a offert pour ma fête, et mets-y une bougie de Callet[1].

Enfin tout fut prêt. Lise, malgré les interventions de sa mère, arrangea sa chambre à sa façon pour les deux officiers. Elle alla chercher des draps propres parfumés au réséda et prépara les lits ; elle fit mettre une carafe d'eau et des bougies sur une petite tablette de nuit ; elle fit brûler du papier parfumé dans l'office et déménagea elle-même son petit lit dans la chambre de son oncle. Anna Fiodorovna se calma un peu, se rassit à sa place, elle était même sur le point de reprendre son jeu, mais, arrêtant d'étaler ses cartes, elle s'appuya sur son coude potelé et s'absorba dans ses rêveries. « Ah, comme le temps passe ! se disait-elle à mi-voix. — Comme si c'était hier ! Je crois le voir devant moi. Ah, quel coquin ! Et des larmes lui montèrent aux yeux. — Maintenant, c'est Lisette... mais ce n'est pas ce que j'étais à son âge... une brave petite fille, mais non, ce n'est pas ça... »

— Lisette, tu devrais mettre ta robe de mousseline de lin pour ce soir.

— Vous voulez vraiment les inviter, maman ? Il vaut mieux pas, répondit Lise, qui éprouvait un trouble insurmontable à l'idée de voir les officiers, — il vaut mieux pas, maman !

En effet, l'envie de les voir était moins forte que la crainte de je ne sais quel bonheur troublant qui paraissait l'attendre.

— Peut-être que ce sont eux qui auront envie de faire connaissance, Lisette ! dit Anna Fiodorovna, en lui caressant les cheveux, tout en se disant : « Non, ce ne sont pas les cheveux que j'avais à son âge... Non, ma Lisette, comme je te souhaiterais... » Et en effet, elle avait très envie de quelque chose pour sa fille ; mais un mariage avec le comte, elle ne pouvait pas y penser, et les relations qu'elle avait eues avec son père, elle ne pouvait pas les lui souhaiter — mais elle avait tout de même très très envie pour sa fille de quelque chose de semblable. Elle aurait peut-être voulu revivre encore une fois à travers elle ce qu'elle avait vécu avec le défunt.

Le vieil officier de cavalerie était aussi un peu troublé par l'arrivée du comte. Il alla dans sa chambre et s'y enferma. Au bout d'un quart d'heure, il en sortit revêtu d'un dolman et d'un pantalon bleu ciel, et, avec l'expression à la fois confuse et heureuse d'une jeune fille mettant sa première robe de bal, il se rendit dans la chambre destinée aux invités.

— On va voir à quoi ressemblent les hussards d'aujourd'hui, ma sœur ! Le défunt comte était bien un vrai hussard. On va voir, on va voir.

Les officiers allèrent directement par l'entrée de derrière dans la chambre qui leur était assignée.

— Eh bien, tu vois, dit le comte en s'étendant comme il était, avec ses bottes couvertes de poussière, sur le lit qui lui avait été préparé, — est-ce qu'on n'est pas mieux ici que dans une isba pleine de cafards !

— Pour être mieux, on est mieux, mais s'imposer comme ça aux maîtres de maison...

— En voilà des sornettes ! En toutes choses, il faut être pratique. Ils sont affreusement contents, j'en suis sûr... Hé, l'homme ! cria-t-il. — Demande quelque chose pour couvrir ce vasistas, sans ça, ça va souffler pendant la nuit.

À ce moment-là, le vieil oncle entra pour faire la connaissance des officiers. Il ne manqua pas, tout en rougissant un peu, de raconter qu'il avait été un camarade du défunt comte, qu'il jouissait de ses bonnes grâces, et il dit même qu'il avait profité plus d'une fois de ses bontés. Entendait-il par bontés le fait que celui-ci ne lui ait jamais rendu les cent roubles qu'il lui avait empruntés, ou qu'il l'ait renversé dans une congère, ou qu'il l'ait injurié, — le vieil oncle ne s'en expliqua pas. Le comte se montra très courtois avec le vieil officier de cavalerie, et le remercia pour le logement.

— Ne nous en veuillez pas du manque de luxe, comte (c'est tout juste s'il ne dit pas « Votre Excellence », tant il avait perdu l'habitude de s'adresser à des gens importants), la maison de ma sœur n'est pas grande. Et ça, nous allons tout de suite trouver de quoi le couvrir, ajouta-t-il, et, sous prétexte d'aller chercher un rideau, mais surtout pour raconter au plus vite ce qu'il avait vu chez les officiers, il sortit de la pièce en traînant les pieds.

La jolie Oustiouchka revint avec un châle de Madame pour couvrir le vasistas. En outre, celle-ci faisait demander si messieurs les officiers ne voulaient pas qu'on leur servît du thé.

Les agréments d'un bon logement avaient manifestement agi sur l'humeur du comte : avec un sourire joyeux, il plaisanta avec Oustinia au point que celle-ci alla jusqu'à le traiter de coquin, l'interrogea sur la demoiselle, et, comme elle demandait s'ils voulaient du thé, répondit que oui, on pouvait leur en apporter, mais surtout, vu que leur dîner n'était pas encore prêt, s'ils ne pourraient pas avoir un peu de vodka avec un petit quelque chose à grignoter et du xérès, s'il y en avait.

L'oncle était enthousiasmé par la courtoisie du jeune comte et portait aux nues les officiers de la jeune génération, en disant que les gens d'aujourd'hui avaient incomparablement plus d'avantages que ceux du temps passé.

Anna Fiodorovna n'était pas d'accord — il n'y avait pas mieux que le comte Fiodor Ivanovitch — et elle finit par se mettre vraiment en colère, en faisant remarquer sèchement que « pour vous, mon frère, le dernier à vous avoir cajolé, c'est le meilleur. On sait bien que maintenant, les gens sont devenus plus intelligents, mais tout de même, le comte Fiodor Ivanovitch dansait si bien l'écossaise et était si aimable, que tout le monde, à l'époque, était fou de lui ; mais lui, il ne s'occupait de personne, que de moi. Donc, il y avait aussi des gens bien au bon vieux temps. »

À ce moment, on apprit que l'on demandait de la vodka, des amuse-gueule et du xérès.

— Allons bon ! Voyons, mon frère ! Vous faites toujours tout de travers ! Il aurait fallu leur commander à dîner, fit Anna Fiodorovna. — Lise ! Fais le nécessaire, ma chérie !

Lise courut à la chambre froide chercher des champignons marinés et du beurre frais, et commanda au cuisinier des croquettes de viande hachée.

— Seulement, est-ce qu'il vous reste du xérès, mon frère ?

— Non, ma sœur, je n'en ai jamais eu.

— Comment non ? Et ce que vous prenez avec votre thé, c'est quoi ?

— C'est du rhum, Anna Fiodorovna.

— C'est bien la même chose, non ? Donnez-leur de ça, du rhum, ça revient au même. Mais est-ce qu'on ne devrait pas plutôt les inviter à venir ici, mon frère ? Vous connaissez tout ça. Ils ne vont pas se vexer, je pense.

L'officier de cavalerie déclara qu'il garantissait que le comte aurait la bonté de ne pas refuser, et qu'il allait sans faute les ramener. Anna Fiodorovna alla Dieu sait pourquoi mettre sa robe de gros-grain et un bonnet neuf ; quant à Lise, elle était si occupée qu'elle n'eut même pas le temps d'enlever la robe de toile rose à larges manches qu'elle avait sur elle. Du reste elle était affreusement émue : il lui semblait que quelque chose d'étonnant l'attendait, elle sentait comme un nuage noir très bas suspendu au-dessus d'elle. Ce comte-hussard, ce bel homme, lui paraissait un être absolument nouveau pour elle, incompréhensible, mais merveilleux. Ses manières, ses habitudes, ses paroles, — tout devait être extraordinaire, ne ressembler à rien de ce qu'elle avait jamais rencontré. Tout ce qu'il pensait et disait devait être intelligent et vrai ; tout ce qu'il faisait devait être honnête ; toute son apparence devait être pleine de beauté. Elle n'en doutait pas une seconde. S'il avait demandé non seulement des amuse-gueule et du xérès, mais un bain parfumé à la sauge, elle n'en aurait pas été surprise, ne le lui aurait pas reproché et aurait été fermement convaincue que c'était nécessaire et bon.

Lorsque l'officier de cavalerie lui eut exprimé le désir de sa sœur, le comte accepta aussitôt : il lissa sa chevelure, mit son manteau d'uniforme et prit son étui à cigarettes.

— Allons-y, dit-il à Polozov.

— Je t'assure qu'il vaut mieux ne pas y aller, répondit le cornette, *ils feront des frais pour nous recevoir*[1].

— Sornettes ! Ils seront ravis. Et puis j'ai déjà pris des informations : il y a une fille qui est jolie. Allons, dit le comte en français.

— *Je vous en prie, messieurs*[2] *!* dit l'officier de cavalerie, uniquement pour faire sentir qu'il savait aussi le français et avait compris ce que disaient les officiers.

XII

Lorsque les officiers entrèrent dans le salon, Lise rougit et, les yeux baissés, craignant de les regarder, fit comme si elle était occupée à verser le thé. Anna Fiodorovna, au contraire, se leva hâtivement, les salua en s'inclinant et, dévorant des yeux le visage du comte, se mit à lui parler, lui disant qu'elle lui trouvait une ressemblance extraordinaire avec son père, lui présentant sa fille, lui proposant du thé, de la confiture ou des pâtes de fruits à la mode campagnarde. L'air modeste du cornette faisait que personne ne lui prêtait attention, et il en était très heureux, parce que, autant que la décence le permît, il examinait et détaillait la beauté de Lise, qui, manifestement, l'avait surpris et frappé. L'oncle, écoutant la conversation de sa sœur avec le comte, un discours tout prêt sur les lèvres, attendait l'occasion de raconter ses souvenirs d'officier de cavalerie. Pendant le thé, le comte, ayant allumé son cigare de tabac fort, dont la fumée obligeait Lise à retenir sa toux, fut très causant et aimable, intercalant d'abord ses récits dans les intervalles des discours interminables d'Anna Fiodorovna, et finissant par s'emparer de la conversation. Une seule chose faisait sur ses auditeurs un effet un peu étrange : dans ce qu'il racontait, il employait souvent des mots qui, bien qu'ils ne fussent pas répréhensibles dans sa société habituelle, paraissaient ici quelque peu osés, ce qui effrayait légèrement Anna Fiodorovna, et faisait rougir Lise jusqu'aux oreilles ; mais le comte ne s'en apercevait pas, et restait simple et aimable sans s'en émouvoir le moins du monde. Lise remplissait les verres en silence, mais, sans les présenter aux invités, les plaçait simplement près d'eux et, ne s'étant pas encore remise de son émotion, écoutait avidement les paroles du comte. Ses récits sans prétention, ses hésitations dans la conversation la rassuraient peu à peu. Elle n'entendait pas de sa bouche les choses très intelligentes qu'elle en attendait, ne voyait pas l'élégance en toutes choses qu'elle s'attendait obscurément à lui trouver. Même, à la troisième tasse de thé, lorsque son regard timide eut croisé celui du comte, et que celui-ci, sans baisser les yeux, eut continué à la regarder d'une manière un peu trop tranquille, avec un léger sourire, elle éprouva envers lui une certaine hostilité, et trouva bientôt que non seulement il n'avait rien de particulier, mais qu'il ne se distinguait pas le moins du monde de tous les gens qu'elle avait vus, et qu'elle n'avait aucune raison d'en avoir peur — il avait seulement les ongles propres et longs, mais n'était même pas particulièrement beau. Et soudain, disant adieu à son rêve, non sans une certaine nostalgie, Lise retrouva son calme, et seul le regard du silencieux cornette, qu'elle sentait fixé sur elle, la troublait encore: « Ce n'est peut-être pas lui, pensait-elle, mais lui ! »

XIII

Après le thé, la vieille dame invita ses hôtes à passer dans l'autre pièce, où elle reprit sa place.

— Mais vous avez peut-être envie de vous reposer, comte ? demanda-t-elle. — Qu'est-ce qu'on pourrait bien trouver pour vous distraire, nos chers hôtes, continua-t-elle après une réponse négative. — Est-ce que vous jouez aux cartes, comte ? Vous devriez les occuper, mon frère, leur proposer une partie de quelque chose...

— Mais vous jouez vous-même à la préférence, répondit l'officier de cavalerie, — jouez donc avec nous. Vous voulez, comte ? Et vous aussi ?

Les officiers se dirent d'accord avec tout ce qu'il plairait de faire aux aimables maîtres de maison.

Lise alla chercher dans sa chambre les vieilles cartes dont elle se servait pour savoir si le rhume d'Anna Fiodorovna allait bientôt passer, si l'oncle, lorsqu'il partait pour la ville, allait rentrer le soir même, si la voisine viendrait ce jour-là, etc. Ces cartes, bien qu'elles eussent déjà servi un mois ou deux, étaient plus fraîches que celles qu'utilisait Anna Fiodorovna.

— Seulement, vous ne voudrez peut-être pas jouer petit ? demanda l'oncle. — Anna Fiodorovna et moi, nous jouons à un demi-kopeck le point, ce qui ne l'empêche pas de nous battre tous.

— Ah, ce sera comme vous le voudrez, très volontiers, répondit le comte.

— Eh bien, mettons à un kopeck-papier[1] ! Faisons ça pour nos chers hôtes : d'accord pour qu'ils mettent capot la vieille femme que je suis, dit Anna Fiodorovna, en s'installant bien à son aise dans son fauteuil et en déployant sa mantille.

« Peut-être bien qu'ils me feront gagner un rouble », se disait Anna Fiodorovna qui, sur ses vieux jours, s'était découvert une petite passion pour les cartes.

— Voulez-vous que je vous apprenne à jouer avec une tablette, dit le comte, et avec des misères[2] ! C'est très amusant.

La nouvelle manière de jouer pétersbourgeoise plut beaucoup à tout le monde. L'oncle assurait même qu'il la connaissait, que c'était la même chose que le boston, qu'il l'avait seulement un peu oubliée. Quant à Anna Fiodorovna, elle n'y comprenait rien, et resta si longtemps sans saisir les explications qu'on lui donnait, qu'elle se trouva obligée d'affirmer, avec des sourires et des hochements de tête approbateurs, qu'à présent elle allait comprendre et que tout était clair pour elle. On rit beaucoup vers le milieu du jeu, quand Anna Fiodorovna, avec un as et un roi maîtres dans son jeu, annonçait misère et restait avec six cartes en main. Elle commençait même à s'y perdre, à sourire timidement en se hâtant d'expliquer qu'elle n'était pas encore tout à fait habituée aux nouvelles règles. Cependant, on inscrivait ses pertes, et le total augmentait, d'autant plus que le comte, habitué en joueur professionnel à risquer de grosses sommes, jouait avec retenue, faisait très bien ses totaux et ne voulait absolument pas comprendre les signes que le cornette lui faisait du pied sous la table et les grossières erreurs d'annonces qu'il commettait.

Lise apporta encore des pâtes de fruits, trois sortes de confitures et un reste de pommes macérées selon une recette spéciale, et resta derrière sa mère à regarder le jeu, arrêtant parfois les yeux sur les officiers, et en particulier sur les mains blanches aux ongles roses bien taillés du comte, qui avaient une façon si sûre et si élégante de lancer les cartes et de ramasser les plis.

Une fois encore, Anna Fiodorovna, renchérissant hardiment sur ses partenaires et ayant annoncé jusqu'à sept levées, chuta de trois et, ayant, à la demande de son frère, griffonné tant bien que mal un chiffre, se trouva totalement désemparée et saisie de fébrilité.

— Ce n'est rien, maman, vous allez vous rattraper, dit en souriant Lise, s'efforçant de sauver sa mère du ridicule. — Vous allez faire chuter mon oncle, et il sera bien attrapé.

— Si toi au moins tu m'aidais, Lisette, fit Anna

Fiodorovna en lançant à sa fille un regard effrayé. — Je ne sais pas comment ça...

— Mais je ne sais pas non plus jouer de cette façon, répondit Lise en comptant mentalement les chutes qu'avait faites sa mère. — Vous allez perdre comme ça beaucoup d'argent, maman ! et il n'en restera pas pour la robe de Pimotchka, ajouta-t-elle en plaisantant.

— Oui, à ce train on peut facilement perdre une dizaine de roubles-argent, dit le cornette en regardant Lise, souhaitant engager la conversation avec elle.

— Nous ne jouons donc pas pour des roubles-papier ? demanda Anna Fiodorovna en interrogeant des yeux toute l'assistance.

— Je ne sais pas ce qu'on a décidé, mais je ne sais pas compter en roubles-papier, dit le comte. — Comment fait-on ? Je veux dire, qu'est-ce que c'est que ces roubles-papier ?

— Oui, à présent personne ne compte plus en roubles-papier, se hâta d'intervenir l'oncle, qui jouait avec sa pierre à feu, et était en train de gagner.

La vieille dame fit servir du soda, en but elle-même deux verres, devint toute rouge, et parut s'abandonner à la grâce de Dieu. Une mèche de cheveux blancs était même sortie de son bonnet, et elle ne l'arrangeait pas. Elle avait sans doute l'impression d'avoir perdu des millions, et d'être condamnée. Le cornette, de plus en plus souvent, faisait du pied au comte. Le comte déduisait les remises de la vieille dame. Enfin, la partie prit fin. Anna Fiodorovna avait beau être de mauvaise foi en comptant ses points, faire semblant de se tromper dans ses calculs et de ne pas arriver à faire le total, si épouvantée qu'elle fût par l'importance de sa perte, il apparut, une fois les comptes faits, qu'elle avait perdu neuf cent vingt prises. « Ça fait bien neuf roubles-papier ? » demanda-t-elle à plusieurs reprises, et elle ne comprit toute l'énormité de sa perte que lorsque son frère, à son épouvante, lui eut expliqué qu'elle avait perdu trente-deux roubles et demi en assignats, et qu'il faudrait absolument les payer. Le comte ne prit même pas la peine de calculer son gain : aussitôt le jeu terminé, il se leva, s'approcha de la fenêtre, où Lise était en train d'installer les hors-d'œuvre et de sortir de leur bocal pour le dîner les petits champignons marinés, et fit en toute sérénité et en toute simplicité ce que, pendant toute la soirée, le cornette avait voulu faire sans y parvenir — il entra en conversation avec elle en lui parlant du temps.

Le cornette, pendant ce temps-là, se trouvait dans une situation tout à fait désagréable. Ayant vu partir le comte, et surtout Lise, qui la maintenait de bonne humeur, Anna Fiodorovna se fâcha pour de bon.

— C'est bien ennuyeux tout de même que nous vous ayons fait perdre de cette façon, dit Polozov pour dire quelque chose. — C'est une vraie honte.

— Comment donc ! Dieu sait quelles inventions, ces tablettes et ces misères ! Je ne sais pas jouer à ça, moi. Ça fait combien en tout, en roubles-papier ? demandait-elle.

— Trente-deux roubles, trente-deux et cinquante kopecks, répétait l'officier de cavalerie, que son gain avait mis d'humeur badine, — allez, ma sœur, par ici la monnaie, donnez, donnez...

— Vous l'aurez, votre argent, mais vous ne m'y reprendrez jamais plus, non ! À ce train-là, je n'en aurai pas assez de toute ma vie pour rattraper mes pertes !

Et Anna Fiodorovna se retira dans sa chambre en se dandinant à pas pressés, et en rapporta neuf roubles-papier. Il fallut l'insistance de son frère pour qu'elle consentît à tout payer.

Polozov fut pris de crainte à l'idée qu'Anna Fiodorovna allait l'injurier s'il lui adressait la parole. Sans rien dire, il s'éloigna doucement pour rejoindre le comte et Lise qui causaient près de la fenêtre ouverte.

Deux chandelles de saindoux étaient placées sur la table servie pour le dîner. Le souffle doux et frais de la nuit de mai faisait parfois vaciller leur flamme. La fenêtre ouverte sur le jardin était éclairée elle aussi, mais d'une tout autre clarté que la chambre. La lune presque pleine, perdant déjà son reflet doré, apparaissait derrière les cimes des grands tilleuls et illuminait de plus en plus vivement les minces nuages blancs qui parfois la recouvraient. Sur l'étang, dont la surface, argentée en un point par la lune, s'apercevait entre les arbres, on entendait retentir le coassement des grenouilles. Dans le buisson de lilas odorant qui poussait juste sous la fenêtre, et qui balançait par moments ses grappes de fleurs humides, on voyait sauter de branche en branche et s'ébrouer de petits oiseaux.

— Quel temps merveilleux ! dit le comte en s'approchant de Lise et en s'asseyant sur le rebord de la fenêtre. — J'imagine que vous allez souvent vous promener ?

— Oui, répondit Lise, qui ne se sentait plus du tout intimidée par le comte, — tous les matins, vers les sept heures, je m'occupe dehors, alors je me promène un peu avec Pimotchka, la pupille de maman.

— C'est agréable de vivre à la campagne ! dit le comte en regardant tour à tour Lise et le jardin à travers le monocle qu'il avait fixé sur son œil. — Et la nuit, au clair de lune, vous ne sortez pas vous promener ?

— Non. Mais il y a deux ans de cela, avec mon oncle, nous nous promenions toutes les nuits lorsqu'il y avait la lune. Il avait une sorte de maladie bizarre, des accès d'insomnie. Dès que c'était la pleine lune, il n'arrivait pas à s'endormir. Sa chambre, celle-là, là, donne directement sur le jardin, et elle a une fenêtre très basse : et la lune donnait en plein chez lui.

— C'est curieux, remarqua le comte. — Mais c'est votre chambre, non ?

— Non, j'y suis seulement pour cette nuit. Ma chambre, c'est celle que vous occupez.

— C'est vrai ?... Ah, mon Dieu !... Je ne me pardonnerai jamais ce dérangement, dit le comte, faisant tomber son monocle pour marquer sa sincérité. — Si j'avais su que j'allais vous gêner...

— En voilà un dérangement ! Au contraire, j'en suis très heureuse : la chambre de mon oncle est si merveilleuse, si gaie, avec sa petite fenêtre basse ; je pourrai rester auprès d'elle jusqu'à ce que je m'endorme, ou bien sauter dans le jardin pour me promener un peu avant la nuit.

« Quelle charmante fillette ! se dit le comte, en remettant son monocle sans cesser de la regarder, et en essayant, sous prétexte de se rasseoir sur le bord de la fenêtre, de lui toucher la jambe de son pied. — Et avec quelle astuce elle m'a fait comprendre que je pouvais la voir au jardin sous sa fenêtre si j'en avais envie. » Lise perdit même à ses yeux une grande partie de son charme : si facile lui paraissait sa victoire.

— Et quel plaisir ce doit être, dit-il en regardant pensivement les sombres allées, de passer une nuit comme celle-ci dans un jardin avec la personne qu'on aime.

Lise fut un peu troublée par ces paroles et par un nouveau signe du pied apparemment involontaire. Elle répondit n'importe quoi, sans même penser à ce qu'elle disait, seulement pour ne pas laisser voir son trouble. Elle dit « Oui, c'est bien de se promener au clair de lune. » Elle commençait à se sentir mal à l'aise. Elle referma le bocal dont elle venait d'extraire les champignons, et elle était sur le point de s'éloigner de la fenêtre lorsque le cornette s'approcha d'eux, et elle eut envie de savoir quel genre de personne c'était.

— Quelle nuit magnifique ! dit-il.

« Ils ne savent parler que du temps qu'il fait », se dit Lise.

— Quelle vue merveilleuse ! continuait le cornette. — Mais vous devez déjà en avoir assez ! ajouta-t-il, par un étrange besoin de dire des choses un peu désagréables aux gens qui lui plaisaient.

— Qu'est-ce qui vous fait penser ça ? On peut

en avoir assez d'un plat, d'un vêtement, mais pas d'un beau parc, lorsqu'on aime à se promener, surtout lorsque la lune monte encore plus haut. De la chambre de mon oncle, on voit tout l'étang. Tout à l'heure, je pourrai le regarder.

— Et les rossignols, vous n'en avez pas, on dirait ? demanda le comte, très mécontent de l'arrivée de Polozov, qui l'empêchait de connaître les conditions précises du rendez-vous.

— Non, nous en avons toujours eu ; seulement l'année dernière, des chasseurs en ont attrapé un, et la semaine dernière, il y en a un qui s'est mis à chanter merveilleusement, mais l'agent de police est passé avec la clochette de son attelage, et lui a fait peur. Il y a deux ans, mon oncle et moi, nous allions nous asseoir sous l'allée couverte, et nous l'écoutions pendant deux heures d'affilée.

— Qu'est-ce que cette petite jacasse peut bien vous raconter ? demanda l'oncle en s'approchant d'eux. — Vous ne voulez pas passer aux hors-d'œuvre ?

Après le dîner, au cours duquel le comte, par les compliments qu'il faisait à la cuisine et par son appétit, réussit à dissiper quelque peu l'humeur plutôt maussade de la maîtresse de maison, les officiers prirent congé et se retirèrent dans leur chambre. Le comte serra la main de l'oncle et, au grand étonnement d'Anna Fiodorovna, il se contenta aussi de serrer la sienne, sans la baiser ; il serra même la main de Lise, en la regardant droit dans les yeux et en lui souriant légèrement de son agréable sourire. Ce regard troubla de nouveau la jeune fille.

« C'est vrai qu'il est beau garçon, se dit-elle, — seulement un peu trop préoccupé de sa personne. »

XIV

— Tu n'as pas honte ? dit Polozov lorsque les officiers furent revenus dans leur chambre. — J'essayais de perdre exprès, je te donnais des coups de pied sous la table. Tu trouves que c'est joli ? La pauvre vieille en était toute chagrinée.

Le comte partit d'un immense éclat de rire.

— Impayable, la dame ! Comme elle était vexée !

Et il se remit à rire si joyeusement que même Johann, qui se tenait devant lui, baissa les yeux et fit un petit sourire en coin.

— Il est joli, le fils d'un ami de la famille ! Ha, ha, ha ! continuait-il à rire.

— Non, vrai, ce n'est pas bien. Elle m'a même fait pitié, dit le cornette.

— En voilà des sottises ! Comme tu es encore jeune ! Tu voulais donc que je perde ? Et pourquoi aurais-je dû perdre ? Moi aussi je perdais quand je ne savais pas jouer. Dix roubles, mon vieux, ça peut toujours servir. Il faut être pratique dans la vie, sans ça on se fait toujours avoir.

Polozov se tut ; du reste il avait envie d'être seul pour penser à Lise, qui lui paraissait une créature extraordinairement belle et pure. Il se déshabilla et se coucha dans le lit propre et douillet qu'on lui avait préparé.

« Quelle sottise que ces honneurs et cette gloire

militaire ! se disait-il en regardant la lucarne recouverte d'un châle à travers lequel perçaient les pâles rayons de la lune. — Le voilà, le bonheur — vivre dans un coin paisible, avec une femme douce, intelligente, simple ! C'est ça, le bonheur solide, le bonheur véritable ! »

Mais il ne jugea pas nécessaire de confier ces rêveries à son ami, et même il ne lui dit rien de la jeune provinciale, bien qu'il fût persuadé que le comte y pensait aussi.

— Tu ne te déshabilles donc pas ? demanda-t-il au comte qui arpentait la chambre.

— Je crois bien que je n'ai pas encore sommeil. Éteins la chandelle, si tu veux. Je me coucherai dans le noir.

Et il continua à aller et venir dans la pièce.

— Je crois bien que je n'ai pas encore sommeil, répéta Polozov, qui, après la soirée qu'ils venaient de passer, se sentait plus que jamais mécontent de l'ascendant qu'exerçait sur lui le comte, et qui était d'humeur à se révolter contre lui. « J'imagine, se disait-il, s'adressant en pensée à Tourbine, les idées qui trottent en ce moment dans ta tête si bien coiffée ! J'ai vu comme elle t'avait plu. Mais tu n'es pas en état de comprendre cet être simple et honnête ; il te faut une Mina, des épaulettes de colonel... demandons-lui voir comment elle lui a plu. »

Et Polozov allait se tourner vers Tourbine, mais il changea d'avis : il sentait non seulement qu'il ne serait pas en état de discuter, si l'opinion du comte sur Lise était celle qu'il lui supposait, mais qu'il n'aurait même pas la force de ne pas lui donner raison — si forte était son habitude de se soumettre à son influence, qui lui paraissait chaque jour plus pesante et moins justifiée.

— Où vas-tu ? demanda-t-il, en voyant le comte mettre sa casquette et se diriger vers la porte.

— Je vais aller à l'écurie pour voir si tout est en ordre.

« Étrange ! » se dit le cornette, mais il éteignit la bougie et, s'efforçant de dissiper les pensées hostiles et empreintes d'une absurde jalousie que commençait à lui inspirer celui qui était jusqu'à présent son ami, il se retourna sur l'autre flanc.

Anna Fiodorovna, pendant ce temps, ayant, selon son habitude, béni d'un signe de croix et tendrement embrassé son frère, sa fille et sa filleule, se retira dans sa chambre elle aussi.

Depuis longtemps, la vieille femme n'avait pas éprouvé en une seule journée tant de sensations fortes, si bien qu'elle ne pouvait même pas prier en paix : le souvenir très vif et attristé du défunt comte et du jeune godelureau qui l'avait si honteusement dépouillée ne lui sortait pas de l'esprit. Cependant, à son habitude, s'étant déshabillée, et ayant bu le demi-verre de kvas [1] qui l'attendait sur sa table de nuit, elle se mit au lit. Son chat préféré entra silencieusement dans la pièce. Anna Fiodorovna l'appela et se mit à le caresser en l'écoutant ronronner, mais le sommeil ne venait pas.

« C'est le chat qui me gêne », pensa-t-elle, et elle le chassa. Le chat tomba doucement sur le plancher, et, faisant tourner lentement sa queue touffue, bondit sur la couchette ; mais à ce moment-là, la servante qui dormait habituellement par terre dans la chambre de sa maîtresse apporta son matelas de feutre pour faire son lit, éteindre la chandelle et allumer la veilleuse. Enfin, la servante ronfla, mais Anna Fiodorovna n'arrivait toujours pas à trouver le sommeil, qui eût calmé son imagination agitée. Le visage du hussard lui apparaissait dès qu'elle fermait les yeux, se présentant sous des formes étranges dans la pièce où, les yeux ouverts, elle regardait à la lueur de la veilleuse la commode, la table de nuit, la robe blanche qui pendait au mur. Tantôt elle avait trop chaud sous son édredon, tantôt elle ne supportait pas le tic-tac de l'horloge posée sur sa tablette et le ronflement nasillard de la domestique. Elle la réveilla et lui intima l'ordre de cesser de ronfler. De nouveau elle pensait à sa fille, aux deux comtes, le père et le fils, au jeu de préférence, et ces images faisaient dans sa tête un curieux mélange. Puis elle se voyait valsant avec le vieux comte, elle voyait ses propres épaules, blanches et bien en chair, sentait sur elles des baisers, puis voyait sa fille dans les bras du jeune comte. Et Oustiouchka se remettait à ronfler...

« Non, il y a quelque chose qui ne tourne pas rond à présent, les gens ne sont plus les mêmes. L'autre se serait jeté au feu pour moi. Et il y avait de quoi. Et celui-ci, je parie, qui est en train de dormir comme une souche, tout content d'avoir gagné ; quant à faire un peu la cour, pas question. Il fallait voir l'autre se mettre à genoux et dire : "Que veux-tu que je fasse pour toi, je serais prêt à me tuer à l'instant, que veux-tu ?" et il se serait vraiment tué si je le lui avais demandé. »

Soudain un bruit de pieds nus se fit entendre dans le couloir, et Lise, avec seulement un fichu jeté sur les épaules, toute pâle et tremblante, entra en courant dans la chambre et tomba presque sur le lit de sa mère...

Après avoir dit bonsoir à sa mère, Lise était allée toute seule dans la chambre de son oncle. Ayant revêtu une blouse blanche et ayant dissimulé sous un fichu son épaisse et longue natte, elle éteignit sa chandelle, releva la fenêtre et s'assit, les jambes repliées sous elle, sur sa chaise, fixant un regard pensif sur l'étang qui, à présent, brillait tout entier d'une lueur argentée.

Toutes les occupations, tous les intérêts qui la faisaient vivre jusqu'alors lui apparurent soudain dans un nouvel éclairage : une vieille mère capricieuse, à laquelle elle portait un amour qui s'interdisait de juger, devenu une partie de son âme, un vieil oncle décrépit, mais qu'elle aimait bien, les domestiques et les serfs du village, qui adoraient leur jeune maîtresse, les vaches à traire et leurs veaux ; toute cette nature, toujours la même, qui tant de fois était morte et avait revécu, au milieu de laquelle elle avait grandi, pleine d'amour pour les autres et entourée de leur amour, tout ce qui donnait à son âme un repos si léger et si agréable, — il lui sembla soudain que tout cela, ce n'était pas ça, tout cela lui parut ennuyeux et inutile. Comme si quelqu'un lui avait dit : « Petite sotte, petite sotte ! Tu as passé vingt ans de ta vie à faire des sottises, à servir Dieu sait qui et Dieu sait pourquoi, sans savoir ce qu'étaient la vie et le bonheur ! » Elle pensait cela à présent, en plongeant le regard dans les profondeurs du parc lumineux et immobile, plus intensément, beaucoup plus intensément qu'il ne lui était jamais arrivé de le penser auparavant. Et qu'est-ce qui lui avait inspiré ces pensées ? Ce n'était pas un amour soudain pour le comte, comme on aurait pu le supposer. Au contraire, il ne lui plaisait pas. Le cornette aurait pu l'intéresser davantage ; mais il n'était pas beau, il était pauvre, et il était bien silencieux. Elle l'oubliait sans le vouloir, et évoquait avec irritation l'image du comte. « Non, ce n'est pas ça », se disait-elle. Son idéal était si enchanteur ! C'était un idéal qui, au milieu de cette nuit, au milieu de cette nature, sans porter atteinte à sa beauté, serait digne d'être aimé, — un idéal qui n'avait jamais été écorné pour s'adapter à quelque grossière réalité.

Au début, l'isolement et l'absence de toute personne qui aurait pu attirer son attention avaient fait que toute la force d'amour que la Providence a également répartie dans l'âme de chacun de nous était encore entière et inébranlable dans son cœur ; mais à présent, il y avait déjà trop longtemps qu'elle vivait du triste bonheur de sentir en elle-même la présence de ce quelque chose et, entrouvrant parfois le trésor caché de son cœur, de jouir de la contemplation de sa richesse, pour déverser à la légère sur n'importe qui tout ce qu'il contenait. Dieu veuille qu'elle puisse jouir jusqu'à la tombe de ce modeste bonheur. Qui sait s'il n'est pas le meilleur et le plus fort ? Et n'est-il pas le seul véritable et le seul possible ?

« Seigneur mon Dieu ! se disait-elle, — se peut-il que j'aie perdu en vain mon bonheur et ma jeunesse, et qu'il n'y ait plus… qu'il n'y ait plus jamais… Se peut-il qu'il en soit ainsi ? » — Et elle regardait fixement le grand ciel, clair dans le voisinage de la lune et que couvraient de petits nuages ondulés qui, masquant les étoiles, voguaient en direction de l'astre. « Si ce petit nuage blanc, tout en haut, touche la lune, c'est qu'il en est ainsi », se dit-elle. Une bande de brouillard vaporeux traversa la partie inférieure du cercle lumineux, et, petit à petit, la lumière faiblit sur l'herbe, sur le sommet des tilleuls, sur l'étang ; les ombres noires des arbres devinrent moins perceptibles. Et, comme pour accompagner le voile sombre qui avait recouvert la nature, un souffle d'air parcourut le feuillage et apporta jusqu'à la fenêtre l'odeur de rosée des feuilles, de la terre humide et des lilas en fleur.

« Non, ce n'est pas vrai, se disait-elle pour se consoler, — mais si le rossignol chante cette nuit, ce coup-ci cela signifie que toutes ces idées ne sont que des sornettes et qu'il ne faut pas perdre espoir », pensa-t-elle. Et elle resta encore longtemps assise en silence, attendant quelqu'un, bien qu'entre-temps tout fût redevenu clair et ait repris vie, et que de nouveau, à plusieurs reprises, de petits nuages soient venus recouvrir la lune et tout assombrir. Elle était déjà en train de s'endormir ainsi, assise à sa fenêtre, lorsque le rossignol la réveilla par ses trilles répétés, qui résonnaient vivement à la surface de l'étang. La jeune provinciale ouvrit les yeux de nouveau, et son âme, avec un plaisir renouvelé, reprit vie dans cette union mystérieuse avec la nature qui se déployait de façon si sereine et si lumineuse devant elle. Elle s'appuya sur ses deux coudes. Un étrange sentiment de tristesse, plein de douceur langoureuse, écrasa sa poitrine, et les larmes d'un pur et vaste amour aspirant à être satisfait, de bonnes larmes de consolation envahirent ses yeux. Elle croisa les bras sur l'appui de la fenêtre et y posa son front. Sa prière préférée lui vint spontanément à l'esprit, et elle s'assoupit vraiment, les yeux pleins de larmes.

Le contact d'une main la réveilla. Elle ouvrit les yeux. Mais ce contact était léger et agréable. Une main serrait plus fort sa main. Soudain, elle revint à la réalité, poussa un cri, se leva d'un bond et, cherchant à se persuader elle-même qu'elle n'avait pas reconnu le comte, qui se tenait devant sa fenêtre, tout illuminé par le clair de lune, elle sortit de sa chambre en courant...

XV

En effet, c'était bien le comte. En entendant le cri de la jeune fille et les halètements du gardien, qui, de l'autre côté de la palissade, avaient répondu à ce cri, il détala à toutes jambes, avec le sentiment d'un voleur pris sur le fait, à travers l'herbe mouillée et pleine de rosée, vers le fond du jardin. « Ah, imbécile que je suis ! répétait-il machinalement. — Je lui ai fait peur. Il fallait faire plus doucement, lui parler pour la réveiller. Ah, quel âne bâté je fais ! » Il s'arrêta et écouta : le gardien avait franchi le portillon et traînait son bâton sur le sable de l'allée du parc. Il fallait se cacher. Il descendit vers l'étang. À ses pieds les grenouilles, en plongeant bruyamment dans l'eau, le faisaient tressaillir à chaque pas. Il s'accroupit, malgré ses pieds trempés, et repassa dans sa mémoire tous ses faits et gestes : il se voyait enjambant la palissade, cherchant la fenêtre de la jeune fille et apercevant enfin son ombre blanche ; se rapprochant et s'éloignant à plusieurs reprises de la fenêtre, à l'affût du moindre bruit : tantôt il lui paraissait hors de doute qu'elle l'attendait et s'irritait de sa lenteur, tantôt il lui semblait impossible qu'elle se fût décidée si vite à lui donner un rendez-vous ; enfin, se disant que ce n'était que par timidité de demoiselle de province qu'elle faisait semblant de dormir, il s'était approché d'un pas résolu et avait distingué clairement sa position, mais s'était soudain, Dieu sait pourquoi, éperdument enfui ; enfin, honteux de sa couardise, il s'était hardiment rapproché et avait pris sa main. De nouveau, il entendit le gardien haleter et, faisant grincer le portillon, sortir du parc. La fenêtre de la chambre de la demoiselle se referma et se couvrit d'un volet placé à l'intérieur. À ce spectacle, le comte fut très contrarié. Il aurait donné cher pour pouvoir tout recommencer : cette fois-ci, il n'agirait plus si bêtement... « Mais quelle merveille, cette demoiselle ! Si fraîche ! Un ravissement ! Dire que j'ai laissé passer ça. Quel âne bâté je fais ! » En outre, il n'avait plus du tout sommeil, et, marchant du pas résolu d'un homme profondément dépité, il partit au hasard le long de l'allée couverte bordée de tilleuls.

À lui aussi, à présent, cette nuit apportait ses dons pacifiants d'une sorte de mélancolie apaisante et de besoin d'amour. L'allée au sol d'argile, où l'on apercevait çà et là une touffe d'herbe

La Matinée d'un gentilhomme rural

I

Le prince Nekhlioudov avait dix-neuf ans lorsque, au terme de sa troisième année d'Université, il vint passer les vacances dans son village et y vécut tout l'été en solitaire. À l'automne, de son écriture mal formée d'enfant, il écrivit à sa tante, la comtesse Beloretskaïa, qu'il tenait pour sa meilleure amie et la femme la plus géniale qui fût au monde, la lettre suivante, que nous traduisons ici du français[1] :

Ma chère petite tante,

J'ai pris une décision dont doit dépendre toute ma destinée. Je quitte l'Université pour me consacrer à la vie rurale, parce que je sens que c'est pour elle que je suis né. Au nom du ciel, ma chère petite tante, ne vous moquez pas de moi. Vous direz que je suis bien jeune ; peut-être en effet ne suis-je encore qu'un enfant, mais cela ne m'empêche pas de sentir ma vocation, de souhaiter faire le bien et de l'aimer.

Comme je vous l'ai déjà écrit, j'ai trouvé l'exploitation dans un état de délabrement indescriptible. J'ai voulu y mettre bon ordre et, ayant regardé les choses de près, j'ai découvert que le mal essentiel, c'était la situation pitoyable et misérable au possible des paysans, et que c'était un mal auquel on ne pouvait remédier que par le labeur et la patience. Si vous pouviez voir seulement deux de mes paysans, Davyd et Ivan, et la vie qu'ils mènent avec leur famille, je suis convaincu que la seule vue de ces deux malheureux vous persuaderait plus que tout ce que je peux vous dire pour vous expliquer mon projet. N'est-ce pas mon devoir immédiat et sacré que de m'occuper du bonheur de ces sept cents hommes[1] *dont j'aurai à répondre devant Dieu? N'est-ce pas un péché que de les abandonner à l'arbitraire de starostes et d'intendants grossiers*[2] *pour satisfaire à mes plaisirs ou à mes ambitions? Et pourquoi chercher dans une autre sphère les occasions d'être utile et de faire le bien, lorsque je vois s'ouvrir devant moi une charge aussi noble, aussi brillante et aussi immédiate? Je sens en moi l'aptitude à être un bon patron d'exploitation; et pour en être un, au sens que je donne à ce mot, il ne faut ni ce diplôme de candidat*[3]*, ni ces grades que vous souhaitez tant pour moi. Ma chère petite tante, ne faites pas pour moi de projets ambitieux, habituez-vous à l'idée que j'ai pris une voie tout à fait particulière, mais qui est la bonne et qui, je le sens, me mènera au bonheur. J'ai beaucoup, énormément réfléchi à mes futures obligations, je me suis rédigé des règles d'action*[4]*, et, si Dieu me prête vie et me donne les forces nécessaires, je réussirai dans mon entreprise.*

Ne montrez pas cette lettre à mon frère Vassia: j'ai peur de ses moqueries; il a pris l'habitude d'être le premier, et moi celle de me soumettre à lui. Quant à Vania [1]*, même s'il n'approuve pas mes intentions, il les comprendra.*

La comtesse lui répondit par la lettre suivante, également traduite du français:

Ta lettre, mon cher Dmitri, ne m'a rien prouvé, sinon que tu as un excellent cœur, ce dont je n'ai jamais douté. Mais, mon cher ami, nos qualités nous nuisent plus dans la vie que nos défauts. Je ne vais pas te dire que tu fais une sottise, que ta conduite me chagrine, je vais seulement essayer de te convaincre. Réfléchissons, mon ami. Tu dis que tu te sens une vocation pour la vie rurale, que tu veux faire le bonheur de tes paysans et que tu espères être un bon patron. Premièrement, je dois te dire que c'est seulement quand nous nous sommes trompés de vocation que nous la connaissons vraiment; deuxièmement, qu'il est plus facile de faire son propre bonheur que celui d'autrui, et troisièmement, que pour être un bon patron, il faut être un homme froid et sévère, ce qu'il est peu probable que tu deviennes jamais, bien que tu t'y efforces et fasses semblant de l'être.

Tu crois tes raisonnements infaillibles et tu vas même jusqu'à les prendre pour des règles de vie; mais à mon âge, mon ami, on ne croit pas aux raisonnements et aux règles, on ne croit qu'à l'expérience; et l'expérience me dit que tes plans sont de l'enfantillage. J'ai bientôt cinquante ans, et j'ai connu beaucoup de personnes respectables, mais je n'ai jamais entendu dire qu'un jeune homme bien né et doué, sous prétexte de faire le bien, aille s'enterrer à la campagne. Tu as toujours voulu paraître original, mais ton originalité n'est qu'un excès d'amour-propre. Et, mon ami, choisis plutôt les sentiers battus : ils mènent plus directement au succès, et le succès, même s'il ne t'est pas nécessaire en tant que succès, t'est indispensable pour avoir la possibilité de faire le bien que tu aimes.

La misère de quelques paysans est ou bien un mal nécessaire, ou bien un mal que l'on peut soulager sans négliger toutes ses obligations envers la société, sa famille et soi-même. Avec ton intelligence, ton bon cœur et ton amour du bien, il n'y a pas de carrière où tu ne puisses réussir ; mais au moins, choisis-en une qui te vaille et te fasse honneur.

Je crois à ta sincérité lorsque tu dis que tu n'as pas d'ambition ; mais tu te fais illusion à toi-même. L'ambition est une vertu à ton âge et avec tes moyens : elle ne devient un défaut et une bassesse que lorsque l'on n'est plus en mesure de la satisfaire. Et tu le ressentiras, si tu restes fidèle à tes intentions. Adieu, mon cher Mitia. J'ai l'impression de t'aimer encore davantage pour ton projet absurde, mais noble et généreux. Fais comme tu l'entends, mais, je l'avoue, je ne peux pas être d'accord avec toi.

Cette lettre, lorsque le jeune homme l'eut reçue, le fit longtemps réfléchir, mais ayant en fin de compte décidé que même une femme de génie pouvait se tromper, il demanda sa mise en congé de l'Université et resta pour toujours à la campagne.

II

Le jeune gentilhomme, comme il l'avait écrit à sa tante, avait rédigé des règles de conduite pour son exploitation, et toute sa vie et ses occupations étaient programmées heure par heure, jour par jour et mois par mois. Le dimanche était réservé à l'accueil des solliciteurs, domestiques et paysans du domaine, à l'inspection de l'exploitation des paysans pauvres et à l'examen de l'aide qui pourrait leur être accordée avec l'accord du mir[1], qui se réunissait le dimanche soir et devait décider de la destination et de la nature de cette aide. Cette façon de faire durait déjà depuis plus d'un an, et le jeune homme n'était plus tout à fait un novice dans la connaissance pratique et théorique de l'exploitation.

C'est par un dimanche ensoleillé de juin que Nekhlioudov, ayant pris son café et parcouru un chapitre de *La Maison rustique*[2], son carnet de notes et une liasse d'assignats[3] dans la poche de son paletot tout léger, sortit de la grande maison rurale à colonnes et terrasses où il occupait une petite chambre du rez-de-chaussée, et se dirigea le long des allées mal entretenues et envahies d'herbe du vieux jardin anglais vers le village, disposé de part et d'autre de la route. Nekhlioudov était un grand jeune homme bien bâti à l'abondante et épaisse chevelure bouclée châtain foncé, aux yeux noirs qui brillaient d'un éclat lumineux, aux joues roses et aux lèvres rouges que couvrait un premier duvet juvénile. Ses gestes et sa démarche dénotaient la force, l'énergie et la satisfaction de soi débonnaire de la jeunesse. Les paysans, en foule bigarrée, revenaient de l'église ; vieillards, jeunes filles, enfants, femmes portant leurs nourrissons, endimanchés, s'en allaient chacun vers son isba, saluant bien bas le barine et s'écartant pour le laisser passer. En arrivant à la rue du village, Nekhlioudov s'arrêta, sortit de sa poche son carnet de notes et, sur la dernière page, couverte de son écriture enfantine, lut plusieurs noms de paysans accompagnés d'une note. « Ivan Tchourissionok[1] a demandé des fourches », lut-il, et, entrant dans la rue, il alla vers le portail de la seconde isba à droite.

L'habitation de Tchourissionok était composée comme suit : une cage de rondins à moitié pourris, aux angles dévorés par l'humidité, inclinée et enfoncée dans le sol sur l'un de ses côtés, au point que, au-dessus du remblai de fumier qui la longeait, on n'apercevait qu'une petite fenêtre à glissière au volet à moitié arraché, ainsi qu'une autre lucarne bouchée avec de l'étoupe. Autour de l'isba principale se pressaient une pièce d'entrée en rondins, au seuil malpropre précédant une porte basse, une deuxième petite cage de rondins, plus vétuste et plus basse encore que l'entrée, un portail et un appentis en treillage. Tout cela avait été couvert jadis par un seul toit irrégulier ; à présent, seul le rebord en était encore recouvert de paille noire flétrie : plus haut, on apercevait par endroits les chevrons et les lattes du toit. À l'avant de la cour, il y avait un puits entouré d'une cage de rondins pourris, avec un reste de pilier et de roue, et une mare boueuse, piétinée par le bétail, où barbotaient des canards. Près du puits poussaient deux vieux saules aux troncs fendus et étêtés, aux rares branches vert pâle. Sous l'un de ces arbres, qui montraient que quelqu'un s'était préoccupé jadis de l'aspect de ce lieu, était assise une petite fille blonde de huit ans qui faisait marcher à quatre pattes autour d'elle une autre petite fille, de deux ans environ. Un chiot qui remuait autour d'elles, voyant le barine, fila tête basse sous le portail et fit entendre de là des glapissements effrayés.

— Ivan est chez lui ? demanda Nekhlioudov.

L'aînée des deux fillettes parut figée de stupeur à cette question, et écarquilla encore plus les yeux, sans rien répondre ; la plus jeune ouvrit la bouche comme pour pleurer. Une vieille femme, vêtue d'une robe à carreaux déchirée attachée au-dessous de la taille par une vieille ceinture vaguement rouge, regardait par l'entrebâillement de la porte et ne répondait rien non plus. Nekhlioudov s'approcha de l'entrée et répéta sa question.

— Il est chez lui, notre bon maître, articula d'une voix chevrotante la petite vieille, en s'inclinant jusqu'à terre, toute saisie d'une sorte d'agitation où se marquait la frayeur.

Lorsque Nekhlioudov, après l'avoir saluée, eut traversé l'entrée et se trouva dans l'étroite cour, la vieille, le menton dans la main, s'approcha de la porte et, sans quitter des yeux le barine, se mit à hocher la tête en silence. La cour donnait une impression de pauvreté : çà et là, des restes de fumier noirci ; sur le fumier traînaient en désordre un billot moisi, une fourche et deux herses. Des auvents entourant la cour et abritant d'un côté l'araire, un chariot sans roues et un monceau de ruches vides et hors d'usage entassées les unes sur les autres, étaient presque tous découverts, et l'un de leurs côtés s'était effondré, si bien que devant, les gaules ne s'appuyaient plus sur des fourches, mais reposaient sur le fumier. Tchourissionok était en train d'arracher, avec le tranchant et la tête de sa hache, la palissade que la toiture avait écrasée. Ivan Tchouris était un paysan d'une cinquantaine d'années, d'une taille au-dessous de la moyenne. Les traits de son visage allongé, hâlé, entouré d'une barbe châtain foncé légèrement grisonnante et d'une épaisse chevelure de la même couleur, étaient harmonieux et expressifs. Ses yeux bleus mi-clos avaient un regard intelligent et d'une insouciance marquée de bonhomie. Une petite bouche au dessin régulier, qui, lorsqu'il souriait, se marquait avec netteté sous une moustache châtain peu fournie, exprimait une tranquille assurance et une indifférence légèrement moqueuse envers tout ce qui l'entourait. À la grossièreté de sa peau, à ses rides profondes, aux veines fortement marquées de son cou, de son visage et de ses mains, à sa stature voûtée et à la posture arquée de ses jambes torses, on voyait que toute sa vie s'était consumée en un labeur trop lourd, auquel ses forces ne suffisaient pas. Son vêtement consistait en un pantalon de grosse toile blanche rapiécé de bleu aux genoux et une chemise du même tissu et de la même couleur, qui s'effilochait sur le dos et les bras. La chemise était ceinte au-dessous de la taille par un cordon auquel pendait une petite clef de laiton.

— Dieu te vienne en aide ! dit le barine en entrant dans la cour.

Tchourissionok tourna la tête et se remit à l'ouvrage. Par un effort énergique, il dégagea la palissade coincée sous l'auvent, et alors seulement, il ficha la hache dans le billot et, rajustant sa ceinture, s'avança vers le milieu de la cour.

— Bon dimanche, Votre Excellence ! dit-il en faisant une profonde révérence et en secouant sa chevelure.

— Merci, mon cher. Tu vois, je suis venu visiter ton exploitation, dit Nekhlioudov avec l'expression amicale et timide d'un enfant, en examinant le vêtement du paysan — montre-moi ce que tu veux faire des fourches que tu m'as demandées à l'assemblée.

— Les fourches ? Et qu'est-ce je pourrais bien en faire, petit père Votre Excellence ? Soutenir ça au moins un petit peu, voyez vous-même ; il y a le coin qui s'est effondré tout à l'heure ; Dieu merci, il n'y avait pas de bétail quand c'est arrivé. C'est que tout ça ne tient qu'à un fil, disait Tchourissionok en regardant avec mépris ses hangars découverts, bancals et effondrés. — À présent les chevrons, les bordures et les gaules, il suffit qu'on les touche — on s'aperçoit tout de suite qu'il ne reste pas un seul bout de bois qui tienne. Et du bois, où en trouver à l'heure qu'il est ? Vous savez bien vous-même.

— Mais alors, que vas-tu faire de cinq fourches si tu as déjà un hangar qui s'est effondré, et les autres qui ne vont pas tarder à le suivre ? Ce n'est pas de fourches que tu as besoin, mais de chevrons, de lattes, de piliers — tout du neuf, dit le barine, qui était manifestement tout fier de ses connaissances.

Tchourissionok ne disait rien.

— C'est de bois de construction que tu as besoin, et pas de fourches ; il fallait le dire.

— C'est sûr que j'en ai besoin, mais où le prendre ? Je ne peux pas me servir tout le temps chez le barine ! Nous autres, si on nous donne l'habitude d'aller à tout propos faire des courbettes à Votre Excellence pour se fournir dans le domaine, qu'est-ce qu'on serait comme paysans ? Mais si vous voulez bien me faire cette grâce, rapport aux faîtes de chêne qui traînent sans qu'on en ait l'usage dans l'aire du domaine, dit-il en se courbant et en se dandinant d'un pied sur l'autre, — alors peut-être que je vais remplacer quelques piliers, et pour les autres je les taillerai un peu et je fabriquerai quelque chose avec du vieux.

— Comment ça, avec du vieux ? Tu as dit toi-même que chez toi, tout était vieux et pourri ; aujourd'hui tu as ce coin qui s'effondre, demain ça sera l'autre, après-demain le troisième ; alors, tant qu'on y est, autant tout refaire à neuf, pour que le travail serve à quelque chose. Dis-moi, qu'en penses-tu, est-ce que tes remises peuvent tenir l'hiver ou non ?

— Va savoir !

— Non, dis-moi ce que tu en penses ? Est-ce qu'elles vont s'effondrer ou non ?

Tchouris resta un instant pensif.

— Ça devrait tout s'effondrer, dit-il soudain.

— Bon, tu vois, tu ferais mieux de le dire à l'assemblée, que tu as besoin de retaper tous tes bâtiments, et pas seulement de fourches. Tu sais bien que je voudrais t'aider...

— On est très contents de votre grâce, répondit Tchourissionok d'un ton méfiant et sans regarder Nekhlioudov. — Si je pouvais avoir juste quatre poutres et quelques fourches, j'arriverais peut-être à me débrouiller tout seul ; et le bois qui resterait, ça me servirait pour étayer l'isba.

— Alors ton isba aussi serait en mauvais état ?

— On s'attend, ma vieille et moi, à ce qu'elle nous écrase l'un ou l'autre l'un de ces quatre matins, dit Tchouris d'un ton indifférent. — Déjà que l'autre jour une solive du toit a assommé ma vieille !

— Comment ça l'a assommée ?

— Eh oui, elle l'a assommée, Votre Excellence : elle a reçu un de ces coups dans le dos qu'elle en est restée comme morte jusqu'au soir.

— Et alors, c'est passé ?

— Pour passer, c'est passé, mais elle n'est toujours pas bien. Faut dire aussi qu'elle est comme ça de naissance.

— Alors tu es malade ? demanda Nekhlioudov à la vieille, qui était restée debout près de la porte, et avait commencé à pousser des gémissements dès que son mari s'était mis à parler d'elle.

— Ça me tient là tout le temps et ça ne veut pas me lâcher, rien à faire, répondit-elle en désignant sa maigre poitrine couverte d'une robe malpropre.

— Toujours la même chose ! dit le jeune barine avec irritation en haussant les épaules. — Pourquoi donc, si tu es malade, tu ne viens pas te déclarer à l'hôpital ? C'est tout de même pour ça qu'on en a ouvert un. On vous l'a annoncé, non ?

— Si fait, mon bon maître, mais on n'a jamais le temps : il y a la corvée, et la maison, et les enfants — et je suis toute seule ! C'est que nous autres, on n'a personne...

III

Nekhlioudov entra dans l'isba. Dans le coin noir[1], les parois inégales couvertes de suie étaient tapissées de chiffons et de vêtements, et dans le coin rouge, elles étaient littéralement recouvertes de cafards rougeâtres, agglutinés autour des icônes et du banc. Au milieu de cette petite isba de six archines[2] sombre et puante, le plafond présentait une grande fente et, malgré deux supports, il était si incurvé qu'il paraissait menacer à chaque instant de s'effondrer.

— Oui, l'isba est en très mauvais état, dit le barine, en dévisageant Tchourissionok, qui paraissait ne pas vouloir aborder ce sujet.

— Elle va nous écraser, et les petits, elle va les écraser aussi, commença à psalmodier la vieille d'une voix geignarde, en s'adossant au poêle[3] sous la soupente.

— On ne te demande rien ! dit sévèrement Tchouris et, avec un sourire à peine perceptible sous le frémissement de sa moustache, il s'adressa au barine : — Je ne sais pas quoi en faire, Votre Excellence, de cette isba ; j'ai mis des supports, j'ai mis des cales — mais ça ne sert à rien !

— Comment on va y passer l'hiver ? Misère de moi ! fit la femme en reprenant ses lamentations.

— Bien sûr, si on y met encore des supports, qu'on remette un plancher neuf, l'interrompit son mari d'une voix calme et impassible, — et qu'on change quelques lattes, on arrivera peut-être à passer l'hiver. Ça peut se faire, mais l'ennui, c'est qu'on aura alors des piliers plein l'isba ; et si on y touche, on n'en tirera pas un seul bout de bois en bon état ; elle ne tient ensemble que tant qu'elle reste debout, conclut-il, manifestement très fier d'avoir pensé à cet aspect de la question.

Nekhlioudov était irrité et malheureux de voir que Tchouris s'était laissé acculer à cette situation sans s'adresser à lui, alors que depuis son arrivée, il n'avait jamais rien refusé aux paysans et n'avait cherché qu'à les convaincre tous de s'adresser directement à lui en cas de besoin. Il ressentit même une certaine colère contre le paysan, haussa les épaules avec irritation et fronça les sourcils ; mais la vue de la misère qui l'entourait, et, au milieu de cette misère, l'allure tranquille et satisfaite de Tchouris transformèrent son dépit en une sorte de tristesse désespérée.

— Comment as-tu pu, Ivan, ne pas me le dire plus tôt ? remarqua-t-il sur un ton de reproche, en s'asseyant sur le banc sale et tordu.

— Je n'ai pas osé, Votre Excellence, fit Tchouris avec toujours le même sourire à peine perceptible, en pesant tour à tour de ses deux pieds nus, tout noirs, sur le sol inégal de terre battue ; mais il le dit d'une façon si hardie et si tranquille qu'il était difficile de croire qu'il n'eût pas osé aller trouver le barine.

— Nous autres moujiks, comment aurait-on l'audace... commença la vieille en pleurnichant.

— C'est ça, on va t'écouter, la coupa de nouveau Tchouris.

— Tu ne peux pas vivre dans cette isba ; ça n'a pas de sens ! dit Nekhlioudov, après un instant de silence. — Voilà ce que nous allons faire, mon vieux...

— À vos ordres, répliqua Tchouris.

— Est-ce que tu as vu les isbas de pierre Gherard[1] que j'ai fait construire dans le nouveau hameau, celles qui ont des murs évidés ?

— Sûr que je les ai vues, répondit Tchouris, avec un sourire qui découvrait ses dents blanches, encore entières — on a assez admiré la façon dont on les montait — de fameuses isbas ! Les gars rigolaient en se demandant si ça seraient pas des magasins pour mettre le grain dans les murs à l'abri des rats. Fameuses, ces isbas ! conclut-il en hochant la tête avec une expression de perplexité moqueuse ; — on dirait des prisons.

— Oui, de très bonnes isbas, bien protégées de l'humidité et du froid, et qui craignent moins l'incendie, répliqua le barine, en fronçant les sourcils, visiblement mécontent de l'ironie du paysan.

— C'est sûr, Votre Excellence, de fameuses isbas.

— Eh bien voilà, il y en a une qui est déjà tout à fait terminée. Elle fait dix archines, elle a une entrée, une resserre et elle est déjà tout à fait prête. Je veux bien te la donner à crédit pour son prix : tu me la rembourseras un jour, fit le barine avec un sourire involontaire de satisfaction à la pensée qu'il faisait une bonne action. — Tu vas démonter la vieille, ça te fera une grange ; l'enclos aussi, on le transportera. L'eau, là-bas, est excellente, je te taillerai un jardin dans la friche, et tes parcelles, je te les découperai aussi juste à côté, dans tous les trois terrains. Tu y seras comme un roi ! Eh bien, tu n'aimes pas cette idée ? demanda Nekhlioudov en remarquant que, dès qu'il avait commencé à parler de réinstallation, Tchouris s'était figé dans une totale immobilité et, les yeux rivés au sol, ne souriait plus du tout.

— C'est vous le patron, Votre Excellence, répondit-il sans lever les yeux.

La vieille s'avança, comme touchée au vif, et s'apprêtait à dire quelque chose, mais son mari la prévint.

— C'est Votre Excellence qui commande, répéta-t-il d'un ton résolu et soumis en même temps, en levant les yeux vers le barine et en secouant sa chevelure, — mais nous ne pouvons pas vivre dans le nouveau hameau.

— Et pourquoi ?

— Non, Votre Excellence, si vous nous transportez là-bas, déjà qu'ici on ne s'en sort pas, là-bas on ne vous fera jamais de vrais moujiks. Qu'est-ce que nous serions comme moujiks, là-bas ? Ce n'est même pas un endroit où on peut vivre, vous direz ce que vous voudrez.

— Mais pourquoi donc ?

— Ça sera la misère noire, Votre Excellence.

— En quoi c'est un endroit où on ne peut pas vivre ?

— Ça serait pas une vie, là-bas. Juges-en toi-même : un endroit inhabité, de l'eau qu'on ne connaît pas, pas le moindre pré. Ici, nous avons depuis toujours des chènevières où on met des engrais, et là-bas ? Qu'est-ce qu'il y a, là-bas ? Rien, le sol nu ! Pas de palissades, pas d'aires à battre, pas de granges, rien. Ça va nous ruiner, Votre Excellence, si tu nous obliges à aller là-bas, ça va nous mettre complètement sur la paille ! Un endroit nouveau, qu'on ne connaît pas... répéta-t-il d'un ton songeur, mais en secouant résolument la tête.

Nekhlioudov se mit en devoir de démontrer au paysan que le transfert était au contraire très avantageux pour lui, que des palissades et des hangars, on en construirait, que l'eau y était très bonne, etc., mais le silence obtus de Tchouris le troublait, et il avait l'impression de ne pas lui parler comme il aurait fallu. Tchourissionok ne discutait pas ; mais lorsque le seigneur se tut, il remarqua avec un léger sourire que le mieux, ce serait d'installer dans ce nouveau hameau les vieux serfs domestiques et Aliocha le simplet pour qu'ils y veillent sur le blé.

— C'est ça qui serait bien ! remarqua-t-il, et il eut de nouveau un petit rire. — C'est pas une bonne idée, Votre Excellence !

— Mais qu'est-ce que ça fait que l'endroit ne soit pas habité ? insistait patiemment Nekhlioudov, — ici aussi, il y a eu un temps où l'endroit n'était pas habité, et maintenant on y habite bien ; là-bas, tu seras simplement le premier à t'installer avec toutes les facilités... Je t'assure que tu devrais...

— Allons, Votre Excellence, comment on peut comparer ! répondit vivement Tchouris, comme s'il avait craint que le barine ait pris sa décision.

— Ici on est en société, il y a de la gaieté, on est habitués : on a la route, on a l'étang, pour quand il y a de la lessive ou le bétail à faire boire ; et tout notre ménage de paysans, qui est là depuis toujours, et l'aire à battre, et le jardinet, et les saules, là, que mes parents ont plantés ; et le grand-père, et le père qui ont rendu leur âme à Dieu ici, et moi tout ce que je demande, c'est de finir mes jours ici, et rien de plus. Si tu as la bonté de réparer l'isba — on restera très heureux de votre bonté ; sinon, on s'arrangera bien pour traîner jusqu'au bout nos vieux os. On va prier Dieu toute notre vie, continua-t-il avec une profonde révérence, — mais ne nous chasse pas de notre nid, petit père !...

Pendant que Tchouris parlait, on entendait sous la soupente, à l'endroit où se tenait sa femme, des gémissements de plus en plus bruyants, et lorsque l'homme dit « petit père », sa femme se précipita soudain en avant et, tout en larmes, se jeta aux pieds du barine.

— Épargne-nous, notre père nourricier ! Tu es notre père, tu es notre mère ! Où donc devrions-nous nous installer ? Nous sommes vieux, nous sommes seuls. Comme le bon Dieu, c'est comme ça que tu..., hurla-t-elle.

Nekhlioudov se leva précipitamment et voulut relever la vieille, mais celle-ci, avec une espèce de volupté du désespoir, se cognait la tête au sol de terre et repoussait la main du barine.

— Veux-tu ! Lève-toi, s'il te plaît ! Si vous ne voulez pas, ce sera non ; je ne vais pas vous forcer, faisait-il en agitant les bras et en reculant vers la porte.

Lorsque Nekhlioudov se rassit sur le banc et que le silence fut revenu dans l'isba, interrompu seulement par les halètements de la vieille, qui était retournée sous la soupente et essuyait ses larmes avec les manches de sa chemise, le jeune gentilhomme avait compris ce que signifiaient pour Tchouris et sa femme leur isba délabrée, le puits effondré avec sa mare d'eau sale, les petits hangars et étables à moitié pourris et les saules craquelés que l'on apercevait à travers la petite fenêtre tordue — et il fut envahi d'un sentiment où se mêlaient le malaise, la tristesse et un vague remords.

— Comment se fait-il donc, Ivan, que tu n'aies pas dit à l'assemblée dimanche dernier que tu avais besoin d'une isba ? Maintenant, je ne sais plus comment t'aider. Je vous ai dit à tous, au moment de la première assemblée, que je m'étais installé à la campagne et que je voulais vous consacrer ma vie ; que j'étais prêt moi-même à me priver de tout, pourvu que vous soyez satisfaits et heureux — et je jure devant Dieu que je tiendrai parole —, disait le jeune seigneur, ignorant que ce genre d'effusion ne pouvait guère inspirer confiance à quiconque, et en particulier à un Russe, qui aime les actes, et pas les paroles, et répugne à exprimer ses sentiments, si beaux soient-ils.

Mais le naïf jeune homme était si heureux du sentiment qu'il éprouvait qu'il ne pouvait s'empêcher de l'épancher.

Tchouris avait la tête penchée et, clignant lentement des yeux, écoutait son barine avec une attention contrainte, comme un homme qu'on est obligé d'écouter, bien qu'il dise des choses qui ne sont pas tout à fait convenables et qui ne nous regardent absolument pas.

— Mais je ne peux tout de même pas donner tout ce qu'on me demande. Si je ne disais jamais non à tous ceux qui me demandent du bois, je n'aurais bientôt plus rien moi-même, et je ne pourrais pas en donner à ceux qui en ont vraiment besoin. C'est bien pour ça que j'ai délimité une réserve, pour la réparation des constructions paysannes, et je l'ai donnée à la communauté. Ce bois-là ne m'appartient plus, il est à vous, aux paysans, et je ne peux plus en disposer, c'est l'assemblée du village qui en dispose comme elle l'entend. Viens tout à l'heure à l'assemblée ; je vais lui parler de ta demande ; s'ils décident de te donner une isba, tant mieux, mais moi, maintenant, je n'ai plus de bois. Je souhaite de tout mon cœur t'aider ; mais si tu ne veux pas déménager, ce n'est plus mon affaire, c'est celle du mir. Tu me comprends ?

— Je vous sais bien gré de votre bonté, répondit Tchouris troublé. — Si vous nous faites la grâce de nous donner un peu de bois pour la cour, nous nous arrangerons comme ça. — Qu'est-ce qu'on peut attendre du mir ? On sait ce que c'est...

— Non, tu dois venir à l'assemblée.

— À vos ordres. Je viendrai, pourquoi pas ? Mais prier le mir, ça non.

IV

Le jeune gentilhomme, manifestement, voulait encore demander quelque chose ; il ne se levait pas du banc et jetait des regards hésitants tantôt à Tchouris, tantôt au poêle vide et éteint.

— Alors, vous avez déjà déjeuné ? finit-il par demander.

Sous la moustache de Tchouris on vit s'esquisser un sourire moqueur, comme s'il trouvait amusant que le barine fasse d'aussi sottes questions ; il ne répondit rien.

— Quel déjeuner, notre bon maître ? proféra la femme en soupirant profondément. — On a mangé un peu de pain, c'est tout notre déjeuner. On n'a pas pu aller chercher de l'angélique, alors il n'y avait pas de quoi faire la soupe aux légumes, et ce qu'il y avait de kvas [1], je l'ai donné aux enfants.

— C'est temps de jeûne pour nous en ce moment, Votre Excellence, intervint Tchouris, pour expliquer les paroles de sa femme : — du pain et des oignons, voilà notre nourriture de paysans. Dieu merci encore, du blé, par votre bonté, il m'en reste, sans ça nos moujiks, il leur manque tout le temps du blé. Et pour l'oignon, partout cette année la récolte est mauvaise. Mikhaïl le jardinier, on en a envoyé chercher chez lui, il en demande un sou la botte, et nous autres, on n'a pas de quoi le payer. Depuis Pâques, pratiquement, on ne va pas à l'église, on n'a même pas de quoi acheter un cierge pour saint Nicolas.

Nekhlioudov connaissait depuis longtemps, non

par ouï-dire et sur la foi des paroles d'autrui, mais par sa propre expérience, le degré extrême de pauvreté où se trouvaient ses paysans ; mais cette réalité s'accordait si mal à toute son éducation, son tour d'esprit et sa façon de vivre, qu'il oubliait malgré lui la vérité, et à chaque fois que, comme maintenant, on la lui rappelait, il sentait son cœur s'emplir d'une peine et d'une tristesse insupportables, comme s'il était tourmenté par le souvenir d'un crime impuni.

— Pourquoi donc êtes-vous si pauvres ? dit-il, exprimant sans le vouloir ses pensées.

— Qu'est-ce que nous pourrions être d'autre, petit père Votre Excellence, sinon pauvres ? Regardez notre terre — vous savez bien vous-même : de l'argile, des buttes, et en plus, il faut croire que nous avons offensé le bon Dieu, depuis le choléra [1], pratiquement, elle ne donne plus rien. Des prés et des bois, il y en a moins aussi : il y en a qu'on a rattachés à la réserve, d'autres qui sont allés aux champs du seigneur. Je suis seul, je suis vieux... j'aimerais bien parfois en faire un peu plus, mais je n'en ai pas la force. Ma vieille est malade, et, année après année, elle n'accouche que de filles : et il faut nourrir tout ce monde. Résultat, je suis seul à peiner, et il y a sept bouches à nourrir. Que le bon Dieu me pardonne, mais il m'arrive souvent de me dire : s'il pouvait bien en prendre quelques-uns au plus vite — je m'en trouverais mieux, et eux aussi ma foi, plutôt que de traîner leur misère ici-bas...

— Oh là là ! soupira bruyamment la vieille, comme pour appuyer les paroles de son mari.

— Voilà tout ce que j'ai comme aide, continuait Tchouris, en montrant un gamin hirsute de sept ans environ, aux cheveux filasse, au ventre énorme, qui, entre-temps, était timidement entré dans l'isba en faisant grincer la porte, et, fixant le barine d'un regard par en dessous de ses yeux étonnés, se tenait des deux mains à la chemise de Tchouris. — Voilà tout ce que j'ai comme soutien, continuait Tchouris d'une voix forte, en passant sa main calleuse sur les cheveux filasse de l'enfant, — combien de temps à attendre encore ? Et moi, je n'ai plus la force de travailler. La vieillesse, passe encore, mais c'est l'hernie qui me tue. J'en crierais les jours de froid, alors qu'il est déjà grand temps que je dételle et que j'aille me mettre avec les vieux. Regardez Ermilov, Diomkine, Ziabrev — ils sont tous plus jeunes que moi, et ça fait longtemps qu'ils ont remis leurs terres. Bon, moi je n'ai personne à qui la remettre — voilà mon malheur. Il faut bien vivre ; donc je peine, Votre Excellence.

— J'aimerais bien te rendre la vie plus facile, vrai de vrai. Comment faire ? dit le jeune seigneur en regardant le paysan avec compassion.

— Mais comment la rendre plus facile ? Quand on a de la terre à cultiver, c'est connu, il faut aller à la corvée — c'est dans l'ordre des choses. Le petit finira bien par grandir. Seulement, si ça pouvait être un effet de votre bonté, libérez-le de l'école : sans quoi l'autre jour l'agent de police est venu pour dire que lui aussi, Votre Excellence exige qu'il aille à l'école. Lui au moins, libérez-le : est-ce qu'il a l'âge de raison ? Il est encore trop jeune, il ne comprend rien.

— Non, ça, mon vieux, que tu le veuilles ou

non, dit le barine, — ton petit peut déjà comprendre, il est temps qu'il aille à l'école. C'est pour ton bien que je dis ça. Juges-en toi-même, quand il va grandir et être le patron et qu'il saura lire et écrire, et qu'il pourra lire à l'église — tout ira mieux chez toi avec l'aide de Dieu, disait Nekhlioudov, s'efforçant de s'exprimer de la façon la plus compréhensible, mais en rougissant et en s'empêtrant dans ses phrases.

— Je ne discute pas, Votre Excellence — vous ne nous voulez pas de mal, mais il n'y aura personne à la maison : ma femme et moi, on est à la corvée — et lui, tout petit qu'il est, il arrive quand même à aider pour rentrer le bétail et faire boire les chevaux. Tel qu'il est, c'est tout de même un moujik, et Tchouris, avec un sourire, prit le gamin par le nez et le moucha de ses gros doigts.

— Envoie-le tout de même, quand toi, tu es à la maison et quand il a le temps, tu entends ? Sans faute.

Tchourissionok soupira profondément et ne répondit rien.

V

— Ah, et puis je voulais encore te dire, dit Nekhlioudov, pourquoi ton fumier n'est pas sorti ?

— Est-ce qu'on peut appeler ça du fumier, Votre Excellence ! Il n'y a rien à sortir. Qu'est-ce que j'ai comme bétail ? Une petite jument avec son poulain ; pour la petite génisse qui restait de mes veaux, je l'ai laissée à l'aubergiste — voilà tout ce que j'ai comme bétail.

— Alors si tu as trop peu de bétail, comment ça se fait que tu te débarrasses d'une génisse ? demanda le barine, surpris.

— Et comment je vais la nourrir ?

— Tu n'as donc pas assez de paille pour nourrir une vache ? Les autres en ont bien ?

— Les autres ont mis du fumier pour engraisser le sol, moi, c'est rien que de l'argile, il n'y a rien à en tirer.

— Alors tu n'as qu'à la fumer pour enlever l'argile ; ta terre va produire du blé, et tu auras de quoi nourrir ton bétail.

— Mais si je n'ai pas de bétail, où est-ce que je vais prendre le fumier ?

« Voilà un étrange *cercle vicieux* », se dit Nekhlioudov, mais il n'arrivait absolument pas à imaginer ce qu'il pourrait conseiller au paysan.

— Et puis il faut dire aussi, Votre Excellence, que ce n'est pas le fumier qui fait pousser le blé, mais le bon Dieu, continuait Tchouris. — Tenez, par exemple cette année, sur mon petit arpent sans engrais, j'ai récolté six meules, alors qu'avec du fumier, ils n'en ont pas eu une seule. C'est le bon Dieu, rien que lui ! ajouta-t-il avec un soupir. — Et puis il faut dire que le bétail ne profite pas chez nous. Ça fait cinq ans qu'on n'a rien pu garder. Cette année, j'ai une génisse qui a crevé, l'autre je l'ai vendue ; il n'y avait pas de quoi la nourrir ; et il y a deux ans, c'est une belle vache qui a crevé ; on l'a amenée du troupeau, tout allait bien, et la voilà qui chancelle, qui chancelle, et qui rend l'âme... Tout ça, c'est la malchance !

— Écoute, mon vieux, pour que tu ne me dises pas que tu n'as pas de bétail parce que tu n'as pas de quoi le nourrir, et que tu n'as pas de quoi le nourrir parce que tu n'as pas de bétail, voilà de quoi t'acheter une vache, dit Nekhlioudov en rougissant, tandis qu'il sortait de la poche de son pantalon un paquet froissé d'assignats et le défroissait — paie-toi une vache à ma santé et prends de quoi la nourrir dans la grange du domaine — je vais donner des ordres. Que pour dimanche prochain, tu aies une vache ; je passerai voir.

Tchouris resta si longtemps à se dandiner d'un pied sur l'autre en souriant, sans tendre la main pour prendre l'argent, que Nekhlioudov finit par le poser sur le bord de la table en rougissant de plus belle.

— On est très heureux de votre bonté, dit Tchouris avec son sourire habituel, légèrement moqueur.

La vieille soupira profondément à plusieurs reprises. Elle paraissait, sous la soupente, réciter une prière.

Le jeune seigneur se sentit gêné ; il se leva à la hâte de son banc, sortit dans le vestibule et fit signe à Tchouris de le suivre. La vue d'un homme à qui il avait fait du bien lui était si agréable qu'il n'avait pas envie de le quitter tout de suite.

— Je suis heureux de t'aider, dit-il en s'arrêtant près du puits, — toi, on peut t'aider parce que je sais que tu ne recules pas devant l'ouvrage. Si tu travailles, moi de mon côté je vais t'aider ; avec l'aide de Dieu, tu vas te remettre sur pied.

— C'est pas de me remettre sur pied, mais

seulement de ne pas tomber tout à fait dans la misère, Votre Excellence, dit Tchouris, dont le visage prit soudain une expression sérieuse et même sévère, comme s'il était fort mécontent que le seigneur pût supposer qu'il pourrait se remettre sur pied. — Quand on vivait avec le père, mes frères et moi, on ne manquait jamais de rien ; mais depuis qu'il est mort et qu'on s'est séparés, tout a commencé à aller de travers. Voilà ce que c'est que d'être tout seul !

— Et pourquoi donc vous être séparés ?

— C'est à cause des femmes, tout ça, Votre Excellence. Votre grand-père n'était plus de ce monde, de son vivant on n'aurait pas osé ; il y avait de l'ordre, en ce temps-là. Lui, il était comme vous, il s'occupait de tout lui-même — on n'aurait même pas osé y penser, à se séparer. Il n'aimait pas, le défunt, lâcher la bride aux moujiks ; mais après votre grand-père, c'est André Ilitch [1] qui nous dirigeait, lui — Dieu ait son âme — c'était un ivrogne, pas quelqu'un de sérieux. On est venus le voir une fois, deux fois — les femmes nous rendent la vie impossible, qu'on lui a dit, permets-nous de nous séparer ; bon, il nous a rossés une fois, deux fois, et finalement ça s'est fait quand même, les femmes ont eu ce qu'elles voulaient, on s'est séparés ; et un moujik tout seul, on sait ce que c'est. Il faut dire aussi qu'il n'y avait plus aucun ordre : André Ilitch faisait de nous ce qu'il voulait. « Arrange-toi pour avoir tout ce qu'il faut », mais où le prendre, ça ne l'intéressait pas. Là-dessus, on a augmenté la capitation, on s'est mis aussi à ramasser plus pour les provisions de table, et il y a eu moins de terre, et le blé a cessé de venir. Et puis quand le remembrement est venu, et qu'il nous a rattaché nos terres engraissées à la parcelle du seigneur, le bandit, il nous a achevés pour de bon, il n'y avait plus qu'à se laisser crever ! Votre père — que Dieu ait son âme — était un brave seigneur, mais on ne le voyait jamais, ou c'est tout comme : il vivait tout le temps à Moscou ; et alors, bien sûr, on s'est mis à y envoyer plus souvent des trains d'approvisionnement. Des fois, c'était à la fonte des neiges, il n'y avait pas de foin pour nourrir les bêtes, mais il fallait y aller quand même. Il faut dire qu'un barine, ça lui est dû. On n'a pas l'audace de lui en vouloir ; mais c'était l'ordre qui manquait. Vu que maintenant votre grâce permet à tout le monde de l'approcher, nous, on a changé, et le commis aussi est devenu un autre homme. Maintenant, au moins, nous savons que nous avons un barine. Les moujiks, c'est sûr, te sont reconnaissants de ta bonté, on ne peut pas dire à quel point. Sans quoi, quand c'était sous tutelle[1], il n'y avait pas de vrai barine ; tout le monde était le barine : le tuteur était le barine, et Ilitch était le barine, et sa femme était le barine, et le scribe communal lui aussi était le barine. C'est là que les moujiks en ont vu de toutes les couleurs, ah oui, on peut le dire !

De nouveau, Nekhlioudov éprouva un sentiment qui ressemblait à de la honte ou à des remords. Il souleva son chapeau et continua sa tournée.

VI

« Ioukhvanka[1] le madré veut vendre son cheval », lut Nekhlioudov dans son carnet, et il traversa la rue pour se diriger vers l'enclos de Ioukhvanka le madré. L'isba de Ioukhvanka était soigneusement recouverte de paille provenant de la grange du seigneur, construite en rondins frais de tremble gris clair (pris également dans le bois réservé), avec deux volets peints en rouge sur les fenêtres et un petit perron couvert agrémenté de balustres décoratifs en bois découpé. L'entrée et la pièce froide étaient aussi en bon état ; mais l'apparence générale de bien-être et d'aisance que donnait cet ensemble était un peu gâtée par une remise accolée au grand portail, avec une palissade inachevée et un auvent découvert qu'elle laissait apercevoir derrière elle. Au moment même où Nekhlioudov s'approchait du perron, deux paysannes portant des seaux d'eau remplis, venant du côté opposé, s'en approchaient également. L'une était la femme de Ioukhvanka, l'autre sa mère. La première était une forte femme aux joues rouges, à l'ample poitrine et aux larges pommettes charnues. Elle portait une blouse propre, brodée aux manches et au col, un tablier tout aussi propre, une jupe paysanne neuve, des bottillons fourrés, un collier et une élégante coiffe carrée brodée de coton rouge et décorée de strass.

L'extrémité de la perche supportant les seaux ne se balançait pas, mais reposait fermement sur son épaule large et ferme. Le léger effort qui se lisait sur son visage coloré, dans la courbe de son dos et le mouvement régulier de ses bras et de ses jambes, révélait une santé peu commune et une force masculine. La mère de Ioukhvanka, qui portait l'autre extrémité de la perche, était au contraire l'une de ces vieilles qui paraissent parvenues à l'extrême limite de l'âge et de la décrépitude que puisse offrir un corps humain. Sa carcasse ossue, que revêtaient une blouse noire déchirée et une jupe paysanne décolorée, était si courbée que la perche paraissait reposer sur son dos et non sur son épaule. Les deux mains aux doigts déformés qui semblaient s'accrocher à la perche avaient une étrange couleur marron foncé et semblaient ne plus pouvoir desserrer leur prise ; sa tête baissée, entourée d'une espèce de chiffon, portait les traces les plus hideuses de la misère et d'une extrême vieillesse. Sous son front étroit, labouré en tous sens de rides profondes, deux yeux rouges sans cils fixaient le sol d'un regard éteint. Une dent jaune apparaissait sous la lèvre supérieure enfoncée, et, remuant sans arrêt, touchait parfois le menton pointu. Les rides qui couvraient le bas de son visage et sa gorge formaient des poches qui se balançaient à chaque mouvement. Sa respiration était difficile et enrouée ; mais ses pieds nus déformés, bien qu'ils parussent se traîner péniblement sur le sol, se déplaçaient régulièrement l'un après l'autre.

VII

S'étant presque heurtée au barine, la jeune femme décrocha vivement le seau, baissa les yeux, s'inclina, puis lui lança par en dessous un regard de ses yeux brillants et, dissimulant un léger sourire derrière la manche de sa blouse brodée, monta rapidement les marches en faisant claquer ses bottines.

— Toi, maman, va rapporter la perche à la tante Nastia, dit-elle en s'arrêtant au milieu de la porte et en s'adressant à la vieille.

Le jeune seigneur, modeste, jeta un regard sévère, mais attentif, à la jeune femme, fronça les sourcils et s'adressa à la vieille qui, ayant dégagé la perche de ses doigts noueux, l'avait chargée sur ses épaules et se dirigeait docilement vers l'isba voisine.

— Ton fils est à la maison ? demanda le barine.

La vieille, courbant encore davantage son dos voûté, s'inclina et voulut parler, mais, se couvrant la bouche de sa main, elle fut prise d'une telle quinte de toux que Nekhlioudov entra dans l'isba sans attendre sa réponse. À la vue du barine, Ioukhvanka, qui était assis sur un banc dans le coin d'honneur, se précipita vers le poêle comme s'il voulait échapper à sa vue, jeta hâtivement un objet sur la soupente et, la bouche et les yeux agités de mouvements nerveux, se colla au mur comme pour laisser passer le barine. Ioukhvanka était un gaillard châtain d'une trentaine d'années, plutôt maigre, à la taille élancée, avec une petite barbe juvénile en pointe, assez bel homme s'il n'y avait eu ses petits yeux marron foncé au regard fuyant derrière ses sourcils froncés, et l'absence de ses deux dents de devant qui sautait aux yeux, parce que ses lèvres courtes remuaient sans arrêt. Il portait une chemise de fête avec des empiècements rouge vif aux aisselles, un pantalon rayé de toile imprimée et de lourdes bottes aux tiges en accordéon. L'intérieur de son isba n'était pas aussi exigu et sombre que celui de l'isba de Tchouris, bien qu'il y fît aussi étouffant, qu'il y régnât la même odeur de fumée et de peau de mouton et que des vêtements et des objets domestiques y fussent dispersés dans un aussi grand désordre. Deux choses y faisaient un effet étrange : un petit samovar bancal, posé sur une étagère, et un cadre noir garni d'un reste de verre sale entourant le portrait d'un général en uniforme rouge, suspendu auprès des icônes. Nekhlioudov, jetant un regard hostile au samovar, au portrait du général et à la soupente, où l'extrémité d'une pipe à l'embouchure métallique dépassait sous une espèce de chiffon, se tourna vers le paysan.

— Salut, Épiphane, dit-il en le regardant droit dans les yeux.

Ioukhvanka s'inclina, bredouilla : « Nos salutations, tr' Excellence », en articulant le dernier mot avec une tendresse particulière, et son regard parcourut instantanément toute la silhouette du barine, l'isba, le plancher et le plafond, sans s'arrêter sur rien ; puis il s'approcha hâtivement de la soupente, y prit un cafetan et commença à l'enfiler.

— Pourquoi tu t'habilles ? fit Nekhlioudov en s'asseyant sur le banc et en s'efforçant manifestement de donner à son regard l'air le plus sévère possible.

— Comment, je vous en prie, tr' Excellence ! Comment pourrais-je ? On connaît les manières, quand même…

— Je passe chez toi pour savoir pourquoi tu as besoin de vendre un cheval, et si tu as beaucoup de chevaux, et lequel tu veux vendre, dit sèchement le barine, répétant manifestement des phrases préparées d'avance.

— On est très content de tr' Excellence, que vous ayez bien voulu venir chez moi, un moujik, répondit Ioukhvanka, en jetant des regards rapides vers le portrait du général, le poêle, les bottes du barine et tous les objets possibles, excepté le visage de Nekhlioudov, — nous n'arrêtons pas de prier le bon Dieu pour tr' Excellence…

— Pourquoi veux-tu vendre un cheval ? répéta Nekhlioudov, en haussant le ton et en toussotant pour s'éclaircir la voix.

Ioukhvanka soupira, secoua sa chevelure (son regard parcourut de nouveau l'isba) et, remarquant le chat couché sur le banc qui ronronnait doucement, lui cria : « Silence, sale bête », puis se tourna hâtivement vers le barine. — C'est un cheval qui, tr' Excellence, n'est bon à rien… Si c'était encore une bonne bête, tr' Excellence, je ne chercherais pas à le vendre.

— Et combien tu as de chevaux en tout ?

— Trois chevaux, tr' Excellence.

— Et pas de poulains ?

— Sûr que si, tr' Excellence ! J'ai aussi un poulain.

VIII

— Viens, montre-moi tes chevaux ; ils sont dans la cour ?

— Tout juste, tr' Excellence ; ce qu'on m'a ordonné, je l'ai fait, tr' Excellence. Est-ce que nous pouvons nous permettre de désobéir à tr' Excellence ? Iakov Ilitch m'a donné l'ordre hier de ne pas les mener au pré aujourd'hui, vu que le prince veut les voir ; on ne les a donc pas menés au pré. Est-ce qu'on oserait désobéir à tr' Excellence ?

Pendant que Nekhlioudov se dirigeait vers la porte, Ioukhvanka saisit la pipe qu'il avait jetée sur la soupente et la jeta derrière le poêle ; ses lèvres continuaient à s'agiter spasmodiquement, même quand le barine ne le regardait pas.

Une petite jument grise efflanquée mastiquait sous l'auvent de la paille à moitié pourrie ; un poulain de deux mois de couleur incertaine, aux longues pattes et à la bouche bleutée restait collé à sa queue, peu fournie, où s'accrochaient les chardons. Au milieu de la cour, les yeux mi-clos et la tête pensivement baissée, se tenait un petit hongre bai ventru, apparemment un bon petit cheval de paysan.

— C'est donc tout ce que tu as, comme chevaux ?

— Pas du tout, tr' Excellence ; il y a encore

cette jument, et le poulain, là, répondit Ioukhvanka, en montrant les chevaux que le seigneur ne pouvait pas ne pas voir.

— Je vois bien. Alors c'est lequel que tu veux vendre ?

— C'est celui-là, là, tr' Excellence, répondit-il, avec toujours des mouvements spasmodiques des lèvres et des yeux, en agitant le pan de son cafetan devant le hongre qui somnolait. Le petit hongre ouvrit les yeux et se tourna paresseusement, lui présentant sa queue.

— Il n'est pas vieux, à le voir, et il m'a l'air solide, dit Nekhlioudov. — Attrape-le-moi et montre-moi ses dents. Je vais voir s'il est vieux.

— Je ne peux pas l'attraper tout seul, tr' Excellence. C'est une bête qui vaut pas un sou, mais elle est vicieuse — elle mord et elle rue, tr' Excellence, répondit Ioukhvanka avec un sourire joyeux et en lançant des regards dans tous les sens.

— Qu'est-ce que tu me racontes ? Attrape-le, je te dis.

Ioukhvanka resta longtemps à sourire et à piétiner sur place, et ce n'est que lorsque Nekhlioudov se fâcha et cria : « Eh bien ! Qu'est-ce que tu attends ? » qu'il se jeta sous l'auvent, prit la longe et se mit à courir après le cheval, qu'il effrayait en l'approchant par-derrière et non par-devant. Le jeune barine en avait visiblement assez de regarder ce spectacle, et peut-être avait-il envie de montrer son adresse. — Donne voir la longe ! fit-il.

— Vous n'y pensez pas ! C'est-y à tr' Excellence… Je vous en prie…

Mais Nekhlioudov s'approcha de la tête du cheval et, le saisissant brusquement par les oreilles, l'inclina si violemment vers le sol que le petit hongre, qui était en réalité un petit cheval de paysan très docile, chancela et renâcla en essayant de se dégager. Lorsque Nekhlioudov se rendit compte qu'il était absolument inutile de déployer tant d'énergie et qu'il regarda Ioukhvanka, qui n'avait pas cessé de sourire, la pensée la plus vexante à son âge, que le paysan se moquait de lui et le prenait pour un gamin, lui traversa l'esprit. Il rougit, lâcha les oreilles du cheval et, sans s'aider de la longe, lui ouvrit la bouche et examina ses dents : les canines étaient entières, les alvéoles en bon état, choses que le jeune propriétaire foncier connaissait déjà : par conséquent, le cheval était jeune.

Ioukhvanka, pendant ce temps-là, était revenu vers l'auvent et, remarquant que la herse n'était pas à sa place, la relevait et l'appuyait à la palissade.

— Viens ici ! cria le seigneur, tandis qu'une expression de contrariété enfantine se peignait sur son visage, et que des larmes de dépit et de colère se faisaient entendre dans sa voix. — Tu dis que ce cheval est vieux ?

— Je vous assure, tr' Excellence qu'il est très vieux, vingt ans que ça lui fera, un cheval qui...

— Silence ! Tu es un menteur, et un vaurien, parce qu'un paysan honnête ne va pas se mettre à mentir : à quoi ça peut lui servir ? dit Nekhlioudov, étouffé par les larmes de colère qui lui montaient à la gorge. Il se tut, honteux de pleurer devant un paysan. Ioukhvanka se taisait aussi et, l'air d'être sur le point de fondre en larmes, il reniflait avec de petits mouvements spasmodiques de la tête. — Dis-moi donc comment tu vas labourer lorsque tu auras vendu ce cheval, continuait Nekhlioudov, ayant retrouvé assez de calme pour parler de sa voix ordinaire : — on te donne exprès des corvées qui se font à pied pour que tes chevaux puissent être à pied d'œuvre pour les labours, et toi, tu veux vendre le dernier ? mais surtout, pourquoi tu mens ?

Dès que le seigneur s'était calmé, Ioukhvanka s'était calmé lui aussi. Il se tenait droit et, avec le même mouvement spasmodique des lèvres, faisait courir son regard d'un objet à l'autre.

— On sera au poste comme les autres pour faire le travail qu'on doit à tr' Excellence.

— Mais avec quoi tu le feras ?

— Soyez tranquille, le travail de tr' Excellence sera fait, répondit Ioukhvanka en chassant le hongre de la voix. — Si je n'avais pas besoin d'argent, est-ce que je chercherais à vendre ?

— Et pourquoi as-tu besoin d'argent ?

— J'ai pas ça de blé, tr' Excellence, et puis des dettes que je dois rendre aux gens, tr' Excellence.

— Comment ça, pas de blé ? Comment se fait-il que les autres, chargés de famille, en aient encore, et toi, qui n'as pas d'enfants, tu n'en aies pas ? Où est-il passé ?

— On l'a mangé, tr' Excellence, et maintenant il n'en reste plus une miette. Pour le cheval, je vais en acheter un pour l'automne, tr' Excellence.

— Pas question que tu vendes ton cheval !

— Eh bien, tr' Excellence, si c'est comme ça, de quoi est-ce qu'on va vivre ? Pas de blé, et défendu de rien vendre, répondit-il, la tête tournée de côté, les lèvres toujours agitées de mouvements spasmodiques, et, fixant soudain le visage du seigneur d'un regard insolent : — c'est donc qu'on doit mourir de faim.

— Attention, mon vieux ! s'écria Nekhlioudov en pâlissant, avec un sentiment d'hostilité personnelle envers le paysan. — Des moujiks comme toi, je n'en veux pas. Ça va mal finir pour toi.

— C'est vous le maître, tr' Excellence, répondit Ioukhvanka en fermant les yeux et en affectant la soumission, — si j'ai démérité. Seulement je crois qu'on n'a aucun vice à me reprocher. Bien sûr, si j'ai déplu à tr' Excellence, c'est votre volonté qui décide ; seulement je ne sais pas pourquoi je dois souffrir.

— Je vais te le dire, moi : parce que ta cour n'est pas couverte, ton fumier n'est pas enterré, tes palissades sont cassées, et toi, tu restes chez toi à fumer la pipe et sans travailler ; parce que tu ne donnes pas une bouchée à ta mère, qui t'a abandonné toute l'exploitation, tu laisses ta femme la battre et tu la réduis à venir se plaindre à moi.

— Je vous en prie, tr' Excellence, une pipe, je ne sais même pas ce que c'est, répondit Ioukhvanka, confus : ce qui l'avait surtout vexé, apparemment, c'était d'être accusé de fumer la pipe. — On peut tout raconter sur les gens....

— Tu recommences à mentir ! Je l'ai vue de mes yeux...

— Comment oserais-je mentir à tr' Excellence !

Nekhlioudov se tut et, se mordant les lèvres, il se mit à aller de long en large dans l'enclos. Ioukhvanka ne bougeait pas et, les yeux baissés, suivait du regard les pieds du maître.

— Écoute, Épiphane, dit Nekhlioudov d'une voix douce, enfantine, en s'arrêtant devant le paysan et en s'efforçant de dissimuler son émotion, — tu ne peux pas vivre comme ça, tu vas à ta perte. Réfléchis bien. Si tu veux être un bon moujik, change de vie, laisse tomber tes mauvaises habitudes, cesse de mentir, de boire, respecte ta mère. Je sais tout sur toi, tu sais bien. Occupe-toi de ta terre, et pas de voler le bois public et d'aller au cabaret. Réfléchis, qu'est-ce que ça t'apporte ? Si tu as besoin de quelque chose, viens me voir, demande-moi franchement ce dont tu as besoin et pourquoi, et ne mens pas, dis-moi toute la vérité, et alors je ferai tout ce que je peux faire pour toi, sans rien te refuser.

— Comment donc, tr' Excellence, je crois bien que nous pouvons comprendre tr' Excellence ! répondit Ioukhvanka en souriant, comme s'il savait apprécier toute la saveur de la plaisanterie du seigneur.

Ce sourire et cette réponse dissipèrent les illusions de Nekhlioudov, lui faisant perdre tout espoir de toucher le moujik et de le remettre sur le droit chemin par ses objurgations. Du reste, il avait toujours l'impression qu'il ne lui convenait pas, à lui qui détenait le pouvoir, d'en appeler à la conscience de ses paysans, et que ce qu'il disait n'était pas du tout ce qu'il fallait dire. Il baissa tristement la tête et sortit dans le vestibule. La vieille était assise sur le seuil et gémissait bruyamment — en signe d'approbation, semblait-il, pour les paroles du seigneur qu'elle avait entendues.

— Voilà pour vous acheter du blé, lui dit Nekhlioudov à l'oreille, en lui mettant dans la main un assignat, — seulement achète-le toi-même, ne le donne pas à Ioukhvanka, il va le boire.

La vieille voulut saisir de sa main osseuse le montant de la porte pour se lever et remercier le barine ; sa tête se mit à hocher, mais Nekhlioudov était déjà à l'autre bout de la rue lorsqu'elle réussit à se lever.

IX

« Davydka le Blanc demande du blé et des piquets », était-il écrit à la suite de Ioukhvan dans le carnet de notes.

Ayant longé plusieurs enclos, Nekhlioudov tourna dans une ruelle, et se trouva nez à nez avec son intendant Iakov Alpatytch qui, apercevant de loin son maître, avait ôté sa casquette de toile cirée et, sortant un foulard de soie, essuyait son gros visage rubicond.

— Remets ta casquette, Iakov ! Remets-la je te dis...

— D'où daignez-vous venir, Votre Excellence ? demanda Iakov en se protégeant du soleil avec sa casquette, mais sans la remettre.

— J'ai été chez le Madré. Dis-moi, je t'en prie, qu'est-ce qui l'a rendu comme ça ? dit le barine, continuant à avancer dans la ruelle.

— Qu'est-ce qu'il a, Votre Excellence ? demanda l'intendant, qui suivait le barine à distance respectueuse et, ayant remis sa casquette, se lissait la moustache.

— Comment ça, qu'est-ce qu'il a ? C'est un parfait vaurien, un paresseux, un voleur, un menteur, qui tourmente sa mère et qui est manifestement un gredin si endurci qu'il ne se corrigera jamais.

— Je ne sais pas, Votre Excellence, pourquoi il vous a tellement déplu…

— Et sa femme, l'interrompit le barine, m'a tout l'air d'être une très vilaine bonne femme. La vieille est habillée comme la pire mendiante ; ils n'ont rien à manger, et elle, elle est attifée, et lui aussi. Que faut-il en faire — je ne sais vraiment pas.

Iakov n'avait pu dissimuler son trouble lorsque Nekhlioudov avait parlé de la femme de Ioukhvanka.

— Eh bien, s'il s'est tellement laissé aller, Votre Excellence, commença-t-il, alors il faut prendre des mesures. C'est vrai qu'il est dans le besoin, comme tous les paysans séparés, mais il fait quand même un effort, pas comme certains autres. C'est un moujik intelligent, il a de l'instruction et, rien à dire, il paraît honnête. À la collecte de la capitation, il est toujours là. Et il a été staroste[1] trois ans, j'étais déjà intendant, et rien à signaler non plus. Il y a deux ans, le tuteur a décidé de le démettre de ses fonctions, eh bien il a été régulier pour la corvée aussi. Peut-être bien que depuis le temps où il travaillait à la poste, en ville, il lui arrive de boire un verre de trop, là il faut prendre des mesures. Dans le temps, s'il faisait des siennes, il suffisait de lui faire peur un peu — ça le ramenait à la raison : il s'en trouvait bien, et c'était la paix dans la maison ; mais vu que vous ne voulez pas utiliser ces mesures, alors je ne sais pas ce qu'on va pouvoir inventer. C'est vrai qu'il s'est bien laissé aller. L'envoyer à l'armée, ce n'est pas possible, parce que, comme vous l'avez remarqué, il lui manque deux dents. Mais il n'est pas le seul, si je peux me permettre, à n'avoir absolument aucun respect...

— Non, laisse tomber ça, Iakov[1], répondit Nekhlioudov, avec un petit sourire, — ça, nous en avons parlé en long et en large. Tu sais ce que j'en pense ; et tu me diras ce que tu voudras, je n'en penserai pas moins.

— Bien sûr, Votre Excellence, vous savez tout ça, dit Iakov, en haussant les épaules et en regardant le barine qui lui tournait le dos, l'air de dire que ce qu'il voyait n'annonçait rien de bon. — Et pour la vieille, que vous daigniez vous faire du souci pour elle, continuait-il, bien sûr, c'est vrai qu'elle a nourri et élevé des orphelins et marié Ioukhvanka, et tout ça ; mais c'est en général comme ça chez les paysans, lorsque le père ou la mère ont remis l'exploitation, alors le patron, c'est le fils et la bru, et la vieille doit gagner son pain selon ses forces et comme elle peut. Bien sûr, ils n'ont pas cette délicatesse de sentiments, mais que voulez-vous, chez les paysans, c'est comme ça. Et je me permets de vous faire remarquer que la vieille vous a fait du souci pour rien. C'est une vieille qui n'est pas bête et une bonne ménagère ; mais pourquoi embêter le seigneur avec ses histoires ? Bon, elles se sont disputées avec la bru, peut-être que la bru l'a un peu bousculée — c'est des affaires de bonnes femmes ! Elles devraient faire la paix au lieu de vous embêter. Déjà comme ça que vous daignez tout prendre trop à cœur, disait l'intendant, regardant avec tendresse et condescendance le barine qui, sans rien dire, remontait la rue devant lui à grandes enjambées.

— Vous daignez rentrer chez vous ? demanda-t-il.

— Non, je vais chez Davyd le Blanc, ou Koziol... C'est comme ça qu'il s'appelle ?

— En voilà encore un bonhomme, je vous dirai. C'est toute cette engeance des Koziol qui est comme ça. J'ai eu beau le prendre de toutes les façons, rien n'y fait. Hier, je suis passé par les terres des paysans, eh bien il n'a même pas semé son sarrasin ; que faire, je vous le demande, avec des gens comme ça ? Si au moins le vieux faisait la leçon au fils, mais c'est la même engeance : que ce soit pour lui-même ou pour la corvée, c'est toujours à la va-comme-j'te-pousse. Qu'est-ce qu'on a pu imaginer, et le tuteur, et moi : on l'envoyait au poste, on le punissait sur place — ce que vous daignez ne pas aimer...

— Qui ? Le vieillard ?

— Le vieux, oui. Combien de fois le tuteur ne l'a pas puni, et publiquement, devant toute l'assemblée : eh bien, vous me croirez ou non, Votre Excellence, ça ou rien, c'est du pareil au même : il se secoue, s'en va, et ça continue. Pourtant, Davyd, je vous dirai, est un moujik tranquille, et pas sot, il ne fume pas, ne boit pas, je veux dire, expliqua Iakov, mais il est pire que certains ivrognes. La seule chose à faire, c'est de l'envoyer soldat, si ça marche, ou le faire déporter, rien d'autre[1]. C'est toute l'engeance des Koziol qui est comme ça : la Matriouchka, qui habite dans l'isba noire, c'est aussi leur famille, c'est la même sale engeance. Alors vous n'avez plus besoin de moi, Votre Excellence ? ajouta l'intendant, en remarquant que le seigneur ne l'écoutait pas.

— Non, tu peux disposer, répondit distraitement Nekhlioudov, et il se dirigea chez Davydka le Blanc.

L'isba de Davydka se dressait, bancale et solitaire, tout au bout du village. Elle n'avait ni cour, ni aire à battre, ni hangar ; seulement des espèces de petites étables malpropres pour le bétail collées à l'un de ses côtés ; près de l'autre s'entassaient des branchages et des poutres préparés pour faire un enclos. De hautes bardanes vertes poussaient sur l'emplacement où se trouvait jadis la cour. Le voisinage était désert : seul un porc, couché dans la boue, glapissait auprès du seuil.

Nekhlioudov frappa à une fenêtre dont la vitre était brisée et, comme personne ne lui répondait, il s'approcha de l'entrée et cria : « Il y a quelqu'un ? » De nouveau, personne ne répondit. Il traversa l'entrée, jeta un coup d'œil dans les petites étables vides et entra dans l'isba ouverte. Un vieux coq rouge et deux poules, secouant leurs colliers et faisant claquer leurs griffes, déambulaient sur le sol et sur les étagères. Apercevant un homme, ils se précipitèrent contre les murs avec des battements d'ailes et des gloussements effarés, et l'une des poules bondit sur le poêle. La petite isba de six archines était entièrement occupée par un poêle au tuyau brisé, un métier à tisser resté à l'intérieur bien que l'on fût en plein été, et une table noircie dont la planche était incurvée et fendue.

Bien qu'il fît sec, il y avait près du seuil une flaque d'eau sale formée par la pluie à la suite d'une fuite dans le plafond et dans le toit. Il n'y avait pas de soupente. Il était difficile d'imaginer que ce lieu fût habité — si grande était l'impression d'abandon et de désordre absolus que donnaient l'extérieur comme l'intérieur de l'isba ; pourtant c'était là qu'habitait Davydka le Blanc avec toute sa famille. En ce moment même, malgré la chaleur d'un jour de juin, Davydka, roulé en boule et la tête couverte d'une demi-pelisse, dormait à poings fermés, enfoncé dans un coin au-dessus du poêle. La poule affolée, qui avait bondi sur le poêle et n'avait pas encore retrouvé son calme, marchait sur le dos de Davydka sans le réveiller.

N'apercevant personne dans l'isba, Nekhlioudov était sur le point de sortir lorsqu'un long soupir humide trahit la présence du maître de céans.

— Ho-là ! Qui est là ? s'écria le barine.

Un deuxième soupir prolongé se fit entendre au-dessus du poêle.

— Qui est là ? Viens donc par ici !

Un troisième soupir, un mugissement et un bâillement sonore répondirent au cri du barine.

— Eh bien ! Qu'est-ce que tu attends ?

Quelque chose, sur le poêle, se mit à remuer lentement, on aperçut un pan de pelisse usée ; on vit descendre un grand pied chaussé d'une sandale de tille déchirée, puis un autre, et enfin Davydka tout entier se montra, assis sur le poêle et se frottant paresseusement les yeux de son poing massif, l'air mécontent. Inclinant lentement la tête, il examina en bâillant l'isba et, ayant aperçu le barine, commença à se retourner un peu plus vite, mais encore si lentement que Nekhlioudov eut le temps d'aller et venir trois fois entre la mare et le métier à tisser, avant qu'il ne fût descendu du poêle. Davydka le Blanc était effectivement tout blanc : ses cheveux, son corps, son visage, tout était d'une blancheur extrême. Il était haut de taille et très gros, mais gros comme le sont les moujiks, de tout le corps et non du ventre. Son embonpoint avait cependant quelque chose de mou et de malsain. Son visage assez beau, avec des yeux bleu ciel au regard paisible et une grande barbe en éventail, avait quelque chose de maladif. On n'y remarquait ni hâle ni couleurs ; il était tout entier d'une teinte pâle et jaunâtre, avec une ombre violette autour des yeux, et paraissait tout envahi de graisse ou enflé. Ses mains étaient bouffies, jaunâtres, comme celles d'un hydropique, et couvertes de fins poils blancs. Il était encore si mal réveillé qu'il n'arrivait pas à ouvrir tout à fait les yeux et à se tenir debout sans chanceler et sans bâiller.

— Tu n'as pas honte, commença Nekhlioudov, de dormir comme ça en plein jour, alors que tu as ton enclos à construire et que tu n'as pas de blé ?

Aussitôt que Davydka fut bien réveillé et eut compris qu'il avait devant lui le barine, il joignit les mains sous son ventre, baissa la tête, la pencha un peu, et ne bougea plus. Il se taisait ; mais l'expression de son visage et la position de son corps disaient : « Je sais, je sais ; ce n'est pas la première fois que j'entends ça. Eh bien battez-moi ; si c'est nécessaire, je tiendrai le coup. » Il paraissait souhaiter que le barine arrêtât de parler, et se mît au plus vite à le battre, même à lui faire mal en giflant ses joues rebondies, mais le laissât tranquille le plus vite possible. Remarquant que Davydka ne le comprenait pas, Nekhlioudov s'efforça de trouver des questions qui le feraient sortir de son silence docilement patient.

— Pourquoi donc m'as-tu demandé du bois, si ça fait déjà un mois que je le vois traîner là, et qu'il continue à traîner, même quand tu as le temps — hein ?

Davydka continuait obstinément à se taire et restait immobile.

— Allons, réponds donc !

Davydka émit un vague mugissement et cligna de ses paupières blanches.

— Tu sais bien qu'il faut travailler, mon vieux ; si tu ne travailles pas, qu'est-ce que ça va donner ? Regarde, à présent tu n'as déjà plus de blé, et tout ça pourquoi ? Parce que ta terre est mal labourée, et qu'elle n'est pas relabourée [1], que tu ne l'as pas ensemencée à temps — et tout ça par paresse. Tu me demandes du blé ; bon, mettons que je t'en donne, parce que je ne veux pas te laisser mourir de faim, mais ça ne se fait pas. C'est le blé de qui que je vais te donner ? Qu'est-ce que tu en penses ? Réponds : c'est le blé de qui que je vais te donner ? insistait Nekhlioudov.

— Le blé du seigneur, marmonna Davydka en levant timidement un regard interrogateur.

— Et le blé du seigneur, il vient d'où ? Réfléchis un peu, qui a labouré la terre ? Qui l'a hersée ? Qui l'a ensemencée, qui l'a moissonnée ? — Les moujiks, non ? Alors tu vois : si on se met à distribuer le blé du seigneur aux moujiks, il faut en donner plus à ceux qui ont le plus travaillé pour lui, or toi, tu es celui qui a le moins travaillé — on se plaint aussi de toi à la corvée —, tu as travaillé moins que tout le monde, et c'est toi qui demandes le plus de blé du seigneur. Pourquoi devrais-je t'en donner à toi, et pas aux autres ? Tu vois bien que si tout le monde se la coulait douce, comme toi, nous serions tous depuis longtemps morts de faim. Il faut travailler, mon vieux, comme ça ce n'est pas bien — tu entends, Davyd ?

— À vos ordres, marmonna-t-il lentement entre les dents.

X

À ce moment-là, on vit passer devant la fenêtre la tête d'une paysanne portant des toiles sur une palanche, et, au bout d'un instant, la mère de Davydka, une grande femme d'une cinquantaine d'années, encore pleine de fraîcheur et de vivacité, entrait dans l'isba. Son visage grêlé et labouré de rides n'était pas beau, mais un nez dur et droit, des lèvres fines serrées et des yeux gris au regard rapide respiraient l'intelligence et l'énergie. Les épaules anguleuses, la poitrine plate, les bras secs et les pieds nus et noirs fortement musclés montraient que depuis longtemps, elle avait cessé d'être une femme pour n'être plus qu'une travailleuse. Elle entra vivement dans l'isba, repoussa la porte, rajusta sa jupe paysanne et jeta à son fils un regard courroucé. Nekhlioudov allait lui parler, mais elle lui tourna le dos pour se signer devant l'icône de bois noirci qui s'apercevait derrière le métier à tisser. Cela fait, elle arrangea le fichu à carreaux malpropre qui entourait sa tête et s'inclina profondément devant le barine.

— Bon dimanche, Votre Excellence, dit-elle, et que Dieu te protège, not' père...

Visiblement, la vue de sa mère avait mis Davydka mal à l'aise. Il courba un peu le dos et baissa encore davantage la tête.

— Merci, Arina, répondit Nekhlioudov. J'étais en train de parler à ton fils de votre ménage.

Le menton appuyé sur son poing droit et le coude droit posé sur la paume de sa main gauche, et sans laisser au barine le temps de finir, Arina, ou, comme on l'appelait au village lorsqu'elle était fille, Arichka le Batelier, se mit à parler d'un ton si résolu et d'une voix si forte qu'elle faisait résonner toute l'isba, si bien que du dehors, on pouvait avoir l'impression d'entendre plusieurs voix de femmes en même temps.

— À quoi bon lui causer, seigneur not' père ! Il n'est même pas capable de parler comme un homme. Regardez-le, ce ballot, continua-t-elle avec un signe de tête méprisant vers la silhouette massive et pitoyable de Davydka. — *Mon* ménage ! Est-ce que ça s'appelle un ménage ? Nous sommes des miséreux ; tu n'en as pas de plus bas que nous dans tout le village : rien pour soi, rien pour la corvée — une honte ! Et tout ça, c'est lui qui nous a menés là. On l'a mis au monde, nourri, abreuvé, on n'en pouvait plus d'espérer un gars. Eh bien on l'a eu ! Du pain, il en bouffe, mais pour le travail, c'est comme la souche pourrie, là-bas ! Tout ce qu'il sait faire, c'est se vautrer sur le poêle, ou bien rester planté là à se gratter sa caboche d'imbécile, fit-elle en l'imitant. — Si au moins tu pouvais lui faire un peu peur, toi, not' père. C'est moi qui te le demande : punis-le au nom du ciel, ou envoie-le soldat — tant pis ! Je ne sais plus quoi devenir avec lui !

— Regarde, Davydka, tu n'as pas honte de mettre ta mère dans cet état ? dit Nekhlioudov en s'adressant au paysan avec un air de reproche.

Davydka restait immobile.

— Si au moins il était malade, continuait Arina avec les mêmes gestes et la même vivacité, — mais non, rien qu'à le regarder, c'est gros comme un porc sortant du moulin. Il y aurait de quoi travailler, bouffi comme il est ! Eh bien non, tout ça ne lui sert qu'à se prélasser sur le poêle. Quand il se met à quelque chose, j'aime mieux ne pas voir ça : qu'il se lève, qu'il se bouge ou autre chose, disait-elle, en traînant sur les mots et en remuant maladroitement ses épaules anguleuses. — Tenez, maintenant, le vieux est parti dans la forêt chercher du bois sec et l'a chargé de creuser des fosses : eh bien non, il n'est même pas allé chercher la pelle... (Elle se tut un instant)... Il m'a mise au tombeau, pauvre orpheline que je suis ! glapit-elle soudain, en écartant violemment les bras et en s'avançant vers son fils avec un geste menaçant. — Espèce de sale caboche bouffie, Dieu me pardonne ! (Elle se détourna de lui avec une expression de mépris et de désespoir en même temps, cracha et s'adressa de nouveau au seigneur avec la même animation et les larmes aux yeux, tout en continuant à agiter les bras.) C'est que je suis toute seule à faire le travail, not' père nourricier! Mon vieux est malade, il est vieux, et bon à rien lui aussi du reste, et moi, je suis toujours toute seule. Même une pierre n'y tiendrait pas. Mourir, ça serait plus facile : au moins ça serait la fin. Il m'a eue, le vaurien! Seigneur, not' père! Je n'en peux plus! La bru s'est tuée à la tâche, et c'est ce qui m'attend aussi.

XI

— Comment ça, s'est tuée à la tâche? demanda Nekhlioudov, incrédule.

— C'est l'effort qui l'a tuée, not' père nourricier, aussi vrai que Dieu existe. On l'a prise il y a deux ans à Babourino, continua-t-elle, passant soudain de l'exaspération à la tristesse larmoyante, — bon, c'était une jeunette, fraîche, douce, not' cher maître. Chez elle, chez son père, avec plein de belles-sœurs, elle vivait dans le confort, elle ne connaissait pas le besoin, alors dès qu'elle est arrivée chez nous et qu'elle a connu notre travail — et à la corvée, et à la maison, et partout. Elle et moi, il n'y avait que nous deux. Moi, ça va, j'ai l'habitude, mais pour elle, c'était dur, not' bon père, le malheur a commencé pour elle; mais elle travaillait quand même de toutes ses forces — et elle s'est surmenée, la chère enfant. En plus, cet été, à la Saint-Pierre, il a fallu qu'il lui vienne un petit garçon, et il n'y avait pas de blé, on mangeait à peine à sa faim, et puis il y a eu du travail urgent, et ses seins se sont desséchés. C'était un premier enfant, il n'y avait pas de vache, et puis nous autres paysans, allez nourrir au biberon! Bon, on connaît les femmes — ça l'a rendue encore plus malheureuse. Et quand le petit est mort, vous l'auriez entendue hurler et se lamenter sur son malheur, et puis le besoin, et puis le travail de pire en pire : l'été l'a tellement épuisée, la pauvrette, qu'à l'Assomption elle est morte elle aussi. C'est lui qui l'a tuée, le monstre! dit-elle en se tournant de nouveau vers son fils avec une rage désespérée... — Ce que je voulais te demander, Votre Excellence, continua-t-elle après un instant de silence, en baissant la voix et en faisant une révérence...

— Quoi donc? demanda distraitement Nekhlioudov, encore tout ému par son récit.

— C'est que lui, c'est encore un jeune moujik. Moi, qu'est-ce qu'on peut encore attendre de moi, comme travail : aujourd'hui je suis en vie, demain je serai morte. Comment est-ce qu'il pourrait se passer d'une femme? Quel moujik ça te fera? Tire-nous d'embarras, notre père.

— Autrement dit tu veux le marier? Pourquoi pas? Ça paraît raisonnable!

— Fais-nous cette grâce au nom du seigneur! Vous êtes nos père et mère.

Et, faisant un signe à son fils, elle se jeta avec lui aux pieds du barine.

— Pourquoi te prosterner? faisait Nekhlioudov d'un air mécontent, en la saisissant par les épaules pour la relever. — Tu ne peux pas me dire ça tout simplement? Tu sais que je n'aime pas ça. Marie ton fils, je n'ai rien contre ; je suis d'accord si tu as en vue une fille à marier.

La vieille se releva et se mit à essuyer de sa manche ses yeux secs. Davydka suivit son exemple et, s'étant frotté les yeux de son poing bouffi, resta dans la même attitude patiente et soumise à écouter ce que disait Arina.

— Des filles à marier, il y en a, bien sûr ! Il y a la Vassioutka Mekhéïkine, une fille bien, mais elle ne l'épousera pas sans ta volonté.

— Elle n'est donc pas d'accord ?

— Non, notre maître, si c'est pour se marier par consentement.

— Comment faire, alors ? Je ne peux pas la forcer ; trouvez-en une autre : si ce n'est pas dans votre village, alors ailleurs ; je la rachèterai, à condition qu'elle l'épouse de son plein gré, parce qu'on ne peut pas marier quelqu'un de force. Il n'y a pas de loi pour ça, et puis c'est un grand péché.

— Ah là là, notre nourricier ! Est-ce une chose pensable, à voir notre vie et notre misère, qu'elle accepte de son plein gré ? Même la dernière des femmes de soldat [1] ne voudra pas se charger d'une misère pareille. Quel moujik voudra laisser sa fille venir chez nous ? Il faudrait être une tête brûlée. On est des miséreux, des va-nu-pieds. Ils en ont déjà fait mourir une de faim, ou c'est tout comme, qu'il se dira, ça sera la même chose pour la mienne. Qui voudrait donner sa fille dans ces conditions, ajouta-t-elle en hochant la tête d'un air incrédule, — juge toi-même, Votre Excellence !

— Alors qu'est-ce que je peux y faire ?

— Tire-nous d'embarras, notre cher maître,

répéta Arina d'un ton persuasif, — qu'est-ce que nous pouvons faire ?

— Mais quelle solution est-ce que je peux trouver ? Si c'est comme ça, je ne peux rien faire pour vous moi non plus.

— Qui donc va nous tirer d'embarras, sinon toi ? fit Arina en baissant la tête et en écartant les bras dans un geste de perplexité attristée.

— Pour le blé que vous avez demandé, je vous en ferai livrer, dit le barine après un instant de réflexion, tandis qu'Arina soupirait et que Davydka lui faisait écho. — Mais c'est tout ce que je peux faire.

Nekhlioudov passa dans l'entrée. La mère et le fils le suivirent en faisant des révérences.

XII

— A-a-ah, pauvre de moi orpheline, fit Arina avec un profond soupir.

Elle s'arrêta et jeta un regard plein de colère à son fils. Davydka fit aussitôt demi-tour et, franchissant pesamment le seuil de sa grosse jambe chaussée d'une énorme sandale de tille malpropre, il disparut dans la porte opposée.

— Qu'est-ce que je vais bien pouvoir faire de lui, père ? continuait Arina en s'adressant au barine. — Tu vois bien toi-même comment il est ! C'est que ce n'est pas un mauvais bougre, il ne boit pas et ne fait pas d'histoires, il ne ferait pas de mal à un enfant — on ne peut pas lui mettre ça sur le dos : on n'a rien de mal à lui reprocher, et Dieu sait ce qui a bien pu lui arriver pour qu'il se fasse tant de mal à lui-même. Il est bien le premier à en souffrir. Tu me croiras ou non, petit père, mon cœur saigne à voir le mal qu'il se fait. Il a beau être ce qu'il est, c'est moi qui l'ai porté dans mes entrailles : il me fait pitié, je ne peux pas dire comme il me fait pitié !... Ce n'est pas comme s'il faisait quelque chose contre moi, ou contre son père, ou contre les autorités, c'est un moujik craintif, on dirait un petit enfant. Est-ce qu'on peut le laisser veuf ? Tire-nous d'embarras, père nourricier, répéta-t-elle, cherchant manifestement à effacer la mauvaise impression que ses injures avaient pu faire sur le barine. — Je vais vous dire, petit père Votre Excellence, continua-t-elle dans un murmure confidentiel, — j'ai tourné les choses dans tous les sens : je n'arrive pas à comprendre pourquoi il est comme ça. C'est sûrement de méchantes gens qui lui ont jeté un sort (elle se tut un instant). Si on trouvait quelqu'un, on pourrait le guérir.

— Qu'est-ce que tu vas chercher là, Arina ! Comment peut-on jeter un sort ?

— Et comment qu'on peut, not' père, des fois on vous jette un sort qu'on reste infirme jusqu'à la fin de ses jours. C'est pas les méchantes gens qui manquent, ici-bas ! Par méchanceté, il ramasse une poignée de terre sur votre trace... ou autre chose... et vous voilà infirme pour la vie ; c'est vite fait ! Je me demande si je ne devrais pas aller voir le vieux Doundouk qui habite au village de Vorobiovka : il connaît toutes sortes de paroles, et il connaît les herbes aussi, et il désenvoûte, et il fait sortir l'eau de la croix ; des fois qu'il pourrait aider? disait la femme, — peut-être qu'il le guérirait?

« Les voilà, la misère et l'ignorance! » pensait le jeune maître, tandis qu'il marchait à grands pas, la tête tristement baissée, vers l'extrémité du village. « Qu'est-ce que je peux faire de lui? Le laisser dans cet état, c'est impossible: ni pour moi, ni pour l'exemple qu'il donne, ni pour lui-même », se disait-il, énumérant sur les doigts ces raisons. « Je ne peux pas le voir dans cette situation, mais comment l'en sortir? Il anéantit tous mes plans de gestion du domaine. S'il reste des moujiks comme lui, mes rêves ne se réaliseront jamais », pensa-t-il avec dépit et colère envers ce paysan qui détruisait ses plans. « Le faire envoyer en résidence forcée, comme dit Iakov, s'il ne veut rien faire pour son propre bien; ou au service militaire? Oui, au moins j'en serai débarrassé et il servira de remplaçant pour un bon moujik », se disait-il.

Cette solution lui apportait une certaine satisfaction: mais en même temps, il avait vaguement conscience de ne penser que par un côté de son intelligence, et de faire fausse route. Il s'arrêta. « Un moment: qu'est-ce que je suis en train de penser? se dit-il à lui-même, — oui, au service militaire, ou en déportation. Mais pour quelle raison? C'est un brave homme, meilleur que beaucoup d'autres, et puis, qu'est-ce que j'en sais... Lui donner la liberté? pensa-t-il, en essayant de mettre en œuvre la totalité de son intelligence, — ce serait injuste, et puis c'est impossible. » Mais soudain il lui vint une idée qui le réjouit beaucoup; il sourit, avec l'air d'un homme qui a résolu un problème difficile. « Le prendre comme serf domestique, se dit-il à lui-même, — le prendre moi-même en charge, et à force de douceur et de persuasion, et par le choix de ses tâches, lui apprendre à travailler, et peu à peu le corriger. »

XIII

« C'est ce que je vais faire », se dit joyeusement Nekhlioudov, content de lui-même, et, se souvenant qu'il devait encore passer chez le riche paysan Doutlov, il se dirigea vers une grande et vaste isba à deux cheminées, qui se dressait au milieu du village. En s'approchant, il rencontra près de l'isba voisine une grande paysanne simplement vêtue, d'une quarantaine d'années, qui venait à sa rencontre.

— Bon dimanche, petit père, lui dit la femme, aucunement intimidée, en s'arrêtant auprès de lui et en s'inclinant avec un sourire avenant.

— Bonjour, nourrice, lui répondit-il. Comment vas-tu ? Tu vois, je vais chez ton voisin.

— Oui, not' père Votre Excellence, c'est une bonne chose. Mais dites, vous ne voudriez pas passer chez nous ? C'est mon vieux qui serait content !

— Eh bien volontiers, nourrice, allons-y, on va causer un peu. C'est celle-là, ton isba ?

— Tout juste, petit père.

Et la nourrice le précéda en courant. La suivant dans l'entrée, Nekhlioudov s'assit sur un baquet, prit une cigarette et l'alluma.

— Il fait trop chaud à l'intérieur ; asseyons-nous plutôt ici pour causer, répondit-il à la nourrice qui l'invitait à entrer dans l'isba. Sa nourrice était une femme encore fraîche et belle. Les traits de son visage et surtout ses grands yeux noirs offraient une grande ressemblance avec le visage du barine. Elle croisa les bras sous son tablier et, regardant hardiment le maître et remuant sans cesse la tête, elle commença à lui parler :

— Dites-moi donc, notre bon maître, pourquoi vous daignez vous rendre chez Doutlov ?

— Mais c'est que je veux qu'il me prenne de la terre en location, une trentaine de dessiatines[1], et qu'il les exploite pour son compte, et aussi que nous achetions ensemble une parcelle de forêt. Car enfin il a de l'argent, donc pourquoi le laisser dormir ? Qu'est-ce que tu en penses, nourrice ?

— Qu'est-ce que je peux te dire ? C'est connu, les Doutlov sont des gens solides ; c'est le premier moujik de tout le domaine, je crois bien, répondit la nourrice en secouant la tête. — Cette année ils ont construit une deuxième isba avec leur propre bois, sans aller ennuyer le seigneur. Des chevaux, à part les poulains et les tout jeunes, ils en auront bien six troïkas, et pour le bétail, les vaches et les moutons, quand on les fait revenir des champs et que les femmes sortent pour les faire entrer dans l'enclos, ça fait une de ces bousculades au portail, je ne te dis que ça ! Sans compter les abeilles, ils en ont bien deux cents ruches, sinon plus. C'est un moujik très très solide, et de l'argent, il doit en avoir.

— Tu penses qu'il a beaucoup d'argent ? demanda le seigneur.

— Les gens disent — c'est vrai que c'est peut-être par méchanceté — que le vieux en aurait beaucoup ; bien sûr qu'il ne va pas le claironner partout, il le cache même à ses fils, mais il doit en avoir. Pourquoi n'achèterait-il pas de la forêt ? Sinon qu'il pourrait avoir peur qu'on parle de son argent. Il y a cinq ans de ça, il s'était associé avec Chkalik l'aubergiste pour louer des prés, il avait commencé doucement à s'en occuper, mais faut-il que Chkalik l'ait trompé, ou quoi, mais le vieux en a été de ses trois cents roubles, et depuis il a laissé tomber. Mais aussi, comment est-ce qu'ils ne seraient pas dans l'aisance, Votre Excellence not' père, continuait la nourrice : — ils vivent sur trois terres, la famille est grande, tout le monde travaille, et le vieux aussi — on ne peut pas dire, c'est un vrai patron. Tout lui réussit, les gens n'en reviennent pas : le blé, les chevaux, le bétail, les abeilles, et avec ses enfants aussi il a eu de la chance. Il les a tous mariés à présent. Pour les premiers, il a pris des filles au village, mais maintenant il a marié Iliouchka à une paysanne libre, il l'a rachetée lui-même. Et il est bien tombé là aussi.

— Et ils vivent en bonne intelligence ? demanda le seigneur.

— Quand il y a une vraie tête dans la maison, la concorde règne. Il n'y a qu'à voir les Doutlov — les histoires de bonnes femmes, c'est bien connu : les brus dans leur coin aboient un peu les unes après les autres, mais tout le monde obéit au vieux, et les fils vivent en bonne intelligence.

La nourrice se tut un instant.

— Maintenant, il paraît que le vieux veut passer les rênes à son fils aîné, Karp. Je me fais vieux, qu'il dit : mon rayon, c'est les abeilles. Bien sûr, Karp est un bon moujik, un moujik consciencieux, mais comme patron, à côté du vieux, il ne fait pas le poids. Ce n'est pas la même tête !

— Eh bien, Karp voudra peut-être s'occuper et de la terre et des bois — qu'est-ce que tu en penses ? fit le barine, cherchant à faire dire à sa nourrice tout ce qu'elle savait de ses voisins.

— Ça m'étonnerait, petit père, continua la nourrice : le vieux n'a pas parlé de son argent au fils. Tant qu'il est lui-même en vie et que l'argent est chez lui, c'est toujours le jugement du vieux qui décide ; et puis, ils font plutôt du charroyage.

— Et le vieux ne voudra pas ?

— Il aura peur.

— Et de quoi aurait-il peur ?

— Mais comment voulez-vous, petit père, qu'un moujik serf déclare son argent ? Si ça se trouve, il se fera dépouiller ! Il a voulu faire affaire avec l'aubergiste, et il s'est brûlé les doigts. Le moyen pour lui d'aller en justice ! Et c'est comme ça qu'il a perdu son argent ; et si c'est avec le seigneur, là il va se trouver tout à fait capot.

— Oui, c'est pour ça... dit Nekhlioudov en rougissant. — Adieu, nourrice.

— Adieu, petit père Votre Excellence. Un grand merci !

XIV

« Et si je rentrais à la maison ? » pensa Nekhlioudov, tandis qu'il s'approchait du portail des Doutlov, avec un sentiment de vague tristesse et de fatigue morale.

Mais à ce moment, le portail de planches tout neuf s'ouvrit devant lui avec un grincement, et un beau garçon blond de près de dix-huit ans, aux joues roses, vêtu en cocher, apparut, menant un attelage de trois chevaux aux fortes jambes, au poil épais et encore couverts de sueur ; secouant hardiment sa chevelure presque blanche, il s'inclina devant le seigneur.

— Dis-moi, Ilya, ton père est là ? demanda Nekhlioudov.

— Il est au rucher, derrière la cour, répondit le gars, en faisant passer les chevaux l'un après l'autre à travers le portail entrouvert.

« Non, il faut avoir du caractère, je vais lui faire ma proposition, j'aurai fait ce qui dépend de moi », se dit Nekhlioudov et, ayant laissé passer les chevaux, il entra dans la vaste cour des Doutlov. On voyait que le fumier avait été nettoyé et sorti récemment : le sol était encore noir, imbibé d'eau et par endroits, surtout sous le portail, traînaient des mottes rouges et fibreuses. Dans la cour et sous des auvents élevés étaient rangés en grand nombre des chariots, des araires, des traîneaux, des billots, des baquets et toutes sortes de matériel agricole ; des pigeons voletaient et roucoulaient dans l'ombre, sous de larges et solides chevrons ; l'odeur du fumier et du goudron régnait. Dans un coin de la cour, Karp et Ignat montaient un nouveau coussinet sous un grand chariot à trois chevaux bardé de métal. Les trois fils de Doutlov se ressemblaient beaucoup. Le plus jeune, Ilya, celui qui avait accueilli Nekhlioudov dans le portail, était imberbe, un peu plus petit de taille, plus rose de teint et vêtu avec plus de soin que les aînés ; le second, Ignat, était un peu plus grand, avait les cheveux et le teint plus sombres, une barbiche en pointe et, bien que lui aussi fût vêtu d'une chemise de cocher, chaussé de bottes et coiffé d'un bonnet de laine d'agneau, il n'avait pas l'allure endimanchée et insouciante de son jeune frère. L'aîné, Karp, était encore plus grand, il portait des sandales de tille, un cafetan gris et une chemise sans emmanchures, il avait une barbe rousse en collier et l'air non seulement sérieux, mais presque sombre.

— Vous voulez qu'on appelle le père, Votre Excellence ? dit-il en s'approchant du seigneur et en s'inclinant légèrement et maladroitement.

— Non, je vais aller le trouver au rucher, pour voir comment il a arrangé ça, là-bas ; mais il faut que je te dise un mot, dit Nekhlioudov, en s'éloignant vers l'autre côté de la cour, de façon qu'Ignat ne pût entendre ce qu'il avait à dire à Karp.

L'assurance et la nuance de fierté que trahissaient les manières de ces deux paysans, s'ajoutant à ce que lui avait dit sa nourrice, troublaient tellement le jeune seigneur qu'il n'arrivait pas à se décider à leur parler de son affaire. Il avait comme un sentiment de culpabilité, et il lui paraissait plus simple de parler à l'un des frères sans être entendu de l'autre. Karp parut surpris de voir le barine le prendre à part, mais il le suivit.

— Eh bien voilà, commença Nekhlioudov avec embarras, je voulais te demander : vous avez beaucoup de chevaux ?

— Ça doit faire cinq attelages de trois, et puis il y a aussi des poulains, répondit Karp d'un ton dégagé, en se grattant le dos.

— Tes frères travaillent pour la poste, n'est-ce pas ?

— Nous faisons la poste avec trois attelages, autrement Ilioucha a fait du roulage, il vient de rentrer.

— Et ça vous rapporte ? Combien vous gagnez avec ça ?

— Est-ce qu'on peut appeler ça rapporter, Votre Excellence ? On arrive tout juste à se faire de quoi manger, nous et les chevaux — et encore Dieu merci !

— Mais alors pourquoi ne pas faire autre chose ? Vous pourriez acheter des bois ou louer de la terre.

— C'est sûr, Votre Excellence, qu'on pourrait louer de la terre, s'il y en avait quelque part qui nous arrange.

— Écoute, voilà ce que je voulais vous proposer : plutôt que de faire du roulage pour arriver tout juste à gagner de quoi manger, vous devriez me prendre en location une trentaine de dessiatines de terre. Toute la parcelle qui est derrière Sapov, je vous la loue, ça pourrait vous faire une belle ferme.

Et Nekhlioudov, emballé par le projet de ferme

paysanne qu'il avait plus d'une fois répété et débattu dans sa tête, et cessant de chercher ses mots, se mit à expliquer ses plans au paysan.

Karp écoutait avec beaucoup d'attention les paroles du barine.

— Nous vous sommes très reconnaissants de votre bonté, dit-il lorsque Nekhlioudov, ayant fini de parler, le regarda en attendant sa réponse. — C'est sûr, il n'y a rien de mal dans ça. Travailler la terre, pour un paysan, c'est mieux que de circuler avec son knout. Ça nous fait vivre avec des étrangers, nous frotter à toutes sortes de gens, faire la vie. Il n'y a rien de mieux pour un moujik que de cultiver la terre.

— Alors qu'est-ce que tu en penses ?

— Tant que le père est là, Votre Excellence, est-ce que je peux avoir mon avis ? C'est lui qui décide.

— Conduis-moi donc au rucher ; je vais lui parler.

— Par ici, je vous prie, dit Karp en se dirigeant lentement vers la grange du fond. Il ouvrit un petit portillon bas qui conduisait au rucher et, laissant passer le barine avant de le refermer, revint vers Ignat et se remit en silence au travail interrompu.

XV

Nekhlioudov se courba pour passer sous le portillon bas et, sortant de l'ombre de l'auvent, entra dans le rucher qui se trouvait derrière la cour. Le petit espace entouré d'une palissade à claire-voie tapissée de paille, où se dressaient en rangs symétriques les ruches autour desquelles tourbillonnait bruyamment le nuage doré des abeilles, était tout inondé par les rayons brûlants et étincelants du soleil de juin. Un sentier menait du portillon vers le centre du rucher, où s'élevait un petit édifice de bois surmonté d'une petite icône sertie de papier d'argent qui scintillait vivement au soleil. Plusieurs jeunes tilleuls, dont les troncs élancés dressaient au-dessus du toit de paille de l'habitation voisine leurs faîtes feuillus, faisaient entendre le bruissement léger de leur frais feuillage vert foncé, accompagnant le bourdonnement des abeilles. Toutes les ombres que projetaient la palissade tapissée de paille, les tilleuls et les ruches couvertes de planches, tombaient, courtes et noires sur l'herbe fine et frisée qui perçait entre les ruches. La silhouette menue et courbée du vieillard, dont le crâne chauve, ceint d'une couronne de cheveux blancs, brillait au soleil, s'apercevait près de la porte du petit abri de rondins couvert de paille qui se dressait entre les tilleuls. En entendant grincer le portillon, le vieillard s'était retourné et, essuyant du pan de sa chemise son visage hâlé et couvert de sueur, il s'avançait à la rencontre du barine avec un sourire humble et gai.

Le rucher donnait une telle impression de bien-être, de joie, de paix, de transparence ; la silhouette du petit vieillard chenu aux mille rides disposées en étoiles autour de ses yeux, aux pieds nus dans de vastes chaussons, qui, se balançant d'un pied sur l'autre et le visage éclairé par un sourire bienveillant et satisfait, venait accueillir le seigneur dans son domaine privé, était d'une si affectueuse simplicité que Nekhlioudov oublia instantanément les pénibles impressions de la matinée, et que sa rêverie favorite lui revint avec vivacité. Il voyait déjà tous ses paysans aussi riches et pleins de bonhomie que le vieux Doutlov, et tous lui adressaient un sourire affectueux et plein de joie, parce que c'était à lui seul qu'ils devaient leur richesse et leur bonheur.

— Vous ne voulez pas un filet, Votre Excellence ? Les abeilles sont mauvaises en ce moment, elles piquent, dit le vieux, en décrochant de la palissade un sac de toile de lin malpropre cousu à une armature de tille, et en le proposant au seigneur. — Moi, l'abeille me connaît, elle ne me pique pas, ajouta-t-il avec l'humble sourire qui ne quittait presque jamais son beau visage hâlé.

— Alors je peux m'en passer moi aussi. Elles commencent déjà à essaimer ? demanda Nekhlioudov en souriant lui aussi sans savoir pourquoi.

— Pour ce qui est d'essaimer, petit père Mitri Nikolaïtch, répondit le vieux, en mettant quelque chose de particulièrement affectueux dans cette façon d'appeler le seigneur par son nom et son patronyme, — elles commencent tout juste à s'y mettre pour de bon. Nous avons eu un printemps froid, vous savez bien.

— Tu sais, j'ai lu dans un livre, commença Nekhlioudov, en essayant de chasser une abeille qui, égarée dans sa chevelure, bourdonnait juste à côté de son oreille, — que si les alvéoles sont dressées à la verticale, avec des baguettes, les abeilles commencent plus tôt à essaimer. On fait pour ça des espèces de ruches en planches... avec des traverses...

— Vous ne devriez pas agiter les bras, ça ne fait que l'irriter, dit le vieillard, — vous ne voulez vraiment pas que je vous passe le filet?

Nekhlioudov avait mal; mais une espèce d'amour-propre enfantin l'empêchait de le reconnaître et, refusant de nouveau le filet, il continua à décrire au petit vieux l'aménagement des ruches qu'il avait vu dans *La Maison rustique* et qui, selon lui, devait permettre aux abeilles d'essaimer deux fois plus; mais une abeille le piqua au cou, l'interrompant et l'embrouillant au milieu de ses explications.

— C'est bien vrai, petit père Mitri Nikolaïtch, dit le vieillard d'un ton de condescendance paternelle en regardant le barine, — c'est bien vrai qu'on l'écrit dans les livres. Mais peut-être bien que c'est écrit comme ça exprès — avec l'idée que oui, il va faire comme nous l'écrivons et nous, après, on va bien rire. Ça aussi, ce sont des choses qui arrivent! Comment est-ce qu'on peut montrer aux abeilles où elles doivent fixer leurs alvéoles! Elles choisissent toutes seules sur le cadre, des fois en travers, et des fois tout droit. Tenez, si vous voulez bien regarder, ajouta-t-il en dégageant l'un des cadres qu'il avait sous la main et en regardant à travers l'ouverture, couverte d'abeilles bourdonnantes accrochées aux alvéoles obliques — celles-ci sont jeunes; elles ont, apparemment, leur reine dans la tête, et elles font leurs alvéoles et tout droit et de travers, comme ça les arrange le mieux d'après le rayon, disait le vieillard, manifestement entraîné par son sujet favori et sans remarquer la situation du barine. — Regardez, elles ont maintenant leurs chaussettes, la journée est douce, on voit tout, ajouta-t-il en rebouchant la ruche et en repoussant de son chiffon une abeille restée dehors, puis en ramassant de sa paume rugueuse quelques abeilles posées sur son cou. Les abeilles ne le piquaient pas ; Nekhlioudov, lui, avait le plus grand mal à résister au désir de fuir à toutes jambes pour sortir du rucher ; trois abeilles l'avaient déjà piqué, et elles lui entouraient la tête et le cou en bourdonnant.

— Et tu as beaucoup de ruches ? demanda-t-il en reculant vers le portillon.

— Autant qu'il a plu au bon Dieu, répondit Doutlov avec un petit rire, — il ne faut pas les compter : les abeilles n'aiment pas ça. Tenez, Votre Excellence, je voulais vous demander une grâce, continua-t-il en montrant de minces rayons dressés auprès de la palissade, — à propos d'Ossip, le mari de votre nourrice ; si vous au moins vous pouviez le lui défendre : ce n'est pas bien d'agir comme ça dans son village, avec ses voisins, ce n'est pas joli.

— Comment ça, ce n'est pas bien ?... Ah mais, elles piquent ! répondit le barine, la main déjà posée sur la poignée du portillon.

— C'est que tous les ans il lâche ses abeilles sur les miennes, les jeunes. C'est le moment où elles devraient profiter, et au lieu de ça, les autres leur prennent leur cire et leur gâchent le travail, disait le vieux, sans remarquer les grimaces du barine.

— D'accord, après, tout de suite..., articula

Nekhlioudov et, n'y tenant plus, il sortit en courant à travers le portillon en agitant les bras pour se défaire des abeilles.

— Il faut frotter avec de la terre : ça passera, dit le vieillard en suivant le barine dans la cour. Celui-ci se frotta avec de la terre l'endroit où il avait été piqué, se tourna rapidement, les joues en feu, vers Karp et Ignat, qui ne le regardaient pas, et fronça les sourcils avec irritation.

XVI

— Il y a une chose que je voulais vous demander pour les petits, Votre Excellence, dit le vieillard, sans remarquer, ou faisant comme s'il ne remarquait pas l'air courroucé du barine.

— Quoi ?

— Eh bien voilà, pour les chevaux nous n'en manquons pas, et nous avons un ouvrier, alors pour la corvée, il n'y a pas de souci à se faire.

— Et alors ?

— Si vous vouliez bien nous faire cette grâce, de mettre les enfants à la redevance[1], Iliouchka et Ignat pourraient aller faire les rouliers avec trois attelages pendant tout l'été ; ils pourraient se faire un peu d'argent.

— Et où vont-ils donc aller ?

— C'est selon l'occasion, intervint Iliouchka qui, entre-temps, avait attaché les chevaux sous l'auvent et s'était approché de son père. — Les gars de Kadmy sont partis avec huit troïkas à Romny[2], eh bien à ce qu'il paraît, ils ont gagné de quoi vivre et ont encore rapporté chez eux dans les trente roubles par troïka ; ou même à Odest[1], où, à ce qu'on dit, le fourrage n'est pas cher.

— C'est précisément de ça que je voulais te parler, dit le barine, en s'adressant au vieillard et en cherchant un moyen habile de lui présenter son projet de ferme. — Dis-moi, je te prie, est-ce que c'est plus avantageux de s'occuper de charrois que de travailler la terre chez soi ?

— Si ce n'est pas plus avantageux, Votre Excellence, intervint de nouveau Ilya, en secouant sa chevelure d'un mouvement impétueux : — à la maison, il n'y a pas de quoi nourrir les chevaux.

— Bon, et combien tu gagnes pendant l'été ?

— Depuis ce printemps, et Dieu sait si le fourrage était cher, on est allés avec de la marchandise à Kiev, et puis à Koursk on a chargé de la semoule pour Moscou, on a eu de quoi vivre nous-mêmes, et les chevaux ont été nourris, et j'ai rapporté quinze roubles.

— Ça n'a rien de mal de faire un métier honnête, quel qu'il soit, dit le seigneur, s'adressant de nouveau au vieillard, — mais il me semble qu'on peut trouver une autre occupation ; et puis, avec un travail comme ça, un jeune gars va traîner sa bosse un peu partout, voit toutes sortes de gens et peut prendre de mauvaises habitudes, ajouta-t-il, répétant les paroles de Karp.

— Qu'est-ce que nous autres moujiks on pourrait faire, sinon le charroi ? répliqua le vieillard avec son humble sourire. — Quand ça marche bien, on mange à sa faim, on nourrit ses chevaux ; et pour ce qui est des mauvaises habitudes, les miens, ça n'est pas la première année qu'ils roulent, et moi aussi j'ai roulé, et je n'ai jamais rien eu de mauvais de personne, rien que du bon.

— Il y a des tas de choses à quoi ils pourraient s'occuper chez eux : la terre, les prés...

— Comment ça pourrait se faire, votre honneur ! répliqua Iliouchka avec fougue. — Nous autres, on est nés avec ça, on connaît toutes les règles, c'est une affaire où on s'y entend, c'est ce qu'on aime le mieux, Votre Excellence, de se louer pour le roulage !

— Mais dites, Votre Excellence, vous ne voudriez pas entrer ? Faites-nous l'honneur. Vous n'avez pas encore daigné visiter notre nouvelle isba, dit le vieillard, en s'inclinant très bas et en clignant de l'œil à son fils. Iliouchka se précipita en courant vers l'isba, et Nekhlioudov, accompagné du vieux, le suivit.

XVII

En entrant dans l'isba, le vieillard s'inclina de nouveau, essuya le banc du coin le plus proche de la porte avec un pan de son cafetan et demanda en souriant :

— Qu'est-ce qui pourrait bien vous faire plaisir, Votre Excellence ?

C'était une isba « blanche[1] » (avec cheminée), spacieuse, garnie de soupentes et de châlits. Les rondins de tremble fraîchement équarris, entre lesquels on apercevait de la mousse à peine fanée[2], n'avaient pas encore noirci ; les bancs et les soupentes neufs n'étaient pas encore polis, et le sol n'était pas encore bien damé. Une jeune paysanne fluette, au visage allongé et à l'air pensif, la femme d'Ilya, était assise sur le châlit et balançait du pied un berceau suspendu au plafond au bout d'une longue gaule. Dans le berceau, les yeux fermés et respirant imperceptiblement, les bras largement écartés, somnolait un nourrisson ; debout devant le four, une femme corpulente, aux joues rouges, l'épouse de Karp, ses manches retroussées jusqu'aux coudes découvrant des bras hâlés au-dessus du poignet, hachait de l'ail dans une écuelle en bois. Une femme enceinte, voilant de sa manche son visage grêlé, se tenait auprès du poêle. Dans l'isba, la chaleur du poêle s'ajoutait à celle du soleil, et on sentait une forte odeur de pain sorti du four. Sur la soupente, on apercevait les têtes blondes de deux enfants, un garçon et une fille, qui étaient montés là-haut en attendant leur déjeuner, et observaient le barine avec curiosité.

Nekhlioudov éprouvait de la joie à la vue de cette aisance, mais se sentait en même temps gêné devant les femmes et les enfants qui n'arrêtaient pas de le regarder. Il s'assit sur le banc en rougissant.

— Donne-moi un bout de pain chaud, j'aime bien ça, dit-il, et il rougit de plus belle.

La femme de Karp coupa un gros morceau de pain et le posa sur une assiette pour le tendre au seigneur. Nekhlioudov se taisait, ne sachant que dire ; les femmes se taisaient aussi ; le vieillard souriait doucement.

« De quoi ai-je donc honte ? Comme si j'avais fait quelque chose de mal, pensa Nekhlioudov, pourquoi ne pas lui proposer cette ferme ? Quelle sottise ! » Mais il se taisait toujours.

— Eh bien, petit père Mitri Nikolaïtch, quels seront vos ordres pour les garçons ? dit le vieillard.

— Moi, je te conseillerais de ne pas les laisser partir et de leur trouver du travail ici, prononça Nekhlioudov, rassemblant soudain son courage. — Tu sais ce que j'ai imaginé pour toi ? Achète avec moi une parcelle de forêt dans le domaine public, et un peu de terre…

Le doux sourire qui éclairait le visage du vieillard disparut soudain.

— Comment cela, Votre Excellence, où prendrions-nous l'argent pour l'acheter ? fit-il, interrompant le barine.

— Mais ça ne serait qu'une petite parcelle, pour deux cents roubles, remarqua Nekhlioudov.

Le vieillard eut un rire irrité.

— En effet, si je les avais, pourquoi pas ? fit-il.

— Tu ne vas pas me dire que tu n'as même pas ça ? dit le barine d'un ton de reproche.

— Ah, petit père Votre Excellence ! fit le vieillard avec de la tristesse dans la voix, en regardant du côté de la porte. — Encore heureux d'avoir de quoi nourrir la famille, il est bien question d'acheter des forêts !

— Mais tu as bien de l'argent, pourquoi le laisser dormir ? insistait Nekhlioudov.

Le vieillard parut soudain en proie à une violente agitation : ses yeux brillèrent, ses épaules furent saisies d'un mouvement saccadé.

— Ça se peut bien que de mauvaises gens aient dit ça de moi, prononça-t-il d'une voix tremblante, — eh bien, Dieu m'est témoin, continuait-il, s'animant de plus en plus et tournant les yeux vers l'icône : — que mes yeux éclatent, que je disparaisse sous terre, si j'ai quelque chose, à part les quinze roubles qu'Iliouchka a rapportés, et encore, il faut payer la capitation — vous savez bien vous-même : on a bâti l'isba...

— Bon, c'est bien, c'est bien ! dit le barine en se levant du banc. — Adieu, tout le monde.

XVIII

« Mon Dieu ! Mon Dieu ! se disait Nekhlioudov en marchant à grandes enjambées vers sa maison le long des allées ombragées du parc envahi de végétation, et en arrachant distraitement les feuilles et les branches qu'il trouvait sur son passage, — faut-il croire que ce n'étaient que des balivernes, toutes mes rêveries sur les buts et les obligations de ma vie ? Pourquoi ai-je le cœur si lourd et si triste, comme si j'étais mécontent de moi ; moi qui m'imaginais que, une fois trouvé ce chemin, j'éprouverais constamment la plénitude de ce sentiment de satisfaction morale que j'ai éprouvé à l'époque où me sont venues pour la première fois ces pensées ? » Et il revécut avec une force et une clarté extraordinaires ce moment de bonheur qu'il avait connu un an plus tôt.

Très tôt le matin, il s'était levé avant toute la maison et, remué avec une intensité presque douloureuse par les obscurs élans secrets de la jeunesse, il était sorti dans le jardin, puis avait gagné la forêt où, se plongeant dans la nature pleine d'énergie et de sève, mais sereine, du mois de mai, il avait longtemps erré seul, la tête vide de pensées, souffrant du trop-plein d'un sentiment qu'il ne savait pas exprimer. Tantôt, avec toute la séduction de l'inconnu, sa jeune imagination lui représentait l'image voluptueuse d'une femme et il lui semblait que c'était cela, ce désir inexprimé. Mais un autre sentiment, plus élevé, lui disait que non, que ce n'était pas ça, et lui faisait chercher autre chose. Alors, son esprit ardent et inexpérimenté, s'élevant de plus en plus haut dans la sphère de l'abstraction, paraissait lui découvrir les lois de l'existence, et il s'arrêtait à ces pensées avec une orgueilleuse délectation. Mais de nouveau, un sentiment plus élevé lui disait que ce n'était pas ça, et le faisait de nouveau chercher et s'agiter. Sans pensées et sans désirs, comme c'est toujours le cas après une intense activité, il s'était couché sur le dos sous un arbre et s'était mis à regarder les nuages transparents du matin, qui couraient au-dessus de lui dans l'infini du ciel bleu. Soudain, sans aucune raison, des larmes lui étaient montées aux yeux et, Dieu sait par quelles voies, une pensée lui était venue, qui avait rempli toute son âme et qu'il avait saisie avec délectation — la pensée que l'amour et le bien étaient la vérité et le bonheur, la seule vérité et le seul bonheur possibles en ce monde. Aucun sentiment plus élevé ne venait lui dire : ce n'est pas ça. Il s'était redressé, et s'était mis à vérifier sa pensée. « C'est bien ça, c'est bien ça, oui ! » se disait-il avec enthousiasme, en mesurant toutes ses convictions antérieures, toutes les réalités de la vie à cette vérité absolument neuve qu'il lui semblait avoir redécouverte. — Quelle sottise que tout ce que je savais, à quoi je croyais et que j'aimais, se disait-il. — L'amour, l'abnégation — voilà le seul bonheur véritable, et qui ne doive rien au hasard! répétait-il, en souriant et en agitant les bras. Appliquant de toutes les façons possibles cette pensée à la vie, et lui trouvant une confirmation à la fois dans la vie réelle et dans la voix intérieure qui lui disait que c'était bien *ça*, il éprouvait un sentiment, nouveau pour lui, d'émotion joyeuse et d'enthousiasme. «Ainsi, je dois faire le bien pour être heureux», pensait-il, et tout son avenir, non plus de façon abstraite, mais en images, sous la forme d'une vie de gentilhomme rural, se dessinait nettement sous ses yeux.

Il voyait devant lui une immense carrière pour la durée d'une vie entière, qu'il allait consacrer au bien, et dans laquelle, par conséquent, il serait heureux. Il n'avait pas besoin de se chercher une sphère d'activité: elle était là qui l'attendait; il avait une obligation directe — il possédait des paysans... Et quelle joyeuse et noble tâche il se représentait — «agir sur cette classe de la population, simple, malléable, non corrompue, la délivrer de la pauvreté, lui assurer le bien-être, lui transmettre l'éducation que par bonheur je possède, corriger les vices engendrés par l'ignorance et la superstition, développer leur moralité, leur faire aimer le bien. Quel avenir brillant et heureux! Et en échange de tout cela, moi qui ferai cela pour mon propre bonheur, je vais jouir de leur reconnaissance, je vais voir de jour en jour se rapprocher toujours davantage le but que je me suis fixé. Merveilleux avenir ! Comment ai-je pu ne pas le voir plus tôt ? »

« Et en outre, pensait-il en même temps, qui m'empêche d'être heureux moi-même par l'amour d'une femme, de goûter au bonheur de la vie familiale ? » Et son imagination juvénile lui dessinait un avenir encore plus enchanteur : « Moi et ma femme, que j'aime comme jamais personne n'a aimé quelqu'un ici-bas, nous passons notre vie au milieu de cette paisible et poétique nature rurale, avec nos enfants, peut-être avec ma vieille tante ; nous avons notre amour mutuel, l'amour que nous éprouvons pour nos enfants, et nous savons tous deux que notre destination est le bien. Nous nous aidons mutuellement à atteindre ce but. Je prends les dispositions générales, j'attribue les aides générales conformes à la justice, je crée des fermes, des caisses d'épargne, des ateliers ; elle, avec sa jolie petite tête, en simple robe blanche qu'elle relève sur sa fine jambe, marche dans la boue pour aller à l'école paysanne, à l'hôpital, chez le moujik malheureux qui, en toute justice, ne mérite pas d'aide, et partout elle console, elle secourt... Les enfants, les vieillards, les femmes l'adorent et la considèrent comme une espèce d'ange, comme une providence. Ensuite elle revient et me dissimule qu'elle est allée chez le paysan malheureux et lui a donné de l'argent, mais moi je sais tout, et je la serre dans mes bras et j'embrasse tendrement ses yeux ravissants, ses joues pudiquement rougissantes et ses lèvres roses ouvertes dans un sourire. »

XIX

« Où sont ces rêves ? se demandait à présent le jeune homme en s'approchant de la maison après ses visites. — Voilà plus d'un an que je cherche le bonheur sur cette voie, et qu'ai-je trouvé ? Oui, je sens parfois que je peux être content de moi ; mais c'est une satisfaction sèche, raisonnable. Et puis non, je suis tout simplement mécontent de moi ! Je suis mécontent, parce que ici je ne connais pas le bonheur, et que je désire, je désire passionnément le bonheur. Je n'ai pas éprouvé de plaisir, j'ai déjà retranché de moi tout ce qui en donne. Pour quoi faire ? En échange de quoi ? À qui cela a-t-il profité ? Ma tante avait raison d'écrire qu'il était plus facile de trouver soi-même le bonheur que de le donner aux autres. Est-ce que mes moujiks sont devenus plus riches ? Se sont-ils instruits ou développés moralement ? Pas le moins du monde. Leur sort ne s'est pas amélioré, et le mien est chaque jour plus pénible. Si je voyais mon entreprise réussir, si je voyais de la reconnaissance... mais non, tout ce que je vois, c'est une routine mensongère, le vice, la méfiance, l'impuissance. Je dépense pour rien les meilleures années de ma vie », se dit-il, et il se souvint soudain que ses voisins, comme le lui avait rapporté sa nourrice, l'appelaient « le petit jeunot » ; qu'il ne lui restait plus du tout d'argent dans la caisse du domaine ; que la nouvelle batteuse mécanique qu'il avait inventée, le jour où il l'avait mise en marche pour la première fois, sous le hangar à battre, devant un grand rassemblement de spectateurs, n'avait fait qu'émettre des sifflements, mais n'avait rien battu, à la grande joie des moujiks ; qu'il fallait attendre du jour au lendemain la visite du juge de paix pour l'inventaire de la propriété, dont il avait laissé passer l'échéance[1], distrait par toutes sortes de nouvelles initiatives agricoles. Et soudain, aussi vivement qu'il avait revu sa promenade à travers la forêt et son rêve de vie de gentilhomme campagnard, il se revit à l'âge de seize ans, dans sa petite chambre d'étudiant à Moscou, la nuit, éclairée par une seule bougie, avec son camarade d'études et ami adoré. Ils avaient passé cinq heures d'affilée à lire et à répéter d'ennuyeuses notes de droit civil et, leur travail accompli, avaient envoyé chercher le dîner, s'étaient payé à deux une bouteille de champagne et avaient commencé à parler de l'avenir qui les attendait. Comme le jeune étudiant qu'il était alors le voyait différemment ! Il lui apparaissait rempli de plaisirs, d'activités variées, d'éclat, de succès, et les conduisant tous deux à ce qui leur apparaissait alors comme le bien suprême, à la gloire.

« Lui, il avance déjà, et rapidement, sur ce chemin, se dit Nekhlioudov en pensant à son ami, — tandis que moi... »

Il était cependant arrivé devant le perron de sa maison, auprès duquel se tenaient une dizaine de paysans et de serfs domestiques, qui attendaient le maître avec diverses suppliques, et il dut quitter son rêve pour revenir à la réalité.

Que n'y avait-il pas dans ce rassemblement : une paysanne aux vêtements en désordre, couverte de sang, qui pleurait en accusant son beau-père d'avoir voulu la tuer ; deux frères qui tentaient depuis plus d'un an de se partager l'exploitation commune, et qui se regardaient avec une fureur désespérée ; il y avait un vieux serf domestique aux cheveux blancs, au visage mal rasé et aux mains tremblantes d'ivrogne, que son fils, un jardinier, avait amené au seigneur pour se plaindre de son inconduite ; il y avait un paysan qui avait chassé sa femme de sa maison parce qu'elle avait passé tout le printemps sans travailler ; il y avait sa femme, cette paysanne malade qui, sans rien dire et en avalant ses larmes, était assise dans l'herbe auprès du perron et montrait sa jambe enflée et enflammée, enveloppée à la va-vite d'un vieux chiffon...

Nekhlioudov écouta toutes les suppliques et les plaintes et, ayant prodigué aux uns ses conseils, départagé les autres et fait des promesses aux troisièmes, rempli d'un sentiment de fatigue, de honte, d'impuissance et de remords mêlés, se dirigea vers sa chambre.

XX

Dans la petite pièce qu'occupait Nekhlioudov, il y avait un vieux divan de cuir, tapissé de clous de cuivre ; plusieurs fauteuils du même genre ; une ancienne table de jeu à incrustations, renfoncements et garniture de cuivre, sur laquelle étaient posés des papiers, et un vieux piano à queue anglais jaune sale, ouvert, aux touches étroites et gondolées. Entre les fenêtres pendait une grande glace entourée d'un vieux cadre en bois sculpté et doré. Sur le plancher, près de la table, reposaient des piles de papier, de livres et de comptes. En général, toute la pièce avait une allure banale et désordonnée ; et ce désordre bien vivant formait un violent contraste avec l'ameublement antique et seigneurial des autres chambres de la grande maison. En entrant dans la chambre, Nekhlioudov jeta son chapeau sur la table d'un geste irrité et s'assit, tête basse et les jambes croisées, sur la chaise placée devant le piano.

— Alors, vous allez déjeuner, Votre Excellence ? lui dit en entrant une grande femme âgée, maigre et ridée, coiffée d'un bonnet et vêtue d'une robe d'indienne et d'un grand châle.

Nekhlioudov la regarda un instant sans rien dire, comme s'il reprenait ses esprits.

— Non, je n'ai pas envie, nounou, dit-il, et il se replongea dans ses pensées.

La nourrice secoua la tête d'un air mécontent et soupira :

— Ah là là, petit père Dmitri Nikolaïtch, qu'est-ce que vous avez à vous ennuyer comme ça ? Il y a bien pire, comme malheur, ça va passer, je vous le jure...

— Mais je ne m'ennuie pas. Qu'est-ce qui te fait penser ça, Malania Finoguenovna ? lui répondit Nekhlioudov, en s'efforçant de sourire.

— Comment est-ce que vous ne vous ennuyez pas, comme si je ne le voyais pas ? commença la nourrice avec flamme, — toujours tout seul jour après jour. Et vous prenez tout à cœur, vous vous occupez de tout vous-même ; et voilà que vous ne mangez presque rien. Est-ce que c'est raisonnable ? Si au moins vous faisiez un tour en ville ou alliez en visite chez vos voisins, mais comme ça, a-t-on jamais vu ça ? Jeune comme vous êtes, vous désoler comme ça sur tout ! Pardonne-moi, petit père, je vais m'asseoir, continua la nourrice en s'asseyant près de la porte, — c'est que vous avez tellement laissé faire les gens que plus personne ne vous craint. Est-ce que c'est comme ça qu'on fait quand on est le seigneur ? Il n'y a rien de bien à ça : tu ne réussis qu'à te faire du mal, et les gens se laissent aller. C'est qu'on est comme ça, nous autres : on ne sent pas les choses, vrai de vrai. Tu devrais au moins aller voir ta tante : elle avait raison dans sa lettre..., le gourmandait la nourrice.

Nekhlioudov se sentait de plus en plus triste. Sa main droite, qui s'appuyait sur son genou, toucha mollement le clavier. Un accord se fit entendre, un autre, un troisième... Nekhlioudov se rapprocha, sortit l'autre main de sa poche et se mit à jouer. Les accords qu'il prenait étaient parfois improvisés, parfois légèrement faux, parfois habituels jusqu'à la banalité et ne révélaient chez lui aucun talent musical, mais cette occupation lui apportait une sorte de vague et triste délectation. À chaque changement d'harmonie, il attendait, le cœur défaillant, ce qu'il en sortirait, et lorsqu'il en sortait quelque chose, il corrigeait instinctivement par l'imagination ce qui y manquait. Il lui semblait entendre des centaines de mélodies : et un chœur, et un orchestre obéissant à son harmonie. Mais ce qui lui procurait le plus de plaisir, c'était l'activité intense de son imagination, qui lui présentait alors, de façon décousue et fragmentaire, mais avec une étonnante clarté, les images et les tableaux les plus variés, entremêlés et absurdes, du passé et de l'avenir. Tantôt il voit la silhouette bouffie de Davydka le Blanc, ses cils blancs papillotant avec une expression de terreur à la vue du poing noir et noueux de sa mère, son dos rond et ses énormes mains couvertes de poils blancs, ne répondant aux sévices et aux privations que par la patience et l'abandon au destin. Tantôt c'est sa pétulante nourrice, que la familiarité domestique a enhardie, et qu'il imagine parcourant les villages et prêchant aux moujiks qu'ils doivent cacher leur argent aux seigneurs, et il se répète involontairement en lui-même : « Oui, il faut cacher l'argent aux propriétaires. » Tantôt il aperçoit la petite tête châtain clair de sa future femme, en larmes Dieu sait pourquoi, qui se pose sur son épaule, en proie à une profonde affliction ; tantôt il voit les yeux bleus et remplis de bonté de Tchouris regardant avec tendresse son unique petit garçon au ventre rebondi. Oui, il ne voit pas seulement en lui un fils, mais aussi un auxiliaire et un sauveur. « Ça c'est de l'amour », murmure-t-il. Puis il se souvient de la mère de Ioukhvanka, il revoit l'expression de patience et de miséricorde que, malgré son unique dent et ses traits monstrueux, il a remarquée sur son visage de vieille. « En soixante-dix ans de sa vie, je dois être le seul à l'avoir remarqué », pense-t-il, et il murmure : « étrange ! », en continuant à presser machinalement les touches du piano et à écouter leur son. Puis il revoit distinctement sa fuite du rucher et l'expression du visage d'Ignat et de Karp, qui ont manifestement envie de rire, mais font semblant de ne pas le regarder. Il rougit et regarde instinctivement la nourrice, qui reste assise près de la porte et le regarde fixement en silence, en hochant parfois sa tête grisonnante. Et voici soudain la troïka de chevaux en sueur et la belle et puissante silhouette d'Iliouchka avec ses boucles blondes, ses yeux bleus étroits et brillants, son teint frais et le duvet clair qui commence seulement à couvrir ses lèvres et son menton. Il se souvient de la peur qu'il a eue qu'on ne le laisse pas aller faire le roulier, et de l'ardeur avec laquelle il a défendu ce travail qu'il aimait ; et il voit un petit matin gris et brumeux, la grande route légèrement glissante, et une longue rangée de chariots lourdement chargés et couverts de paillasses marquées de grandes lettres noires. Les chevaux bien nourris, aux fortes jambes, faisant sonner les clochettes, courbant l'échine et tendant les traits, tirent tous ensemble dans une côte, s'accrochant de leurs fers cloutés à la route glissante. Descendant la côte à la rencontre du convoi, on voit arriver à toute allure la poste, et ses clochettes retentissent au loin à travers la grande forêt qui s'étend des deux côtés de la route.

— A-a-aïe ! crie à tue-tête d'une voix aiguë d'enfant le cocher de tête, au bonnet en laine d'agneau garni d'une plaque, en soulevant son fouet au-dessus de sa tête.

Auprès de la roue avant du premier chariot du convoi, chaussé d'immenses bottes, marche lourdement Karp, avec sa barbe rousse et son regard maussade. Dans le second chariot, on voit émerger la belle tête d'Iliouchka qui, sous la paillasse qui couvre le siège, a fait sa provision de chaleur dans la fraîcheur du petit jour. Trois troïkas chargées de valises les ont dépassés dans un fracas de roues, un tintement de clochettes et, au milieu des cris de cochers. Iliouchka replonge sa belle tête sous la paillasse et s'endort. Et c'est le soir, un soir clair et doux. Devant les troïkas fatiguées, rassemblées près de l'auberge, s'ouvre en grinçant le portail de planches, et l'un après l'autre, cahotant sur la planche posée sous le portail, les chariots lourdement chargés disparaissent sous les vastes auvents. Iliouchka salue gaiement la patronne au teint clair, à la forte poitrine, qui demande : « Vous venez de loin ? Et il y en a beaucoup qui vont dîner ? » en regardant avec plaisir le beau garçon aux yeux brillants et doux. Le voilà qui, ayant dételé les chevaux, entre dans l'isba bien chauffée et remplie de monde, se signe, s'assied devant une écuelle de bois bien remplie, cause gaiement avec la patronne et ses camarades. Et voici son couchage sous le ciel étoilé que l'on aperçoit de dessous l'auvent, sur le foin odorant, à côté des chevaux qui, changeant de pied et renâclant, mangent du fourrage dans la mangeoire de bois. Il s'approche du foin, se tourne vers l'orient et, signant trente fois de suite sa forte et large poitrine et secouant ses boucles blondes, récite une fois le Pater et une vingtaine de fois le Miserere et, rentrant sa tête sous son vaste manteau de cocher, s'endort du sommeil insouciant et plein de santé d'un homme fort et frais. Et voici qu'il voit en rêve les villes de Kiev, avec ses saints et ses foules de pèlerins, Romny,

Carnets du prince Nekhlioudov. Lucerne

Le 8 juillet

Hier soir, je suis arrivé à Lucerne et j'ai pris une chambre dans le meilleur hôtel d'ici, le Schweizerhof.

« Lucerne, antique capitale cantonale, bâtie au bord du lac des Quatre-Cantons, dit le Murray[1], — l'un des sites les plus romantiques de la Suisse ; trois routes principales s'y croisent ; à une heure de bateau seulement se trouve le Righi, d'où l'on peut découvrir l'une des plus belles vues du monde. »

Vrai ou faux, les autres guides disent la même chose, et c'est la raison pour laquelle il y a à Lucerne des quantités de voyageurs de toute nationalité, et en particulier d'Anglais.

La somptueuse bâtisse à cinq étages du Schweizerhof a été construite récemment sur le quai, juste au-dessus du lac, à l'endroit même où se trouvait jadis un vieux pont couvert coudé, en bois, avec des tourelles aux angles et des images saintes sur les chevrons. À présent, grâce à l'arrivée massive des Anglais, à leurs besoins, leurs goûts et leur argent, le vieux pont a été démoli, et remplacé par un quai de pierre, droit comme un i ; sur le quai, on a bâti des maisons rectangulaires de cinq étages ; devant les maisons, on a planté deux rangées de jeunes tilleuls entourés de grilles de protection, et entre les tilleuls, on a placé comme il se doit de petits bancs verts. C'est ce qu'on appelle la promenade ; et c'est là que vont et viennent, jouissant de leur œuvre, des Anglaises en chapeaux de paille suisses et des Anglais vêtus de costumes solides et confortables. Peut-être bien que ces quais et ces maisons, et ces tilleuls et ces Anglais seraient très bien ailleurs, — mais surtout pas ici, au milieu de cette nature étrangement grandiose et en même temps harmonieuse et douce au-delà de toute expression.

Lorsque j'entrai dans ma chambre et ouvris la fenêtre donnant sur le lac, je fus, au premier instant, littéralement aveuglé et bouleversé par la beauté de cette étendue d'eau, de ces montagnes et de ce ciel. J'éprouvais une sorte de sourde inquiétude et de besoin d'exprimer d'une façon ou d'une autre le trop-plein de quelque chose qui débordait soudain en moi. J'avais envie, à ce moment-là, d'embrasser quelqu'un, de le serrer contre moi de toutes mes forces, de le chatouiller, de le pincer, bref de lui faire et de me faire à moi-même quelque chose d'extraordinaire.

Il était six heures du soir passées. Il avait plu toute la journée, et à présent le ciel se dégageait. Le lac bleu ciel, pareil à une étendue de soufre incandescent, constellé de bateaux dont les sillages s'effaçaient, s'étendait, immobile, lisse, comme en relief devant mes fenêtres, entre des rivages pleins de variété, se resserrait entre deux énormes promontoires, et, de plus en plus sombre, s'enfonçait et disparaissait entre les vallées, les montagnes, les nuages et les glaciers. Au premier plan s'étendaient, tout humides, des rivages vert tendre couverts de roseaux, de prés, de jardins et de maisons de campagne ; plus loin, c'étaient des hauteurs vert sombre, boisées, où l'on apercevait des ruines de châteaux forts ; dans le lointain, comme chiffonné, le blanc violacé de l'arrière-plan montagneux, le dessin capricieux de ses cimes d'un blanc mat, avec leurs rochers et leur neige ; et tout cela inondé par l'azur tendre et transparent de l'air et éclairé par les rayons chauds du couchant, qui perçaient à travers les déchirures des nuages. Nulle part, ni sur le lac, ni dans les montagnes, ni au ciel, on n'aperçoit une seule ligne continue, une seule couleur uniforme, un seul moment semblable à un autre, partout le mouvement, la dissymétrie, le caprice, le mélange infini et la variété des ombres et des lignes, et, dans tout cela, le calme, la douceur, l'unité et la nécessité du beau. Et là, planté bêtement, en plein foyer, au milieu de cette beauté désordonnée, sans entraves, sans limites, juste sous ma fenêtre, la barre blanche du quai, les petits tilleuls avec leurs grillages et leurs petits bancs verts — pauvres et vulgaires productions de l'homme, qui, à la différence des maisons de campagne et des ruines lointaines, n'étaient pas noyées dans l'harmonie générale de la beauté, mais, au contraire, l'enfreignaient grossièrement. Malgré moi, mon regard se heurtait constamment à cette ligne affreusement droite du quai et voulait la repousser mentalement, l'anéantir, comme une tache noire qu'on a sur le nez, en plein sous les yeux ; mais le quai avec ses promeneurs anglais restait en place, et je m'efforçais machinalement de trouver un point de vue qui m'éviterait de le voir. Je finis par y arriver et, jusqu'au dîner, je jouis en tête à tête avec moi-même de ce sentiment imparfait, mais d'autant plus délicieusement poignant, que l'on éprouve à contempler dans la solitude la beauté de la nature.

À sept heures et demie, on m'appela pour le dîner. Dans une grande pièce somptueusement garnie, à l'étage inférieur, on avait préparé deux longues tables, où pouvaient tenir au moins une centaine de personnes. Pendant quelques minutes, on entendit le mouvement silencieux des hôtes qui arrivaient pour prendre place : le bruissement des robes de femmes, des pas légers, des échanges à voix basse avec les maîtres d'hôtel respectueux et parfaitement stylés ; et tous les couverts se trouvèrent occupés par des messieurs et des dames soigneusement, et même richement vêtus, et en général d'une extraordinaire propreté. Comme partout en Suisse, la plupart des hôtes étaient des Anglais, aussi ce qui régnait à la table commune, c'étaient une stricte décence érigée en loi, un quant-à-soi fondé non pas sur l'orgueil, mais sur l'absence de tout besoin de rapprochement, et la jouissance solitaire procurée par la satisfaction commode et agréable de ses besoins. Tout brille alentour, les dentelles et les faux cols éclatants de blancheur, l'éclatante blancheur des dents, vraies et fausses, l'éclatante blancheur des visages et des mains. Mais les visages, dont beaucoup sont très beaux, n'expriment que la conscience de leur propre opulence et l'absence totale d'attention à tout ce qui les entoure et ne se rapporte pas directement à leur personne, et les mains éclatantes de blancheur avec leurs bagues et leurs mitaines ne se meuvent que pour arranger un col, découper une pièce de bœuf ou remplir un verre : aucune émotion intérieure ne se reflète dans leurs mouvements. Une famille échange parfois quelques mots à voix basse sur le goût agréable d'un plat ou d'un vin et sur la beauté de la vue que l'on a du Righi. Des voyageurs et des voyageuses solitaires sont assis côte à côte en silence, sans échanger un seul regard. Si parfois, parmi ces cent personnes, il s'en trouve deux qui parlent entre elles, vous pouvez être sûr que c'est du temps qu'il fait et de l'ascension du Righi. Les couteaux et les fourchettes vont et viennent sans bruit sur les assiettes, on se sert par petites portions, on ne mange les légumes et les petits pois qu'à la fourchette ; les serveurs, se pliant machinalement au mutisme général, vous demandent en chuchotant quel vin vous désirez. Pareils repas provoquent toujours chez moi une sensation d'oppression, de malaise, et en fin de compte de tristesse. J'ai toujours l'impression d'avoir fait quelque chose de mal, d'être puni, comme dans mon enfance, lorsque pour quelque sottise on me forçait à rester assis sur ma chaise en me disant d'un ton ironique : « Repose-toi, mon cher ! », alors que mon sang juvénile bouillonnait dans mes veines et que, dans la pièce voisine, retentissaient les cris joyeux de mes frères. Je m'efforçais jadis de me révolter contre la sensation d'accablement que j'éprouvais lors de ces repas, mais en vain ; tous ces visages dont la vie s'est retirée ont sur moi un effet irrésistible, et je suis bientôt sans vie moi aussi. Je ne veux rien, ne pense rien, et même n'observe rien. Au début, j'essayais d'engager la conversation avec mes voisins ; mais, pour toute réponse, j'obtenais des phrases qui, manifestement, avaient été répétées cent mille fois en cet endroit et cent mille fois par cette même personne. Ils n'étaient pas sots et insensibles, tous ces gens, et sans doute derrière cette façade comme figée par le gel se déroulait la même vie intérieure qu'en moi, et même bien plus complexe et plus intéressante encore chez beaucoup d'entre eux. Alors pourquoi se privent-ils donc de l'une des plus grandes satisfactions de l'existence, le plaisir que l'on prend l'un par l'autre, le plaisir que l'on tire de l'être humain ?

Quelle différence avec notre pension parisienne, où une vingtaine de représentants des nations, des professions et des types humains les plus divers, sous l'influence du tempérament communicatif des Français, se rassemblaient autour de la table commune comme pour un amusement ! Là, d'un bout à l'autre de la table, la conversation, émaillée de plaisanteries et de calembours, quoique dans un français qui boitait parfois, devenait aussitôt générale. Là, chacun, sans se préoccuper de l'effet qu'il ferait, sortait ce qui lui passait par la tête : nous avions là notre philosophe, notre polémiste, notre *bel esprit* [1], notre plastron, tout était commun. Là, aussitôt le dîner fini, nous repoussions la table et, en mesure ou non, sur le tapis poussiéreux, nous nous mettions à danser la polka jusqu'au soir. Là, nous étions des gens peut-être un peu coquets, pas très fins ni très respectables, mais vivants. La comtesse espagnole avec ses aventures romanesques, l'abbé italien qui récitait *La Divine Comédie* après le dîner, le docteur américain qui avait ses entrées aux Tuileries, le jeune auteur dramatique aux cheveux longs, la pianiste qui avait composé, à l'en croire, la plus belle polka du monde, et la belle veuve éplorée portant trois bagues à chaque doigt, — nous avions entre nous des relations humaines, superficielles, mais amicales, et nous avons gardé les uns des autres des souvenirs parfois légers, parfois sincèrement affectueux. Aux tables d'hôte anglaises, au contraire, je pense souvent en regardant toutes ces dentelles, ces rubans, ces bagues, ces cheveux pommadés et ces robes de soie : combien de femmes vivantes seraient heureuses et en rendraient d'autres heureuses avec ces atours ! Il est étrange de penser combien d'amis et d'amants, et des plus heureux, sont assis ici côte à côte, sans le savoir eux-mêmes probablement. Et Dieu sait pourquoi, ils ne le sauront jamais et ne se donneront jamais les uns aux autres le bonheur qu'ils pourraient si facilement se donner et dont ils ont une telle envie.

La tristesse m'envahit, comme c'est toujours le cas dans des repas de ce genre et, sans achever mon dessert, l'humeur aussi noire que possible, j'allai traîner à travers la ville. Les rues étroites et malpropres, sans éclairage, les boutiques en train de fermer, les gens que je croisais, travailleurs éméchés, femmes allant chercher de l'eau ou, coiffées de petits chapeaux, rasant les murs et se retournant rapidement dans les ruelles, loin de dissiper mon humeur chagrine, l'accentuèrent encore. Les rues étaient déjà tout à fait sombres lorsque, sans regarder autour de moi, la tête vide, je me dirigeai vers l'hôtel en espérant que le sommeil allait dissiper mon humeur maussade. Je me sentais envahi par une affreuse sensation de froid, de solitude et de malaise, comme cela se produit parfois sans cause apparente lorsque l'on arrive dans un endroit inconnu.

Les yeux rivés au sol, je suivais le quai en allant vers le Schweizerhof, lorsque les sons d'une musique étrange, mais extraordinairement agréable et douce, vinrent soudain me frapper l'oreille. Ils eurent aussitôt sur moi un effet vivifiant. Comme si une lumière éclatante et joyeuse avait pénétré dans mon âme. Je me sentis rempli de bien-être et de gaieté. Mon attention endormie se tourna de nouveau vers tout ce qui m'entourait. La beauté de la nuit et du lac, à laquelle j'étais resté indifférent, me frappa et me réjouit soudain comme une nouveauté. En un instant, je remarquai machinalement et le ciel couvert, éclairé en taches grises sur fond bleu foncé par la lune qui se levait, et la surface lisse du lac vert sombre où se reflétaient des lumières, et, dans le lointain, les montagnes embrumées, et le chant des grenouilles du côté de Fröschenburg, et, venant de l'autre rive, mouillé de rosée, le sifflement des cailles. Et droit devant moi, à l'endroit d'où me venaient les sons et vers lequel était surtout dirigée mon attention, j'aperçus dans la pénombre une foule rassemblée en demi-cercle au milieu de la rue et, face à la foule, à une certaine distance, un tout petit bout d'homme en vêtement noir. Derrière la foule et le petit homme, sur le fond gris et bleu sombre du ciel déchiqueté, se détachaient en noir des peupliers élancés et s'élevaient majestueusement, encadrant une vieille église, les deux flèches sévères de ses tours.

Je me rapprochais, et les sons devenaient plus nets. Je distinguais clairement dans le lointain les accords pleins, doucement modulés par l'air du soir, d'une guitare, et plusieurs voix qui, se coupant l'une l'autre, ne développaient pas un thème, mais le suggéraient par intermittence en chantant les passages les plus saillants. Le thème faisait penser à une charmante et gracieuse mazurka. Les voix paraissaient tantôt proches, tantôt lointaines, on entendait tantôt un ténor, tantôt une basse, tantôt une voix de fausset venue de la gorge aux modulations roucoulantes de tyrolienne. Ce n'était pas une chanson, mais l'esquisse brillante et légère d'une chanson. Je n'arrivais pas à comprendre ce que c'était ; mais c'était très beau. Ces faibles et voluptueux accords de guitare, cette mélodie charmante et légère et cette silhouette solitaire du petit homme noir au milieu du décor fantastique du lac plongé dans l'obscurité, de la lune perçant entre les nuages, et de la silhouette silencieuse des deux immenses flèches de l'église et des peupliers noirs du jardin, — tout cela était étrange, mais d'une inexprimable beauté, ou du moins c'est ainsi que cela m'apparut.

Toutes les impressions involontaires et enchevêtrées de la vie se chargèrent soudain pour moi de sens et d'enchantement. On eût dit qu'une fleur fraîche et odorante venait de s'épanouir dans mon cœur. À la place de la fatigue, de la distraction, de l'indifférence à tout que j'éprouvais quelques instants plus tôt, je ressentis soudain un besoin d'amour, la plénitude de l'espoir et une joie de vivre sans cause. Que vouloir, que désirer de plus ? me dit spontanément une voix intérieure, — voilà la beauté et la poésie qui t'entourent de toutes parts. Aspire-les en toi à grandes et pleines gorgées, de toutes tes forces, jouis de la vie, que te faut-il encore ? Tout est à toi, tout est bien...

Je m'approchai. Le petit homme paraissait être un vagabond tyrolien. Il se tenait devant les fenêtres de l'hôtel, un pied en avant, la tête rejetée en arrière, et, s'accompagnant de sa guitare, il chantait à plusieurs voix sa gracieuse chanson. J'éprouvai aussitôt de la tendresse pour cet homme et de la reconnaissance pour la révolution qu'il avait accomplie en moi. Le chanteur, autant que je pouvais le distinguer, était vêtu d'une vieille redingote noire, il avait des cheveux noirs coupés court et portait sur la tête une simple vieille casquette d'artisan aussi banale que possible. Son costume n'avait rien de l'artiste, mais la crânerie joyeuse, enfantine, de sa pose et de ses mouvements, jointe à sa petite taille, offrait un spectacle touchant et amusant à la fois. Dans l'entrée, aux fenêtres et sur les balcons de l'hôtel superbement éclairé, il y avait, somptueusement vêtus, des dames à larges jupes et des messieurs à faux cols immaculés, le portier et un valet de chambre en livrées brodées d'or ; dans la rue, dans le demi-cercle de la foule et plus loin, le long du boulevard, entre les tilleuls, s'étaient assemblés pour l'écouter des maîtres d'hôtel mis avec recherche, des cuisiniers en toques et blouses blanches, des jeunes femmes se tenant par la taille et des promeneurs. Tous, semblait-il, éprouvaient le même sentiment que moi. Tous se tenaient en silence autour du chanteur et l'écoutaient avec attention. Tout se taisait, et on entendait seulement, dans les intervalles du chant, porté par l'eau, le bruit lointain et régulier d'un marteau, et, du côté de Fröschenburg, les grenouilles égrenaient leurs trilles chevrotants, interrompus par le sifflement mouillé et monotone des cailles.

Le petit homme, plongé dans l'obscurité au milieu de la rue, chantait à pleine voix, comme un rossignol, couplet sur couplet et chanson sur chanson. Bien que je fusse maintenant tout près de lui, son chant continuait à me procurer une grande satisfaction. Sa voix n'était pas puissante, mais excessivement agréable, et la douceur, le goût et le sens de la mesure avec lesquels il en jouait étaient extraordinaires et révélaient un immense talent naturel. Après chaque couplet, il chantait le refrain d'une manière différente, et l'on voyait que toutes ces gracieuses variations lui venaient facilement et spontanément.

Dans l'assistance, en haut, dans le Schweizerhof, et en bas, sur le boulevard, on entendait souvent courir un murmure approbateur, et il régnait un silence respectueux. Sur les balcons et aux fenêtres, il y avait de plus en plus d'hommes et de femmes bien vêtus, accoudés en groupes pittoresques éclairés de l'intérieur. Les promeneurs s'arrêtaient et, partout sur le quai, entre les jeunes tilleuls, se tenaient des groupes d'hommes et de femmes. Près de moi, fumant un cigare, il y avait, un peu à l'écart de la foule, en aristocrates, un valet de chambre et un cuisinier. Le cuisinier était très sensible à l'agrément de la musique, et, à chaque note particulièrement haute, exprimait un étonnement admiratif par de grands clins d'œil au valet de chambre, comme pour dire : ça c'est chanter, hein ! Le valet de chambre, dont le sourire épanoui disait toute la satisfaction, répondait aux coups de coude du cuisinier par un haussement d'épaules, comme pour dire qu'on ne la lui faisait pas et qu'il avait déjà entendu bien mieux.

Pendant une interruption, tandis que le chanteur s'éclaircissait la voix, je demandai au valet de chambre qui était cet homme et s'il venait souvent par ici.

— Oui, il vient une ou deux fois tous les étés, répondit le valet de chambre, il est d'Argovie. Un chanteur des rues, quoi...

— Et il y en a beaucoup de comme ça qui passent ? demandai-je.

— Oui, oui, répondit le valet de chambre, qui n'avait pas tout de suite saisi ma question ; mais, lorsqu'il eut compris, il ajouta : — Oh non ! Ici, il n'y a que lui que je vois parfois. Il n'y en a pas d'autres.

Cependant, le petit homme avait fini sa première chanson. D'un geste vif, il fit pirouetter sa guitare, et prononça sous cape, dans son *patois* allemand, quelques mots que je ne pus comprendre, mais qui provoquèrent des rires dans la foule qui l'entourait.

— Qu'est-ce qu'il dit ? demandai-je.

— Il dit qu'il a la gorge sèche et qu'il boirait

bien un verre de vin, traduisit le valet de chambre que j'avais pour voisin.

— Il aime bien boire, on dirait ?

— Ils sont tous comme ça, répondit le valet de chambre, avec un sourire et un geste de dédain.

Le chanteur ôta sa casquette, et, portant sa guitare à bout de bras, se rapprocha de l'hôtel. Levant la tête, il s'adressa aux messieurs et aux dames qui se tenaient aux fenêtres et sur les balcons : «*Messieurs et mesdames*[1], dit-il avec un accent moitié italien et moitié allemand, et avec les intonations d'un prestidigitateur s'adressant à son public, — *si vous croyez que je gagne quelque chosse, vous vous trompez ; je ne suis qu'un bauvre tiaple.* » Il s'arrêta, se tut un instant ; mais comme personne ne lui donnait rien, il leva sa guitare et dit : «*À présent, messieurs et mesdames, je vous chanterai l'air du Righi.*» Le public, là-haut, se taisait, mais ne bougeait pas, dans l'attente de la chanson suivante, et en bas, dans la foule, on entendit des rires, sans doute provoqués par son étrange prononciation et le fait que personne ne lui ait rien donné. Je lui donnai quelques centimes, il les fit sauter adroitement d'une main dans l'autre, les fourra dans la poche de son gilet et, s'étant recoiffé de sa casquette, entonna la charmante et gracieuse chansonnette tyrolienne qu'il appelait l'air du Righi. Cette chanson, qu'il gardait pour la fin, était encore meilleure que les précédentes, et, dans la foule qui avait grossi, on entendait de toutes parts des murmures d'approbation. Il se tut de nouveau, ouvrit d'un grand geste le bras qui tenait la guitare, la tendit devant lui, ôta sa casquette, se rapprocha de deux pas des fenêtres et répéta dans son charabia : « *Messieurs et mesdames, si vous croyez que je gagne quelque chosse* », phrase qu'il jugeait manifestement très adroite et spirituelle, mais à présent je distinguais dans sa voix et dans ses mouvements un peu d'indécision et de timidité enfantine, que soulignait encore sa petite taille. Le public élégant, avec ses parures brillantes, formait toujours les mêmes groupes pittoresques aux fenêtres et sur les balcons ; quelques-uns causaient, baissant la voix par décence, en parlant manifestement du chanteur qui se tenait devant eux, la main tendue ; d'autres regardaient attentivement, avec curiosité, cette petite silhouette noire ; sur l'un des balcons en entendit le rire sonore et joyeux d'une jeune fille. En bas, dans la foule, le murmure des voix et les rires résonnaient de plus en plus fort. Le chanteur répéta une troisième fois sa phrase, mais d'une voix encore plus faible, et sans même aller jusqu'au bout, et il tendit encore une fois sa casquette, mais la laissa retomber presque aussitôt. Et pour la deuxième fois, au milieu de cette centaine de personnes brillamment vêtues qui s'étaient rassemblées pour l'écouter, il ne s'en trouva pas une seule pour lui jeter *le moindre sou* [1]. La foule, en bas, retentit d'éclats de rire impitoyables. Le petit chanteur, c'était mon impression, se fit encore plus petit, changea sa guitare de main, souleva sa casquette au-dessus de sa tête en disant : « *Messieurs et mesdames, je vous remercie et je vous souhaite une bonne nuit* », puis il remit sa casquette. Un rire joyeux secoua la foule. Les beaux messieurs et les belles dames quittèrent peu à peu les balcons en bavardant tranquillement entre eux. Sur le boulevard, la promenade reprit. Silencieuse pendant que le chanteur chantait, la rue de nouveau s'anima, quelques personnes seulement, sans s'approcher de lui, le regardaient de loin en riant. J'entendis le petit homme marmonner quelque chose entre ses dents, je le vis se retourner et, paraissant se faire encore plus petit, s'éloigner vers la ville d'un pas rapide. De joyeux fêtards qui l'avaient regardé continuaient à rire en le suivant à distance...

J'étais absolument désemparé et ne comprenais pas ce que tout cela voulait dire. Je restais immobile, suivant machinalement du regard le petit homme qui s'éloignait dans l'obscurité, se dirigeant à grands pas vers la ville, et les fêtards qui l'escortaient en riant. Je souffrais, me sentais envahi d'amertume et surtout de honte pour le petit homme, la foule, pour moi-même, comme si c'était moi qui avais demandé de l'argent, et qu'on ne m'ait rien donné, et qu'on se soit moqué de moi. Alors, sans me retourner, le cœur blessé, je revins à grands pas sur le perron du Schweizerhof. Je ne me rendais pas compte de ce qui se passait en moi ; je me sentais seulement le cœur envahi par quelque chose de pesant et d'insoluble qui m'écrasait.

Sur le perron luxueux et bien éclairé de l'hôtel, je rencontrai le portier qui s'écarta respectueusement devant moi, et une famille anglaise. Un bel homme, grand et fort, au visage orné de favoris noirs à l'anglaise, coiffé d'un chapeau noir, un plaid sur le bras et une canne au riche pommeau à la main, s'avançait d'un pas nonchalant et assuré, au bras d'une dame en robe de soie sauvage, coiffée d'un bonnet aux rubans brillants et aux magnifiques dentelles. À côté d'eux, marchait une jolie demoiselle toute fraîche, coiffée d'un gracieux chapeau de paille suisse orné d'une plume *à la mousquetaire* sous lequel de longues boucles souples châtain clair entouraient un petit visage blanc. Devant eux, sautillait une petite fille de dix ans aux joues roses, aux genoux blancs rebondis que l'on apercevait sous de très fines dentelles.

— Quelle belle nuit, dit la dame d'une voix suave, respirant le bonheur, tandis que je les croisais.

— *Oh!* mugit paresseusement l'Anglais, qui, manifestement, trouvait la vie si belle qu'il n'avait même pas envie de parler. Et tous, aurait-on dit, ils trouvaient la vie si paisible, si commode, si pure et si légère, leurs mouvements et leurs visages exprimaient une telle indifférence à l'existence d'autrui et une telle certitude que le portier allait leur céder le passage et les saluer, et que, une fois revenus, ils trouveraient des lits et des chambres propres et tranquilles, et qu'il devait en être ainsi, et qu'ils avaient un droit absolu à tout cela, — que soudain, spontanément, je vis à côté d'eux l'image du chanteur ambulant qui, fatigué, ayant peut-être faim, fuyait maintenant, la honte au cœur, la foule qui se moquait de lui, — et je compris ce qui me pesait si lourdement, et ressentis une colère inexprimable contre ces gens. Je passai deux fois à côté de l'Anglais, et chaque fois, avec une indicible délectation, le heurtai au lieu de lui céder le passage et, descendu du perron, je courus dans l'obscurité vers la ville où avait disparu le petit homme.

Rattrapant trois hommes qui marchaient en groupe, je leur demandai où était le chanteur ; ils me le montrèrent en riant, qui marchait devant eux. Il marchait seul, à grands pas rapides ; personne ne l'abordait, il paraissait toujours, me semblait-il, marmonner quelque chose dans sa barbe d'un ton irrité. Je le rattrapai et lui proposai de venir boire avec moi une bouteille de vin. Il continuait à marcher rapidement et me jeta un regard mécontent ; mais, quand il eut compris de quoi il s'agissait, il s'arrêta.

— Pourquoi pas, ce n'est pas de refus, si vous avez la bonté..., dit-il. — Il y a là un petit café, on peut y aller — un endroit tout simple, ajouta-t-il en montrant un débit de boissons encore ouvert.

Le mot « tout simple » m'inspira immédiatement l'idée d'aller non pas dans le petit café tout simple, mais au Schweizerhof, où se trouvaient ceux qui l'avaient écouté. Bien qu'il eût refusé à plusieurs reprises, avec une expression d'inquiétude craintive, d'aller au Schweizerhof, en disant que c'était trop solennel, j'insistai, et il finit par accepter, en faisant même semblant de ne pas être intimidé du tout, et revint avec moi le long du quai en agitant joyeusement sa guitare. Plusieurs fêtards oisifs, dès que je l'avais abordé, s'étaient approchés de nous, écoutant ce que je disais, et maintenant, discutant entre eux, ils nous suivirent jusqu'à l'entrée de l'hôtel, attendant sans doute du chanteur quelque nouveau numéro.

Je demandai une bouteille de vin au serveur qui nous accueillit dans l'entrée. Celui-ci nous regarda en souriant et continua son chemin sans rien répondre. Le maître d'hôtel, auquel j'adressai la même demande, m'écouta d'un air sérieux et, regardant des pieds à la tête la petite silhouette timide du chanteur, dit sévèrement au portier de nous conduire dans la salle de gauche. La salle de gauche était un débit de boissons pour le bas peuple. Dans l'angle de cette salle, une servante bossue lavait la vaisselle, et tout l'ameublement consistait en tables de bois nu et en bancs. Le garçon qui vint nous servir, nous regardant avec un sourire doucement moqueur et sans sortir les mains de ses poches, échangeait des propos avec la plongeuse bossue. Il s'efforçait manifestement de nous faire comprendre que, se sentant, de par sa position sociale et ses mérites, infiniment supérieur au chanteur, il ne trouvait pas seulement vexant, mais vraiment amusant d'avoir à nous servir.

— Du vin ordinaire ? demanda-t-il d'un air entendu, avec un clin d'œil vers mon convive, et en faisant passer sa serviette d'un bras sur l'autre.

— Du champagne, et du meilleur, dis-je, m'efforçant de prendre l'air le plus fier et le plus majestueux possible. Mais ni le champagne ni mon air qui se voulait fier et majestueux n'agirent sur le serveur ; il eut un petit sourire, resta un moment à nous examiner, consulta sa montre en or et sortit de la pièce à pas lents, comme s'il se promenait. Il revint bientôt avec le champagne et deux autres serviteurs. Deux d'entre eux s'assirent près de la plongeuse et se mirent à nous dévisager avec une attention joyeuse et un sourire attendri, comme des parents suivent des yeux leurs braves enfants lorsque ceux-ci s'amusent gentiment. Seule la plongeuse bossue paraissait nous regarder avec sympathie, et sans moquerie. Bien qu'il me fût pénible et difficile de bavarder avec mon invité et de lui offrir à boire sous le feu de ces regards de domestiques, je m'efforçais de tenir mon rôle de l'air le plus indépendant possible. Dans la salle éclairée, je distinguai mieux les traits du chanteur. C'était un tout petit homme au corps noueux et bien proportionné, presque un nain, avec des cheveux noirs en brosse, de grands yeux noirs toujours larmoyants, sans cils, et une petite bouche extrêmement agréable, au dessin attendrissant. Il avait de petits favoris, ses cheveux étaient courts, son vêtement d'une simplicité et d'une pauvreté extrêmes. Il était sale, déguenillé, hâlé, et faisait en général l'impression d'être un travailleur. Il avait plutôt l'air d'un marchand ambulant que d'un artiste. Seuls ses yeux, constamment humides et brillants, et sa petite bouche pincée avaient quelque chose d'original et de touchant. À le voir, on pouvait lui donner de vingt-cinq à quarante ans ; en fait, il en avait trente-huit.

Voici ce qu'il me raconta de sa vie, avec une bonne volonté candide et une évidente sincérité. Il venait d'Argovie. Enfant, il avait perdu son père et sa mère, et il n'avait pas gardé d'autres parents. Il n'avait jamais possédé de biens. Il avait appris la menuiserie, mais, vingt-deux ans plus tôt, il avait eu une carie osseuse qui l'avait rendu inapte au travail. Dès l'enfance, il s'était senti attiré par le chant, et avait commencé à chanter. Les étrangers de passage lui donnaient de temps en temps de l'argent. Il en avait fait sa profession, s'était acheté une guitare, et cela faisait maintenant dix-sept ans qu'il parcourait la Suisse et l'Italie en chantant devant les hôtels. Pour tout bagage, il avait sa guitare et sa bourse ; celle-ci ne contenait en ce moment qu'un franc et cinquante centimes, qu'il allait dépenser pour manger et dormir. Tous les ans, depuis dix-huit ans, il passait par les endroits les plus beaux et les plus visités de Suisse, Zurich, Lucerne, Interlaken, Chamonix, etc. Il gagnait l'Italie par le Saint-Bernard, et revenait par le Saint-Gothard ou par la Savoie. Il commençait à avoir de la peine à marcher, parce qu'un refroidissement lui faisait sentir que la douleur aux jambes, qu'il appelait *Gliedersucht,* augmentait d'année en année, et que ses yeux et sa voix faiblissaient. Malgré cela, il se dirigeait maintenant vers Interlaken, Aix-les-Bains et, à travers le Petit Saint-Bernard, vers l'Italie, pays qu'il aimait particulièrement ; en général, il paraissait très content de sa vie. Lorsque je lui demandai pourquoi il revenait chez lui, s'il avait là-bas de la famille, ou une maison et un terrain, sa petite bouche, comme plissée, se rassembla en un petit sourire joyeux, et il me répondit :

— *Oui, le sucre est bon, il est doux pour les enfants !* et il fit un clin d'œil aux domestiques.

Je ne compris rien, mais, chez les domestiques, sa réflexion provoqua un rire.

— Non, je n'ai rien, sans cela est-ce que je vagabonderais comme ça, m'expliqua-t-il. — Si je rentre chez moi, c'est qu'on est quand même attiré par l'endroit où on est né.

Et il répéta avec un sourire malin et satisfait sa

phrase « *Oui, le sucre est bon* », et éclata d'un rire plein de bonhomie. Les domestiques étaient très contents et riaient, seule la plongeuse bossue regardait le petit homme avec sérieux, de ses grands yeux empreints de bonté, et lui ramassa sa casquette, qu'il avait fait tomber du banc pendant la conversation. J'avais remarqué que les chanteurs ambulants, les acrobates et même les prestidigitateurs aimaient être appelés des artistes, aussi avais-je plusieurs fois laissé entendre à mon interlocuteur qu'il était un artiste, mais il ne se reconnaissait pas du tout cette qualité, et considérait son activité avec la plus grande simplicité, comme un moyen de subsistance. Lorsque je lui demandai si ce n'était pas lui qui composait les chansons qu'il chantait, il parut étonné d'une si étrange question et répondit que non, il n'était pas de taille, que c'étaient de vieilles chansons du Tyrol.

— Et la chanson du Righi, alors ? Elle n'est pas ancienne, je pense ? lui demandai-je.

— Non, ça fait une quinzaine d'années qu'elle a été composée. Il y avait un Allemand, à Bâle, c'était un homme très très intelligent, c'est lui qui l'a composée. C'est une chanson superbe ! C'est pour les voyageurs, voyez-vous, qu'il l'a écrite.

Et il commença à me réciter, en les traduisant en français, les paroles de la chanson du Righi qui, manifestement, lui plaisait beaucoup :

Si tu veux aller au Righi
Jusqu'à Veggis tu n'as pas besoin de chaussures
(Parce qu'on y va en bateau),
Mais à Veggis prends un grand bâton,

Et prends aussi une fille par le bras,
Et puis va prendre un petit verre de vin,
Mais veille à ne pas en boire trop
Parce que celui qui veut boire
Doit d'abord le mériter...

— Oh, c'est une chanson magnifique ! conclut-il.

Les domestiques trouvaient sans doute cette chanson à leur goût, car ils se rapprochèrent de nous.

— Et la musique, qui l'a composée ? demandai-je.

— Mais personne, c'est juste comme ça, vous savez, pour chanter pour les étrangers, — il faut quelque chose qui soit un peu neuf.

Lorsqu'on nous eut apporté de la glace et que je versai à mon convive un verre de champagne, il parut gêné et se mit à se tortiller sur son banc en se retournant vers les domestiques. Nous bûmes à la santé des artistes ; il vida un demi-verre et jugea nécessaire de paraître réfléchir et de remuer les sourcils d'un air entendu.

— Il y a longtemps que je n'avais pas bu d'aussi bon vin, je ne vous dis que ça. En Italie, il y a l'Asti qui est bon, mais celui-ci est encore meilleur. Ah, l'Italie ! Ça serait bien d'y être ! ajouta-t-il.

— Oui, là-bas on sait apprécier la musique et les artistes, dis-je, essayant de l'amener à parler de son expérience malheureuse devant le Schweizerhof.

— Non, répondit-il, — là-bas, pour la musique, je ne peux apporter de plaisir à personne. Les

Italiens sont eux-mêmes des musiciens comme il n'y en a pas ; mais je parle seulement des chansons tyroliennes. Ça, c'est tout de même pour eux une nouveauté.

— Dites-moi, les messieurs sont plus généreux là-bas ? continuai-je, souhaitant lui faire partager ma colère contre les habitants du Schweizerhof.

— Là-bas il ne pourrait pas arriver comme ici que dans un grand hôtel où vivent des richards, cent personnes écoutent un artiste et ne lui donnent rien...

Ma question eut un effet tout différent de celui que j'attendais. Il était à mille lieues de s'indigner contre eux ; au contraire, dans ma remarque il vit un reproche à son talent qui n'avait pas obtenu de récompense, et s'efforça de se justifier devant moi.

— On n'arrive pas toujours à se faire bien payer, répondit-il. — Quelquefois on manque de voix, on est fatigué, — c'est qu'aujourd'hui j'ai marché pendant neuf heures et chanté presque toute la journée. C'est pas facile. Et ces messieurs les aristocrates sont des gens importants, ils n'ont pas toujours envie d'écouter des tyroliennes.

— Tout de même, comment peut-on ne rien donner ?

Il ne comprit pas ma remarque.

— Ce n'est pas ça, dit-il, — ici c'est surtout qu'*on est très serré pour la police*, voilà le problème. Ici, d'après ces lois de la République, on ne vous permet pas de chanter, alors qu'en Italie vous pouvez aller où vous voulez, personne ne vous dira rien. Ici, si on veut vous le permettre, on vous le permet, et si on ne veut pas, on peut même vous mettre en prison.

— Qu'est-ce que vous me dites là ?

— Eh oui. Si on vous fait une fois la remarque, et que vous chantez encore, — on peut vous mettre en prison. J'y ai déjà passé trois mois, dit-il en souriant, comme si c'était l'un de ses souvenirs les plus agréables.

— Mais c'est affreux ! dis-je. — Et pourquoi ?

— Ce sont leurs nouvelles lois de la République, continua-t-il en s'animant. — Ils ne veulent pas prendre en considération qu'il faut bien qu'un pauvre puisse vivre. Si je n'étais pas un infirme, je travaillerais. Et si je chante, est-ce que ça fait du mal à quelqu'un ? Qu'est-ce que ça veut dire ? Les riches peuvent vivre comme ils veulent, et *un bauvre tiable* comme moi n'a même pas le droit de vivre ? Qu'est-ce que c'est que ces lois de la République ? Si c'est comme ça, on n'en veut pas, de votre République, n'est-ce pas, monsieur. Nous ne voulons pas de la République, nous voulons... nous voulons... — il hésita un peu —, nous voulons les lois naturelles.

Je remplis de nouveau son verre.

— Vous ne buvez pas, lui dis-je.

Il prit le verre et s'inclina.

— Je sais ce que vous voulez, dit-il en plissant les yeux et en me menaçant du doigt : — vous voulez me saouler pour voir comment je serai ; mais non, vous n'y arriverez pas.

— Pourquoi est-ce que je voudrais vous saouler, dis-je, — je voulais seulement vous faire plaisir.

Il s'en voulut sans doute de m'avoir offensé en

doutant de mes intentions, se troubla, se souleva de son banc et me serra le coude.

— Non, non, dit-il en me regardant de ses yeux humides avec une expression implorante, — je disais ça comme ça, pour plaisanter.

Et là-dessus, il prononça une phrase compliquée, terriblement embrouillée, qui devait vouloir dire que j'étais tout de même un brave garçon.

— *Je ne vous dis que ça!* conclut-il.

Nous continuâmes à boire et à causer ainsi, et les domestiques continuaient sans se gêner à jouir du spectacle et, manifestement, à s'amuser de nous. Malgré l'intérêt que je portais à la conversation, je ne pouvais pas ne pas les remarquer, et, je le reconnais, j'étais de plus en plus agacé. L'un d'eux se leva, s'approcha du petit homme et fixa le sommet de son crâne avec un large sourire. J'avais contre les habitants du Schweizerhof une réserve de colère accumulée que je n'avais encore pu passer sur personne, et à présent, je l'avoue, ce public de domestiques me mettait en rage. Le portier, sans ôter sa casquette, entra dans la pièce et s'assit près de moi en s'accoudant à la table. Cette dernière circonstance, blessant mon amour-propre et ma vanité, me fit exploser et offrit une issue à la colère rentrée qui, depuis le début de la soirée, s'était amassée en moi. Pourquoi, devant le perron, lorsque je suis seul, s'aplatit-il devant moi pour me saluer, et à présent, parce que je suis assis en compagnie d'un chanteur ambulant, s'assied-il grossièrement à mes côtés? Je fus pris de cette rage de l'indignation que j'aime à sentir bouillonner en moi, que j'essaie même d'exciter lorsqu'elle s'éveille, parce qu'elle agit sur moi comme un calmant et donne au moins pour un instant à mes facultés physiques et morales une souplesse, une énergie et une force extraordinaires.

Je bondis de ma place.

— Qu'est-ce qui vous fait rire, criai-je au valet de chambre, en sentant mon visage pâlir et mes lèvres trembler involontairement.

— Je ne ris pas, c'est juste comme ça, répondit-il en reculant.

— Non, vous vous moquez de ce monsieur. Et quel droit avez-vous d'être ici et de vous asseoir quand il y a des clients ? Debout ! criai-je.

Le portier se leva en grommelant et se dirigea vers la porte.

— De quel droit vous moquez-vous de ce monsieur et vous asseyez-vous près de lui, un client, vous, un domestique ? Pourquoi ne pas vous être moqué de moi tout à l'heure au dîner, et ne pas vous être assis à côté de moi ? Parce qu'il est habillé comme un pauvre et qu'il chante dans la rue ? C'est pour ça, alors que moi, je suis bien vêtu. Il est pauvre, mais il vaut mille fois mieux que vous, j'en suis convaincu. Parce qu'il n'a offensé personne, alors que vous, vous l'offensez.

— Mais non, je ne dis rien, pensez-vous, répondit timidement mon ennemi le valet de chambre. — Est-ce que je l'empêche de rester assis ?

Le valet de chambre ne me comprenait pas, et mon allemand se dépensait en pure perte. Le portier aux manières grossières voulut prendre sa défense, mais je l'attaquai avec tant de fougue qu'il fit semblant de ne pas me comprendre non plus, et abandonna la partie. La plongeuse bossue, soit qu'elle eût remarqué mon agitation et craignît le scandale, ou parce qu'elle était de mon avis, prit mon parti et, s'efforçant de s'interposer entre moi et le portier, elle l'exhorta à se taire en disant que j'avais raison, et en me demandant de me calmer. «*Der Herr hat Recht; Sie haben Recht*[1]», répétait-elle. Le chanteur offrait une mine pitoyable, où se peignait la frayeur, et, ne comprenant manifestement pas pourquoi je m'échauffais et ce que je voulais, me priait de nous en aller au plus vite. Mais la colère nourrissait de plus en plus mon éloquence. Tout me revenait, et la foule se moquant de lui, et les auditeurs qui ne lui avaient rien donné, et je ne voulais à aucun prix me calmer. Je pense que si les garçons et le portier n'avaient pas été aussi fuyants, j'aurais eu le plus grand plaisir à me battre avec eux, ou à briser ma canne sur la malheureuse demoiselle anglaise. Si, en cet instant, j'avais été à Sébastopol, je me serais jeté avec délectation sur une tranchée anglaise, sabre au clair et baïonnette au canon.

— Et pourquoi vous m'avez fait entrer avec ce monsieur dans cette salle, et pas dans l'autre? Hein? continuais-je à harceler le portier, en le prenant par le bras pour l'empêcher de fuir. — Quel droit aviez-vous de décider d'après son apparence que ce monsieur devait être mis dans cette salle, et pas dans l'autre? Est-ce que ceux qui paient ne sont pas tous égaux, dans les hôtels? Pas seulement dans une république, mais dans le monde entier. Elle est belle, votre république!... C'est ça, votre égalité! Les Anglais, vous n'auriez pas osé les conduire dans cette salle, ces mêmes

Anglais qui ont écouté ce monsieur sans rien payer, c'est-à-dire qui l'ont tous volé des quelques centimes qu'ils auraient dû lui donner. Comment avez-vous osé nous faire mettre dans cette salle ?

— L'autre est fermée, répondit le portier.

— Non, criai-je, c'est faux, la salle n'est pas fermée.

— Alors vous le savez mieux que moi.

— Je sais, je sais que vous mentez.

Le portier fit mine de me tourner le dos.

— Eh ! À quoi bon discuter ?

— Il n'y a pas d'« à quoi bon » qui tienne, criai-je. — Conduisez-nous immédiatement dans l'autre salle.

Malgré les exhortations de la plongeuse et les prières du chanteur, qui disait qu'il valait mieux rentrer chez soi, je fis appeler le maître d'hôtel et me dirigeai vers la salle avec mon convive. Le maître d'hôtel, entendant ma voix pleine de colère et voyant mon visage altéré par l'émotion, ne discuta pas et me dit avec une politesse méprisante que je pouvais aller où je voulais. Je n'eus pas le loisir de convaincre le portier de mensonge, car il disparut avant même que nous ne soyons entrés dans la salle.

La salle était effectivement ouverte, éclairée, et à l'une des tables un Anglais était en train de dîner en compagnie d'une dame. Bien que l'on nous eût montré une table séparée, je m'assis avec le chanteur crasseux à côté de l'Anglais, et nous fis apporter la bouteille que nous n'avions pas achevée.

Les Anglais regardèrent, d'abord avec étonnement, puis avec irritation le petit homme qui était assis, plus mort que vif, à côté de moi ; ils échangèrent quelques mots, elle repoussa son assiette, fit bruire sa robe de soie, et l'un et l'autre disparurent. À travers la porte vitrée, je voyais l'homme parler au maître d'hôtel d'un air furieux, en faisant des gestes dans notre direction. Le maître d'hôtel entrouvrit la porte pour regarder. J'attendais avec joie le moment où l'on viendrait nous mettre dehors pour pouvoir enfin faire éclater mon indignation. Mais par bonheur, bien que sur le moment cela m'eût été désagréable, on nous laissa en paix.

Le chanteur qui, auparavant, ne me laissait pas remplir son verre, se hâtait maintenant de boire tout ce qui restait dans la bouteille pour pouvoir s'en aller au plus vite. Cependant c'est avec sincérité, me sembla-t-il, qu'il me remercia de l'avoir régalé ; ses yeux larmoyants devinrent encore plus larmoyants, et il m'exprima sa reconnaissance d'une phrase bizarre et contournée. Mais cette phrase, tout de même, qui disait que si tout le monde respectait les artistes comme moi, il se sentirait bien, et qu'il me souhaitait tout le bonheur possible, me fut très agréable. Nous sortîmes tous deux et, dans l'entrée de l'hôtel, croisâmes les domestiques et mon ennemi le portier, qui paraissait se plaindre de moi. Tous, semble-t-il, me regardaient comme un fou. Je laissai le petit homme arriver à la hauteur de tout ce public, et là, avec tout le respect que je pouvais lui marquer, j'ôtai mon chapeau et serrai dans la mienne sa main dont l'un des doigts était paralysé. Les domestiques firent comme s'ils ne me voyaient pas. L'un d'eux, seulement, eut un petit rire sardonique.

Lorsque le chanteur eut disparu dans l'obscurité en me faisant des révérences, je remontai chez moi, souhaitant effacer par le sommeil toutes ces impressions et la sotte et puérile colère qui m'avait saisi de façon si soudaine. Mais, me sentant trop agité pour dormir, je ressortis de l'hôtel, avec l'idée de retrouver mon calme en marchant, et, je le reconnais, dans le vague espoir de trouver l'occasion de m'accrocher avec le portier, le domestique et l'Anglais, et de leur faire comprendre toute leur cruauté et surtout leur injustice. Mais, à part le portier qui, en me voyant, me tourna le dos, je ne rencontrai personne et, seul au milieu de la nuit, je me mis à aller et venir le long du quai.

« Le voilà, pensais-je, un peu calmé, l'étrange destin de la poésie. — Tout le monde l'aime, la recherche, ne désire et ne recherche qu'elle dans la vie, et personne ne veut en reconnaître la force, personne ne sait apprécier ce bien suprême, personne n'apprécie et ne remercie ceux qui l'apportent aux hommes. Demandez à qui vous voudrez, à tous ces habitants du Schweizerhof : quel est le plus grand bien de ce monde ? et tous, ou au moins quatre-vingt-dix-neuf pour cent d'entre eux, vous diront avec une expression sardonique que le plus grand bien de ce monde, c'est l'argent. « Peut-être que cette pensée ne vous plaît pas et ne s'accorde pas avec vos idées élevées, vous diront-ils, mais que faire, si la vie humaine est ainsi faite que l'argent seul fait le bonheur des hommes. Je ne peux pas interdire à mon esprit de voir le monde comme il est, ajouteront-ils, — c'est-à-dire de voir la vérité. » Pitoyable est ton esprit, pitoyable est le bonheur que tu désires, et tu es toi-même une créature malheureuse, ne sachant pas de quoi tu as besoin... Pourquoi avez-vous tous quitté votre pays, votre famille, vos occupations et vos affaires d'argent, et êtes-vous venus vous rassembler dans la petite ville suisse de Lucerne ? Pourquoi vous êtes-vous tous déversés ce soir sur vos balcons et avez-vous écouté dans un silence respectueux la chanson d'un petit miséreux ? Et s'il avait voulu chanter encore, vous vous seriez encore tus pour l'écouter. Aurait-on pu pour de l'argent, même pour des millions, vous éloigner de votre pays et vous rassembler dans ce petit coin de Lucerne ? Aurait-on pu pour de l'argent vous rassembler tous sur des balcons et vous obliger à rester une demi-heure silencieux et immobiles ? Non ! Il y a une seule chose qui vous fait agir et qui va éternellement vous faire agir, plus que tous les autres ressorts de la vie : c'est le besoin de poésie, dont vous n'êtes pas conscients, mais que vous ressentez et continuerez à ressentir aussi longtemps qu'il restera en vous quelque chose d'humain. Le mot « poésie » vous semble ridicule, vous l'employez comme un reproche moqueur, vous admettez l'amour qu'ont les enfants et les petites oies blanches pour un je-ne-sais-quoi de poétique, et encore, c'est pour vous moquer d'eux ; vous, ce dont vous avez besoin, c'est du positif. Mais la vérité, c'est que les enfants ont une vue saine de la vie, ils aiment et connaissent ce que doit aimer l'homme, et ce qui donne le bonheur, tandis que vous, la vie vous a à ce point plongés dans la confusion et pervertis, que vous vous moquez de la seule chose que vous aimiez, et recherchez ce que vous haïssez et qui fait votre malheur. Vous vivez dans une telle confusion d'esprit que vous ne comprenez pas l'obligation que vous avez envers un pauvre Tyrolien qui vous a procuré une pure joie, et en même temps vous vous jugez obligés de vous abaisser gratuitement, sans profit et sans plaisir, devant un lord, et de lui sacrifier Dieu sait pourquoi votre tranquillité et votre confort. Quelle sottise, quelle inconcevable absurdité ! Mais ce n'est pas cela qui m'a surtout frappé ce soir. Cette ignorance de ce qui donne le bonheur, cet aveuglement aux joies poétiques, je les comprends presque et j'y suis habitué, les ayant bien des fois rencontrés dans ma vie ; la cruauté grossière et inconsciente de la foule n'était pas non plus pour moi une nouveauté ; quoi que disent les défenseurs du sentiment populaire, une foule est une réunion d'êtres qui, séparément, peuvent être bons, mais qui n'ont en commun que leurs côtés animaux, repoussants : elle n'exprime que la faiblesse et la cruauté de la nature humaine. Mais comment vous, enfants d'un peuple libre et humain, vous, chrétiens, vous, hommes tout simplement, avez-vous pu répondre à la pure volupté que vous a procurée un malheureux qui vous implorait par la froideur et la dérision ? Mais non, dans votre pays il y a des asiles pour les mendiants. — Il n'y a pas de mendiants, il ne doit pas y en avoir, le sentiment de compassion sur lequel est fondée la mendicité ne doit pas exister. — Mais il s'est donné de la peine, il vous a donné de la joie, il vous a priés de lui donner ne serait-ce qu'une petite parcelle de votre superflu pour cette peine dont vous avez profité. Et vous, avec un froid sourire, vous l'avez observé comme un oiseau rare du haut de vos brillants palais, et parmi la centaine de gens riches et heureux que vous étiez, il ne s'en est pas trouvé un seul pour lui jeter le moindre sou ! Couvert de honte, il s'est éloigné de vous ; et celui que la foule obtuse a poursuivi et abreuvé d'offenses, ce n'est pas vous, c'est lui, — votre froideur, votre cruauté, votre malhonnêteté, le fait que vous lui ayez volé le plaisir qu'il vous a donné, c'est à *lui* qu'on le fait payer en l'offensant.

«*Le 7 juillet 1857, à Lucerne, devant l'hôtel Schweizerhof où sont logés les gens les plus riches, un misérable chanteur ambulant a passé une demi-heure à chanter des chansons et à jouer de la guitare. Plus de cent personnes l'ont écouté. Trois fois, le chanteur les a priées de lui donner quelque chose. Personne ne lui a rien donné, et beaucoup se sont moqués de lui.*»

Ce n'est pas une invention, c'est un fait réel, sur lequel ceux qui le désirent peuvent se renseigner auprès des pensionnaires du Schweizerhof, en consultant les journaux pour savoir quels étrangers s'y trouvaient le 7 juillet.

Voilà un événement que les historiens de notre temps doivent graver dans le marbre, inscrire en lettres de feu. C'est un événement plus significatif, plus sérieux, et qui a un sens plus profond que les faits relevés dans les journaux et les livres d'histoire. Que les Anglais aient tué mille Chinois parce que les Chinois n'achetaient rien pour de l'argent, tandis que leur pays engloutissait de la monnaie sonnante et trébuchante, que les Français aient tué encore mille Kabyles parce que le blé poussait bien en Afrique et qu'une guerre permanente était utile pour l'entraînement des armées, que l'ambassadeur de Turquie à Naples ne puisse pas être un Juif et que l'empereur Napoléon se promène à pied à Plombières et assure son peuple par voie de presse qu'il ne règne que par la volonté du peuple entier[1], — tout cela, ce sont des mots qui dissimulent ou révèlent ce que l'on sait depuis longtemps ; mais l'événement qui s'est produit à Lucerne le 7 juillet me paraît absolument nouveau, étrange, et ne concerne pas les vices permanents de la nature humaine, mais une certaine époque du développement de la société. C'est un fait qui n'appartient pas à l'histoire des actions humaines, mais à celle du progrès et de la civilisation.

Pourquoi ce fait inhumain, impossible dans un village, qu'il soit allemand, français ou italien, est-il possible ici, où la civilisation, la liberté et l'égalité sont portées au pinacle, où se rassemblent des voyageurs appartenant à ce qu'il y a de plus civilisé dans les nations les plus civilisées ? Pourquoi ces gens cultivés, humains, capables en général de n'importe quelle action témoignant d'honnêteté et d'humanité, n'ont-ils pas assez de cœur pour accomplir individuellement une bonne action ? Pourquoi ces gens, qui dans leurs parlements, leurs meetings et leurs sociétés se préoccupent avec tant d'ardeur de l'état des célibataires chinois aux Indes, de la diffusion du christianisme et de l'éducation en Afrique, de l'établissement de sociétés de perfectionnement de l'humanité entière, ne trouvent-ils pas au fond de leur cœur le simple sentiment premier de l'homme pour l'homme ? Se peut-il que ce sentiment n'existe pas et que sa place soit prise par la vanité, l'ambition et le lucre, qui gouvernent ces hommes dans leurs parlements, leurs meetings et leurs sociétés ? Se peut-il que le développement de la communauté fondée sur la raison et l'égoïsme que l'on appelle la civilisation anéantisse et contredise les besoins de la communauté fondée sur l'instinct et l'amour ? Et se peut-il que ce soit là cette égalité pour laquelle a été versé tant de sang innocent et ont été commis tant de crimes[1] ? Se peut-il que les peuples, comme des enfants, puissent se satisfaire du seul son de ce mot d'égalité ?

L'égalité devant la loi ? Mais est-ce que toute la vie de l'homme se déroule dans la sphère de la loi ? Seule une millième partie lui est soumise, le reste se déroule en dehors d'elle, dans la sphère des mœurs et des opinions de la société. Et dans la société, le domestique est mieux habillé que le chanteur et peut l'offenser impunément. Moi, je suis mieux habillé que le domestique et je l'offense impunément. Pour le portier, je suis un supérieur et le chanteur un inférieur ; lorsque je me suis associé au chanteur, il s'est considéré comme notre égal et il est devenu grossier. Je suis devenu insolent avec le portier, et le portier s'est reconnu mon inférieur. Le valet de chambre est devenu insolent avec le chanteur, et le chanteur s'est reconnu son inférieur. Est-ce donc bien un État libre, ce qu'on appelle un État positivement libre, que celui où ne serait-ce qu'un seul citoyen peut être mis en prison parce que, sans faire de mal à personne, sans gêner personne, il fait la seule chose qu'il puisse faire pour ne pas mourir de faim ?

Quelle malheureuse et pitoyable créature que l'homme, jeté, avec son besoin de solutions positives, dans cet océan infini et en perpétuel mouvement de faits, de considérations et de contradictions qu'est l'océan du bien et du mal ! Les gens se débattent et peinent à longueur de siècles pour mettre d'un côté le bien, et de l'autre le mal. Les siècles passent, et quoi que puisse ajouter ici ou là un esprit non prévenu sur les plateaux de la balance, elle ne bouge pas, et il y a autant de bien que de mal des deux côtés. Si seulement l'homme pouvait apprendre à ne pas juger et à ne pas penser de façon tranchée et décisive, et à ne pas donner de réponses à des questions qui ne lui sont posées que pour rester éternellement des questions ! S'il pouvait seulement comprendre que toute pensée est à la fois fausse et vraie ! Fausse parce que unilatérale, à cause de l'incapacité de l'homme à embrasser toute la vérité, et vraie par l'expression d'un aspect des aspirations humaines. On s'est créé des subdivisions dans ce chaos éternellement mouvant, infini, infiniment mêlé du bien et du mal, on a tracé des lignes imaginaires sur cette mer, et on attend que la mer se divise. Comme s'il n'y avait pas des millions d'autres subdivisions, faites d'un tout autre point de vue, dans un tout autre plan. Sans doute, ces nouvelles subdivisions s'élaborent pendant des siècles, mais des siècles, il en est déjà passé et il en passera encore des millions. La civilisation est un bien ; la barbarie est un mal ; la liberté est un bien ; la servitude est un mal. C'est ce savoir imaginaire qui anéantit les besoins premiers, instinctifs, bénéfiques, du bien dans la nature humaine. Et qui pourra me définir la liberté, le despotisme, la civilisation, la barbarie ? Et où sont les frontières qui les séparent ? Qui peut dire que cette mesure du bien et du mal est si inébranlablement établie dans son âme qu'il peut l'appliquer à jauger l'enchevêtrement des faits quotidiens ? Qui a l'intelligence assez vaste pour embrasser, ne serait-ce que dans un passé désormais figé, tous les faits, et en peser l'importance ? Et qui a jamais vu une situation où il n'y aurait pas du bien et du mal en même temps ? Et comment savoir si ce n'est pas parce que je ne suis pas au bon endroit que je vois plus de l'un ou de l'autre ? Et qui est en mesure de prendre assez de distance envers la vie, même pour un bref instant, pour la regarder de haut de façon indépendante ? Nous avons un maître infaillible, et un seul, c'est l'esprit universel qui nous pénètre tous, tous ensemble et chacun de nous séparément, qui met en chacun de nous une aspiration à ce qui doit être ; ce même esprit qui, dans l'arbre, le pousse à croître vers le soleil, dans la fleur, lui commande de répandre sa semence à l'automne, et en nous, nous pousse à nous serrer instinctivement les uns contre les autres.

Et c'est cette voix unique, infaillible et bienheureuse, qu'étouffe en nous le développement bruyant et hâtif de la civilisation. Qui mérite davantage le nom d'homme et qui celui de barbare : est-ce le lord qui, apercevant le vêtement fripé du chanteur, a quitté la table avec colère, n'a pas voulu lui donner pour ses peines le millionième de sa fortune et à présent, rassasié, assis dans sa chambre tranquille et bien éclairée, discute paisiblement des affaires de la Chine, en justifiant les assassinats qui s'y perpètrent, ou le petit chanteur qui, risquant la prison, avec un franc en poche, s'en va depuis vingt ans, sans faire de mal à personne, par monts et par vaux, apportant aux hommes la consolation de ses chants, et qu'on a offensé, qu'on a presque mis à la porte tout à l'heure et qui, fatigué, affamé, couvert d'opprobre, est allé dormir quelque part sur une couche de foin pourri ?

À ce moment-là, au milieu du silence absolu de la nuit, j'entendis, loin, très loin, la guitare du petit homme et son chant.

Non, me dit une voix intérieure, tu n'as pas le droit de le plaindre et de t'indigner de la fortune du lord. Qui a pesé le bonheur intime que chacun d'entre eux connaît au fond de son cœur ? Le voilà assis quelque part sur un seuil malpropre, qui regarde le ciel dans l'éclat du clair de lune, et qui chante joyeusement au milieu de la nuit paisible et odorante, et son âme ne connaît ni reproche, ni colère, ni repentir. Et qui sait ce qui se passe maintenant dans l'âme de tous ces gens, derrière ces hauts murs respirant la richesse ? Qui sait s'il y a en eux autant d'humble et insouciante joie de vivre et d'accord avec l'univers, qu'il n'en vit dans l'âme de ce petit homme ? Infinies sont la bonté et la sagesse de celui qui a permis et ordonné d'exister à toutes ces contradictions. À toi seulement, vermisseau insignifiant, qui t'efforces de façon impudente et illégitime de pénétrer ses lois et ses intentions, elles apparaissent comme des contradictions. Lui, il regarde avec douceur de sa lumineuse et incommensurable hauteur, et se réjouit de l'harmonie infinie dans laquelle vous tous vous mouvez en des contradictions sans fin. Dans ton orgueil, tu as cru t'arracher aux lois de l'universel. Non, toi aussi, avec ta petite et vulgaire indignation contre les valets de chambre, toi aussi tu as répondu à l'exigence harmonieuse de l'éternel et de l'infini...

18 juillet 1857

Albert

I

Cinq invités, jeunes et fortunés, étaient arrivés après deux heures du matin dans un petit bal de Saint-Pétersbourg pour s'y amuser.

On avait déjà vidé force coupes de champagne, la plupart des messieurs étaient très jeunes, les demoiselles étaient jolies, le piano et le violon jouaient inlassablement polka sur polka, les danses et le bruit ne cessaient pas ; mais il régnait une sorte d'ennui, de malaise, tout le monde pensait Dieu sait pourquoi (comme cela arrive souvent) que ce n'était pas ça, et que tout ça était bien inutile.

Les nouveaux venus avaient tenté à plusieurs reprises d'y mettre un peu plus de gaieté, mais la gaieté affectée était encore pire que l'ennui.

L'un des cinq jeunes gens, plus mécontent de lui-même, des autres et de toute la soirée que ses compagnons, se leva avec un sentiment de dégoût, prit son chapeau et sortit de la salle avec l'intention de s'en aller sans se faire remarquer.

Dans l'antichambre, il n'y avait personne, mais dans la pièce voisine, à travers la porte, il entendit deux voix qui se disputaient. Le jeune homme s'arrêta et écouta.

— C'est impossible, il y a des invités, faisait une voix de femme.

— Laissez-moi passer, s'il vous plaît, je ne ferai rien ! suppliait faiblement une voix d'homme.

— Non, je ne vous laisserai pas entrer sans l'autorisation de la Madame, disait la femme. — Où allez-vous donc ? Voulez-vous !

La porte s'ouvrit, et une étrange silhouette masculine apparut sur le seuil. Apercevant l'invité, la servante cessa de le retenir, et l'étrange personnage, avec un timide salut, chancelant sur ses jambes pliées aux genoux, entra dans la pièce. C'était un homme de taille moyenne, au dos étroit et voûté et aux longs cheveux ébouriffés. Il portait un court paletot et un étroit pantalon déchiré surmontant des bottes rugueuses et sales. Une cravate tordue en ficelle entourait un long cou blanc. Une chemise sale d'où sortaient des mains décharnées dépassait des manches du paletot. Mais, malgré l'extrême maigreur du corps, la chair du visage était tendre, blanche, et ses joues s'irisaient même d'une fraîche teinte rosée, au-dessus d'une barbe peu fournie et de favoris noirs. Ses cheveux en désordre, rejetés vers le haut, découvraient un front bas et extraordinairement pur. Ses yeux sombres exprimant la fatigue regardaient droit devant lui avec douceur, humilité et gravité en même temps. Leur expression se fondait agréablement à celle des lèvres fraîches, aux coins fléchis, qui apparaissaient sous une moustache peu fournie.

Ayant fait quelques pas il s'arrêta, se tourna vers le jeune homme et sourit. Son sourire paraissait lui coûter un effort, mais lorsqu'il illumina son visage, le jeune homme — sans savoir pourquoi — sourit lui aussi.

— Qui est-ce donc ? demanda-t-il à voix basse à la servante lorsque l'étrange personnage fut entré dans la pièce où s'entendaient les danses.

— Un musicien un peu dérangé, de l'orchestre du théâtre, répondit la servante, — il vient quelquefois voir la patronne.

— Où es-tu parti, Délessov ? l'appelait-on cependant.

Le jeune homme que l'on appelait Délessov revint dans la salle.

Le musicien se tenait près de la porte et, tandis qu'il regardait les danseurs, son sourire, son regard et le mouvement de ses pieds qui marquaient le rythme de la danse montraient le plaisir qu'il prenait à ce spectacle.

— Eh bien, venez danser vous aussi, lui dit l'un des invités. Le musicien s'inclina et regarda la maîtresse de maison d'un air interrogateur.

— Allez, allez-y donc, puisque ces messieurs vous y invitent, intervint la maîtresse de maison.

Les membres grêles et sans force du musicien furent saisis soudain d'une intense agitation et, avec des clins d'œil, des sourires et des gestes désordonnés, il se mit à sauter lourdement et maladroitement à travers la salle. Au milieu d'un quadrille, un joyeux officier, qui dansait avec beaucoup de grâce et d'inspiration, le heurta involontairement de son dos. Les jambes faibles et fatiguées du musicien ne parvinrent pas à le maintenir en équilibre, et, après quelques pas titubants de côté, il s'étala de tout son long sur le parquet. Malgré le bruit sec et violent qu'avait produit sa chute, presque tout le monde commença par rire.

Mais le musicien ne se levait pas. Les invités se turent, le piano cessa même de jouer, et Délessov et la maîtresse de maison furent les premiers à accourir auprès de lui. Il était appuyé sur son coude et fixait le sol d'un regard éteint. Une fois relevé et assis sur une chaise, il écarta ses cheveux de son front d'un mouvement rapide de sa main osseuse et se mit à sourire sans rien répondre aux questions.

— Monsieur Albert ! Monsieur Albert ! disait la maîtresse de maison. — Dites, vous vous êtes fait mal ? Où ? Je disais bien que vous ne devriez pas danser. Il est si faible, continuait-elle en s'adressant aux invités, — il a du mal à marcher, comment pourrait-il ?

— Qui est-ce ? demandait-on à l'hôtesse.

— Un pauvre homme, un artiste. Un très brave homme, mais pitoyable, comme vous voyez.

Elle disait cela sans se gêner devant le musicien. Celui-ci revint à lui et, comme si quelque chose lui avait fait peur, se recroquevilla et écarta ceux qui l'entouraient.

— Tout ça n'est rien ! dit-il soudain en se levant avec un effort manifeste.

Et pour prouver qu'il n'avait pas mal du tout, il s'avança au milieu de la salle et voulut faire un saut, mais il trébucha et serait de nouveau tombé si on ne l'avait pas retenu.

Tout le monde se sentit mal à l'aise ; tout le monde le regardait et se taisait.

Le regard du musicien s'éteignit de nouveau. Il avait manifestement oublié ceux qui l'entouraient, et se frottait le genou. Soudain il leva la tête, avança un pied tremblant, rejeta ses cheveux en arrière du même geste trivial et, s'approchant du violon, lui prit son instrument.

— Tout ça n'est rien, répéta-t-il encore, en brandissant son violon, — Messieurs, nous allons musiquer.

— Quel étrange personnage ! se disaient les invités.

— C'est peut-être un grand talent qui se perd dans cet être malheureux ! dit l'un d'entre eux.

— Oui, il fait peine à voir ! disait un autre.

— Quel beau visage !... Il a quelque chose d'extraordinaire, disait Délessov, — attendez, on va voir...

II

Albert, pendant ce temps-là, ne prêtant attention à personne, le violon appuyé contre son épaule, l'accordait en marchant lentement le long du piano. Ses lèvres serrées exprimaient l'impassibilité, et on ne voyait pas ses yeux. Mais son dos osseux et étroit, son long cou blanc, ses jambes torses et sa tête aux cheveux noirs ébouriffés offraient un spectacle étrange, et qui, Dieu sait pourquoi, n'avait rien de risible. Ayant accordé son violon, il prit vivement un accord, et, rejetant la tête en arrière, se tourna vers le pianiste, qui s'était préparé à l'accompagner.

«*Mélancolie en* ré *majeur!*» fit-il en s'adressant à lui avec un geste de commandement.

Et aussitôt après, comme s'il demandait pardon pour ce geste impérieux, il sourit avec douceur et tourna ce sourire vers le public. Rejetant ses cheveux en arrière de la main dont il tenait l'archet, Albert s'arrêta devant le coin du piano et caressa les cordes d'un mouvement continu. Un son pur et plein traversa la pièce, et le silence se fit.

Les notes du thème s'écoulèrent avec aisance et grâce à la suite de la première, illuminant soudain d'une clarté étonnamment limpide et apaisante le monde intérieur de chacun. Pas une fausse note, pas une sonorité excessive qui vînt troubler les auditeurs subjugués, tous les sons étaient clairs, gracieux et pleins de sens. Tout le monde suivait en silence, avec le frémissement de l'espoir, le développement de la mélodie. De l'état d'ennui, de distraction bruyante et de sommeil de l'âme où se trouvaient ces gens, ils étaient soudain transportés sans le savoir dans un monde tout différent, oublié. Tantôt ils sentaient se lever dans leur âme une sensation de contemplation paisible du passé, tantôt c'était le souvenir passionné d'un moment de bonheur, tantôt un besoin infini de pouvoir et d'éclat, tantôt un sentiment de soumission, d'amour insatisfait et de tristesse. Les sons, tantôt tristement tendres, tantôt follement impétueux, se mêlant librement, s'écoulaient les uns après les autres avec tant de grâce, d'énergie et de force inconsciente que ce que chacun entendait, ce n'étaient pas des sons, mais un flot exquis de poésie, connue de lui depuis longtemps mais exprimée ici pour la première fois, et qui se déversait spontanément dans son âme. À chaque note, Albert paraissait grandir. Il n'était plus grotesque ni étrange. Il serrait le violon sous son menton et prêtait l'oreille aux sons que celui-ci émettait avec une expression d'attention passionnée, tandis que ses jambes s'agitaient fiévreusement. Tantôt il se redressait de toute sa taille, tantôt il courbait le dos avec application. Au bout de son bras gauche crispé qui paraissait figé dans sa position, seuls s'agitaient convulsivement ses doigts osseux ; son bras droit était animé d'un mouvement continu, gracieux et imperceptible. Son visage brillait d'une joie ininterrompue et extasiée ; ses yeux brûlaient d'un éclat lumineux et sec, ses narines se dilataient, ses lèvres rouges s'entrouvraient de plaisir.

Parfois sa tête se penchait davantage vers le violon, ses yeux se fermaient et son visage à moitié recouvert par sa chevelure s'éclairait d'une lueur de douce félicité. Parfois il se redressait brusquement, avançant une jambe ; son front pur ainsi que le regard brillant dont il embrassait la salle éclataient de fierté, de grandeur, de conscience de son pouvoir. Une fois, le pianiste se trompa dans un accord. Une expression de douleur physique se marqua dans toute la posture et sur le visage du violoniste. Il s'arrêta un instant et, avec une expression de colère enfantine, s'écria en tapant du pied : « Mineur, *sol* mineur ! » Le pianiste rectifia, Albert ferma les yeux, sourit et, de nouveau, oublieux de lui-même, des autres et du monde entier, s'abandonna avec béatitude à ce qu'il faisait.

Tous ceux qui se trouvaient dans la pièce pendant qu'Albert jouait observaient un silence soumis et paraissaient ne vivre et ne respirer que par ses sons.

Le joyeux officier, assis près de la fenêtre, restait immobile sur sa chaise, fixant le sol d'un regard absent, et, à de longs intervalles, reprenait lourdement son souffle. Les jeunes filles assises le long du mur gardaient un silence absolu et échangeaient seulement de temps à autre un regard où l'approbation tournait à la stupéfaction. La figure épaisse et souriante de la maîtresse de maison fondait de plaisir. Le pianiste avait les yeux rivés sur le visage d'Albert et s'efforçait de le suivre, toute sa silhouette tendue vers lui exprimant la crainte de se tromper. L'un des invités, qui avait bu plus que les autres, était couché à plat ventre sur le divan et s'efforçait de ne pas bouger pour ne pas trahir son trouble. Délessov éprouvait un sentiment inhabituel. Un cercle froid qui tantôt se rétrécissait, tantôt s'élargissait, enserrait sa tête. Il sentait les racines de ses cheveux, le froid remontait le long de son dos, quelque chose montait à sa gorge et remontait de plus en plus haut, lui piquant le palais et le nez comme de fines aiguilles, et des larmes qu'il ne sentait pas couler lui mouillaient les joues. Il se secouait, essayait de les retenir et de les essuyer, mais il lui en venait toujours de nouvelles qui ruisselaient le long de son visage. Par un étrange enchaînement d'impressions, les premiers sons du violon d'Albert avaient transporté Délessov au temps de sa première jeunesse. Lui, l'homme fait, fatigué de la vie, exténué, s'était senti redevenir le jeune garçon de dix-sept ans qu'il avait été, beau et content de lui, béatement sot et plein d'un bonheur fait d'inconscience. Il revoyait son premier amour pour une cousine dans sa petite robe rose, sa première déclaration dans l'allée de tilleuls, la fièvre et l'enchantement incompréhensible d'un baiser échangé par hasard, l'ensorcellement et le mystère irrésolu de la nature qui l'entourait alors. Dans son imagination revenue en arrière, *elle* brillait dans le brouillard des espoirs les plus vagues, des désirs incompréhensibles et de la foi inébranlable en la possibilité d'un impossible bonheur. Toutes les minutes de ce temps qu'il n'avait pas su apprécier surgissaient l'une après l'autre devant lui, mais pas comme les instants sans signification du temps qui court, mais comme des images du passé, figées, grandies et pleines de reproches. Il les contemplait avec volupté et pleurait — non parce que le temps avait passé et qu'il aurait pu mieux l'employer (si on le lui avait rendu, il n'était pas sûr de pouvoir mieux faire), mais il pleurait seulement parce que ce temps avait passé et ne reviendrait jamais plus. Les souvenirs surgissaient d'eux-mêmes, et le violon d'Albert disait toujours la même chose. Il disait : « Il est passé pour toi, il est passé à jamais, le temps de la force, de l'amour et du bonheur, il est passé et ne reviendra plus. Pleure-le, pleure toutes tes larmes, meurs au milieu des larmes pour ce temps-là — c'est le seul bonheur qui te reste, et le meilleur. »

Vers la fin de la dernière variation, le visage

d'Albert devint rouge ; ses yeux brillaient d'un éclat qui ne faiblissait pas, de grosses gouttes de sueur ruisselaient le long de ses joues. Les veines de son front s'étaient enflées, son corps tout entier s'agitait, ses lèvres pâles ne se refermaient plus et toute sa silhouette exprimait un besoin exalté de jouissance.

Ayant imprimé à tout son corps un mouvement passionné et secoué sa chevelure, il laissa retomber son violon et parcourut l'assistance d'un sourire de fière majesté et de bonheur. Puis son dos se courba, sa tête s'abaissa, ses lèvres se fermèrent, ses yeux perdirent leur éclat et, comme s'il avait honte de lui-même, se retournant avec des regards timides et s'emmêlant les jambes, il passa dans l'autre pièce.

III

Chez tous ceux qui étaient là, il s'était passé quelque chose d'étrange, et on sentait quelque chose d'étrange dans le silence de mort qui s'instaura lorsque Albert eut cessé de jouer. On eût dit que chacun aurait voulu, mais ne savait pas exprimer ce que tout cela signifiait. Que pouvaient donc bien signifier cette pièce bien éclairée et chaude, ces femmes brillantes, l'aube aux fenêtres, le sang échauffé et la pure impression des sons qui l'avaient remplie ? Mais personne ne tenta même de dire ce que tout cela signifiait : au contraire, presque tout le monde, ne se sentant pas la force de passer entièrement du côté de ce que leur avait découvert cette nouvelle impression, s'insurgeait contre elle.

— Mais c'est qu'il joue vraiment bien, dit l'officier.

— Étonnamment ! répondit Délessov, en s'essuyant les joues à la dérobée du revers de sa manche.

— Cela dit, il est temps de s'en aller, messieurs, dit, un peu revenu à lui, celui qui était resté allongé sur le divan. — Il va falloir lui donner quelque chose, messieurs. Faisons une collecte.

Albert, cependant, était assis tout seul sur le divan de l'autre pièce. Les coudes appuyés sur ses genoux osseux, il se caressait le visage de ses mains sales et trempées de sueur, faisait bouffer ses cheveux et souriait tout seul d'un sourire de béatitude.

La quête fut abondante, et Délessov s'offrit à la lui présenter.

En outre, la musique avait fait sur lui une impression si forte et si inhabituelle, que le désir lui était venu de faire du bien à cet homme. Il eut l'idée de l'emmener chez lui, de l'habiller, de lui trouver une place — bref, de le sortir de cette situation sordide.

— Eh bien, vous êtes fatigué ? demanda Délessov en s'approchant du musicien.

Albert souriait.

— Vous avez effectivement du talent ; vous devriez faire sérieusement de la musique, jouer en public.

— Je boirais bien quelque chose, dit Albert, paraissant se réveiller.

Délessov apporta du vin, et le musicien en but deux verres avec avidité.

— Quel bon vin ! dit-il.

— Quelle chose merveilleuse que cette *Mélancolie* ! fit Délessov.

— Oh oui, oui, répondit Albert en souriant, — mais excusez-moi, je ne sais pas à qui j'ai l'honneur de parler ; vous êtes peut-être comte ou prince : vous ne pourriez pas me prêter un peu d'argent ? Il se tut un instant. — Je n'ai rien, je suis pauvre. Je ne pourrai pas vous le rendre.

Délessov rougit, il se sentit gêné, et il remit rapidement au musicien l'argent dc la collecte.

— Je vous remercie beaucoup, dit Albert, en saisissant l'argent. — Et maintenant, allons musiquer ; je vais vous jouer aussi longtemps que vous voudrez. Mais si c'était possible de boire encore quelque chose, ajouta-t-il en se levant.

Délessov lui apporta encore du vin et le pria de s'asseoir auprès de lui.

— Excusez-moi d'être franc, fit-il : votre talent m'a tellement intéressé. Il me semble que votre situation n'est pas bonne ?

Le regard d'Albert courait de Délessov à la maîtresse de maison qui venait d'entrer dans la pièce.

— Permettez-moi de vous proposer mes services, continuait Délessov. — Si vous manquez de quelque chose, je serais très heureux que vous vous installiez quelque temps chez moi. Je vis seul, et je pourrais peut-être vous être utile.

Albert souriait et ne répondait rien.

— Qu'est-ce que vous attendez pour dire merci, fit la maîtresse de maison. — Bien sûr, pour vous c'est un bienfait. Mais je ne vous le conseillerais pas, continua-t-elle en se tournant vers Délessov et en secouant la tête d'un geste de dénégation.

— Je vous suis très reconnaissant, dit Albert en lui serrant la main de ses mains humides, — mais à présent, allons s'il vous plaît faire de la musique.

Mais les autres invités étaient déjà sur le point de partir, et Albert eut beau essayer de les convaincre, ils se dirigèrent vers l'antichambre.

Albert fit ses adieux à la maîtresse de maison et, ayant mis un chapeau usé à larges bords et une vieille pèlerine d'été, tout ce qu'il avait en fait de vêtements d'hiver, il sortit sur le perron avec Délessov.

Lorsque celui-ci se fut installé dans sa calèche avec sa nouvelle connaissance, et qu'il sentit l'odeur avinée et malpropre dont le musicien était imprégné, il commença à se repentir de son geste et à s'accuser de sensiblerie et de légèreté puériles. En outre, tout ce que disait Albert était si sot et si plat, et, une fois au grand air, il s'était trouvé soudain dans un état d'ivresse si répugnant que Délessov en eut la nausée. « Qu'est-ce que je vais pouvoir faire de lui ? » se dit-il.

Au bout d'un quart d'heure, Albert cessa de parler, son chapeau tomba à ses pieds et lui-même s'affala dans un coin de la calèche et se mit à ronfler. Les roues grinçaient régulièrement sur la neige glacée ; la lueur de l'aube pénétrait à peine à travers les fenêtres givrées.

Délessov se retourna vers son voisin. Le long corps inerte recouvert de sa pèlerine était allongé devant lui. Il eut l'impression de voir se balancer au bout de ce tronc une longue tête avec un grand nez sombre ; mais, l'observant de plus près, il vit que ce qu'il avait pris pour un visage et un nez étaient des cheveux, et que le visage véritable se trouvait plus bas. Il se pencha et en distingua les traits. Et il fut de nouveau frappé par la beauté du front et de la bouche aux lèvres paisiblement refermées.

Sous l'effet de la fatigue nerveuse, de la nuit blanche qu'il venait de passer et de la musique qu'il venait d'entendre, il se transporta de nouveau, en regardant ce visage, dans ce monde plein de félicité qu'il avait entrevu au cours de la nuit ; de nouveau, il revit le temps heureux et généreux de sa jeunesse, et il cessa de se repentir de son geste. En cet instant, il aimait Albert d'un amour sincère et chaleureux, et avait fermement décidé de lui faire du bien.

IV

Le lendemain matin, lorsqu'on le réveilla pour aller à son travail, Délessov fut surpris et contrarié de voir près de son lit son vieux paravent, son vieux domestique et l'horloge placée sur sa table de nuit. « Qu'est-ce que je voudrais donc voir, si ce n'est pas ce qui m'entoure toujours ? » se demanda-t-il. C'est alors qu'il se souvint des yeux noirs et du sourire de béatitude du musicien ; le motif de *Mélancolie* et toute l'étrange nuit précédente se présentèrent de nouveau à son imagination.

Mais il n'avait pas le temps de se demander s'il avait bien fait d'amener avec lui le musicien. Tout en s'habillant, il faisait son emploi du temps de la journée : il prit ses papiers, donna aux domestiques les ordres nécessaires, puis il enfila à la hâte son manteau et mit ses caoutchoucs. En passant devant la salle à manger, il regarda par la porte entrebâillée. Albert, le visage enfoncé dans un oreiller, s'étalait, avec sa chemise sale et déchirée, sur le divan de maroquin où, la veille au soir, on l'avait étendu sans le réveiller, et il dormait d'un sommeil de plomb. Il y a là quelque chose qui ne va pas, se dit malgré lui Délessov.

— Passe de ma part chez Boriouzovski, dit-il à son domestique, emprunte-lui un violon pour un jour ou deux, — et lorsqu'il sera réveillé, fais-lui boire du café et trouve-lui dans mes vieilles affaires du linge et des vêtements. Et en général, veille à ce qu'il ne manque de rien. S'il te plaît.

Revenu chez lui tard dans la soirée, Délessov, à sa grande surprise, n'y trouva pas Albert.

— Où est-il donc ? demanda-t-il à son domestique.

— Il est parti tout de suite après le déjeuner, répondit le domestique, — il a pris le violon et il est parti ; il a promis de revenir dans une heure, mais il n'est toujours pas là.

— Tss ! Tss ! C'est bien ennuyeux, fit Délessov. — Comment as-tu pu le laisser sortir, Zakhar ?

Zakhar était un laquais pétersbourgeois, au service de Délessov depuis huit ans déjà. Célibataire vivant seul, celui-ci lui confiait sans y penser ses intentions, et aimait connaître son opinion sur tout ce qu'il entreprenait.

— Comment me serais-je permis de ne pas le laisser sortir, répondit Zakhar en jouant avec le cachet de sa montre. — Si vous m'aviez dit, Dmitri Ivanovitch, qu'il fallait le retenir, j'aurais pu l'occuper à la maison. Mais vous n'avez parlé que des vêtements.

— Tss ! Comme c'est ennuyeux ! Et qu'est-ce qu'il a fait pendant que je n'étais pas là ?

Zakhar eut un petit rire.

— Ça, pour un artiste, c'est un artiste, Dmitri Ivanovitch. Aussitôt réveillé, il a demandé du madère, ensuite il s'est occupé tout le temps avec la cuisinière et le domestique des voisins. Il est drôle... Mais c'est un très bon caractère. Je lui ai servi du thé, je lui ai apporté à déjeuner, il n'a rien voulu manger tout seul, il voulait tout le temps que je mange avec lui. Mais pour ce qui est de jouer du violon, c'est bien vrai que des artistes comme lui, Isler[1] n'en a pas beaucoup. Un musicien comme ça, ça peut s'entretenir. Comment il nous a joué la ballade de Stenka Razine[2], on aurait dit quelqu'un qui pleurait ! C'était trop beau ! Les gens sont même venus dans l'entrée de tous les étages pour l'écouter.

— Bon, et tu l'as habillé ? l'interrompit son maître.

— Comment donc ; je lui ai mis votre chemise de nuit et mon manteau. Ça c'est quelqu'un qu'on peut aider, un brave homme, vrai. Zakhar sourit. — Il me demandait tout le temps quel grade vous aviez, et si vous aviez des relations. Et combien vous possédiez de paysans.

— Bon, ça va, mais il va falloir maintenant le

retrouver et ne plus rien lui donner à boire, sans ça ce sera encore pire.

— C'est bien vrai, l'interrompit Zakhar, — il n'a pas beaucoup de santé, c'est clair, nous avions comme ça chez mon ancien patron un commis…

Délessov, qui connaissait depuis longtemps l'histoire du commis et de ses crises d'éthylisme, ne laissa pas Zakhar la terminer et, lui ayant fait préparer ce qu'il fallait pour la nuit, il l'envoya à la recherche d'Albert avec la mission de le ramener.

Il se coucha, éteignit la bougie, mais longtemps ne put s'endormir en pensant toujours à Albert. « Bien que cela puisse paraître étrange à beaucoup de mes amis, se disait Délessov, — mais c'est si rare que l'on fasse quelque chose pour autrui, qu'il faut remercier le bon Dieu lorsque l'occasion se présente, et je ne veux pas la laisser passer. Je ferai tout, absolument tout ce que je peux pour l'aider. Peut-être qu'il n'est pas fou, mais seulement alcoolique ? Ça ne me coûtera pas cher du tout : là où il y en a pour un, il y en a pour deux. Qu'il vive d'abord un peu chez moi, et ensuite nous lui trouverons une place ou lui arrangerons un concert, on le remettra à flots et après on verra. »

Un agréable sentiment de satisfaction de soi s'empara de lui à la suite de ce raisonnement.

« C'est vrai, je ne suis pas du tout quelqu'un de mauvais, pensa-t-il. — Je suis même quelqu'un de pas mauvais du tout, quand je me compare à d'autres… »

Il était déjà en train de s'endormir, lorsque le

bruit d'une porte qui s'ouvrait et de pas dans l'antichambre le réveilla.

« Allons, je vais lui faire un peu la leçon, pensa-t-il, — ça vaut mieux ; et c'est mon devoir. »

Il sonna, et Zakhar entra.

— Alors, tu l'as ramené ? lui demanda-t-il.

— C'est quelqu'un qui fait pitié, Dmitri Ivanovitch, dit Zakhar en secouant la tête d'un geste entendu et en fermant les yeux.

— Il est saoul ?

— Il est très faible.

— Et le violon, il l'a ?

— Je l'ai rapporté, la dame me l'a remis.

— Bon, ne le laisse pas entrer dans ma chambre ce soir, s'il te plaît, mets-le au lit, et demain, ne le laisse pas sortir de la maison.

Mais Zakhar n'était pas sorti qu'Albert entrait à son tour dans la chambre.

V

— Vous dormez déjà ? fit Albert en souriant. — Moi j'ai été là-bas, chez Anna Ivanovna. J'ai passé une soirée très agréable : nous avons musiqué, nous avons ri, il y avait une société très agréable. Permettez-moi de boire un verre, ajouta-t-il en saisissant la carafe d'eau posée sur la table de nuit, — mais pas de l'eau.

Albert était exactement comme la veille : le même beau sourire dans les yeux et sur les lèvres, le même front clair et inspiré, la même faiblesse des bras et des jambes. Le manteau de Zakhar était juste à sa taille, et le long col souple tout propre de la chemise de nuit s'ouvrait gracieusement autour de son mince cou blanc, lui donnant quelque chose de particulièrement enfantin et innocent. Il s'assit sur le bord du lit de Délessov et le fixa en silence, avec un sourire de joie et de reconnaissance. Délessov le regarda dans les yeux et soudain se sentit de nouveau subjugué par son sourire. Il cessa d'avoir sommeil, oublia son devoir d'être sévère, il eut envie au contraire de s'amuser, d'écouter de la musique et de bavarder amicalement avec Albert jusqu'au matin s'il le fallait. Il ordonna à Zakhar d'apporter une bouteille de vin, des cigarettes et le violon.

— Voilà qui est parfait, dit Albert, — il est encore tôt, nous allons faire de la musique, je vais vous jouer aussi longtemps que vous voudrez.

Avec une satisfaction visible, Zakhar apporta une bouteille de château-lafite, deux verres, des cigarettes légères, de celles que fumait Albert, et le violon. Mais au lieu d'aller se coucher, comme le lui avait commandé son maître, il alluma un cigare et resta assis dans la pièce voisine.

— Causons plutôt, dit Délessov au musicien qui avait déjà pris le violon.

Albert s'assit docilement sur le lit et, de nouveau, sourit joyeusement.

— Ah oui, dit-il soudain en se frappant le front et en prenant une expression de curiosité préoccupée (l'expression de son visage annonçait toujours ce qu'il allait dire). — Permettez-moi de vous demander... — il s'arrêta un instant — ce monsieur qui était là-bas avec vous, hier... vous l'avez appelé N., serait-ce le fils du fameux N. ?

— Son propre fils, répondit Délessov, se demandant en quoi cela pouvait bien intéresser Albert.

— C'est bien ce que je pensais, dit-il avec un sourire satisfait, — j'ai tout de suite remarqué dans ses manières quelque chose de particulièrement aristocratique. J'aime les aristocrates : un aristocrate, ça frappe tout de suite par quelque chose de beau et de raffiné. Et cet officier qui danse si bien, poursuivit-il, — il m'a beaucoup plu lui aussi, il est si gai et si distingué. C'est l'aide de camp de N., je crois ?

— Lequel ? demanda Délessov.

— Celui auquel je me suis cogné quand nous dansions. Ça doit être un homme remarquable.

— Non, c'est quelqu'un d'insignifiant, répondit Délessov.

— Oh non ! fit Albert, prenant avec feu sa défense, — il a aussi quelque chose de très, très agréable, et c'est un merveilleux musicien, ajouta-t-il, — il a joué là-bas quelque chose qui sortait d'un opéra. Il y avait longtemps que quelqu'un ne m'avait pas plu autant.

— Oui, il joue bien, mais je n'aime pas son jeu, dit Délessov, qui voulait entendre son interlocuteur parler de musique, — il ne comprend pas la musique classique ; parce que Donizetti et Bellini, ce n'est tout de même pas de la musique. Vous êtes bien d'accord ?

— Oh non, non, excusez-moi, fit Albert sur un ton de doux plaidoyer, la musique ancienne, c'est de la musique, et la musique moderne, c'est aussi de la musique. Et il y a dans la musique moderne des beautés extraordinaires : et *La Som-*

nambule[1] ? ! Et le finale de *Lucia*[2] ? ! Et Chopin ? ! Et *Robert*[3] ? ! Je pense souvent... il s'arrêta un instant, tâchant manifestement de rassembler ses idées — que si Beethoven était là, il pleurerait de joie, je vous assure, en écoutant *La Somnambule*. Il y a de belles choses partout. J'ai écouté pour la première fois *La Somnambule* lorsque Viardot[4] et Rubini[5] étaient là, — c'était comme ça, dit-il, les yeux brillants, et en faisant des deux mains le geste d'arracher quelque chose à sa poitrine. — Encore un peu, et on n'aurait pas pu le supporter.

— Bon, et l'opéra de maintenant, comment le trouvez-vous ? demanda Délessov.

— Bosio[6] est bien, très bien, répondit-il, extraordinairement distinguée, mais elle ne vous touche pas ici, fit-il en désignant sa maigre poitrine. — Pour faire une chanteuse, il faut de la passion, et elle n'en a pas. Elle vous réjouit, mais ne vous tourmente pas.

— Et Lablache[7] ?

— Je l'ai entendu, encore à Paris, dans *Le Barbier de Séville*[8] ; à l'époque, il était unique, mais maintenant il est trop vieux — il ne peut pas être artiste, il est trop vieux pour ça.

— Qu'est-ce que ça peut faire qu'il soit vieux, il est tout même bon dans les *morceaux d'ensemble*[9], dit Délessov, qui disait toujours cela de Lablache.

— Comment, qu'est-ce que ça peut faire qu'il soit vieux ? répliqua sévèrement Albert. — Il ne doit pas être vieux. Un artiste ne doit pas être vieux. L'art a besoin de beaucoup de choses, mais surtout de feu ! dit-il, le regard étincelant, en levant les deux bras au ciel.

Et en effet, il paraissait brûler tout entier d'un terrible feu intérieur.

— Ah, mon Dieu, fit-il soudain, — vous ne connaissez pas Pétrov, le peintre ?

— Non, je ne le connais pas, répondit Délessov en souriant.

— Comme j'aimerais que vous fassiez sa connaissance ! Vous auriez plaisir à lui parler. Comme il comprend l'art, lui aussi ! On se rencontrait souvent chez Anna Ivanovna, mais à présent, elle a l'air d'être fâchée avec lui. Mais moi, j'aimerais beaucoup que vous fassiez sa connaissance. C'est un grand, un très grand talent.

— Il peint des tableaux ? demanda Délessov.

— Je ne sais pas ; non, je pense, mais il a été à l'Académie. Quelles pensées il a ! Quelquefois, quand il parle, c'est étonnant. Oh, Pétrov est un grand talent, mais seulement il mène une vie très joyeuse. C'est ça qui est dommage, ajouta Albert en souriant. Puis il se leva du lit, prit son violon et commença à l'accorder.

— Dites, il y a longtemps que vous n'avez pas été à l'Opéra ? lui demanda Délessov.

Albert se retourna et soupira.

— Ah, je ne peux plus y aller, dit-il en se prenant la tête dans les mains. Il s'assit de nouveau auprès de Délessov. — Je vais vous dire, prononça-t-il presque à voix basse : — je ne peux pas y aller, je ne peux pas y jouer, je n'ai rien, rien — pas de vêtements, pas d'appartement, pas de violon. Sale vie ! Sale vie ! répéta-t-il plusieurs fois. — Et puis pourquoi irais-je ? À quoi bon ? Ce n'est pas la peine, dit-il en souriant. — Ah, *Don Juan* !

Et il se frappa la tête.

— Eh bien, allons-y un jour ensemble, dit Délessov.

Albert, sans répondre, bondit, saisit le violon et se mit à jouer le finale du premier acte de *Don Juan*, tout en racontant l'histoire.

Délessov sentit ses cheveux se dresser sur sa tête lorsque le musicien joua la voix du commandeur mourant.

— Non, je ne peux pas jouer ce soir, dit-il en posant son violon, — j'ai trop bu.

Mais aussitôt il alla vers la table, se versa un demi-verre de vin, le but d'un trait et se rassit sur le lit de Délessov.

Délessov ne le quittait pas des yeux ; Albert souriait parfois, et Délessov souriait aussi. Ils se taisaient l'un et l'autre ; mais leur regard et leur sourire les rapprochaient de plus en plus dans une relation d'amour. Délessov sentait qu'il aimait de plus en plus cet homme et en éprouvait une joie incompréhensible.

— Il vous est arrivé d'être amoureux ? demanda-t-il soudain.

Albert resta pensif quelques secondes, puis son visage s'éclaira d'un sourire de tristesse. Il se pencha vers Délessov et le regarda attentivement dans les yeux.

— Pourquoi m'avez-vous demandé cela ? murmura-t-il. — Mais je vais tout vous raconter, vous m'avez plu, continua-t-il, après l'avoir fixé des yeux un instant et jeté un regard à la ronde. — Je ne veux pas vous tromper, je vais vous raconter tout ce qui s'est passé, depuis le début. Il s'arrêta et ses yeux se figèrent étrangement, avec une expression de stupeur. — Vous savez que je n'ai pas toute ma tête, dit-il soudain. — Oui, oui, continua-t-il, Anna Ivanovna vous l'a sans doute raconté. Elle dit à tout le monde que je suis fou ! Ce n'est pas vrai, elle le dit en plaisantant, elle est très bonne ; et c'est vrai que depuis quelque temps je ne suis pas tout à fait bien.

Albert se tut de nouveau et fixa la porte de bois sombre de ses yeux grands ouverts et immobiles.

— Vous m'avez demandé si j'avais été amoureux ? Oui, j'ai été amoureux, murmura-t-il, en levant les sourcils. — C'est arrivé il y a longtemps, à l'époque où j'avais encore une place au théâtre. Je jouais le second violon à l'Opéra, et elle venait dans une baignoire numérotée, du côté gauche.

Albert se leva et se pencha vers Délessov pour lui parler à l'oreille.

— Non, pourquoi dire son nom, fit-il. — Vous la connaissez sans doute, tout le monde la connaît. Je ne disais rien, je ne faisais que la regarder. Je sais que je suis un pauvre artiste, et elle une dame de l'aristocratie. Je le savais parfaitement. Je ne faisais que la regarder et ne pensais rien.

Albert devint songeur, tandis qu'il fouillait dans ses souvenirs.

— Comment c'est arrivé, je ne m'en souviens pas ; mais on m'a fait venir une fois pour l'accompagner au violon. Moi, un pauvre artiste ! dit-il en hochant la tête et en souriant. — Mais non, je ne sais pas raconter, je ne sais pas..., ajouta-t-il, en se prenant la tête dans les mains. — Comme j'étais heureux !

— Vous alliez souvent chez elle ? demanda Délessov.

— Une fois, une seule fois... mais c'est de ma faute, je suis devenu fou. Je suis un pauvre artiste, et elle une dame de l'aristocratie. Je n'aurais rien dû lui dire. Mais j'ai perdu la tête, j'ai fait une sottise. Depuis, tout est fini pour moi. Pétrov avait raison : il aurait mieux valu que je ne la voie qu'au théâtre...

— Qu'est-ce que vous avez donc fait ? demanda Délessov.

— Ah, attendez, attendez, je ne peux pas raconter ça.

Et, se couvrant des mains le visage, il se tut pendant quelques instants.

— Je suis arrivé en retard à l'orchestre. On avait bu avec Pétrov ce soir-là, et j'étais troublé. Elle était assise dans sa loge et parlait à un général. Je ne sais pas qui était ce général. Elle était assise tout au bord, elle avait le bras posé sur la rampe ; elle portait une robe blanche et un collier de perles. Elle lui parlait et me regardait. Deux fois elle m'a regardé. Elle était coiffée comme ça ; je ne jouais pas, je me tenais debout auprès de la basse et la regardais. C'est à ce moment-là que pour la première fois il m'est arrivé une chose étrange. Elle a souri au général et m'a regardé. Je sentais qu'elle parlait de moi, et tout d'un coup j'ai vu que je n'étais pas dans l'orchestre, mais dans la loge, que j'étais avec elle et que je lui tenais le bras, à cet endroit-là. Qu'est-ce que ça signifie ? demanda Albert après un silence.

— C'est le pouvoir de l'imagination, dit Délessov.

— Non, non... mais je ne sais pas le raconter, répondit Albert en plissant les sourcils. — J'étais déjà pauvre à ce moment-là, je n'avais pas de logement, et lorsque j'allais au théâtre, j'y passais quelquefois la nuit.

— Comment ? Au théâtre ? Dans cette grande salle vide, dans l'obscurité ?

— Ah, ces bêtises-là ne me font pas peur. Ah, attendez. Dès que tout le monde était parti, j'allais vers sa baignoire, et je dormais. C'était ma seule joie. Quelles nuits j'y ai passées ! Seulement, une fois, ça a recommencé. J'ai commencé à voir beaucoup de choses la nuit, mais je ne peux vous en raconter beaucoup. Albert, les pupilles baissées, regardait Délessov. — Qu'est-ce que ça veut dire ? demanda-t-il.

— Étrange ! dit Délessov.

— Non, attendez, attendez ! Il continua, en lui chuchotant à l'oreille. — Je baisais sa main, je pleurais, là, à côté d'elle, et je lui disais beaucoup de choses. Je sentais son parfum, j'entendais sa voix. Elle m'a dit beaucoup de choses en une seule nuit. Puis j'ai pris mon violon et je me suis mis à jouer doucement. Je jouais très bien. Mais tout d'un coup, j'ai eu peur. Je n'ai pas peur de ces bêtises et je n'y crois pas ; mais j'ai commencé à avoir peur pour ma tête, dit-il avec un sourire aimable et en se touchant le front de la main, — pour ma pauvre tête j'ai commencé à avoir peur : j'avais l'impression qu'il s'était passé quelque chose dans ma tête. Peut-être que ce n'est rien ? Qu'est-ce que vous en pensez ?

Ils se turent l'un et l'autre quelques instants.

Und wenn die Wolken sie verhüllen,
Die Sonne bleibt doch ewig klar[1],

chanta Albert, en souriant doucement. — N'est-ce pas vrai ? ajouta-t-il.

Ich auch habe gelebt und genossen[2],

Ah ! Le vieux Pétrov, comme il vous aurait expliqué tout ça.

Délessov regardait en silence et avec effroi le visage ému et tout pâle de son interlocuteur.

— Vous connaissez la *Juristen-Walzer* ? s'écria soudain Albert et, sans attendre la réponse, il bondit, saisit le violon et commença à jouer une valse joyeuse. Complètement absorbé par son jeu, et s'imaginant sans doute avoir derrière lui tout un orchestre, Albert souriait, se balançait, changeait de pied et jouait à ravir.

— Hé, assez de s'amuser ! dit-il, en s'arrêtant de jouer et en agitant son violon.

— J'y vais, dit-il après être resté assis en silence pendant quelques instants. — Vous ne venez pas, vous ?

— Où donc ? demanda Délessov, étonné.

— Retournons chez Anna Ivanovna — on s'amuse bien chez elle : il y a du bruit, des gens, de la musique.

Délessov fut d'abord sur le point d'accepter. Mais, se ravisant, il tenta de convaincre Albert de ne pas y aller ce soir.

— Ça serait juste pour un instant.

— Je vous assure qu'il ne faut pas y aller.

Albert soupira et posa son violon.

— Alors on reste ?

Il regarda encore la table (il n'y avait plus de vin) et, après avoir souhaité bonne nuit à Délessov, sortit.

Délessov sonna.

— Tu fais attention de ne pas laisser sortir Monsieur Albert sans me le demander, dit-il à Zakhar.

VI

Le lendemain était jour férié. Délessov, après son réveil, était assis dans son salon avec une tasse de café, et lisait un livre. Dans la pièce voisine, Albert n'avait pas encore bougé.

Zakhar ouvrit la porte avec précaution et jeta un regard dans la salle à manger.

— Vous me croirez ou non, Dmitri Ivanovitch, il dort comme ça, à même le divan ! Il ne voulait pas qu'on lui fasse son lit, je vous jure. Comme un petit enfant. Un artiste, je ne vous dis que ça !

Il était près de midi lorsque, de l'autre côté de la porte, on l'entendit se racler la gorge et tousser.

Zakhar retourna dans la salle à manger ; et le maître de maison entendit la voix douce de Zakhar et la voix faible et implorante d'Albert.

— Eh bien ? demanda-t-il à Zakhar lorsque celui-ci fut revenu.

— Il s'ennuie, Dmitri Ivanovitch ; il ne veut pas se laver, il a l'air tout maussade. Il demande tout le temps à boire.

— Non, maintenant que j'ai commencé, il faut tenir bon, se dit Délessov.

Et, évitant de lui faire servir du vin, il se remit à sa lecture, tout en prêtant l'oreille malgré lui à ce qui se passait dans la salle à manger. Rien ne bougeait, on entendait seulement, de temps à autre, une toux pénible venue du fond de la poitrine et des crachements. Deux heures passèrent. Délessov, s'étant habillé, décida, avant de sortir de la maison, de passer voir son hôte. Albert était assis près de la fenêtre, immobile, la tête dans les mains. Il se retourna. Son visage était jaune, tout ridé, et pas seulement triste, mais profondément malheureux. Il tenta de sourire en guise de salut, mais son visage prit une expression encore plus désolée. On avait l'impression qu'il était sur le point de pleurer. Il se leva péniblement et salua.

— Si je pouvais avoir un petit verre de simple vodka, dit-il d'une voix implorante, — je suis si faible... s'il vous plaît !

— Le café vous donnera plus de force. Croyez-moi.

Le visage d'Albert perdit soudain son expression enfantine ; il dirigea vers la fenêtre un regard froid et terne, et se laissa faiblement retomber sur sa chaise.

— Ou bien est-ce que vous ne voudriez pas déjeuner ?

— Non, merci, je n'ai pas d'appétit.

— Si vous avez envie de jouer du violon, vous ne me gênerez pas, fit Délessov en posant le violon sur la table.

Albert regarda le violon avec un sourire de mépris.

— Non, je suis trop faible, je ne peux pas jouer, dit-il en repoussant l'instrument.

Après quoi, comme Délessov lui proposait de sortir un peu et, le soir, d'aller au théâtre, il ne fit plus que s'incliner docilement et se taire avec obstination. Délessov sortit, fit quelques visites, dîna chez des amis et, avant d'aller au théâtre, passa chez lui pour s'habiller et voir ce que faisait le musicien. Albert était assis dans la pénombre de l'antichambre ; accoudé et la tête posée sur ses mains, il regardait allumer le poêle. Il était soigneusement vêtu, lavé et coiffé ; mais son regard était terne et sans vie, et toute sa silhouette trahissait plus de faiblesse et d'épuisement encore que le matin.

— Alors, vous avez dîné, monsieur Albert ? demanda Délessov.

Albert fit un signe de tête affirmatif et, levant les yeux vers le visage de Délessov, les baissa d'un air effrayé.

Délessov se sentit mal à l'aise.

— J'ai parlé tout à l'heure de vous au directeur, dit-il en baissant aussi les yeux. — Il serait très heureux de vous accueillir, si vous voulez bien qu'il vous écoute.

— Merci, mais je ne peux pas jouer, marmonna-t-il, et il se retira dans sa chambre en fermant la porte avec le moins de bruit possible.

Au bout de quelques instants, la poignée de la porte tourna de nouveau sans bruit, et il sortit de sa chambre avec son violon. Jetant un regard furtif et méchant à Délessov, il posa le violon sur la table et ressortit aussitôt.

Délessov haussa les épaules et sourit.

« Qu'est-ce que je peux faire de plus ? De quoi suis-je coupable ? » pensa-t-il.

— Eh bien, comment va le musicien ? fut la première question qu'il posa lorsque, tard dans la nuit, il revint chez lui.

— Mal ! fit Zakhar d'une voix forte et nette. — Il n'arrête pas de soupirer, de tousser, et ne dit rien, sinon qu'il m'a demandé cinq fois de la vodka. J'ai fini par lui en donner une. Sans quoi, Dmitri Ivanytch, on risque de lui faire arriver un malheur. C'est comme le commis...

— Et il ne joue pas du violon ?

— Il n'y touche même pas. Moi aussi, je le lui ai apporté deux fois, — il le prend doucement et le rapporte, répondit Zakhar en souriant. — Alors vous ne voulez pas qu'on lui serve à boire ?

— Non, attendons encore un jour, on va voir ce que ça va donner. Et maintenant, qu'est-ce qu'il fait ?

— Il s'est enfermé au salon.

Délessov passa dans son bureau, choisit quelques livres français et un Évangile en allemand.

— Mets-lui ça demain dans sa chambre, et surtout ne le laisse pas sortir, dit-il à Zakhar.

Le lendemain matin, Zakhar rapporta à son maître que le musicien n'avait pas dormi de la nuit : il n'avait cessé de déambuler dans l'appartement et d'entrer dans l'office, s'efforçant d'ouvrir l'armoire et la porte, mais par ses bons soins, tout était bien fermé. Zakhar racontait que, faisant semblant de dormir, il avait entendu Albert marmonner dans l'obscurité en agitant les bras.

De jour en jour, le musicien devenait plus

sombre et plus silencieux. Il paraissait avoir peur de Délessov, et un effroi douloureux se peignait sur son visage lorsque leurs regards se croisaient. Il ne touchait ni aux livres, ni au violon, et ne répondait pas aux questions qu'on lui posait.

Au troisième jour de son séjour chez lui, Délessov revint tard, fatigué et préoccupé. Il avait passé la journée en courses et en démarches pour une affaire qui lui paraissait très simple et très facile, et, comme il arrive souvent, il ne l'avait pas fait avancer d'un pas, malgré des efforts acharnés. En outre, étant passé à son club, il avait perdu au whist. Il était de mauvaise humeur.

— Ah, qu'il aille au diable, après tout ! répondit-il à Zakhar qui lui expliquait dans quel triste état se trouvait Albert. — Demain, je l'obligerai à me dire une fois pour toutes s'il veut oui ou non rester chez moi et suivre mes conseils. S'il ne veut pas, c'est son affaire. Il me semble que j'ai fait ce que j'ai pu.

« Voilà ce que c'est que de faire du bien aux gens ! se disait-il à lui-même. Je me gêne pour lui, je garde dans ma maison cet être malpropre, si bien que le matin, je ne peux même pas recevoir chez moi un inconnu, je fais des démarches, je cours à droite et à gauche, et lui me considère comme une espèce de malfaiteur qui l'a enfermé dans une cage pour son plaisir. Et surtout — il ne fera pas le moindre geste pour lui-même. Ils sont tous comme ça (ce "tous" désignait les gens en général, et en particulier ceux auxquels il avait eu affaire dans la journée). Et qu'est-ce qui se passe dans sa tête en ce moment ? À quoi pense-t-il, qu'est-ce qu'il regrette ? La débauche à laquelle je l'ai arraché ? L'abaissement où il se trouvait ? La misère dont je l'ai sauvé ? Il est tombé si bas, manifestement, qu'il a du mal à supporter le spectacle d'une vie honorable... »

« Non, c'était un acte enfantin, décida Délessov. Est-ce à moi de corriger les autres, quand j'arrive tout juste à m'en tirer avec moi-même. » Il était sur le point de le laisser partir tout de suite, mais, après un instant de réflexion, il remit la décision au lendemain.

Au cours de la nuit, Délessov fut réveillé par le fracas d'une table renversée dans l'antichambre, par des voix et des bruits de pas. Il alluma sa chandelle et écouta avec étonnement...

— Attendez, je vais le dire à Dmitri Ivanovitch, disait Zakhar ; on entendait la voix d'Albert marmonner avec fougue des propos sans suite. Délessov bondit de son lit et, la bougie à la main, entra dans l'antichambre. Zakhar, en vêtement de nuit, se tenait devant la porte, Albert, coiffé de son chapeau et couvert de sa cape, essayait de l'écarter de la porte et criait d'une voix larmoyante :

— Vous ne pouvez pas m'empêcher de sortir ! J'ai un passeport, je n'ai rien volé chez vous ! Vous pouvez me fouiller ! Je vais aller trouver le chef de la police !

— Permettez, Dmitri Ivanovitch ! fit Zakhar en s'adressant à son maître, et en couvrant toujours la porte de son dos. — Monsieur s'est levé la nuit, a trouvé la clef dans mon manteau et a bu toute une carafe de liqueur. Est-ce que c'est bien, ça ? Et maintenant, Monsieur veut partir. Vous l'avez interdit, donc je ne peux pas le laisser passer.

Apercevant Délessov, Albert s'en prit encore plus violemment à Zakhar :

— Personne ne peut me retenir ! Personne n'en a le droit ! criait-il, haussant de plus en plus la voix.

— Écarte-toi, Zakhar, fit Délessov. — Je ne veux pas et ne peux pas vous retenir, mais je vous conseillerais de rester jusqu'à demain, fit-il en s'adressant à Albert.

— Personne ne peut me retenir ! Je vais aller trouver le chef de la police ! criait Albert de plus en plus fort, en s'adressant toujours à Zakhar et sans regarder Délessov. — Au secours ! hurla-t-il soudain d'une voix furieuse.

— Mais qu'est-ce que vous avez donc à crier comme ça ? On ne vous retient pas, fit Zakhar en ouvrant la porte.

Albert cessa de crier. « C'est manqué ? On voulait me détruire. Pas question ! » marmonnait-il entre les dents en chaussant ses caoutchoucs. Sans dire adieu et tout en continuant à bredouiller des paroles incompréhensibles, il franchit le seuil. Zakhar l'éclaira jusqu'au portail et revint.

— Dieu soit loué, Dmitri Ivanovitch ! Autrement, ça aurait pu mal tourner, dit-il à son maître. — Maintenant, il faut vérifier l'argenterie.

Délessov hocha la tête et ne répondit rien. À présent, il revoyait vivement les deux premiers soirs en compagnie du musicien, les tristes journées que par sa faute Albert avait passées chez lui, et surtout, il se souvint de ce doux sentiment mêlé d'étonnement, d'amour et de compassion que cet homme étrange avait éveillé en lui au premier regard, et il fut pris de pitié pour lui.

« Qu'est-ce qu'il va bien pouvoir devenir à présent ? pensa-t-il. — Sans argent, sans vêtements chauds, seul dans la nuit... » Il était sur le point d'envoyer Zakhar pour le rattraper, mais il était trop tard.

— Il fait froid dehors ? demanda-t-il.

— Ça gèle dur, Dmitri Ivanovitch. Ça me fait penser que j'avais oublié de vous prévenir qu'il faudrait racheter du bois avant le printemps.

— Tu ne m'avais pas dit qu'il en resterait ?

VII

En effet, il faisait froid dehors, mais Albert ne sentait pas le froid, tant il était échauffé par l'alcool qu'il avait bu et par la dispute.

Une fois dans la rue, il regarda autour de lui et se frotta joyeusement les mains. La rue était vide, mais une longue rangée de lanternes brillait encore de ses flammes rouges, et le ciel était clair et étoilé. « Eh bien ? » fit-il en se tournant vers la fenêtre éclairée de l'appartement de Délessov et, glissant les mains sous son manteau dans les poches de son pantalon, et se penchant en avant, Albert tourna à droite dans la rue d'un pas pesant et mal assuré. Il sentait une lourdeur extrême dans les jambes et sur l'estomac, sa tête bourdonnait, une force invisible le faisait chanceler d'un côté sur l'autre, mais il continuait à avancer en direction de l'appartement d'Anna Ivanovna. Des pensées étranges et décousues couraient dans sa tête. Il se rappelait tantôt sa dernière dispute avec Zakhar, tantôt, Dieu sait pourquoi, la mer et sa première arrivée en bateau en Russie, tantôt la nuit de bien-être qu'il avait passée avec son ami dans la boutique qu'il était en train de longer; tantôt un air connu commençait à chanter dans sa tête, et il se souvenait de l'objet de sa passion et de la terrible nuit qu'il avait passée au théâtre. Mais, malgré leur incohérence, tous ces souvenirs se présentaient avec tant d'éclat à son imagination que, fermant les yeux, il ne savait pas ce qui avait le plus de réalité, de ce qu'il était en train de faire ou de ce à quoi il pensait. Il ne se rendait pas compte et n'avait pas la sensation des mouvements que faisaient ses jambes, de la façon dont, en chancelant, il se heurtait aux murs, et dont il regardait autour de lui et passait d'une rue à l'autre. Il ne percevait et ne sentait que les images qui, se succédant et s'entremêlant, se présentaient à son imagination.

Tandis qu'il suivait la Malaïa Morskaïa[1], il trébucha et tomba. Reprenant conscience un instant, il vit devant lui un immense et superbe bâtiment, et continua sa route. Au ciel on ne voyait ni étoiles, ni lueur, ni lune, il n'y avait pas non plus de lanternes, mais tous les objets se dessinaient distinctement. Dans les fenêtres de l'édifice qui s'élevait au bout de la rue, on apercevait des lumières, mais ces lumières vacillaient comme des reflets. Le bâtiment se dressait devant Albert, de plus en plus proche, de plus en plus distinct, mais les lumières disparurent aussitôt qu'Albert fut entré sous le large portail. À l'intérieur, il faisait sombre. Des pas solitaires résonnaient sous les voûtes et des ombres mystérieuses glissaient et s'enfuyaient à son approche. « Pourquoi suis-je venu ici ? » se dit Albert ; mais une force irrésistible le tirait en avant vers un renfoncement de l'immense salle... Il s'y dressait comme une éminence, autour de laquelle se tenaient en silence d'étranges petits hommes. « Qui est-ce donc qui va parler ? » demanda Albert. Personne ne répondit, mais un homme lui désigna l'éminence, où se tenait un homme grand et maigre aux cheveux taillés en brosse, vêtu d'une robe de chambre bigarrée. Albert reconnut aussitôt son ami Pétrov. « Comme c'est étrange qu'il soit ici ! » pensa-t-il. « Non, mes frères ! disait Pétrov en désignant quelqu'un. Vous n'avez pas compris un homme qui vit parmi vous ; vous ne l'avez pas compris ! Ce n'est pas un artiste mercenaire, ni un exécutant mécanique, ni un fou, ni un homme perdu. C'est un génie, un grand génie musical, que vous avez laissé mourir sans l'avoir remarqué ni apprécié. » Albert comprit sur-le-champ de qui parlait son ami ; mais, ne voulant pas le gêner, il baissa la tête par modestie.

« Comme un fétu de paille, il s'est consumé sous l'effet du feu sacré que tous, nous servons, continuait la voix, mais il a réalisé tout ce que Dieu avait mis en lui ; aussi doit-il être appelé un grand homme. Vous avez pu le mépriser, le tourmenter, l'humilier, continuait la voix, parlant de plus en plus fort, — alors qu'il a été, qu'il est et qu'il sera incommensurablement plus haut que vous tous. Il est heureux, il est bon. Il aime ou méprise tout le monde de la même façon, ce qui revient au même, mais il ne sert que ce qui en lui est un don du ciel. Il n'aime qu'une seule chose

— la beauté, le seul bien au monde qui soit incontestable. Oui, c'est comme cela qu'il est ! Prosternez-vous devant lui, tous à genoux ! » cria-t-il d'une voix forte.

Mais une autre voix plus faible se fit entendre à l'autre extrémité de la salle. « Je ne veux pas me mettre à genoux devant lui, disait la voix, dans laquelle Albert reconnut aussitôt celle de Délessov. — En quoi est-il grand ? Et pourquoi devrions-nous nous incliner devant lui ? Est-ce qu'il s'est conduit de façon honnête et juste ? Est-ce qu'il a fait quelque chose pour la société ? Est-ce que nous ne l'avons pas vu emprunter de l'argent et ne pas le rendre, prendre le violon d'un de ses collègues de l'orchestre et le mettre en gage ? ("Mon Dieu ! Comment sait-il tout cela ?" se dit Albert, baissant encore davantage la tête.) Est-ce que nous ne l'avons pas vu flatter les pires nullités, les flatter pour de l'argent ? continuait Délessov. — Est-ce que nous ne savons pas comment il a été chassé du théâtre ? Comment Anna Ivanovna a voulu l'envoyer à la police ? » (« Mon Dieu ! Tout cela est vrai, mais prends ma défense, murmura Albert, — toi seul, tu sais pourquoi j'ai fait cela. »)

« Arrêtez, vous n'avez pas honte ? retentit de nouveau la voix de Pétrov. — De quel droit l'accusez-vous ? Avez-vous vécu sa vie ? Est-ce que vous avez éprouvé ses extases ? ("C'est vrai, c'est vrai !" chuchotait Albert.) L'art est la plus haute manifestation de puissance dans l'homme. Il n'est donné qu'à de rares élus, et il élève ces élus à une hauteur qui vous fait tourner la tête et où il est difficile de rester sain d'esprit. Dans l'art, comme dans tout combat, il y a des héros qui ont tout donné à leur mission et qui périssent sans avoir atteint leur but. »

Pétrov se tut, et Albert leva la tête et s'écria : « C'est vrai ! C'est vrai ! » ; mais sa voix mourut sans proférer un son.

« Ça ne vous regarde pas, dit d'une voix sévère en se tournant vers lui le peintre Pétrov. — Oui, humiliez-le, méprisez-le, continuait-il, — mais de nous tous, il est le meilleur et le plus heureux ! »

Albert, qui avait écouté ces paroles l'âme remplie de béatitude, ne put se retenir, s'approcha de son ami et voulut l'embrasser.

« Décampe, je ne te connais pas, lui répondit Pétrov, passe ton chemin, sans ça tu n'arriveras jamais... »

— Dans quel état tu t'es mis ! Tu n'arriveras jamais, cria le vigile du carrefour.

Albert s'arrêta, rassembla ses forces et, s'efforçant de marcher droit, tourna dans la ruelle.

Il restait quelques pas à faire jusque chez Anna Ivanovna. L'entrée de sa maison projetait sa lumière sur la neige de la cour, et des traîneaux et des calèches stationnaient près du portillon.

Saisissant la rampe de ses mains gelées, il monta rapidement l'escalier et sonna.

Le visage ensommeillé de la servante apparut à travers la porte entrebâillée et dirigea vers Albert un regard courroucé. « On n'entre pas ! cria-t-elle, j'ai ordre de ne pas vous recevoir », et elle referma en claquant la porte. Sur l'escalier, on entendait de la musique et des voix de femmes. Albert s'assit sur le plancher, appuya la tête contre le mur et ferma les yeux. Au même instant, des foules de visions désordonnées, mais apparentées entre elles, l'entourèrent avec une force redoublée, l'accueillirent dans leurs vagues et l'emportèrent au loin, dans la belle et libre contrée des rêves. « Oui, c'est le meilleur et le plus heureux ! » « Mais je vais retourner dans la salle, pensa Albert, Pétrov a encore beaucoup, beaucoup de choses à me dire. » Dans la salle, il n'y avait plus personne, et au lieu du peintre Pétrov, c'était Albert lui-même qui se tenait sur l'éminence et qui jouait sur son violon tout ce que disait auparavant la voix. Mais le violon était d'une construction étrange : il était tout entier en verre. Et il fallait le tenir entre ses deux bras et le presser lentement contre sa poitrine pour qu'il émît des sons. Les sons étaient tendres et ravissants, comme jamais Albert n'en avait entendu jusque-là. Plus il le serrait contre sa poitrine, plus il se sentait envahi d'un sentiment de joie et de douceur. Plus les sons étaient forts, plus les ombres se dispersaient rapidement et plus les murs de la salle s'éclairaient d'une lueur transparente. Mais il fallait jouer avec beaucoup de précaution pour ne pas écraser le violon. Albert jouait sur l'instrument de verre avec beaucoup de soin et beaucoup d'art. Il jouait des choses que personne, il le sentait, n'entendrait plus jamais. Il commençait déjà à se sentir fatigué, lorsqu'un autre bruit lointain vint le distraire. C'était le son d'une cloche, mais ce son prononçait le mot « oui » ; c'était la cloche qui parlait, dans un grondement lointain et aigu : « Il vous paraît pitoyable, vous le méprisez, alors qu'il est le meilleur et le plus heureux ! Jamais personne ne jouera plus de cet instrument. »

Ces mots qu'il connaissait lui parurent soudain si intelligents, si nouveaux et si justes qu'il cessa de jouer et, s'efforçant de ne pas bouger, leva au ciel les bras et les yeux. Il se sentait beau et heureux. Bien que la salle fût vide, Albert bomba le torse et, levant fièrement la tête, se tint sur l'éminence de telle façon que tout le monde pût le voir. Soudain une main effleura son épaule ; il se retourna et, dans la pénombre, aperçut une femme. Elle le regardait tristement et faisait non de la tête. Il comprit aussitôt que ce qu'il faisait était mal, et il en eut honte. « Où donc faut-il aller ? » lui demanda-t-il. Elle le fixa une fois encore d'un long regard et pencha tristement la tête. C'était bien elle, celle qu'il aimait, son vêtement était le même, sur son beau cou blanc, il y avait un fin collier de perles, et ses bras ravissants étaient nus jusqu'au-dessus du coude. Elle le prit par la main pour le conduire hors de la salle. « La sortie est de l'autre côté », dit Albert ; mais elle, sans répondre, lui sourit et le fit sortir de la salle.

Sur le seuil, Albert aperçut la lune et de l'eau. Mais l'eau n'était pas en bas, comme d'habitude, et la lune n'était pas en haut, cercle blanc fixé à un endroit précis, comme d'habitude. La lune et l'eau étaient ensemble et partout — et en haut, et en bas, et sur le côté, et tout autour d'eux. Albert se jeta avec elle dans la lune et dans l'eau et comprit qu'il pouvait maintenant étreindre celle qu'il aimait plus que tout au monde ; il l'étreignit et ressentit un bonheur insupportable. « Est-ce que je ne rêverais pas ? » se demanda-t-il. Mais non, c'était la réalité, c'était plus que la réalité : c'était la réalité et le souvenir tout ensemble. Il sentait que ce bonheur inexprimable dont il jouissait à l'instant même était passé et ne reviendrait plus jamais. « Qu'est-ce qui me fait donc pleurer ? » lui demanda-t-il. Elle le regarda tristement, sans prononcer une parole. Albert comprit ce qu'elle voulait dire par là. « Comment donc, puisque je suis en vie », prononça-t-il. Elle, sans répondre, restait immobile et regardait en avant. « C'est affreux ! Comment lui faire comprendre que je suis en vie », se dit-il avec effroi. — Mon Dieu ! Mais je suis en vie, comprenez-moi ! murmurait-il.

« C'est le meilleur et le plus heureux », disait la voix. Mais quelque chose pesait de plus en plus fort sur Albert. Était-ce la lune et l'eau, ses étreintes ou les larmes, — il ne le savait pas, mais il sentait qu'il ne parviendrait pas à dire tout ce qu'il fallait, et que tout serait bientôt fini.

Deux invités qui sortaient de chez Anna Ivanovna se heurtèrent à Albert, couché de tout son long sur le seuil. L'un d'eux revint et appela la maîtresse de maison.

— C'est criminel, savez-vous, dit-il, — vous auriez pu le faire mourir de froid.

— Ah, cet Albert, j'en ai jusque-là, répondit la maîtresse de maison. — Annouchka ! Couchez-le quelque part dans une chambre, fit-elle en s'adressant à la femme de chambre.

— Mais je suis vivant, pourquoi m'enterrer ? bredouillait Albert, pendant qu'on le portait sans connaissance dans l'appartement.

28 février 1858

Polikouchka

I

— À vos ordres, madame ! Seulement ça me fait de la peine pour les Doutlov. Tous pareils l'un comme l'autre, des garçons bien ; et si on ne donne pas au moins un domestique, c'est l'un d'eux qui n'y coupera pas, disait l'intendant. — Déjà que tout le monde les désigne. D'ailleurs, c'est comme madame voudra.

Et il fit passer sa main droite sur sa gauche, toutes deux tenues sur son ventre, il inclina la tête de l'autre côté, aspira ses minces lèvres avec presque un bruit de clappement, leva les yeux au plafond et fit silence, avec la visible intention de se taire longtemps et d'écouter sans objections toutes les balivernes que n'allait pas manquer de lui répondre madame.

C'était un intendant sorti du rang des serfs domestiques [1], glabre, en longue redingote (de la coupe particulière aux intendants), et qui, ce soir d'automne, faisait son rapport à la *barynia*. Ce rapport, tel que le comprenait madame, consistait à écouter le compte rendu des affaires en cours de la propriété et à prendre des dispositions pour les affaires à venir. Tel que le concevait l'intendant Yégor Mikhaïlovitch, le rapport était un rite accompli debout dans l'angle de la pièce, les pieds au garde-à-vous, le visage tourné vers le divan, et consistant à écouter toutes sortes de bavardages sans relation avec le sujet, et à amener madame, par différents moyens, jusqu'au point où elle dirait, hâtivement et impatiemment, «bien, bien» à toutes les propositions de Yégor Mikhaïlovitch.

Ce soir-là, il s'agissait de la levée des recrues. Le village de Pokrovskoïé devait en fournir trois. Deux étaient désignées sans doute possible par le destin même, par la conjonction de conditions familiales, morales et économiques. À leur sujet, il ne pouvait y avoir d'hésitations ou de contestations ni de la part du mir[1], ni de la part de madame, ni de la part de l'opinion publique. La troisième était en discussion. L'intendant voulait mettre hors de cause Doutlov, qui appartenait à une maisonnée de trois hommes, et faire désigner Polikouchka, serf domestique chargé de famille, qui avait très mauvaise réputation, ayant plus d'une fois été pris à voler des sacs, des rênes ou du foin; mais madame de son côté, qui caressait souvent les enfants en haillons de Polikouchka et s'efforçait par le moyen de remontrances évangéliques de redresser sa moralité, refusait de le céder. Toutefois elle ne voulait pas de mal non plus aux Doutlov, qu'elle ne connaissait pas et n'avait jamais vus. Mais, pour une raison inconnue, elle n'arrivait pas à se mettre dans l'idée, et l'intendant ne se décidait pas à le lui expliquer nettement, que si Polikouchka ne partait pas ce serait un Doutlov qui partirait. « Mais je ne veux pas le malheur des Doutlov », disait-elle avec émotion. « Si vous ne voulez pas, payez trois cents roubles pour remplacer une recrue » — voilà ce qu'il aurait fallu lui répondre. Mais c'est ce que la politique ne permettait pas.

Ainsi Yégor Mikhaïlovitch prit tranquillement la pose, s'appuyant même imperceptiblement au chambranle, tout en gardant son expression d'obséquiosité, et se mit à regarder remuer les lèvres de madame, et sautiller la ruche de son bonnet en même temps que son ombre sur le mur, sous le tableau. Mais il jugeait parfaitement inutile de pénétrer le sens de ce qu'elle disait. Madame parla longtemps et beaucoup. L'envie de bâiller donna à l'intendant une crampe derrière les oreilles ; il eut un léger frémissement qu'il transforma habilement en toux, se couvrant de la main et faisant semblant de s'éclaircir la gorge. J'ai vu récemment [1] lord Palmerston rester calme à son banc, le chapeau sur les yeux, tandis que l'opposition foudroyait le ministère, puis se lever tout à coup et répondre point par point, dans un discours de trois heures, à son adversaire ; j'ai vu cela sans émerveillement, parce que j'avais mille fois vu quelque chose de semblable entre Yégor Mikhaïlovitch et sa *barynia*. Soit qu'il craignît de s'endormir, soit qu'il lui parût qu'elle se laissait par trop entraîner, il fit passer le poids de son corps de la jambe gauche sur la droite, et reprit la parole dans les termes sacramentels qui lui servaient toujours d'exorde :

— À vos ordres, madame, seulement... seulement j'ai en ce moment l'assemblée[1] devant l'intendance, et il faut en finir. Il est dit dans l'ordre officiel qu'il faut que ce soit fait avant la fête du Voile[2], que les recrues soient amenées à la ville. Et les moujiks désignent les Doutlov, il n'y a d'ailleurs personne d'autre. Le mir, lui, ce n'est pas votre intérêt qu'il regarde ; lui, ça lui est égal si nous mettons les Doutlov sur la paille. Mais moi, je sais bien comment ils ont lutté. Depuis que je suis votre intendant, ils ont toujours vécu dans la misère. Voilà tout juste que le vieux a enfin son second neveu pour aider, et maintenant il faut qu'on le remette dans la peine. Moi, que madame ait la bonté de le savoir, je me fais souci du bien de madame comme si c'était le mien. Dommage, madame, comme bon vous semblera ! Moi, ils ne me sont rien, ni frères ni compères, et je n'ai rien reçu d'eux...

— Mais je ne le pense pas un instant, Yégor, interrompit madame, et elle se dit sur-le-champ qu'il était acheté par les Doutlov.

— ... Seulement, dans tout Pokrovskoïé, c'est la maison la mieux tenue. Des moujiks qui craignent Dieu et qui aiment le travail. Le vieux, depuis trente ans il est secrétaire de la paroisse, il ne boit pas, il ne jure pas le moindre gros mot, il va à l'église. (L'intendant savait où trouver la corde sensible.) — Et puis surtout, j'attire l'attention de madame, des fils il n'en a que deux, le reste c'est des neveux. Le mir le désigne, mais en réalité il devrait passer au tirage au sort des maisonnées de deux. Les autres, il y en a qui ont même trois fils, mais qui ont fait leur partage, parce qu'ils ne savent pas voir plus loin, et maintenant c'est eux qui auront eu raison, et ceux-ci vont être victimes de leur vertu.

Pour le coup, madame ne comprenait plus rien, elle ne voyait pas ce que venaient faire ici le « tirage au sort des maisonnées de deux » et la « vertu » ; elle n'entendait que des sons, et observait les boutons de nankin de la redingote de l'intendant : celui d'en haut était probablement boutonné plus rarement, car il tenait solidement, mais celui du milieu était tout à fait détaché et pendait, il avait depuis longtemps besoin d'être recousu. Mais comme chacun sait, dans une conversation, surtout d'affaires, il n'est nullement nécessaire de bien saisir ce qu'on vous dit, il faut seulement se souvenir de ce qu'on veut dire soi-même. C'est ce que faisait madame.

— Mais tu ne veux donc pas comprendre, Yégor Mikhaïlovitch[1], dit-elle, je ne souhaite nullement que Doutlov s'en aille au service militaire. Il me semble que tu me connais assez pour pouvoir juger que je fais tout ce que je peux pour aider mes paysans, et que je ne veux pas leur malheur. Tu sais que je suis prête à tout sacrifier pour échapper à cette triste nécessité et ne donner ni Doutlov, ni Khoriouchkine. (J'ignore s'il vint à l'esprit de l'intendant que, pour échapper à cette triste nécessité, il n'était pas indispensable de sacrifier *tout*, mais seulement trois cents roubles : mais c'est une idée qui pouvait facilement lui venir.) — Je te dirai une seule chose, c'est que je ne donnerai Polikéï[2] à aucun prix. Quand, après cette histoire d'horloge, il m'a lui-même tout avoué, et qu'il a pleuré, et juré de s'amender, je lui ai longuement parlé et j'ai vu qu'il était ému et qu'il se repentait sincèrement. (Bon, la voilà partie! pensa Yégor Mikhaïlovitch, et il se mit à considérer la confiture qui se trouvait dans un verre d'eau posé près d'elle : oranges ou citrons ? Probablement avec l'écorce, pensa-t-il.) — Il y a déjà de cela sept mois, et pas une seule fois il n'a été ivre, et il se conduit très bien. Sa femme m'a dit qu'il est devenu un autre homme. Comment veux-tu que maintenant je le punisse, alors qu'il s'est corrigé ? Et puis, est-ce que ce n'est pas inhumain de donner un homme qui a cinq enfants et qui est tout seul ? Non, ne me parle pas de cela, Yégor...

Et madame but une gorgée.

Yégor Mikhaïlovitch suivit le passage de l'eau dans le gosier, puis objecta, brièvement et sèchement :

— Alors, madame ordonne de désigner Doutlov ?

Madame joignit les mains.

— Comment peux-tu ne pas me comprendre ? Est-ce que je souhaite le malheur de Doutlov, est-ce que j'ai quoi que ce soit contre lui ? Dieu m'est témoin que je suis prête à tout faire pour eux. (Elle jeta un regard vers le tableau accroché dans l'angle, mais se souvint que ce n'était pas Dieu : « Bon, n'importe, ce n'est pas de cela qu'il s'agit », pensa-t-elle. Il est étrange que, de nouveau, l'idée ne lui vînt pas des trois cents roubles.) — Mais que puis-je faire ? Est-ce que je sais quoi et comment ? Je ne peux pas savoir, moi. Allons, je m'en remets à toi, tu sais ce que je veux. Fais en sorte que tous soient contents, et selon la loi. Que veux-tu ? Ils ne sont pas les seuls. Tout le monde a des minutes pénibles. Mais pour Polikéï, il ne faut pas le donner. Comprends donc que ce serait affreux de ma part.

Elle aurait parlé plus longtemps encore, elle s'animait. Mais à ce moment la femme de chambre entra.

— Qu'y a-t-il, Douniacha[1] ?

— Il y a un moujik qui est venu, il a dit de demander à Yégor Mikhalytch s'il veut que l'assemblée attende ? dit Douniacha, et elle jeta un regard irrité à Yégor Mikhaïlovitch. (« Ah ! cet intendant, pensait-elle, il est venu embêter madame, et maintenant elle ne me laissera pas encore aller au lit avant deux heures ! »)

— Bon, va, Yégor, dit madame, fais pour le mieux.

— Bien, madame. (Il ne souffla plus mot de Doutlov.) Et pour aller chercher l'argent du jardinier, qui madame veut-elle envoyer ?

— Est-ce que Pétroucha n'est pas venu de la ville ?

— Non, madame.

— Et Nicolas ne peut pas y aller ?

— Papa est couché, il a un lumbago, dit Douniacha.

— Madame veut-elle que j'y aille moi-même demain ? demanda l'intendant.

— Non, on a besoin de toi ici. Yégor. (Madame réfléchit.) — Combien y a-t-il d'argent à toucher ?

— Quatre cent soixante-deux roubles[2], madame.

— Charges-en Polikéï, dit madame, regardant

droit dans les yeux et d'un air décidé Yégor Mikhaïlov.

Yégor Mikhaïlov pinça les lèvres comme pour sourire, sans découvrir les dents, et ne changea pas de visage.

— Bien, madame.

— Envoie-le moi.

— Bien madame, — et Yégor Mikhaïlovitch s'en alla à l'intendance.

II

Polikéï, homme insignifiant et de mauvais renom, et de surcroît originaire d'un autre village, n'avait de protection ni par la femme de charge, ni par le sommelier, ni par l'intendant ou la camériste, et son *coin* était le plus mauvais, bien qu'ils y logeassent sept avec sa femme et ses enfants. Les *coins* avaient été installés, du vivant du défunt seigneur, voici comment : au milieu du bâtiment, construit en pierre, de sept mètres environ de côté, se trouvait un poêle russe maçonné, autour duquel courait un *kolidor* [1] (comme disaient les domestiques), et dans chaque angle un *coin* était ménagé par des cloisons de planches. Il y avait donc peu de place, surtout dans le « coin » de Polikéï, contigu à la porte. Le lit conjugal avec sa couverture piquée et ses oreillers d'indienne, le berceau du nourrisson, la petite table à trois pieds qui servait pour la cuisine et la lessive, pour poser tous les objets ménagers et pour les travaux de Polikéï (il était *konoval*, guérisseur de chevaux), les tonnelets, les vêtements, les poules, le veau et les sept habitants, emplissaient tout le « coin », et n'auraient pas pu bouger, s'il n'y avait pas eu le quart du poêle commun pour y mettre des choses et des gens, plus la possibilité de sortir sur le perron. Possibilité qui, au fait, manquait justement : en octobre, il fait froid, et en fait de vêtement chaud il y avait un seul touloupe[1] pour sept ; en revanche on pouvait se réchauffer, les enfants en courant dehors, les grandes personnes en travaillant, les uns et les autres en grimpant sur le poêle, où il y avait jusqu'à quarante degrés de chaleur. Cela semble effrayant de vivre dans de telles conditions, mais eux n'y prenaient pas garde : il y avait moyen de vivre. Akoulina lavait et repassait les affaires de ses enfants et de son mari, filait, tissait et blanchissait ses étoffes, faisait bouillir et cuire dans le poêle commun, se disputait et potinait avec ses voisines. Les gages mensuels en nature suffisaient non seulement pour les enfants, mais aussi pour donner un peu d'extra à la vache. Le bois était à volonté, le pacage aussi. Même quelque foin en surplus revenait de l'écurie. On avait un lopin de potager. La vache avait vêlé, on élevait une couple de poules. Polikéï était affecté à l'écurie : il soignait les deux poulains et faisait la saignée aux chevaux et au bétail ; il nettoyait les sabots, perçait les abcès de bouche, passait des onguents de sa propre invention, et cela lui rapportait quelques piécettes ou quelques vivres en plus. L'avoine des maîtres laissait aussi de la gratte ; il y avait au village un petit moujik qui chaque mois, régulièrement, pour deux mesures, donnait vingt livres de viande de mouton. Vivre aurait été possible, sans le chagrin qu'on avait dans l'âme. Et du chagrin, il y en avait beaucoup pour toute la famille. Polikéï dès son enfance avait travaillé dans un autre village, dans un haras. Le valet d'écurie entre les mains duquel il était tombé était le premier filou de la contrée : il avait fini par être envoyé en colonie pénitentiaire. C'est auprès de ce valet d'écurie que Polikéï avait fait son premier apprentissage, et il s'était, tout jeune, si bien habitué à *ces bagatelles* que, plus tard, il aurait bien voulu y renoncer — il n'avait pas pu. C'était un garçon jeune et faible : ni père ni mère, et personne pour le dresser. Polikéï aimait boire un coup, et n'aimait pas voir traîner quelque chose. Une courroie de collier, une sellette, un fermoir, une cheville, ou quelque chose de plus cher — tout, avec Polikéï, trouvait sa place. Partout il y avait des gens qui acceptaient ces menus objets et les payaient en eau-de-vie ou en argent, de gré à gré. Ces gains-là sont les plus faciles, comme disent les gens : pas besoin d'apprentissage, ni de travail, ni de rien, et quand une fois on en a tâté, on n'a plus envie d'un autre travail. Mais il y a une chose qui n'est pas bonne dans ces gains-là : tout a beau revenir à bon marché et ne coûter aucune peine, et rendre la vie agréable, tout d'un coup de méchantes gens se mettent en travers de cette petite industrie, et on paie pour tout d'un seul coup, et on ne trouve plus la vie belle.

Et c'est bien ce qui était arrivé à Polikéï. Il s'était marié, Polikéï, et Dieu lui avait accordé la chance : sa femme, fille du vacher, s'était trouvée une femme saine, sensée, travailleuse ; les enfants qu'elle lui avait donnés, l'un plus beau que l'autre. Polikéï n'avait d'ailleurs pas renoncé à ses petits trafics, et tout allait bien. Tout d'un coup la malchance vint, et il se fit prendre. Il se fit prendre pour une vétille : il avait subtilisé chez un moujik des guides de cuir. On les trouva, il fut battu, la chose fut rapportée à madame et on l'eut à l'œil. Une deuxième, une troisième fois il se fit prendre. Les gens commencèrent à le montrer du doigt, l'intendant le menaça du service militaire, madame le réprimanda, sa femme se mit à pleurer et à se faire du mauvais sang ; tout se mit à aller de travers. C'était un bon garçon, pas du tout un garnement, mais faible, il aimait boire, et l'habitude était si fortement prise qu'il ne pouvait pas s'en défaire. C'est souvent que sa femme se prenait à le quereller, même à le battre, quand il rentrait ivre, et il pleurait : « Je suis un pauvre homme, disait-il, que veux-tu que j'y fasse ? Que mes yeux éclatent, je ne recommencerai plus, je ne le ferai plus. » Rien à faire, au bout d'un mois de nouveau il quittait la maison, s'enivrait, disparaissait jusqu'à deux jours. « Il faut bien qu'il prenne l'argent quelque part pour aller faire la bringue », disaient les gens. Sa dernière affaire avait été celle de l'horloge de l'intendance. Il y avait dans le bureau une vieille horloge accrochée au mur : depuis longtemps elle ne marchait plus. Par hasard, un jour, il entra seul dans le bureau ouvert : l'horloge lui fit envie, il l'emporta et la vendit à la ville. Comme par un fait exprès, le boutiquier auquel il la céda se trouvait avoir été le « marieur » d'une servante de la maison, il vint au village un jour de fête et raconta l'histoire de l'horloge. On chercha le fin mot de l'affaire, comme si quelqu'un avait eu besoin de ça. C'était surtout l'intendant qui n'aimait pas Polikéï. Et l'on trouva. On rapporta la chose à madame. Madame fit venir Polikéï. Il tomba tout de suite à ses pieds, et du fond du cœur, en mots touchants, il avoua tout, comme le lui avait soufflé sa femme. Il s'exécuta fort bien. Madame se mit à lui prêcher raison, parla, parla, sermonna, sermonna, invoqua Dieu, la vertu, la vie future, sa femme et ses enfants, et lui tira des larmes. Madame lui dit :

— Je te pardonne, seulement promets-moi que plus jamais tu ne recommenceras.

— De ma vie je ne le ferai plus ! Que je m'engloutisse, que mes entrailles éclatent ! disait Polikéï pleurant à fendre l'âme.

Polikéï rentra chez lui, et à la maison il passa la journée à pleurer avec des mugissements de veau, couché sur le poêle. Depuis lors on n'eut plus jamais rien à relever contre Polikéï. Mais sa vie devint sans joie ; les gens le regardaient comme un voleur, et quand vint le moment de la levée des recrues, tout le monde se mit à le désigner.

J'ai déjà dit que Polikéï était guérisseur de chevaux. Comment il était un beau jour devenu guérisseur de chevaux, c'est ce que personne ne savait, et lui moins que personne. Au haras, près du valet d'écurie envoyé depuis en colonie pénitentiaire, il n'avait jamais assumé d'autre fonction que de nettoyer les stalles de leur fumier, quelquefois d'étriller les chevaux et de transporter de l'eau. Ce n'est pas là qu'il avait pu faire un apprentissage. Ensuite il avait été tisserand ; puis il avait travaillé au jardin, à ratisser les allées; puis il avait, en punition, fait des briques; après quoi, mis à l'*obrok* [1], il avait été placé comme portier chez un marchand. Donc, là non plus, il n'avait pas acquis de pratique. Mais depuis qu'il était revenu au domaine, le bruit s'était, on ne sait comment, répandu peu à peu de son extraordinaire, et même quelque peu surnaturelle habileté à soigner les chevaux malades. Il fit une saignée une fois, une deuxième, puis il mit un cheval sur le flanc et lui fourgonna quelque chose dans la cuisse, puis il exigea qu'on plaçât une bête malade dans le travail, et se mit à tailler la fourchette jusqu'au sang, en dépit des mouvements de douleur et même des cris aigus de l'animal, assurant que c'était pour « lâcher le sang de dessous le sabot ». Ensuite il expliqua à un moujik qu'il était indispensable de faire à sa jument une saignée « aux deux veines », « pour mieux dégager », et y enfonça à coups de maillet une lancette émoussée; après quoi on le vit serrer autour du ventre du cheval d'un autre paysan un bandage fait d'un mouchoir de tête de sa femme. Finalement il en vint à saupoudrer de couperose n'importe quelle dartre, et à faire macérer et administrer, quelquefois en traitement interne, tout ce qui lui passait par la tête. Et plus il martyrisait et tuait de chevaux, plus on lui faisait confiance et plus on lui en amenait.

J'ai le sentiment que nous autres, les messieurs, il ne nous sied guère de nous moquer de Polikéï. Les procédés qu'il employait pour inspirer la confiance sont les mêmes que ceux qui ont agi sur nos pères, qui agissent sur nous et qui agiront sur nos enfants. Le brave moujik, affalé de tout son corps sur la tête de son unique jument, laquelle constitue non seulement sa richesse, mais presque une partie de sa famille, ce moujik qui regarde avec autant de confiance que d'effroi le visage que Polikéï fronce d'un air important, les bras maigres aux manches retroussées dont il pétrit intentionnellement et justement l'endroit douloureux, et dont il tranche audacieusement dans la chair vivante, avec l'idée secrète « Où diable cela me mène-t-il ! » mais avec l'air de très bien savoir où va couler le sang, ou le pus, ce qui est veine sèche et veine pleine, et tout en tenant entre ses dents un pansement ou un petit flacon de couperose, — ce moujik ne peut pas imaginer que la main de Polikéï se mêle de charcuter sans savoir ce qu'elle fait. Lui-même en serait incapable. Et à l'instant où le charcutage est chose faite, il n'ira point se reprocher d'y avoir consenti sans raison. Je ne sais pas pour vous, mais quant à moi, il m'est arrivé d'éprouver, devant le docteur martyrisant sur ma demande des gens proches de mon cœur, très exactement la même chose. La lancette, et le mystérieux flacon blanchâtre de sublimé, et les mots « crapaudine », « malandres », « tirer le sang » ou « jeter le pus », est-ce que cela ne revient pas au même que nos « nerfs », nos « rhumatismes », nos « organismes » et ainsi de suite ? « *Wage du zu irren und zu träumen*[1] *!* », cela vaut non point tant pour les poètes que pour les docteurs et les guérisseurs de chevaux.

III

Ce même soir où l'« assemblée » qui devait désigner les recrues bourdonnait devant l'intendance dans la froide obscurité de la soirée d'octobre, Polikéï était assis sur le bord du lit devant sa table, et broyait avec une bouteille un remède pour cheval qu'il ignorait lui-même. Il y avait là-dedans du sublimé, du soufre, du sel de Glauber, et une herbe que Polikéï avait cueillie, s'étant mis dans la tête un beau jour que cette herbe était excellente contre la pousse, et jugeant qu'il n'était pas superflu de la donner aussi contre d'autres maladies. Les enfants étaient déjà couchés : deux sur le poêle, deux dans le lit et un dans le berceau, auprès duquel Akoulina était assise et filait. Un bout de chandelle, reste d'une récupération opérée dans quelque local seigneurial, brûlait sur la fenêtre dans un chandelier de bois, et pour que son mari n'eût pas à se distraire de son importante occupation, Akoulina de temps en temps se levait pour moucher la chandelle entre deux doigts. Il y avait des esprits forts qui considéraient Polikéï comme un vétérinaire de pacotille et un homme de rien. D'autres, et la plupart, le réputaient un mauvais sujet mais un grand maître dans son art. Akoulina, elle, avait beau quereller souvent son mari, et même le battre quelquefois, elle le tenait, sans doute possible, pour le premier vétérinaire et le premier homme au monde. Polikéï était en train de faire couler dans le creux de sa main je ne sais quel ingrédient. (Il n'utilisait pas de balance, et parlait avec ironie des Allemands qui y recourent : « On n'est pas dans une pharmacie ! » disait-il.) Polikéï laissa glisser de la poudre dans sa paume et la versa ; mais cela lui sembla peu, et il en rajouta dix fois autant. « Je vais tout mettre, ça tirera mieux », dit-il pour lui-même. Akoulina, à la voix de son seigneur et maître, leva rapidement les yeux, attendant un ordre ; mais voyant que la chose ne la concernait pas, elle leva légèrement les épaules : « Est-il calé, quand même ! Où va-t-il chercher tout cela ? » pensa-t-elle, et elle se remit à filer. Le papier d'où avait été versée la poudre glissa sous la table. Akoulina réagit aussitôt.

— Anioutka, s'écria-t-elle, tu vois, papa a laissé tomber quelque chose, ramasse-le.

Anioutka jeta ses maigres petites jambes nues hors du peignoir qui la couvrait, rampa comme un chaton sous la table et attrapa le morceau de papier.

— Tiens, p'tit papa, dit-elle, et elle renfonça dans le lit ses petons refroidis.

— T'est-ce te t'as à pousser ! piailla sa petite sœur d'une voix zézayante et endormie.

— Voulez-vous... ! dit Akoulina, et les deux têtes se cachèrent sous le peignoir.

— Trois roubles qu'il me donnera, dit Polikéï en bouchant le flacon, et je lui aurai guéri son cheval. C'est encore bon marché, ajouta-t-il. On se casse la tête, et puis voilà ! Akoulina, fais donc un saut chez Nikita, demande-lui un peu de tabac. Demain je le paierai.

Et Polikéï tira de la poche de ses braies une petite pipe de tilleul, jadis enluminée, dont l'embout était remplacé par de la cire à cacheter, et commença à la curer.

Akoulina lâcha son fuseau et sortit sans rien accrocher, ce qui était très difficile. Polikéï ouvrit le petit buffet, y rangea le flacon et renversa dans sa bouche une bouteille vide : pas de vodka. Il fit la grimace, mais quand sa femme eut apporté du tabac, qu'il eut bourré sa pipe et commencé à fumer, assis sur le lit, son visage s'éclaira de la satisfaction et de la fierté de l'homme qui a bien occupé sa journée. Pensait-il que le lendemain il allait empoigner la langue du cheval et lui verser dans la bouche cette étonnante mixture, — ou bien se disait-il que quand on est un homme nécessaire personne ne vous refuse rien, et que voilà, Nikita avait tout de même avancé du tabac, — il se sentait bien.

Tout à coup la porte, qui tournait sur un seul gond, s'enfonça et laissa entrer dans le « coin » une servante d'*en haut*, non la seconde, mais la troisième, la petite, celle qu'on chargeait des commissions. Le *haut*, comme chacun sait, c'est la maison seigneuriale, même si elle se trouve en bas. Aksioutka — ainsi s'appelait la fillette — filait toujours comme une balle de fusil, et tandis qu'elle courait, ses bras ne se repliaient pas, mais oscillaient tels des balanciers, au rythme de sa course, et non pas le long de ses flancs, mais devant son corps ; ses joues étaient toujours plus vermeilles que sa robe rose, et sa langue remuait toujours aussi vite que ses jambes. Elle entra en trombe dans la pièce, et, s'arc-boutant dans quelque dessein mal défini au poêle, se dandinant et comme résolue à ne pas prononcer plus de deux ou trois mots à la fois, elle proféra, hors d'haleine, tournée vers Akoulina :

— Madame a ordonné à Polikéï Ilyitch de venir, à la minute en haut, elle a ordonné... (Elle s'interrompit et reprit péniblement son souffle.) — Yégor Mikhaïlovitch était chez madame, ils ont parlé de recrues, ils ont nommé Polikéï Ilyitch... Avdotia Mikolavna fait dire de venir à la minute. Avdotia Mikolavna (de nouveau une reprise de souffle) fait dire de venir à la minute.

Un court instant Aksioutka regarda Polikéï, Akoulina, les enfants qui avaient mis la tête hors de leur couverture, elle saisit une coquille de noisette qui traînait sur le rebord du poêle, la jeta au nez d'Anioutka, puis, ayant encore répété « venir à la minute » elle bondit hors de la pièce, et les balanciers de ses bras reprirent leur mouvement, avec leur habituelle vitesse, perpendiculairement à la ligne de sa course.

Akoulina se leva, chercha les bottes de son mari. Le bottes étaient en mauvais état, percées, des bottes de soldat. Elle retira le cafetan du dessus du poêle et le lui donna, sans le regarder.

— Ilyitch, tu ne vas pas changer de blouse ?

— Non, dit Polikéï.

Akoulina ne regarda pas une fois son visage, tandis qu'en silence il s'habillait et se chaussait, et elle fit bien de ne pas le regarder. Le visage de Polikéï était pâle, sa mâchoire inférieure tremblait, et ses yeux avaient cette expression plaintive, humble et profondément malheureuse qu'ont seuls les êtres bons, faibles et fautifs. Il mit un peu d'ordre dans ses cheveux et voulut sortir, sa femme l'arrêta, arrangea un cordon de sa blouse qui dépassait sur son *armiak*[1], et lui mit son bonnet sur la tête.

— Alors, Polikéï Ilyitch, c'est madame qui vous demande ? — claironna la voix de la femme du menuisier, derrière la cloison.

La femme du menuisier avait eu justement ce matin-là une chaude altercation avec Akoulina, à cause d'un pot de lessive que les enfants de Polikéï avaient renversé chez elle, et dès le premier instant il lui avait été agréable d'entendre que Polikéï était appelé chez madame : probablement pas pour une bonne nouvelle. De plus elle était une dame subtile, politique et mordante. Nul mieux qu'elle ne savait cingler quelqu'un d'un mot ; du moins était-ce ce qu'elle pensait d'elle-même.

— Ça doit être qu'on veut vous envoyer à la ville pour des achats, reprit-elle. Je suppose comme ça qu'on choisit un homme sûr, alors c'est vous qu'on envoie. Si c'est ça, vous me rapporterez un petit quart de thé, Polikéï Ilyitch.

Akoulina retint ses larmes, et ses lèvres se serrèrent en une expression mauvaise. Comme elle aurait voulu pouvoir sauter sur la sale tignasse de cette traînée de femme du menuisier ! Mais quand elle regarda ses enfants et pensa qu'ils allaient rester orphelins, et elle autant dire veuve, femme de soldat[2], elle oublia la venimeuse femme de menuisier, mit son visage dans ses mains, s'assit sur le lit, et laissa tomber sa tête sur les oreillers.

— Tite maman, tu m'éclases ! grogna la petite qui zézayait, en tirant sa manche de dessous le coude de sa mère.

— Il vaudrait mieux que vous soyez tous morts !

visages barbus, pour la plupart âgés et pour la plupart beaux, levés et tournés vers lui, avait une tout autre allure que devant madame. Il était majestueux.

— Voici, les gars, la décision de madame. Donner quelqu'un des domestiques ne lui convient pas, et c'est ceux que vous désignerez vous-mêmes parmi vous qui partiront. Pour le moment, il en faut trois. En réalité, deux et demi, mais la moitié comptera pour la fois suivante. Peu importe : si ce n'est pas maintenant, ce sera la prochaine fois.

— Bien sûr ! C'est dans l'ordre ! dirent des voix.

— À mon avis, continuait Yégor Mikhaïlovitch, Khorlouchkine et Vaska Mitioukhine doivent partir, c'est Dieu même qui les désigne.

— Parfaitement ! C'est juste ! reprirent les voix.

— Pour le troisième, c'est ou bien un Doutlov, ou bien quelqu'un des maisonnées de deux. Qu'est-ce que vous décidez ?

— Doutlov, clamèrent des voix, les Doutlov sont trois.

Et de nouveau, petit à petit, petit à petit, la rumeur monta, et de nouveau on en vint on ne sait comment à la scie, à la parcelle des communaux, à une certaine toile écrue volée à la maison seigneuriale. Yégor Mikhaïlovitch gérait la propriété depuis déjà vingt ans, c'était un homme avisé et expérimenté. Il ne bougea pas, écouta un quart d'heure, puis tout à coup fit taire tout le monde, et ordonna aux Doutlov de tirer au sort entre eux trois. On tailla trois planchettes, on les mit dans un bonnet qu'on secoua, Khrapkov y plongea la min et en tira la planchette d'Ilyouchka. Tout le monde fit silence.

— C'est la mienne, quoi ? Fais voir ici, dit Ilya d'une voix qui défaillait.

Tous se taisaient. Yégor Mikhaïlovitch rappela qu'il fallait verser le lendemain la taxe de recrutement, sept kopecks par foyer, déclara l'affaire réglée et renvoya l'assemblée. La foule se mit en mouvement, les têtes se couvrirent passé l'angle de la maison, les voix et les pas s'éloignèrent. L'intendant restait sur le perron, regardant les gens partir. Quand les jeunes Doutlov eurent disparu à l'angle, il fit venir à lui le vieillard, qui s'était attardé, et entra avec lui à l'intendance.

— Ça me fait de la peine pour toi, vieux, dit Yégor Mikhaïlovitch en s'asseyant dans son fauteuil derrière la table. — C'était ton tour. Tu ne vas pas payer un remplaçant pour ton neveu, si ?

Le vieux, sans répondre, jeta à Yégor Mikhaïlovitch un regard chargé de sens.

— Rien à faire pour échapper, répondit Yégor Mikhaïlovitch à ce regard.

— Eh ! On voudrait bien payer, mais on n'a pas de quoi, Yégor Mikhalytch. Deux chevaux qu'il a fallu donner à l'équarrisseur cet été. Le neveu qui s'est marié. Faut croire que c'est notre sort pour la peine de vivre honnêtement. Ça lui est facile de parler, lui. (Il pensait à Rèzoun.)

Yégor Mikhaïlovitch se passa la main sur le visage et bâilla. Il était visible qu'il en avait assez, et il était l'heure de boire le thé.

— Allons, vieux, ne commets pas de péché, dit-il. Cherche un peu dans ta cave, peut-être bien que tu y retrouveras quatre cents vieux roubles oubliés. Je te trouverai un volontaire, qu'y a pas mieux. L'autre jour, il y a un homme qui s'est offert.

— À la *goubernia* ? demanda Doutlov, qui voulait dire : à la ville.

— Alors, tu paies ?

— Eh ! je voudrais bien, Dieu sait, mais...

Yégor Mikhaïlovitch lui coupa sévèrement la parole.

— Alors bon, écoute-moi bien, vieux : tâche qu'Ilyouchka n'aille pas se faire quelque chose ; quand je l'enverrai chercher, maintenant ou demain, qu'on l'amène tout de suite. C'est toi qui l'amèneras, et c'est toi qui réponds, et si, Dieu l'en garde, quelque chose lui arrivait, c'est ton fils aîné que je ferai raser. Tu m'entends ?

— Mais enfin, est-ce qu'on ne peut pas prendre chez ceux qui sont deux, Yégor Mikhalytch, enfin c'est injuste, dit l'autre après un silence. — Mon frère est mort au service militaire, et on me prend encore son fils ; pourquoi une pareille guigne sur moi ? reprit-il, pleurant presque et prêt à se jeter à genoux.

— Allons, va, va, dit Yégor Mikhaïlovitch, y a rien à faire, c'est l'ordre. Et veille à Ilyouchka, c'est toi qui réponds.

Doutlov s'en alla chez lui, frappant pensivement de son bâton de tilleul les mottes de boue séchée du chemin.

VII

Le lendemain de bonne heure, devant le perron de l'« aile » où habitaient les domestiques, la « *telejka* de sortie », la petite charrette à quatre roues (celle dont se servait aussi l'intendant), se trouvait prête, attelée d'un hongre bai, aux os saillants, qu'on appelait, on ne sait pourquoi, Tambour. Anioutka, la fille aînée de Polikéï, malgré la pluie mêlée de grésil et le vent froid, se tenait nu-pieds devant la tête du cheval, de loin — visiblement effrayée — tenant d'une main la bride, et de l'autre retenant sur sa tête le caraco d'un vert jaunâtre qui, dans la famille, faisait office de couverture, de peignoir, de couvre-tête, de tapis, de manteau pour Polikéï et de bien d'autres choses encore. Dans le « coin », il y avait grand branle-bas. Il faisait encore sombre ; c'est à peine si la faible lumière du petit matin pluvieux parvenait à se glisser à travers la fenêtre, bouchée en maints endroits avec du papier collé. Akoulina, qui avait laissé pour le moment et la cuisine dans le four, et les enfants, dont les plus petits n'étaient pas encore levés et gelaient, car leur couverture avait été prise comme vêtement et remplacée par le mouchoir de tête de leur mère, — Akoulina s'occupait à préparer son mari pour la route. La blouse-chemise était propre. Les bottes, qui, comme on dit, demandaient à boire, lui avaient spécialement donné du souci. Premièrement, elle avait quitté ses uniques bas d'épaisse laine pour les donner à son mari ;

ensuite, d'un dessous de selle que Polikéï avait deux jours plus tôt ramassé traînant dans l'écurie et qu'il avait apporté à la maison, elle avait trouvé moyen de faire des semelles intérieures arrangées de manière à boucher les trous et à protéger de l'humidité les pieds d'Ilyitch. Ilyitch lui-même, assis les jambes allongées sur le lit, était occupé à détordre sa ceinture en sorte qu'elle n'eût pas l'aspect d'une corde sale. Et la fillette zézayante et coléreuse, couverte de la pelisse qui, même ramenée par-dessus sa tête, s'empêtrait encore dans ses jambes, avait été envoyée chez Nikita emprunter un bonnet. Le remue-ménage s'augmentait des allées et venues des autres domestiques, qui venaient demander à Ilyitch de leur acheter qui des aiguilles, qui un peu de thé, celui-ci de l'huile de veilleuse, celui-là du tabac, et du sucre pour la femme du menuisier, qui avait déjà trouvé le temps de dresser le samovar et, pour amadouer Polikéï, lui avait apporté un gobelet d'un breuvage qu'elle appelait thé. Bien que Nikita eût refusé de prêter un bonnet, et qu'il fallût remettre le sien en état, c'est-à-dire renfoncer à l'intérieur les mèches de coton qui s'en échappaient et pendaient, puis recoudre le trou avec une aiguille de vétérinaire ; bien que les bottes, avec leurs semelles intérieures de fortune, n'eussent été chaussées qu'avec peine ; bien qu'Anioutka gelée eût failli lâcher Tambour, que Machka couverte de la pelisse eût dû aller à sa place, puis à son tour quitter la pelisse et céder la bride de Tambour à Akoulina, — tout se termina par ceci, qu'Ilyitch parvint quand même à endosser à peu près toute la garde-robe de sa famille, ne lui laissant que le caraco et les chaussons ; enfin prêt, il monta dans la charrette, s'enveloppa, arrangea le foin, s'enveloppa encore une fois, partagea les rênes, s'enveloppa encore plus serré, comme le font les gens très rassis, et toucha le cheval.

Son petit garçon Michka, surgissant au perron, demanda à être un peu promené en voiture. La zézayante « Maska » proclama aussitôt qu'elle voulait elle aussi « faile un toul » et qu'elle « aulait saud même sans pelisse », et Polikéï retint Tambour, sourit de son faible sourire, tandis qu'Akoulina asseyait les enfants près de lui et, se penchant à son oreille, lui chuchotait de ne pas oublier son serment et de ne rien boire en route. Polikéï voitura les enfants jusqu'à la forge, les fit descendre, s'emmitoufla de nouveau, ajusta encore son bonnet, et partit d'un petit trot mesuré, tremblotant des joues et tambourinant des pieds sur le plancher de la charrette cahotante. Quant à Machka et Michka, ils rentrèrent à la maison, pieds nus le long de la pente glissante, d'une course si rapide et avec des cris si aigus qu'un chien qui, venu du village, errait dans les communs de la maison seigneuriale, tomba en arrêt et tout à coup, la queue entre les pattes, repartit à fond de train en aboyant, ce qui décupla encore les glapissements des héritiers de Polikéï.

Le temps était abominable, le vent coupait le visage, et la neige, la pluie, le grésil confondus fouettaient par moments la face de Polikéï, ses mains qu'il avait nues et qu'il enfonçait avec les rênes glacées dans la manche de son armiak, la cime de cuir du collier, et la vieille tête de

Tambour, qui rabattait les oreilles et plissait les paupières.

Puis tout à coup tout cessait, le ciel momentanément s'éclaircissait ; on apercevait nettement les nuages de neige bleuâtres, et le soleil semblait commencer à percer, mais indécis et sans gaieté, juste comme le sourire de Polikéï. Malgré tout, Ilyitch était plongé dans d'agréables pensées. Lui, qu'on avait voulu envoyer en colonie pénitentiaire, lui qu'on avait menacé du service militaire, lui que seuls ceux qui en avaient paresse n'injuriaient pas ou ne battaient pas, lui qu'on fourrait toujours où c'était le plus dur, — voilà qu'il allait toucher une « somme » d'argent, et une grosse somme, et que madame lui faisait confiance, et qu'il roulait dans la charrette de l'intendant, avec Tambour, le cheval que prenait madame elle-même, et qu'il conduisait, comme qui dirait en propriétaire, avec des rênes et des harnais de cuir. Et Polikéï de se redresser, de renfoncer encore les lambeaux de coton de son bonnet, de croiser encore une fois sa pelisse. Au demeurant, si Ilyitch s'imaginait qu'il ressemblait vraiment à un propriétaire cossu, il était dans l'erreur. Bien sûr, chacun sait que même des commerçants qui manient des dizaines de mille roulent en petite charrette, avec harnais de cuir ; mais il y a conducteur et conducteur. Vous voyez rouler un homme, avec une belle barbe, en cafetan bleu ou en cafetan noir, assis seul dans la caisse, conduisant un cheval bien nourri : il suffit de regarder si le cheval est repu, si l'homme lui-même a l'air d'avoir son content, comment il se tient, comment la bête est attelée, comment les roues sont bandées, comment le conducteur est ceinturé, et l'on voit d'un coup d'œil si c'est un bonhomme qui trafique des mille ou des cents. N'importe quel témoin exercé n'aurait eu qu'à considérer de près Polikéï, ses mains, son visage, sa barbe poussée de fraîche date, sa ceinture d'étoffe grossière, le foin jeté au petit bonheur sur le plancher de la charrette, le maigre Tambour, les bandages usés des roues, et il aurait reconnu tout de suite que c'était là l'équipage d'un misérable serf, et non pas d'un marchand, ni en gros ni en détail, ni d'un propriétaire, ni à milliers, ni à centaines, ni même à dizaines de roubles. Mais ce n'était pas ce que pensait Ilyitch. Il battait la campagne, et il trouvait plaisir à battre la campagne. Trois demi-milliers de roubles, voilà ce qu'il allait transporter entre peau et chemise. Il n'aurait qu'à vouloir, et il pourrait, au lieu de rentrer à la maison, tourner Tambour vers « Odest », et s'en aller où Dieu le mènerait. Mais il s'en garderait bien, et il allait rapporter fidèlement l'argent à madame, et il lui dirait qu'on avait déjà porté de bien autres sommes. Comme on arrivait à hauteur d'un cabaret, Tambour commença à tirer sur la guide de gauche, à ralentir et à biaiser ; mais Polikéï, bien qu'il eût sur lui l'argent qu'on lui avait donné pour des achats, cingla Tambour du fouet et passa. Il fit de même devant un autre cabaret, et vers midi il sauta hors de la charrette, ouvrit la porte cochère de l'hôtellerie où descendaient toujours les gens de madame, fit entrer son équipage, dételа, mit le cheval au râtelier, mangea un morceau avec le personnel de la maison, sans omettre de raconter pour quelle importante affaire il était venu, puis s'en alla, la lettre dans son bonnet, chez le jardinier. Le jardinier, qui connaissait Polikéï, ayant parcouru la lettre, lui demanda encore, visiblement méfiant, si c'était bien lui qu'on avait chargé de rapporter l'argent. Ilyitch voulut s'offenser, mais ne sut pas faire, il ne put que sourire de son habituel sourire. Le jardinier relut encore la lettre, puis lui remit la somme. L'argent en main, Polikéï le glissa dans sa blouse, à même la peau, et s'en alla au logis. Ni la petite brasserie, ni les autres débits de boissons, rien ne parvint à le séduire. Il éprouvait une plaisante excitation de tout l'être, et plus d'une fois s'arrêta devant les étalages pleins de tentantes marchandises : des bottes, des armiaks, des bonnets, des étoffes, des choses à manger. Il regardait un petit moment, et il s'en allait avec cet agréable sentiment : je pourrais tout acheter, mais voilà, je ne le ferai pas. Il fit un tour au bazar pour les emplettes qui lui avaient été confiées, ramassa le tout dans un papier, et marchanda encore une pelisse tannée, pour laquelle on demandait vingt-cinq roubles. Le vendeur, regardant Polikéï, eut l'air de ne pas croire que Polikéï eût de quoi la payer ; mais Polikéï lui montra l'entrebâillement de sa blouse en disant qu'il pourrait acheter toute la boutique s'il voulait, et il exigea d'essayer la pelisse, la pétrit, la secoua, souffla sur la fourrure, la flaira même, et finalement, avec un soupir, s'en sépara. « Le prix ne me va pas. Encore si tu baissais jusqu'à quinze roubles », dit-il. Le marchand furieux jeta la pelisse en travers du comptoir, et Polikéï sortit, et se dirigea l'esprit allègre vers son logis. Il dîna, fit boire Tambour, lui donna de l'avoine, puis grimpa sur le poêle, tira l'enveloppe, la considéra longuement sous tous les angles et demanda au portier, qui savait lire, de lui déchiffrer l'adresse et l'inscription : « Inclus mille six cent dix-sept roubles en papier-monnaie. » L'enveloppe était de papier ordinaire, les cachets étaient de cire brune et représentaient une ancre : un grand au milieu, quatre dans les coins ; sur un côté, il y avait une bavure de cire. Ilyitch regarda tous ces détails et les retint, et même il toucha du doigt l'arête de la liasse de billets. Il éprouvait une sorte de plaisir enfantin à savoir qu'il avait entre les mains tant d'argent. Il fourra l'enveloppe dans le creux de son bonnet, plaça le bonnet sous sa tête et se coucha ; mais dans la nuit encore il se réveilla plusieurs fois et tâta l'enveloppe. Et chaque fois, la trouvant à sa place, il savourait le sentiment de se dire que c'était bien lui, Polikéï, le méprisé, le bafoué, qui détenait tant d'argent et qui le rapporterait fidèlement — plus fidèlement que ne le ferait l'intentant lui-même.

VIII

Vers le milieu de la nuit, les gens de l'hôtellerie, et Polikéï avec eux, furent réveillés par des coups frappés à la porte cochère et des appels de moujiks. C'étaient les recrues, qu'on amenait de Pokrovskoïé. Il y avait une dizaine d'hommes : Khoriouchkine, Mitioukhine et Ilya (le neveu de Doutlov), plus deux hommes d'escorte, le staroste, le vieux Doutlov et les conducteurs. Une veilleuse brûlait dans l'isba, la cuisinière dormait sur le banc sous les icônes. Elle se leva d'un bond et alluma une chandelle. Polikéï acheva lui aussi de se réveiller et, se penchant du haut du poêle, regarda les arrivants. Tous entraient, se signaient et s'asseyaient sur les bancs. Tous étaient parfaitement calmes, si bien que rien ne distinguait ceux qui partaient de ceux qui les amenaient. Ils saluaient, bavardaient, demandaient à manger. À vrai dire certains étaient silencieux et tristes ; les autres en revanche étaient anormalement gais, et visiblement un peu ivres. Ilya était de ceux-là, lui qui jusqu'alors n'avait jamais bu.

— Alors, les gars, on soupe ou on se couche ? demanda le staroste.

— On soupe, répondit Ilya, ouvrant sa pelisse et se laissant tomber sur un banc. — Qu'on apporte de la vodka.

— Assez avec ta vodka, répondit négligemment le staroste, et se retournant vers les autres : — Vous mangerez bien un bout de pain, les gars. Pourquoi réveiller les gens ?

— Donne de la vodka, répéta Ilya, sans regarder personne et d'un ton qui laissait prévoir qu'il ne renoncerait pas facilement.

Les hommes suivirent le conseil du staroste, allèrent chercher du pain dans leur chariot, mangèrent, demandèrent du kvas [1] et se couchèrent, les uns à même le sol, les autres sur le poêle.

Ilya continuait de réclamer de temps à autre : « Donne de la vodka, que j'te dis, amène. » Soudain il aperçut Polikéï — Ilyitch, tiens, Ilyitch ! T'es ici, mon vieux ? Ben moi, je pars soldat, j'ai dit tout à fait adieu à la mère, à la patronne... Ce qu'elles ont pu pleurer ! Au service militaire qu'ils m'ont collé. Amène de la vodka.

— Pas d'argent, répondit Polikéï. — Tu peux encore, si Dieu veut, être versé dans l'auxiliaire, ajouta Polikéï en guise de consolation.

— Non, mon gars, solide comme un frais bouleau, jamais vu de maladie sur moi. L'auxiliaire pour moi, quel auxiliaire ? De quels soldats qu'il a besoin, le tsar, alors ?

Polikéï lui raconta l'histoire d'un moujik qui avait donné un « petit bleu[1] » au *dokhteur*, et qui de cette façon s'était fait exempter.

Ilya s'avança près du poêle :

— Non, Ilyitch, maintenant c'est fini, et j'ai plus envie moi-même de rester. C'est l'oncle qui m'y a collé. Est-ce qu'on n'aurait pas pu payer un remplaçant ? Non, on plaint le fils et on plaint l'argent. Moi, on me donne... Moi-même j'en ai plus envie maintenant. (Il parlait à mi-voix, en confidence, sous l'empire d'une paisible tristesse.) — Une seule chose, la mère ça me fait de la peine ; ce qu'elle se faisait de mauvais sang, la pauvre vieille ! Et puis aussi la patronne ; comme ça, pour rien, on la met sur la paille, cette femme ; maintenant elle est perdue : femme de soldat, c'est tout dire[2]. On aurait mieux fait de ne pas se marier. Pourquoi qu'ils m'ont marié ?... Demain elles vont venir.

— Mais pourquoi qu'ils vous ont amenés si tôt ? demanda Polikéï. On n'avait entendu parler de rien, et puis tout d'un coup...

— Figure-toi, ils ont peur que je me fasse quelque chose, répondit Ilyouchka avec un sourire. — Pas la peine, je ferai pas ça. Le régiment, après tout, c'est pas la mort d'un homme, c'est seulement pour la mère que ça me fait de la peine. Pourquoi qu'ils m'ont marié ? dit-il encore à voix basse et triste.

La porte s'ouvrit, se referma avec bruit, et le vieux Doutlov entra, secouant son bonnet, chaussé de *lapti* [1] qu'il portait toujours immenses, comme s'il avait eu aux pieds des bateaux.

— Afanassi, dit-il après s'être signé, s'adressant au portier, y a pas une lanterne, pour donner l'avoine aux chevaux ?

Doutlov n'avait pas jeté un regard à Ilya, et il se mit tranquillement à allumer un bout de chandelle. Des gants et un fouet étaient fourrés à sa ceinture, son armiak était soigneusement croisé ; on aurait dit qu'il venait d'arriver avec un charroi, tant il y avait d'ordinaire simplicité, de sérénité, de souci de la tâche quotidienne, sur son visage tout au travail.

Ilya, voyant son oncle, s'était tu ; il abaissa d'un air sombre son regard sur un point du banc, et s'adressa au staroste.

— Donne de la vodka, Yermila. De l'eau-de-vie je veux boire.

Sa voix était mauvaise et sombre.

— De l'eau-de-vie maintenant, en v'là une idée ! répondit le staroste, qui buvait sa tasse à petites gorgées. Tu vois bien que les gens ont mangé et sont couchés ; qu'est-ce que t'as à faire du tapage ?

Le mot « tapage », apparemment, mit Ilya en humeur d'en faire.

— Staroste, je vais faire un malheur, si tu ne me donnes pas de la vodka.

— Tu pourrais pas le raisonner, toi, dit le staroste s'adressant à Doutlov, qui avait déjà allumé sa lanterne, mais qui s'était arrêté, visiblement pour observer ce qui allait advenir, et qui, de côté, regardait d'un air de commisération son neveu, comme étonné de son enfantillage.

Ilya, buté, déclara de nouveau :

— Donne de l'eau-de-vie, ou je fais un malheur.

— Laisse tomber, Ilya ! dit doucement le staroste. Vrai, laisse tomber, ça vaudra mieux.

Mais il n'avait pas achevé qu'Ilya bondit, enfonça du poing une vitre et cria à tue-tête :

— Vous voulez pas m'écouter, ben voilà pour vous ! et il se précipita vers l'autre fenêtre pour la briser aussi.

Polikéï en un clin d'œil fit deux tonneaux sur lui-même et se cacha dans l'angle du mur et du poêle, jetant la panique parmi les cafards. Le staroste lâcha sa cuiller et s'élança vers Ilya. Doutlov posa lentement sa lanterne, défit sa ceinture avec un léger claquement de langue et un hochement de tête, et s'avança vers Ilya, lequel se débattait déjà entre le staroste et le portier qui l'empêchaient d'atteindre la fenêtre. Ils l'avaient saisi par les bras et le maintenaient, semblait-il, solidement ; mais dès qu'Ilya vit son oncle la ceinture à la main, ses forces décuplèrent, il s'arracha et, roulant des yeux furieux, marcha les poings fermés sur Doutlov.

— Je te tue, n'approche pas, sauvage ! C'est toi qui as fait mon malheur, toi et tes bandits de fils, c'est toi qui as fait mon malheur ! Pourquoi que vous m'avez marié ? Approche pas, je te tue !

Ilyouchka était effrayant. Son visage était cramoisi, ses yeux roulaient en tous sens ; tout son jeune corps vigoureux tremblait comme de fièvre. Il semblait vraiment capable de tuer les trois hommes qui marchaient sur lui.

— C'est le sang de ton frère que tu bois, sangsue !

Quelque chose frémit dans le visage habituellement impassible de Doutlov. Il fit un pas en avant.

— T'as pas voulu par la douceur, lâcha-t-il, et brusquement, avec une surprenante énergie, il saisit d'un rapide mouvement son neveu, roula à terre avec lui, et avec l'aide du staroste se mit à lui tordre les bras. La lutte dura quelque cinq minutes ; enfin Doutlov, aidé des deux hommes, se redressa, arrachant avec peine les doigts d'Ilya de sa pelisse à laquelle celui-ci s'était cramponné ; il se releva lui-même, puis souleva Ilya, dont les mains étaient attachées derrière son dos, et l'assit sur un banc dans un coin.

— Je te l'avais dit, que ça irait mal, dit-il, encore essoufflé de la lutte et replaçant la ceinture de sa blouse. — Pourquoi se laisser aller au péché ? Tout le monde est pour mourir. Mets-lui son armiak sous la nuque, ajouta-t-il en s'adressant au portier, autrement le sang va lui monter à la tête. Puis il prit la lanterne, se ceignit d'une corde et repartit s'occuper des chevaux.

Ilya, les cheveux en broussaille, le visage blême et la chemise en désordre, regardait la pièce autour de lui, comme s'efforçant de se rappeler où il était. Le portier ramassait les débris de verre et enfonçait dans la fenêtre une demi-pelisse pour l'aveugler. Le staroste avait repris sa place devant sa tasse.

— Hé, Ilioukha, Ilioukha ! tu me fais de la peine, vrai. Que veux-tu y faire ! Regarde Khoriouchkine, lui aussi il est marié. On peut pas y échapper, c'est clair.

— C'est ma fripouille d'oncle qui fait mon malheur, répéta Ilya d'un ton de froide colère. — Son bien, voilà ce qu'il plaint… Maman m'a dit que l'intendant lui conseillait de payer un remplaçant. Il veut pas, il prétend qu'il a pas de quoi. Mon frère et moi, on n'y a donc pas apporté assez, à la maison, depuis qu'on y est ?… Une fripouille, voilà ce qu'il est !

Doutlov rentra dans l'isba, fit ses dévotions aux icônes, se dévêtit et s'assit près du staroste. Une servante lui donna encore du kvas et une cuiller. Ilya s'était tu, et, fermant les yeux, s'était étendu sur son armiak. Le staroste le désigna en silence et hocha la tête. Doutlov fit de la main un geste qui voulait dire : Ne m'en parle pas…

— Tu crois que ça me fait pas de la peine ? Le fils de mon propre frère. C'est pas assez de la peine que j'ai, on a encore fait de moi un scélérat devant lui. Elle lui a mis dans la tête, sa ménagère, une petite femme futée, y a pas à dire, elle a beau être jeune, qu'il y a chez nous tellement d'argent qu'on a de quoi payer une recrue. Alors voilà, il s'en prend à moi. Et ça me fait assez de peine pour le gamin !

— Oh ! c'est un brave gosse ! dit le staroste.

— Mais je peux pas lui faire entendre raison. Demain je lui enverrai Ignate, sa femme aussi voulait venir.

— Envoie-les, tu fais bien, dit le staroste, qui

se leva et grimpa sur le poêle. — Qu'est-ce que c'est l'argent ? De la poussière, l'argent.

— Si y avait de l'argent, qui c'est qui le ménagerait ? dit un garçon de l'hôtellerie en levant la tête.

— Ah ! l'argent, l'argent ! Y a bien du péché à cause de lui, répondit Doutlov. Y a rien au monde qui cause autant de péché que l'argent, c'est dit dans l'Écriture.

— On peut pas dire mieux, reprit le portier. Y a un bonhomme qui me racontait, l'autre jour : y avait un marchand, il avait amassé des tas d'argent, et il ne voulait rien laisser après lui ; tellement il l'aimait son argent, qu'il voulait l'emporter dans sa tombe. Il se met à mourir, tout ce qu'il demande c'est qu'on pose son oreiller avec lui dans son cercueil. Personne n'avait deviné. Après, ses fils se mettent à chercher l'argent : rien du tout. Alors un des fils a eu l'idée : l'argent devait être dans l'oreiller. C'est allé jusqu'au tsar, il a permis qu'on le déterre. Eh bien, qu'est-ce que tu crois ? On ouvre, dans l'oreiller y avait rien du tout, et plein de serpents dans le cercueil ; alors on l'a remis en terre. Voilà ce qu'il fait, l'argent.

— Pour sûr, beaucoup de péchés, dit Doutlov, qui se leva et commença sa prière.

Ayant achevé de prier, il regarda son neveu. Celui-ci dormait. Doutlov s'approcha, le délia de sa ceinture et alla se coucher. L'autre moujik s'en alla dormir près des chevaux.

IX

Dès que tout fut silencieux, Polikéï, comme s'il s'était senti coupable, se leva tout doucement et commença à se préparer. L'idée lui faisait peur, sans motif bien clair, de passer la nuit ici avec les recrues. Déjà les coqs se répondaient plus fréquemment. Tambour avait fini son avoine et tirait vers l'abreuvoir. Ilyitch l'attela et le fit sortir entre les charrettes des paysans. Les bonnet et son contenu étaient intacts, et les roues de la *telejka* résonnèrent de nouveau sur la route gelée de Pokrovskoïé. Polikéï ne se sentit plus à l'aise que lorsqu'il fut sorti de la ville. Jusque-là, il lui avait semblé, sans savoir pourquoi, que d'un instant à l'autre il allait entendre derrière lui une poursuite, qu'on allait l'arrêter, lui tordre les bras derrière le dos comme à Ilya, et le mener demain à sa place au centre de recrutement. De froid autant que de peur, un frisson courait le long de son échine, et il ne cessait de faire allonger le trot à Tambour. Le premier être humain qu'il rencontra fut un pope en haut bonnet d'hiver, accompagné d'un serviteur borgne. Polikéï se sentit encore plus oppressé. Mais sorti de la ville, sa peur passa quelque peu. Tambour se mit au pas, la route devint plus visible devant lui ; Ilyitch ôta son bonnet et tâta l'argent. « Faut-il le glisser sur ma poitrine ? pensa-t-il. Alors il va falloir défaire ma ceinture. Bon, en arrivant à la montée je vais descendre de la charrette, j'arrangerai ça. Le bonnet est solidement cousu en haut, et en bas ça ne sortira pas de la doublure. Et puis je ne vais pas quitter le bonnet jusqu'à la maison. » Arrivé au bas de la montée, Tambour, de son propre mouvement, s'enleva au galop pour la grimper, et Polikéï, qui tout autant que Tambour avait envie d'arriver au plus vite, ne le retint pas. Tout était en ordre ; du moins c'est ce qui lui semblait, et il s'abandonna à sa rêverie sur la reconnaissance de madame, sur les cinq roubles qu'elle allait lui donner, sur la joie des siens à son retour. Il ôta son bonnet, tâta encore une fois l'enveloppe, renfonça le bonnet plus profond sur sa tête et sourit. Le tissu extérieur du bonnet était pourri, et justement parce que, la veille, Akoulina l'avait soigneusement recousu à l'endroit déchiré, il avait craqué de l'autre côté, et juste le mouvement par lequel Polikéï, le bonnet en main, pensait dans l'obscurité renfoncer plus profondément l'enveloppe sous le ouatage, ce mouvement même acheva de déchirer le bonnet, et fit sortir de l'étoffe extérieure un coin de l'enveloppe.

Le jour parut, et Polikéï, qui n'avait pas dormi de la nuit, s'assoupit à demi. Ayant enfoncé son bonnet, et du même coup fait sortir davantage encore la lettre, Polikéï dans son demi-sommeil heurtait de la tête la ridelle. Il se réveilla presque arrivé. Son premier mouvement fut de porter la main à son bonnet ; il était bien en place sur sa tête ; il ne l'ôta même pas, convaincu que l'enveloppe était là. Il toucha Tambour, égalisa le foin, reprit l'allure d'un propriétaire cossu, et, jetant autour de lui des regards pleins d'importance, gagna en cahotant la maison.

Voici la cuisine, voici l'« aile », là-bas la femme

du menuisier porte des toiles, voilà l'intendance, plus loin voilà la maison de madame, où tout à l'heure Polikéï va faire la preuve qu'il est un homme fidèle et honnête, qu'« on peut, bien sûr, raconter des choses contre n'importe qui », et madame dira : « Eh bien, sois remercié, Polikéï, voici pour ta peine trois... », peut-être même cinq, peut-être même dix roubles, et encore elle lui fera apporter du thé, et peut-être bien une petite vodka. Avec ce froid, ça ne ferait pas de mal. Avec dix roubles, on s'amusera pour la fête, et on s'achètera des bottes, et on remboursera à Nikita, puisqu'il le faut, quatre roubles et demi, sans ça il commence à être bien embêtant... À moins de cent pas de chez lui, Polikéï croisa encore sa pelisse, rajusta sa ceinture, son col, ôta son bonnet, lissa ses cheveux, et, sans hâte, fourra la main sous la doublure. La main s'agita dans le bonnet, plus vite, encore plus vite, l'autre s'y enfonça aussi ; le visage pâlit, pâlit, une main passa à travers le bonnet... Polikéï sauta sur les genoux, arrêta le cheval, commença à inspecter la charrette, le foin, ses achats, à tâter sa blouse, ses braies : nulle part trace de l'argent.

— Saints du paradis ! Qu'est-ce qui se passe ? Mais qu'est-ce que ça veut dire ! s'écria-t-il en sanglotant et en s'arrachant les cheveux.

Mais se souvenant aussitôt qu'on pouvait le voir, il fit tourner bride à Tambour, coiffa son bonnet et lança Tambour, étonné et mécontent, sur la route en sens inverse.

« C'est insupportable de sortir avec ce Polikéï, devait se dire Tambour. Pour une fois dans sa vie qu'il m'a donné à temps à manger et à boire, c'était tout juste pour me flouer d'une manière aussi révoltante. Moi qui me dépêchais si bien de rentrer ! Je me suis bien fatigué, et puis voilà, à peine j'ai eu le temps de sentir l'odeur de notre foin, il me fait rebrousser chemin. »

— Plus vite, charogne du diable ! criait Polikéï à travers ses larmes, debout dans la charrette, sciant des rênes la bouche du cheval et le cinglant de coups de fouet.

X

De tout ce jour-là, personne ne vit Polikéï à Pokrovskoïé. Madame le fit demander plusieurs fois après le dîner, et Aksioutka s'élançait chez Akoulina ; mais Akoulina répondait qu'il n'était pas rentré, que sans doute le marchand l'avait retenu, ou que quelque chose était arrivé au cheval. « Peut-être qu'il s'est mis à boiter ? disait-elle. La dernière fois, comme ça, Maxime a mis toute la journée à rentrer, il a dû faire toute la route à pied. » Et Aksioutka repartait, remettant en mouvement ses balanciers, tandis qu'Akoulina inventait des raisons au retard de son mari, et s'efforçait de se tranquilliser elle-même, — mais n'y parvenait pas. Elle avait le cœur lourd, et rien n'avançait de tout ce qu'elle entreprenait pour la fête du lendemain. Elle se tourmentait d'autant plus que la femme du menuisier affirmait avoir vu de ses yeux « un homme, tout pareil comme Ilyitch, qui avait engagé sa charrette dans l'allée, et puis qui avait tourné bride ». Les enfants aussi attendaient papa inquiets et impatients, mais pour d'autres raisons. Anioutka et Machka étaient privées de la pelisse et de l'armiak, qui leur auraient donné la possibilité de sortir au moins tour à tour dans la rue, et de ce fait elles étaient obligées de rester devant la maison, en simple robe, et de courir en rond à toute vitesse, gênant considérablement tous les habitants de l'« aile » quand ils entraient et sortaient. Une fois, Machka s'était jetée dans les jambes de la femme du menuisier, qui portait de l'eau, et, bien qu'elle hurlât déjà du coup qu'elle s'était donné contre ses genoux, elle reçut néanmoins une calotte et pleura encore plus fort. Quand elle ne heurtait personne, elle franchissait la porte d'un vol, et, escaladant un baril, grimpait sur le poêle. Seules, à vrai dire, madame et Akoulina s'inquiétaient sincèrement de Polikéï lui-même ; les enfants ne pensaient qu'aux vêtements qu'il avait sur lui. Quant à Yégor Mikhaïlovitch, faisant son rapport à madame, comme elle lui demandait : « Polikéï n'est-il pas revenu, où peut-il bien être ? » il répondait avec un sourire : « C'est ce que je me demande aussi », visiblement content de voir ses préventions se justifier. « Il aurait dû être de retour au moins pour dîner », disait-il d'un air chargé de sous-entendus.

Tout ce jour-là, à Pokrovskoïé, personne ne sut rien de Polikéï. Plus tard seulement on devait apprendre qu'il avait été vu par des paysans des villages voisins, courant sans bonnet le long de la route et demandant à tout le monde : « On n'a pas trouvé une lettre ? » Un autre homme l'avait vu dormant sur le bord du chemin, près du cheval attelé et attaché. « Même que je me suis dit, disait cet homme, qu'il était saoul, et que le cheval ne devait avoir ni bu ni mangé depuis deux jours, tellement il avait les flancs creux. » Akoulina ne dormit pas de toute la nuit, ne cessant de prêter l'oreille, mais la nuit passa aussi sans que Polikéï reparût. Si elle avait été seule, ou si elle avait eu un cuisinier et une servante, elle aurait été encore plus malheureuse ; mais dès que les coqs chantèrent pour la troisième fois, et que la femme du menuisier fut debout, Akoulina fut obligée de se lever et de se mettre à la cuisson. C'était jour de fête : avant le jour il fallait que les pains fussent défournés, le kvas préparé, les galettes mises au four, la vache traite, les vêtements et les chemises repassés, les enfants débarbouillés, l'eau apportée, et que la voisine ne pût pas accaparer le poêle. Akoulina, sans cesser de tendre l'oreille, entama tout cet ouvrage. Déjà il faisait jour, déjà la cloche sonnait la première messe, déjà les enfants étaient levés, et Polikéï n'était toujours pas là. La première gelée était venue la veille, la neige couvrait inégalement les champs, la route et les toits ; maintenant, comme exprès pour la fête, la journée était belle, ensoleillée et glacée, en sorte qu'on entendait et voyait de loin. Mais Akoulina, affairée devant le four et la tête presque dans l'orifice, était si occupée à la cuisson des galettes qu'elle n'entendit pas Polikéï arriver, et c'est seulement aux cris des enfants qu'elle connut que son mari était là. Anioutka, étant l'aînée, avait elle-même graissé ses cheveux[1] et passé ses vêtements. Elle portait une robe neuve d'indienne rose, encore écrue, — don de madame —, raide sur elle comme une plaque d'écorce[2] et qui faisait papilloter les yeux des voisins ; ses cheveux luisaient, elle y avait frotté la moitié d'un reste de chandelle ; ses souliers n'étaient pas neufs, mais fins tout de même. Machka était encore en caraco et toute barbouillée, et Anioutka ne la laissait pas approcher d'elle de peur d'être salie. Machka était dehors quand son père arriva, tenant un paquet enveloppé de papier. « V'là papa qu'allive ! » glapit-elle, et elle se précipita vers la porte, frôla Anioutka et macula sa robe. Anioutka, ne craignant plus de se salir, donna immédiatement une taloche à Machka, et Akoulina ne pouvait pas quitter sa besogne. Elle cria seulement aux enfants : « Allons, vous autres ! Je vais tous vous fesser ! » et se retourna vers la porte. Ilyitch, son paquet à la main, parut dans l'entrée, et tout de suite passa dans le « coin ». Il sembla bien à Akoulina qu'il était pâle, et que son visage avait une expression bizarre, moitié larmes moitié sourire ; mais elle avait autre chose à faire que de chercher à le déchiffrer.

— Alors, Ilyitch, tout s'est bien passé ? demanda-t-elle sans quitter le poêle.

Ilyitch marmonna quelque chose qu'elle ne comprit pas.

— Tu dis ? cria-t-elle. Tu as été chez madame ?

Ilyitch dans son coin, assis sur le lit, regardait farouchement autour de lui, et souriait de son sourire d'homme pris en faute et profondément malheureux. Il resta un bon moment sans répondre.

— Dis, Ilyitch ? Ça a été long ! reprit la voix d'Akoulina.

— C'est fait, Akoulina, j'ai remis l'argent à

madame, et ce qu'elle m'a remercié ! dit-il brusquement, et plus inquiets encore se firent ses regards et son sourire. Deux objets surtout arrêtaient ses yeux égarés, fiévreusement ouverts : les cordes fixées au berceau, et le nourrisson. Il s'approcha du berceau, et de ses longs doigts minces se mit hâtivement à défaire le nœud d'une corde. Puis ses yeux s'arrêtèrent sur l'enfant ; mais à ce moment Akoulina revenait vers le « coin », portant une planche de galettes cuites. Ilyitch cacha rapidement la corde entre peau et chemise, et s'assit sur le lit.

— Qu'est-ce que tu as, Ilyitch, on dirait que t'es pas dans ton assiette ? dit Akoulina.

— Pas dormi, répondit-il.

Tout à coup quelque chose fila devant la fenêtre, et comme une flèche entra la fillette d'« en haut », Aksioutka.

— Madame fait dire à Polikéï Ilyitch de venir à la minute, dit-elle. À la minute, qu'elle a dit, Avdotia Mikolavna... à la minute.

Polikéï regarda Akoulina, la fillette.

— Bon, tout de suite ! Qu'est-ce qu'y faut encore ? dit-il si simplement qu'Akoulina fut tranquillisée. — Peut-être elle veut me donner une récompense. Dis que je viens tout de suite.

Il se leva et sortit. Akoulina prit l'auge, la plaça sur le banc, y vida l'eau des seaux qui attendaient près de la porte et celle d'une marmite qui chauffait sur le poêle, retroussa ses manches et tâta la température de l'eau.

— Viens, Machka, que je te débarbouille.

La coléreuse et zézayante fillette se mit à hurler.

— Viens vite, vilaine, je te mettrai une chemise propre. Allons, plus vite que ça ! Viens, y a encore ta sœur à débarbouiller.

Polikéï, pendant ce temps, ne suivait pas la fillette d'« en haut » pour aller chez madame, il allait d'un tout autre côté. Dans la pièce d'entrée, contre le mur, il y avait une échelle droite, qui menait au grenier. Polikéï, arrivé là, regarda autour de lui et, ne voyant personne, tête baissée, presque à la course, il grimpa, leste et rapide, à cette échelle.

— Qu'est-ce que cela peut bien signifier, que Polikéï ne vient pas, dit impatiemment madame, s'adressant à Douniachka qui lui peignait les cheveux, — où est donc Polikéï ? Pourquoi ne vient-il pas ?

Aksioutka bondit de nouveau vers les communs, et de nouveau fit irruption dans l'entrée et demanda qu'Ilyitch vînt chez madame.

— Mais il y a longtemps qu'il y est parti, répondit Akoulina, qui, ayant débarbouillé Machka, venait tout juste d'asseoir dans l'auge son nourrisson et mouillait, en dépit de ses cris, sa petite tête aux cheveux rares. Le bébé criait, grimaçait et s'efforçait d'attraper quelque chose de ses menottes impuissantes. Akoulina, d'une de ses grandes mains, soutenait sa tendre échine dodue, toute en fossettes, et de l'autre le lavait.

— Vois donc s'il ne s'est pas endormi quelque part, dit-elle, regardant autour d'elle avec inquiétude.

La femme du menuisier à ce moment, dépeignée, dépoitraillée, tenant ses jupes, montait au grenier chercher un vêtement qu'elle y avait mis à sécher. Soudain retentit du grenier un cri d'épouvante, et la femme du menuisier, comme une folle, les yeux fermés, à quatre pattes, à reculons, déboulant plutôt que courant, dévala de l'échelle.

— Ilyitch ! cria-t-elle.

Akoulina lâcha l'enfant qu'elle tenait.

— Il s'est pendu ! hurla la femme du menuisier.

Akoulina, sans remarquer que l'enfant, roulant comme une pelote, se renversait sur le dos et, battant l'air de ses petons, s'enfonçait la tête sous l'eau, bondit dans la pièce d'entrée.

— À la grosse poutre... il est pendu... commença la femme du menuisier, mais elle s'interrompit en voyant Akoulina.

Akoulina se jeta sur l'échelle, et avant qu'on eût pu l'arrêter, elle franchit un échelon et avec un cri terrible, tel un corps sans vie, s'abattit sur l'échelle et se serait tuée si les gens qui accouraient de toutes parts n'avaient réussi à la retenir.

XI

Pendant plusieurs minutes, il fut impossible de rien distinguer dans le brouhaha général. Une masse de gens étaient accourus, tous criaient, tous parlaient, les enfants et les femmes pleuraient, Akoulina gisait sans connaissance. Enfin des hommes, le menuisier et l'intendant venus en toute hâte, montèrent au grenier, tandis que la femme du menuisier racontait pour la vingtième fois : « Je me doutais de rien, j'allais chercher une pèlerine, je regarde comme ça, qu'est-ce que je vois, un homme debout ; je regarde, y a son bonnet tout défoncé à côté de lui. Et puis y a ses jambes qui se balancent. J'en ai eu froid par tout le corps. Pensez donc, un homme s'est pendu, et il faut que ce soit moi qui voie ça ! Comment j'ai dégringolé en bas, j'en sais rien moi-même. C'est miracle, comment le bon Dieu m'a sauvée. Vrai, le Seigneur a eu pitié de moi. Pensez donc ! Si c'est raide et si c'est haut ! J'aurais aussi bien pu me tuer. »

Les hommes qui étaient montés firent le même rapport. Ilyitch était pendu à la maîtresse poutre, en simple blouse et pantalon, avec la corde qu'il avait prise au berceau. Son bonnet défoncé était tombé à côté de lui. L'armiak et la pelisse, qu'il avait enlevés, étaient soigneusement pliés tout auprès. Les pieds touchaient terre, mais il n'y avait plus signe de vie. Akoulina revint à elle, et se jeta de nouveau vers l'échelle, mais on la retint.

— Tit'maman, Siomka a toulé ! glapit tout à coup, du « coin », la petite zézayante.

Akoulina s'arracha à ceux qui la tenaient, et courut au « coin ». Le bébé, immobile, gisait sur le dos dans l'auge, et ses petits pieds ne remuaient plus. Akoulina le saisit, mais l'enfant ne bougeait plus et ne respirait plus. Akoulina le jeta sur le lit, s'y appuya des deux mains, et éclata de rire, d'un rire si criard, si sonore, si effrayant, que Machka, qui avait d'abord commencé à rire elle aussi, se boucha les oreilles et s'enfuit en pleurant dans l'entrée. La foule fit irruption dans le « coin » avec des cris et des pleurs. On emporta l'enfant, on tenta de le frictionner, mais tout fut en vain. Akoulina se roulait sur le lit et riait, riait aux éclats, d'un rire qui glaçait d'horreur tous ceux qui l'entendaient. C'est alors seulement, devant cette foule hétéroclite d'hommes, de femmes, de vieillards, d'enfants, entassés dans la pièce d'entrée, qu'on put voir quelle multitude de gens, et de quelles gens, peuplait l'« aile » réservée à la domesticité. Tous s'agitaient, tous parlaient, beaucoup pleuraient, et personne ne faisait rien. La femme du menuisier trouvait encore des gens qui n'avaient pas entendu son histoire, et se remettait à raconter comment sa délicate sensibilité avait été heurtée par un spectacle inattendu, et comment Dieu l'avait sauvée d'une chute du haut de l'échelle. Le vieux sommelier, en camisole de femme, racontait comment, du vivant du feu seigneur, une femme s'était noyée dans l'étang. L'intendant envoya chercher le commissaire de police rurale et le prêtre, et établit une garde. La fillette d'« en haut », Aksioutka, regardait les yeux écarquillés l'orifice du grenier, et bien qu'elle n'y vît rien, ne pouvait s'en arracher pour aller avertir madame. Agafia Mikhaïlovna, qui avait été femme de chambre de la vieille madame, demandait du thé pour calmer ses nerfs et pleurait. La grand-mère Anna, de ses mains adroites, potelées, tout imprégnées d'huile de veilleuse, étendait le petit mort sur la table. Les femmes étaient debout autour d'Akoulina et la considéraient en silence. Les enfants, blottis dans un angle, regardaient leur mère et se mettaient à pleurer, puis s'apaisaient, la regardaient de nouveau et se pelotonnaient davantage encore. Des petits garçons et des moujiks s'attroupaient devant le perron, contemplaient avec des mines d'effroi la porte et les fenêtres, sans rien voir ni comprendre, et se demandaient l'un à l'autre ce qui était arrivé. L'un disait que le menuisier avait coupé le pied à sa femme d'un coup de hache. L'autre assurait que la lingère avait mis au monde trois jumeaux. Un troisième prétendait que le chat du cuisinier était devenu enragé et avait mordu des gens. Mais la vérité peu à peu se répandit, et finit par arriver aussi aux oreilles de madame. Et à ce qu'il semble, on n'avait même pas su l'y préparer : le brutal Yégor lui avait tout crûment raconté les choses, et avait mis madame dans un tel état de nerfs que longtemps encore après elle ne put s'en remettre. La foule, déjà, commençait à se calmer, la femme du menuisier dressa le samovar et se mit à faire le thé, ce que voyant, ceux qui n'étaient pas de la maison, ne recevant pas d'invitation, trouvèrent inconvenant de rester plus longtemps. Des garçonnets commencèrent à se chamailler devant le perron. Tous savaient maintenant ce qui s'était passé, et, se signant, allaient déjà se disperser, quand on entendit tout à coup : « Madame ! Voilà madame ! » et tous s'attroupèrent de nouveau, se reculèrent pour lui faire place, mais tous voulurent aussi voir ce qu'elle allait faire. Madame, pâle, en larmes, traversa l'entrée, entra dans le « coin » d'Akoulina. Des dizaines de têtes se pressaient et regardaient de la porte. Une femme enceinte fut tellement comprimée qu'elle poussa un cri aigu, mais aussitôt, profitant de la circonstance, s'empara d'une place au premier rang. Comment ne pas regarder madame dans le « coin » d'Akoulina ! C'était, pour toute la domesticité, comme le feu de Bengale à la fin du spectacle : on est comblé, maintenant qu'on a allumé le feu de Bengale, et on est comblé, maintenant que voilà la *barynia*, en robe de soie et dentelles, entrée dans le « coin » d'Akoulina. Madame s'approcha d'Akoulina et lui prit la main ; mais Akoulina la lui arracha. Les vieux domestiques hochèrent la tête d'un air réprobateur.

— Akoulina ! dit madame. Tu as des enfants, ménage-toi.

Akoulina éclata de rire et se leva.

— Mes enfants, à moi, ils sont tout en argent, tout en argent... Pas de papier chez moi, bredouilla-t-elle en précipitant ses mots. Je le disais bien à Ilyitch, prends pas de papier, voilà, ils t'ont graissé la patte, graissé de goudron. Le goudron, avec du savon, toutes les taches que vous voudrez elles s'en iront tout de suite. — Et elle éclata d'un rire encore plus dément.

Madame se retourna et demanda qu'on fît venir l'infirmier, et qu'on apportât de la moutarde. « Donnez de l'eau fraîche », et elle se mit à chercher elle-même de l'eau ; mais en voyant l'enfant mort, devant lequel se tenait la grand-mère Anna, madame se détourna, et tous la virent cacher son visage dans son mouchoir et pleurer. Quant à la grand-mère Anna (dommage que madame ne vît pas cela : elle l'aurait apprécié, et c'est pour elle que c'était fait), elle couvrit l'enfant d'un morceau de lainage, arrangea de sa main experte et potelée le petit bras, et la façon dont elle branla la tête, la lippe qu'elle fit, le cillement plein de sentiment de ses yeux, le soupir qu'elle poussa faisaient voir à chacun comme elle avait bon cœur. Mais madame ne le vit pas, ni ne pouvait rien voir. Elle éclata en sanglots, elle eut une violente crise de nerfs, on la fit sortir en la soutenant et on la ramena ainsi chez elle. « C'est tout ce qu'elle est venue faire », pensa plus d'un, et les gens commencèrent à se disperser. Akoulina continuait de rire et de parler sans suite. On l'emmena dans une autre pièce, on lui fit une saignée, on lui mit des sinapismes, on lui plaça de la glace sur la tête ; mais elle persistait à ne rien comprendre, elle ne pleurait pas, mais riait, et disait et faisait des choses telles que les bonnes gens qui prenaient soin d'elle ne pouvaient se retenir de rire aussi.

XII

La fête ne fut pas gaie au domaine de Pokrovskoïé. Bien que la journée fût magnifique, les gens n'allèrent pas s'amuser ; les filles ne se réunirent pas pour chanter des chœurs, les garçons des fabriques, venus de la ville, ne jouèrent ni de l'accordéon, ni de la balalaïka, et ne plaisantèrent pas avec les jeunes filles. Tous restaient assis dans leur « coins », et s'ils parlaient, ils parlaient bas, comme s'il y avait eu quelqu'un de mauvais qui fût là et qui pût les entendre. Le jour, encore, ce fut supportable. Mais au soir, quand la nuit tomba, les chiens hurlèrent, et pour comble d'angoisse le vent se leva et gémit dans les cheminées, et une telle terreur s'empara de tous les habitants des communs que ceux qui avaient des cierges les allumèrent devant l'icône ; ceux qui étaient seuls dans leur « coin » se rendirent chez les voisins demander à passer la nuit là où il y avait davantage de monde ; et ceux qui auraient dû aller aux étables y renoncèrent, et préférèrent laisser le bétail sans nourriture pour une nuit. Et l'eau bénite, que chacun conservait dans une fiole, fut toute dépensée cette nuit-là. Il y en eut même beaucoup qui entendirent, cette nuit-là, quelqu'un marcher d'un pas lourd dans le grenier, et le forgeron vit un dragon voler droit à la lucarne. Dans le « coin » de Polikéï, il n'y avait personne : les enfants et la démente avaient été emmenés ailleurs. Il n'y avait là que le petit corps étendu, et puis deux vieilles femmes, et une mendiante errante, qui mettait tout son zèle à lire un psaume, non pas pour le bébé, mais comme ça, à cause de tout ce malheur. Ainsi l'avait désiré madame. Ces deux vieilles femmes et la mendiante entendirent elles-mêmes, chaque fois qu'était lu un verset, la poutre trembler là-haut, et quelqu'un gémir. L'errante lisait : « Que Dieu ressuscite », et tout retombait dans le silence. La femme du menuisier avait fait venir chez elle une commère, et cette nuit-là, au lieu de dormir, elle but avec elle tout le thé qu'elle avait préparé pour la semaine. Elles entendirent aussi, là-haut, les poutres craquer, et comme si des sacs tombaient sur le sol. La présence des moujiks de garde rendait courage aux gens de la maison, sans quoi tous seraient morts de peur cette nuit-là. Ces moujiks couchaient sur du foin dans la pièce d'entrée et eux aussi affirmèrent le lendemain qu'ils avaient entendu des prodiges au grenier, alors qu'ils avaient passé la nuit on ne peut plus tranquillement à causer ensemble de la levée des recrues, à mâcher du pain, à se gratter, et surtout à emplir l'entrée d'une telle odeur, l'odeur typique du moujik, que la femme du menuisier, passant à côté d'eux, cracha et les traita de bouseux. Quoi qu'il en soit, le suicidé était toujours pendu au grenier, et il semblait que l'Esprit mauvais lui-même étendît cette nuit-là l'ombre énorme de son aile sur le quartier des domestiques, leur faisant sentir son pouvoir et plus proche d'eux que jamais. Du moins était-ce ce que tous ressentaient. Je ne sais pas si c'était à bon droit. Je crois même que c'était tout à fait à tort. Je crois que si un audacieux avait, dans cette nuit terrible, pris une chandelle ou une lanterne, et, se couvrant — ou même sans se couvrir — du signe de la croix, avait pénétré au grenier, et dissipant lentement devant lui, à la lueur de sa chandelle, l'horreur de la nuit, éclairant les chevrons, le sable, le conduit de fumée couvert de toiles d'araignée, les pèlerines oubliées par la femme du menuisier, s'était avancé jusqu'au corps d'Ilyitch ; que si, dominant sa peur, il avait élevé sa lanterne à la hauteur du visage, il n'aurait vu que le maigre corps bien connu de tous, incliné inerte sur un côté, les pieds touchant le sol (la corde s'était détendue), et le col déboutonné de la blouse, sous laquelle il n'y avait pas de croix[1], et la tête affaissée sur la poitrine, et le bon visage aux yeux ouverts et qui ne voyaient pas, et l'humble sourire coupable, et une austère tranquillité, et le silence sur le tout. Vraiment, la femme du menuisier, blottie au coin de son lit, avec ses cheveux en désordre et ses yeux épouvantés, racontant qu'elle entend tomber des sacs, est bien plus effrayante et bien plus terrible qu'Ilyitch, à qui l'on a pourtant ôté sa croix pour la poser sur le chevron.

« En haut », c'est-à-dire chez madame, la même terreur régnait que dans l'« aile ». Une odeur d'eau de Cologne et de pharmacie emplissait la chambre de madame, Douniacha chauffait de la cire d'abeilles et préparait un cérat. Pourquoi justement un cérat, je n'en sais rien ; mais je sais qu'on faisait toujours un révulsif quand madame était souffrante. Et elle était en ce moment bouleversée à en tomber sérieusement malade. Douniacha, pour se donner courage, avait fait venir sa tante pour passer la nuit avec elle. Elles étaient quatre, avec la petite commissionnaire, réunies dans la chambre des servantes, et qui causaient à mi-voix.

— Qui va aller chercher de l'huile ? dit Douniacha.

— Pour rien au monde, Avdotia Mikolavna, pour rien au monde je n'irai, déclara résolument la deuxième servante.

— Allons, allons, vas-y avec Aksioutka.

— J'y cours toute seule, moi, je n'ai peur de rien, dit Aksioutka, mais à l'instant même son courage faiblit.

— Bon, vas-y, ma jolie, demandes-en à la grand-mère Anna, dans un verre, et fais bien attention à ne pas en renverser, lui dit Douniacha.

Aksioutka prit d'une main le bas de sa jupe, et comme de ce fait elle ne pouvait plus balancer les deux bras, elle partit en balançant deux fois plus fort, perpendiculairement à la direction de sa course, le bras qui restait libre. Elle avait terriblement peur, et elle sentait que si elle allait voir ou entendre quoi que ce fût, serait-ce sa propre mère en chair et en os, elle mourrait sur place de terreur. Elle se lança éperdue, les yeux presque fermés, sur le sentier familier.

XIII

« Madame est couchée, ou pas encore ? » — demanda soudain, tout près d'Aksioutka, une grosse voix de moujik. Elle rouvrit les yeux, et vit une silhouette inconnue, qui lui sembla plus haute que les bâtiments des communs ; elle poussa un cri aigu et rebroussa chemin si précipitamment que sa jupe avait peine à la suivre. D'un bond elle fut sur le perron, d'un autre dans la chambre des servantes, et elle s'abattit en hurlant sur le lit. Douniacha, sa tante et la seconde servante furent glacées d'effroi ; mais elles n'eurent pas le temps de se remettre que déjà se faisaient entendre dans l'antichambre des pas lourds, lents et indécis. Douniacha se précipita chez madame, laissant tomber son cérat ; la seconde servante se cacha derrière des robes pendues au mur ; la tante, plus hardie, voulut aller interdire la porte, mais la porte s'ouvrit, et l'homme entra dans la pièce. C'était Doutlov, chaussé de ses grands bateaux. Sans prêter attention à l'effroi des jeunes femmes, il chercha des yeux les images saintes, et ne trouvant pas la petite icône suspendue dans l'angle gauche, se signa devant la vitrine où l'on mettait les tasses, posa son bonnet sur la fenêtre, enfonça

disparition de l'enveloppe dans la demi-pelisse du moujik. — Donne la lettre ici.

Doutlov la tira de sa poitrine, mais il ne la mit pas tout de suite dans la main tendue de Douniacha.

— Dites que c'est Doutlov Sémione qui l'a trouvée sur la route.

— Bon, donne.

— Je me suis dit comme ça, tiens, une lettre ; et puis y a un soldat qui a lu dessus qu'il y avait de l'argent.

— Mais donne, je te dis.

— Je n'ai même pas osé m'arrêter chez moi à cause de ça... dit encore Doutlov, toujours sans se séparer de la précieuse enveloppe. — Dites comme ça à madame.

Douniacha prit l'enveloppe et retourna auprès de madame.

— Ah ! mon Dieu, Douniacha ! dit madame d'une voix pleine de reproche. Ne me parle pas de cet argent. Quand je repense à ce pauvre petit bébé...

— Mais le bonhomme, madame, ne sait pas à qui madame veut qu'il le remette, dit encore Douniacha.

Madame décacheta l'enveloppe, frissonna à la vue des billets, et resta pensive.

— Affreux argent, que de mal il cause ! dit-elle.

— C'est Doutlov, madame. Voulez-vous qu'il entre, ou bien daignerez-vous aller lui parler ? Est-ce que tout l'argent y est ? demanda Douniacha.

— Je ne veux pas de cet argent. Il est abominable, cet argent. Tout le mal qu'il a fait ! Dis-lui qu'il le garde pour lui, s'il veut, dit tout à coup madame, cherchant la main de Douniacha. — Oui, oui, oui, répéta madame à Douniacha stupéfaite, qu'il le prenne pour lui et qu'il en fasse ce qu'il voudra.

— Un millier et demi de roubles, fit remarquer Douniacha avec un léger sourire, comme quand on parle à un enfant.

— Qu'il prenne tout, répéta impatiemment madame. Tu ne me comprends donc pas ? Cet argent porte malheur, ne m'en parle plus jamais. Qu'il le prenne pour lui, l'homme qui l'a trouvé. Va, mais va, te dis-je !

Douniacha revint dans la chambre des servantes.

— Tout y est ? demanda Doutlov.

— Eh bien, compte toi-même, dit Douniacha en lui tendant l'enveloppe. Elle a dit de te le donner.

Doutlov mit son bonnet sous son bras, et, à demi incliné, se mit à compter les billets.

— Elle n'a pas de boulier ?

Doutlov avait compris que madame, la sotte, ne savait pas compter et qu'elle lui commandait de le faire.

— Tu compteras chez toi ! C'est pour toi ! C'est ton argent ! dit Douniacha avec irritation. — Je ne veux pas le voir, qu'elle dit, donne-le à celui qui l'a apporté.

Doutlov, sans se redresser, regardait fixement Douniacha.

La tante de Douniacha joignit les mains :

— Saintes du Ciel ! En voilà une chance du bon Dieu ! Bonnes dames du Paradis !

La deuxième servante ne pouvait y croire :

— Qu'est-ce que vous dites, Avdotia Mikolavna ! C'est pour rire ?

— Comment, pour rire ! Elle a commandé de le donner à l'homme... Allons, prends l'argent et va, dit Douniacha sans cacher son dépit. Y en a qui ont du malheur et y en a qui ont de la chance.

— C'est pas rien, un millier et demi de roubles, dit la tante.

— Plus que ça, confirma Douniacha. Allons, tu iras mettre un cierge de dix kopecks à saint Nicolas, ajouta-t-elle ironiquement. Tu n'en reviens pas, hein ? Encore si c'était pour un pauvre ! Celui-ci, il en a déjà bien assez.

Doutlov finit par comprendre que ce n'était pas une plaisanterie, et commença à ramasser et à ranger dans l'enveloppe les billets qu'il avait étalés pour les compter ; mais ses mains tremblaient et il ne cessait de regarder les jeunes femmes pour se convaincre qu'on ne se moquait pas de lui.

— Voyez ça, il en revient pas, mais il demande pas mieux, dit Douniacha pour montrer qu'elle méprisait quand même et le moujik, et l'argent. — Donne, je vais te les ranger.

Elle avançait la main. Mais Doutlov ne la laissa pas faire ; il ramassa les billets à poignée, les enfonça sous sa chemise et prit son bonnet.

— T'es content ?

— Eh, je sais point quoi dire ! Sûr que...

Il n'acheva pas, eut un geste d'impuissance à s'exprimer, un sourire mouillé comme s'il allait pleurer, et sortit.

La sonnette retentit dans la chambre de madame.

— Alors, tu le lui as rendu ?

— Oui, madame.

— Et puis, il est très content ?

— Comme fou, il était.

— Au fait, rappelle-le. Je veux lui demander comment il l'a trouvé. Fais-le entrer ici, je ne peux pas sortir.

Douniacha courut et rattrapa le bonhomme dans l'antichambre. Son bonnet toujours sous le bras, il avait tiré sa bourse, et, à demi incliné, il la dénouait, tenant l'argent entre ses dents. Il lui semblait probablement que tant que l'argent n'était pas dans la bourse, il n'était pas à lui. Quand Douniacha le rappela, il fut pris d'effroi.

— Qu'est-ce qu'il y a, Avdotia... Avdotia Mikolavna. C'est-il qu'elle veut me le reprendre ? Dites, si vous vouliez parler pour moi, je vous promets, je vous apporterai du miel.

— Tiens, tiens ! On t'a souvent vu en apporter.

Une fois encore la porte s'ouvrit, et on introduisait le bonhomme chez madame. Il n'avait pas le cœur gai. « Malheur ! elle va me le reprendre ! » se disait-il, tandis qu'on ne sait pourquoi, comme s'il eût marché dans de hautes herbes, il soulevait très haut les pieds et s'efforçait de ne pas faire claquer ses larges semelles d'écorce en traversant les pièces. Il ne comprenait ni ne voyait rien de ce qui l'entourait. Il passa devant une glace, vit des fleurs, un moujik chaussé de sandales de tille qui levait haut la jambe, un monsieur peint avec un monocle, une espèce de cuve verte et quelque chose de blanc... Tiens, ce quelque chose de blanc se mit à parler : c'était madame. Il ne comprit rien. Il roulait des yeux éperdus. Il ne savait pas où il était, et tout lui apparaissait dans un brouillard.

— C'est toi Doutlov?

— C'est moi, madame. Tel que c'était, je n'y ai même pas touché, dit-il. Je suis bien ennuyé, le bon Dieu m'est témoin! Ce que j'ai éreinté mon cheval...

— Allons, tant mieux pour toi, dit-elle avec un bon sourire vaguement dédaigneux. Prends, prends, c'est pour toi.

Il ne pouvait qu'écarquiller les yeux.

— Je suis contente que ce soit tombé sur toi. Dieu veuille que tu en fasses bon usage. Et toi, es-tu content?

— Comment donc content! Si je suis content, ma bonne dame! Je n'arrêterai pas de prier le bon Dieu pour vous. Si content je suis, que Dieu merci que notre bonne dame soit en vie. Toute la faute qu'il y a eu est de moi...

— Comment l'as-tu trouvé?

— Je veux dire, pour madame, on aurait toujours dû faire tout son possible honnêtement, et non pas...

— Le voilà qui divague tout à fait, madame, dit Douniacha.

— J'avais mené mon neveu au recrutement, je revenais, c'est sur la route que je l'ai trouvé. Polikéï, faut croire, l'a laissé tomber sans s'en apercevoir.

— Bon, va, va, mon ami. Je suis contente pour toi.

— Si content, ma bonne dame!... dit le vieillard.

Il lui revint ensuite qu'il n'avait pas remercié, et qu'il n'avait pas su se conduire comme il convenait. Madame et Douniacha souriaient, et lui, de nouveau, avançait comme dans de hautes herbes et se retenait à grand-peine de courir. Il lui semblait toujours qu'on allait encore l'arrêter et lui reprendre l'argent...

XIV

Sorti à l'air frais, Doutlov s'écarta de la route vers un bosquet de tilleuls, et défit même sa ceinture pour mieux atteindre sa bourse, puis se mit à ranger les billets. Ses lèvres remuaient, s'entrouvraient et se fermaient, sans qu'il émît aucun son. Ayant rangé l'argent et remis sa ceinture, il se signa et s'en alla, zigzaguant d'un bord à l'autre du chemin comme un homme ivre : tant il était pris par les pensées qui bouillonnaient dans sa tête. Soudain il vit devant lui la silhouette d'un homme qui venait à sa rencontre. Il appela : c'était Yéfime qui, un gourdin à la main, faisait sa ronde de garde autour des communs.

— Tiens, le père Sémione ! s'écria joyeusement Yéfimka en s'approchant. (Yéfimka se sentait mal à l'aise d'être seul.) — Alors, tonton, on les a emmenés, ces conscrits ?

— C'est fait. Et toi, qu'est-ce que tu fais là ?

— Ben, on m'a mis pour monter la garde, à cause d'Ilyitch qui s'est ôté la vie.

— Et où il est, lui ?

— Là-haut, au grenier, qu'on dit, pendu, répondit Yéfimka, montrant de son gourdin, dans l'obscurité, le toit du bâtiment.

Doutlov regarda dans la direction du bras tendu,

et bien qu'il ne vît rien, il plissa le visage et les yeux et hocha la tête.

— Le commissaire est venu, reprit Yéfimka. C'est le cocher qui me l'a dit. Maintenant on va le dépendre. C'est ça qui est effrayant, la nuit, tonton. Pour rien au monde j'irais la nuit, moi, si on veut me faire aller là-haut. Il aurait beau me battre à mort, Yégor Mikhalytch, j'irai pas.

— Quel malheur, quel péché ! répétait Doutlov, visiblement pour dire quelque chose et sans penser le moins du monde à ce qu'il disait, et il voulut passer son chemin. Mais la voix de Yégor Mikhaïlovitch l'arrêta.

— Hé, la garde, viens ici ! criait Yégor Mikhaïlovitch du perron de l'intendance.

Yéfimka se rendit à son appel.

— Qui est l'homme qui était là-bas avec toi ?

— Doutlov.

— Toi aussi, Sémione, viens ici !

Doutlov s'approcha, et, à la lumière de la lanterne que tenait le cocher, distingua Yégor Mikhaïlovitch et un fonctionnaire de petite taille, en manteau d'uniforme et képi à cocarde : c'était le commissaire de police rural.

— Voilà le vieux qui va venir aussi avec nous, dit Yégor Mikhaïlovitch en apercevant Doutlov.

Le vieil homme eut un haut-le-corps : mais il fallait en passer par là.

— Et toi, Yéfimka, mon jeune gars, fais un saut au grenier où il s'est pendu, pour arranger l'échelle pour que Sa Noblesse puisse monter.

Yéfimka, lui qui à aucun prix ne voulait approcher de l'« aile », y courut, faisant claquer ses sandales de tille comme des planches.

Le commissaire battit le briquet et alluma sa pipe. Il habitait à deux verstes de là, et venait tout juste de se faire raidement admonester par le chef de district pour ivrognerie, si bien qu'il était en plein accès de zèle : arrivé à dix heures du soir, il voulait immédiatement examiner le suicidé. Yégor Mikhaïlovitch demanda à Doutlov ce qui l'amenait ici. Tout en marchant, Doutlov raconta à l'intendant comment il avait trouvé l'argent et ce qu'avait fait madame. Doutlov dit qu'il était venu demander l'assentiment de Yégor Mikhaïlovitch. À l'effroi de Doutlov, l'intendant lui demanda l'enveloppe et l'examina. Le commissaire prit lui aussi l'enveloppe en main et, brièvement et sèchement, s'enquit des détails.

« Bon, fichu l'argent », se dit Doutlov, et déjà il commençait à se justifier. Mais le commissaire lui rendit l'enveloppe.

— Il a de la chance, le lourdaud ! dit-il.

— Ça tombe bien pour lui, dit Yégor Mikhaïlovitch, il vient tout juste de mener son neveu au recrutement : maintenant il va pouvoir la racheter.

— Ah ! fit le commissaire, et il partit en avant.

— Tu vas le racheter, non, ton Ilyouchka ? dit Yégor Mikhaïlovitch.

— Comment ça le racheter ? Y aura-t-il assez d'argent ? Et puis peut-être qu'il est trop tard.

— C'est comme tu veux, dit l'intendant, et tous deux rejoignirent le commissaire.

Ils s'avancèrent vers le bâtiment, dans l'entrée duquel les gardiens malodorants les attendaient avec une lanterne. Doutlov les suivait. Les gardiens avaient un air de gens pris en faute, qui ne pouvait se rapporter qu'à l'odeur qu'ils émettaient, car ils n'avaient rien fait de mal. Tous étaient silencieux.

— Où est-ce ? demanda le commissaire.

— Ici, chuchota Yégor Mikhaïlovitch. Yéfimka, ajouta-t-il, mon jeune gars, va devant avec la lanterne !

Yéfimka, qui avait déjà arrangé là-haut les planches devant l'échelle, paraissait avoir abandonné toute peur. Enjambant deux ou trois barreaux à la fois, il grimpa allégrement devant, se retournant de temps en temps pour éclairer le chemin au commissaire avec sa lanterne. Yégor Mikhaïlovitch suivait le commissaire ; quand ils eurent disparu, Doutlov, qui avait déjà mis le pied sur un barreau, poussa un soupir et s'arrêta. Deux ou trois minutes passèrent, le bruit des pas avait cessé au grenier ; on devinait qu'ils étaient arrivés près du corps.

— Eh tonton ! On t'appelle ! cria Yéfimka de l'orifice.

Doutlov grimpa. La lumière de la lanterne n'éclairait, derrière un chevron, que le haut du corps du commissaire et de l'intendant ; derrière eux on distinguait quelqu'un d'autre debout, de dos. C'était Polikéï. Doutlov enjamba le chevron, se signa et s'arrêta.

— Tournez-le, les gars, dit le commissaire.

Personne ne bougeait.

— Yéfimka, toi, mon jeune gars, dit Yégor Mikhaïlovitch.

Le jeune gars enjamba le chevron, retourna le corps d'Ilyitch et resta près de lui, tournant son regard alerte tantôt vers Ilyitch tantôt vers les autorités, comme un montreur de foire qui présente la négresse albinos ou la femme sans tête et regarde tantôt le public, tantôt son attraction, prêt à satisfaire tous les désirs des spectateurs.

— Tourne-le encore.

Ilyitch fit encore un demi-tour sur lui-même, balançant légèrement les bras et traînant un pied sur le sable.

— Allez-y, dépendez-le.

— Vous voulez qu'on coupe la corde, Vassili Borissovitch ? dit Yégor Mikhaïlovitch. Passez une hache, les gars.

Il fallut répéter deux fois l'ordre aux gardiens et à Doutlov pour qu'ils approchassent. Mais le jeune gars, lui, maniait le corps d'Ilyitch comme un quartier de bétail abattu. Enfin la corde fut coupée, le cadavre déposé et recouvert. Le commissaire déclara qu'il enverrait le médecin le lendemain, et laissa partir les hommes.

XV

Doutlov, remuant toujours les lèvres sans parler, s'en alla chez lui[1]. Il se sentit d'abord oppressé, mais à mesure qu'il se rapprochait du village ce sentiment s'effaçait, et la joie l'envahissait de plus en plus. Au village, on entendait les chansons et des voix ivres. Doutlov ne buvait jamais et il alla tout droit chez lui. Il était déjà tard quand il entra dans l'isba. Sa vieille s'était assoupie. Son fils aîné et ses petits-enfants étaient couchés sur le poêle, le fils cadet dans la resserre. Seule la jeune femme d'Ilyouchka ne dormait pas, et en blouse sale de tous les jours, les cheveux défaits, assise sur une banc, elle pleurait à pleine voix. Elle n'alla pas ouvrir à l'oncle, et ne fit qu'enfler ses ululements et ses lamentations dès qu'il fut entré dans l'isba. De l'avis de la vieille, ses lamentations[1] étaient bien faites et mélodieuses, quoique, étant donné sa jeunesse, elle ne pût avoir encore beaucoup de pratique.

La vieille se leva et donna à souper à son mari. Doutlov éloigna de la table la femme d'Ilyouchka : « Ça va, ça va ! » dit-il. Aksinia se leva et s'étendit sur un banc, sans cesser de gémir bruyamment. La vieille servit, puis desservit en silence. Le vieux non plus ne dit pas un mot. Après avoir fait une prière, il lâcha un rot, se lava les mains, prit à son clou le boulier à compter et passa dans la resserre. Là il commença par chuchoter avec la vieille, puis celle-ci sortit, et il se mit à faire cliqueter les billes du boulier ; enfin on l'entendit ouvrir et refermer une trappe et descendre à la cave. Il demeura longtemps occupé dans la resserre et au sous-sol. Quand il remonta, il faisait déjà sombre dans l'isba, la torche ne brûlait plus. La vieille, qui ne faisait jamais de bruit et parlait peu dans la journée, était étendue dans la soupente et faisait résonner toute l'isba de ses ronflements. La tapageuse femme d'Ilyouchka dormait aussi, mais respirait sans bruit. Elle s'était endormie sur le banc, tout habillée et sans rien sous la tête. Doutlov fit sa prière, puis regarda la femme d'Ilyouchka, hocha le chef, éteignit la torche, rota encore, monta sur le poêle et se coucha auprès de son petit-fils. Dans l'obscurité il laissa tomber au sol ses sandales de tille et s'étendit sur le dos, regardant au plafond une solive à peine visible au-dessus du poêle, et écoutant le bruissement des cafards sur le mur, les ronflements, le grattement d'un pied contre l'autre, les bruits du bétail dans la cour. Il fut longtemps sans arriver à dormir ; la lune monta, l'intérieur de l'isba devint plus clair, il discerna dans un angle Aksinia et quelque chose qu'il ne distinguait pas bien : un armiak oublié par son fils, ou bien un tonnelet posé là par les femmes, ou bien quelqu'un debout ? S'assoupit-il ou non, il se reprit à considérer l'objet... Apparemment, l'Esprit ténébreux qui avait poussé Ilyitch à son acte terrible, et dont les domestiques de la maison seigneuriale sentaient la présence autour d'eux cette nuit-là, — apparemment cet Esprit avait atteint aussi d'un coup d'aile le village, l'isba de Doutlov où se trouvait cet argent qu'*Il* avait fait servir à la perte d'Ilyitch. Du moins Doutlov *Le* sentait tout proche, et une angoisse s'emparait du vieil homme. Impossible ni de dormir, ni de se lever. Voyant ce quelque chose qu'il ne pouvait définir, il se rappela Ilyoukha les mains liées, il se rappela le visage d'Aksinia et sa lamentation si mélodieuse, il se rappela Ilyitch avec ses paumes ouvertes et ballantes. Soudain le vieillard eut l'impression que quelqu'un passait devant la fenêtre. « Qui est-ce, serait-ce le staroste qui commence déjà sa tournée[1] ? » pensa-t-il. « Comment a-t-il ouvert ? se demanda le vieillard en entendant des pas dans la pièce d'entrée... Ou bien la vieille n'a pas barré la porte quand elle est passée dans l'entrée ? » Le chien hurla dans l'arrière-cour, et *Lui*, on l'entendait marcher à l'entrée, comme le raconta plus tard le vieil homme, comme s'*Il* cherchait la porte, passait à côté, se remettait à tâter les murs, se cognait au tonnelet qui résonna. Puis *Il* se mit à promener ses mains sur la porte, comme s'il cherchait le loquet. Voilà qu'il a touché le loquet. Le vieillard sentit un frisson lui passer le long du corps. Voilà qu'*Il* a levé le loquet, et qu'il entre sous apparence humaine. Doutlov savait déjà qui *Il* était. Il voulait faire le signe de la croix, mais ne pouvait pas. *L'Autre* s'approcha de la table, que couvrait une nappe qu'il arracha et jeta par terre, et grimpa sur le poêle. Le vieux connut alors qu'*Il* avait pris la forme d'Ilyitch. *Il* montrait les dents, ses mains pendaient. *Il* monta sur le poêle, se laissa tomber droit sur le vieillard et commença à l'étouffer.

— Mon argent... prononça Ilyitch.

— Laisse-moi, je ne le prendrai pas, — voulait et ne parvenait pas à dire Sémione.

Ilyitch l'écrasait de tout le poids d'une montagne de pierres, lui pressait la poitrine. Doutlov savait que s'il récitait une prière, *l'Autre* le lâcherait, et il savait quelle oraison il fallait réciter, mais les mots ne sortaient pas de sa bouche. Son petit-fils dormait près de lui. Le garçonnet poussa un cri perçant et se mit à pleurer : le grand-père l'écrasait contre le mur. Le cri de l'enfant libéra les lèvres du vieillard. « Que Dieu ressuscite... » prononça Doutlov. *L'Autre* lâcha quelque peu prise. « Et les ennemis seront dispersés... » marmotta Doutlov. *Il* descendit du poêle. Doutlov l'entendit frapper des deux pieds le sol. Doutlov continuait de réciter les prières qu'il connaissait, il les récita toutes de rang. *L'Autre* alla vers la porte, passa devant la table, referma si violemment la porte que l'isba en trembla. Tous dormaient pourtant, sauf le grand-père et le petit-fils. Le grand-père récitait des prières et tremblait de tout son corps, le petit-fils pleurait en se rendormant et se serrait contre son grand-père. Tout retomba dans le silence. Le vieillard restait étendu, immobile. Un coq chanta derrière le mur, contre l'oreille de Doutlov. Il entendit les poules s'agiter, un jeune cochet essayer de répondre au chant du vieux coq sans y parvenir. Quelque chose bougea aux pieds du vieil homme. C'était le chat : il sauta souplement du poêle à terre et se mit à miauler près de la porte. Le vieillard se leva, souleva la fenêtre ; la rue du village était sombre, boueuse ; un avant-train de charrette était là juste devant la fenêtre. Il sortit nu-pieds, en se signant, alla dans la cour près des chevaux : là aussi il était visible qu'un *maître* était venu. La jument qui se trouvait sous l'auvent, près du cuveau, s'était empêtrée dans son licou, avait renversé la balle de blé, et, la jambe levée, la tête tournée de côté, attendait le patron. Le poulain s'était roulé dans le crottin. Le vieillard le releva, délivra la jument, leur mit du fourrage et retourna dans l'isba. La vieille était levée et avait allumé la torche. « Réveille les enfants, dit-il, je vais à la ville », et, allumant un cierge pris devant l'icône, il descendit au sous-sol. Ce n'était plus seulement chez les Doutlov, mais chez tous les voisins qu'il y avait de la lumière quand il en ressortit. Les garçons s'étaient levés et déjà se préparaient. Les femmes entraient et sortaient avec des seaux et des seilles à lait. Ignate attelait une charrette. Le deuxième fils graissait l'autre. La jeune épouse ne se lamentait plus, mais, ayant fait toilette et mis un fichu sur sa tête, était assise sur le banc de l'isba, attendant le moment d'aller à la ville faire ses adieux à son mari.

Le vieux avait la mine particulièrement sévère. Il n'adressa pas un mot à personne, enfila son cafetan neuf, serra sa ceinture, et, avec tout l'argent d'Ilyitch entre peau et chemise, se rendit chez Yégor Mikhaïlovitch.

— Que je te voie lambiner ! cria-t-il à Ignate, qui faisait tourner les roues autour de l'essieu soulevé et graissé. — Je reviens tout de suite ; qu'on soit prêt !

L'intendant, tout juste levé, buvait son thé et se préparait lui aussi à aller à la ville remettre les recrues.

— Qu'est-ce que tu veux ? demanda-t-il.

— Je veux, Yégor Mikhalytch, racheter le garçon. Rendez-moi service. Vous avez dit l'autre jour que vous connaissiez un volontaire à la ville. Enseignez-moi ce qu'il faut faire. Nous autres, on n'y connaît rien.

— Alors, tu as réfléchi ?

— J'ai réfléchi, Yégor Mikhalytch : ça me fait de la peine, le fils de mon frère. On a beau faire, ça fait de la peine. Il cause bien du péché, cet argent, ce sacré argent. Fais-moi la grâce, montre-moi ce qu'il faut faire, dit-il, incliné jusqu'à la ceinture.

Yégor Mikhaïlovitch, comme toujours en pareil cas, d'un air de profonde réflexion et en silence, fit longuement clapper ses lèvres, puis, ayant bien considéré la chose, écrivit deux billets et expliqua ce qu'il allait falloir faire à la ville.

Quand Doutlov revint à la maison, la jeune épouse était déjà partie avec Ignate, et la jument grivelée au gros ventre, tout attelée, était devant la porte. Il cassa une branche sèche à la haie, croisa son cafetan, s'assit dans la caisse et fit partir le cheval. Doutlov poussa la jument à une allure si rapide que le ventre de la bête se creusa tout de suite, et qu'il cessa de la regarder pour ne pas s'apitoyer. Il était tourmenté à l'idée qu'il allait arriver trop tard au centre de recrutement, qu'Ilioukha allait partir soldat et que l'argent du diable lui resterait sur les bras.

Je ne raconterai pas en détail toutes les démarches de Doutlov ce matin-là ; je dirai seulement qu'il eut une chance toute particulière. Chez le patron pour lequel Yégor Mikhaïlovitch lui avait donné un billet, il y avait un volontaire tout prêt, ayant déjà « mangé » vingt-trois roubles, et déjà muni des certificats officiels. Le patron en demandait quatre cents roubles, et le précédent intéressé, un petit bourgeois qui marchandait l'affaire depuis déjà trois semaines, cherchait toujours à rabattre à trois cents. Doutlov conclut l'affaire en deux mots. « Trois cent vingt-cinq, ça te va ? » dit-il la main tendue, mais avec une expression qui laissait voir qu'il était prêt à enchérir encore. Le patron retirait sa main et persistait à demander quatre cents. « Tu ne prends pas trois cent vingt-cinq ? » répéta Doutlov, saisissant de la main gauche la droite du patron et menaçant de la toper de sa propre droite. « Tu ne prends pas ? Bon, comme tu voudras ! » proféra-t-il tout à coup, en tapant dans la main du patron et se retournant de tout son élan. « Faut donc en passer par là ! Prends trois cent cinquante[1]. Fais la quittance. Amène le garçon. Et maintenant, tiens, voilà un acompte. Deux "petits rouges[2]" ça suffira, oui ? »

Et Doutlov défit sa ceinture et tira l'argent.

Le patron n'avait pas retiré sa main, mais tout de même il ne paraissait pas encore tout à fait d'accord, et, tout en refusant l'acompte, il réclamait la « tournée », et les frais d'entretien du volontaire.

— Ne commets pas de péché, répétait Doutlov en lui mettant de force l'argent dans la main. — Tout le monde est pour mourir, répétait-il d'un ton si onctueux, si édifiant, si pénétré, que le patron finit par dire :

— Bon, rien à faire, et il topa encore une fois et récita une prière. — Que Dieu nous donne du temps, ajouta-t-il.

On réveilla le volontaire, qui dormait encore de sa beuverie de la veille, on l'examina sans trop savoir pourquoi, et tout le monde se rendit à la direction du recrutement. Le volontaire était de bonne humeur, il demanda pour se remettre en train du rhum, pour lequel Doutlov lui donna de l'argent, et ne perdit contenance qu'à la minute où l'on entra dans l'antichambre de l'administration militaire. Ils restèrent longtemps là debout, dans la salle d'attente, le vieux bonhomme de patron en sibérienne bleue et le volontaire en demi-pelisse courte, les sourcils levés et les yeux écarquillés ; longtemps ils chuchotèrent ensemble, demandèrent à être introduits quelque part, cherchèrent quelqu'un, ôtant à tout hasard leur bonnet et s'inclinant devant le moindre scribe, écoutant d'un air pénétré l'avis donné par un secrétaire connu du patron... Tout espoir de terminer l'affaire dans la journée était déjà abandonné, et le volontaire commençait à redevenir plus gai et plus désinvolte, quand Doutlov aperçut Yégor Mikhaïlovitch, s'accrocha immédiatement à lui avec force prières et courbettes. Yégor Mikhaïlovitch apporta une aide si efficace que vers trois heures le volontaire, à son grand étonnement et déplaisir, était introduit dans le bureau, présenté à la commission et, dans une espèce d'allégresse générale des assistants, depuis les gardes jusqu'au président, déshabillé, rasé, rhabillé et remis à la porte, et cinq minutes après, Doutlov comptait l'argent dû, recevait la quittance et, prenant congé du patron et du volontaire, s'en allait prendre son repas à l'hôtellerie où se trouvaient les recrues de Pokrovskoïé. Ilya et sa jeune femme étaient assis dans un coin de la cuisine, et dès que le vieillard entra, ils cessèrent de parler et fixèrent sur lui des regards à la fois humbles et malveillants. Comme toujours, le vieil homme fit une prière, défit sa ceinture, puis tira de son vêtement un papier et appela dans l'isba son fils aîné Ignate et la mère d'Ilyouchka, qui étaient dans la cour.

— Crains le péché, Ilioukha, dit-il en s'avançant vers son neveu. Hier soir, tu m'as dit une si vilaine parole... Crois-tu que je n'aie pas de la peine pour toi ? Je me rappelle comment mon frère t'a confié à moi. Si j'avais été de force, est-ce que je t'aurais laissé partir ? Dieu m'a donné de la chance, je ne l'ai pas gardée pour moi. Le voilà le papier, — dit-il, posant la quittance sur la table et la lissant soigneusement de ses doigts tordus et qui ne se redressaient pas.

Tous les moujiks de Pokrovskoïé qui se trouvaient dehors, les gens de l'hôtellerie et même de simples badauds entrèrent dans l'isba. Tous avaient envie de savoir de quoi il s'agissait ; mais personne n'interrompait le discours solennel du vieillard.

— Le voilà le papier ! Quatre cents roubles j'ai donnés. Ne jette pas la pierre à ton oncle.

Ilioukha s'était levé, mais il restait muet, ne sachant que dire. Ses lèvres tremblaient d'émotion ; sa vieille mère s'avançait déjà vers lui, retenant ses sanglots, et allait se jeter à son cou ; mais le vieillard, d'un geste lent et impérieux, l'écarta de la main et continua de parler :

— Tu m'as dit un mot hier soir, répéta le vieil homme, ce mot-là, c'est comme si tu m'avais plongé un couteau dans le cœur. Ton père, en mourant, t'a confié à moi, tu as été comme mon propre fils, et si je t'ai offensé en quelque chose, notre vie à tous est dans le péché. N'est-ce pas, gens de la vraie foi ? dit-il en se tournant vers les paysans qui l'entouraient. — Voilà, toi et ta propre mère ici, et ta jeune ménagère, voilà votre quittance. L'argent, à Dieu soit-il ! Et moi, pardonnez-moi, au nom du Christ.

Et retroussant le bord de son armiak, il se laissa lentement tomber à genoux et se prosterna aux pieds d'Ilyouchka et de sa femme. En vain les jeunes gens tentèrent de le retenir : il fallut qu'il touchât du front le sol, après quoi seulement il se releva, puis, secouant son vêtement, s'assit sur un banc. La mère et la jeune femme d'Ilyouchka, de joie, pleuraient à grand bruit ; dans la foule, des voix disaient leur approbation. « Ça, c'est la vérité, ça c'est selon le bon Dieu, ça oui », disait l'un. « Qu'est-ce que c'est que l'argent ? On n'achète pas un enfant avec de l'argent », disait un autre. « Ça fait plaisir à voir, disait un troisième, voilà un homme juste, y a pas à dire. » Seuls les jeunes moujiks désignés comme recrues ne disaient rien et sortaient sans bruit.

Deux heures plus tard, les deux charrettes à quatre roues des Doutlov sortaient du faubourg de la ville. Dans la première, attelée de la jument grivelée au ventre avalé et à l'encolure en sueur, étaient assis le vieillard et Ignate ; on voyait tressauter à l'arrière des paquets, un chaudron, des petits pains ronds. Dans la seconde charrette, dont personne ne tenait les rênes, siégeaient, graves et heureuses, la jeune épouse et sa belle-sœur, leur fichu sur la tête. La jeune femme tenait sous un linge un flacon. Ilyouchka, accroupi à l'avant-train, le dos au cheval, le visage rutilant, secoué par les cahots, mordait à même un petit pain et parlait sans discontinuer. Les voix, le roulement des charrettes sur le pavé, l'ébrouement des chevaux, tout se confondait en un allègre tintamarre. Les chevaux, la queue au vent, allongeait le trot, sentant la rentrée à l'écurie. Piétons et conducteurs ne pouvaient s'empêcher de se retourner au passage de cette joyeuse famille.

Au moment même où ils sortaient de la ville, les Doutlov dépassèrent une troupe de recrues. Un groupe de conscrits faisait cercle devant un débit de boissons. Un des jeunes gens, avec cette expression un peu empruntée que donne le crâne fraîchement rasé, sa casquette grise rejetée sur la nuque, pinçait avec entrain une balalaïka. Un autre, tête nue, une bouteille de vodka à la main, dansait au milieu du cercle. Ignate arrêta le cheval et descendit de voiture pour retendre un trait. Tous les Doutlov se mirent à regarder avec curiosité, sympathie et amusement le garçon qui dansait. Celui-ci paraissait ne voir personne, mais il sentait que le public qui l'admirait grossissait sans cesse, et cela redoublait sa vigueur et son adresse. Il dansait avec fougue. Ses sourcils étaient froncés, son visage rubicond immobile ; sa bouche s'était figée en un sourire depuis longtemps déjà dénué d'expression. Il semblait que toutes les forces de son âme fussent tendues à la seule fin de faire passer le plus vite possible un pied derrière l'autre, tantôt sur le talon, tantôt sur la pointe. Parfois il s'arrêtait soudain, faisait un signe de l'œil au joueur de balalaïka, et celui-ci redoublait de frénésie, faisait vibrer son instrument de toutes ses cordes, frappant même la caisse des jointures de ses phalanges. Le danseur s'arrêtait, mais même immobile il semblait continuer de danser. Tout à coup il se remettait lentement en mouvement, faisait frémir ses épaules, puis brusquement s'enlevait d'un saut, retombait assis sur les talons, et avec un hurlement sauvage se lançait aussitôt dans une *prissiadka* [1]. Les enfants riaient, les femmes balançaient la tête en cadence, les hommes souriaient avec sympathie. Un vieux sous-officier se tenait paisiblement debout auprès du danseur, avec l'air de dire : « Vous autres, ça vous épate, mais nous, on connaît ça y a belle lurette. » Le joueur de balalaïka, probablement fatigué, jeta autour de lui un regard paresseux, pinça un accord faux, frappa brusquement des doigts la caisse de son instrument, et la danse finit net.

— Dis, Aliokha ! cria le joueur de balalaïka au danseur en lui montrant Doutlov, v'là ton parrain, là !

— Où ça ? Te voilà donc, cher copain de mon cœur ! s'écria Aliokha, qui était justement le volontaire que Doutlov avait payé, et, se laissant aller en avant de tout le poids de son corps sur ses jambes fatiguées, brandissant au-dessus de sa tête son flacon de vodka, il s'avança vers la charrette.

— Michka ! Un verre ! cria-t-il. Patron ! Cher copain de mon cœur ! Ça, ça fait plaisir, vrai !... clama-t-il, laissant tomber sa tête ivre sur la ridelle de la charrette, et il se mit à verser à boire aux hommes et aux femmes. Les hommes burent, les femmes refusèrent. — Braves gens que j'aime bien, qu'est-ce que je pourrais bien vous offrir ? s'écria Aliokha en prenant la vieille femme dans ses bras.

Une marchande de friandises se trouvait dans la foule. Aliokha la vit, saisit son éventaire et le vida dans la charrette.

— T'en fais pas, j'paierai tou-ou-out ! brailla-t-il d'une voix larmoyante, et tout aussitôt, tirant de son pantalon une bourse pleine d'argent, il la jeta au cabaretier Michka.

Il demeurait accoudé sur le bord de la charrette, et regardait, les yeux humides, les gens qui l'occupaient.

— La maman, laquelle que c'est ? demanda-t-il. C'est toi, hein ? Elle aussi, je veux lui donner un souvenir.

Il réfléchit un instant, mit la main à la poche, en tira un mouchoir plié encore tout neuf, défit la longue serviette qui lui servait de ceinture sous sa capote, ôta rapidement de son cou un foulard rouge, fit une boule du tout et la posa sur les genoux de la vieille femme.

— Tiens, je t'en fais cadeau, dit-il d'une voix qui se faisait de plus en plus basse.

— Qu'est-ce qui te prend ? Merci, mon petit ! Regarde ça, ce brave petit gars, dit la vieille, s'adressant à Doutlov qui s'approchait de leur charrette.

Aliokha ne disait plus rien, et hébété, comme sur le point de s'endormir, baissait de plus en plus la tête.

— C'est pour vous que je pars, pour vous que je tourne mal, prononça-t-il, c'est pour ça que je vous donne ça.

— Je parie qu'il a aussi une vieille maman, dit quelqu'un dans la foule. — Un bon petit gars, vrai ! Ça fait peine.

Aliokha releva la tête.

— Oui, que j'ai ma vieille maman, dit-il. Mon père chéri aussi, je l'ai. Tous m'ont renié. Écoute, toi, la vieille, ajouta-t-il, saisissant la main de la vieille mère d'Ilyouchka. Je t'ai fait des sacrifices. Écoute-moi bien, au nom du Christ. Va au village de Vodnoïé, demande là-bas la vieille Nikonova, c'est elle ma mère, ma maman chérie, tu m'entends, et dis-lui, à cette vieille, à la vieille Nikonova, la troisième isba au bout du village, y a un puits neuf... dis-lui comme ça... Aliokha, ton fils... ben... Musicien ! Remets ça ! cria-t-il.

Et il se remit à danser en chantant, et jeta violemment contre terre le flacon avec son reste de vodka.

Ignate grimpa dans la charrette et voulut partir.

— Adieu, que Dieu te garde ! lança la vieille femme en croisant sa pelisse.

Aliokha s'arrêta brusquement.

— Allez-vous-en donc tous au diable ! cria-t-il, les menaçant des deux poings. — Tas de foutus fils de... !

— Oh ! Seigneur ! prononça en se signant la mère d'Ilyouchka.

Ignate toucha la jument, et les charrettes se remirent à rouler. Alexis le conscrit était debout au milieu de la route, et les poings brandis, le visage tordu de fureur, il injuriait les moujiks de toute sa voix.

— Qu'est-ce que vous venez faire ici ? Foutez-moi le camp ! Salauds ! Cannibales ! criait-il. Je vous retrouverai, allez ! Maudits ! Culs-terreux !

Sur ce mot sa voix se brisa, et de toute sa hauteur il s'effondra à terre.

Bientôt les Doutlov roulèrent dans la campagne, et, en se retournant, ne virent plus la troupe des conscrits. Au bout de quatre ou cinq verstes, Ignate mit au pas, descendit de la charrette du père, où le vieillard s'était endormi, et continua à pied auprès de celle d'Ilyouchka.

Ils vidèrent à eux deux le flacon emporté de la ville. Un peu plus tard, Ilya entonna des chansons, les femmes reprirent au refrain. Ignate encourageait gaiement les chevaux au rythme de la chanson. Ils virent venir à leur rencontre, à toute allure, une fringante voiture de poste. Le cocher apostropha gaillardement ses chevaux en croisant les deux joyeuses carrioles ; le postillon se retourna et salua d'une œillade ces moujiks et ces bonnes femmes aux visages vermeils qui mêlaient allégrement leurs chants au brimbalement de leur charrette.

Le Cheval

I

Le ciel s'élevait de plus en plus haut, tandis que l'aurore s'étendait; l'argent mat de la rosée blanchissait, le croissant de lune devenait pâle et sans vie, la forêt se faisait plus sonore... Les hommes commençaient à s'éveiller et, dans l'enclos des chevaux, on entendait des reniflements, le bruit de la paille froissée et même les hennissements aigus, impatients, des bêtes excitées.

— Ho! Patience! Tu as faim! dit le vieux gardien du troupeau en ouvrant précipitamment la porte grinçante. Où vas-tu donc? cria-t-il en menaçant une jument qui s'était glissée vers la sortie.

Le gardien Nester était vêtu d'un casaquin serré à la taille par une courroie garnie de métal. Il avait jeté son fouet sur son épaule et attaché à sa ceinture un petit sac contenant du pain; il tenait des deux mains une selle et un bridon.

Nullement effrayés ou même offensés par le ton de leur gardien, les chevaux prirent un air indifférent et s'éloignèrent sans hâte de la porte;

seule une vieille jument baie à la crinière hirsute coucha une oreille et tourna brusquement le dos à Nester, tandis qu'une pouliche, qui se tenait derrière et que tout cela ne concernait en aucune façon, jugeait bon de pousser un cri aigu et d'envoyer une ruade à son voisin.

— Ho ! cria le gardien encore plus fort, d'une voix encore plus menaçante, et il se dirigea vers un coin de la cour.

De tous les chevaux qui se trouvaient là réunis — ils étaient une centaine environ — celui qui montrait le moins d'impatience était un hongre pie qui seul sous un auvent, les yeux mi-clos, était en train de lécher la porte de chêne de la grange. On n'aurait pu dire quel genre de plaisir trouvait à cette occupation le hongre pie, mais il avait en s'y livrant une expression grave et rêveuse.

— Veux-tu ! fit du même ton le gardien en s'adressant au hongre et il déposa sur un tas de fumier la selle et la couverture graisseuse.

Le cheval cessa de lécher le bois et, immobile, regarda longuement Nester. Il ne rit pas, ne se fâcha pas, mais ayant gonflé son ventre il poussa un profond soupir et se détourna. Le gardien passa le bras par-dessus le cou de la bête et lui mit le bridon.

— Qu'as-tu à soupirer ? demanda Nester.

Le hongre agita la queue comme s'il voulait dire : « Rien. Comme ça, Nester. » Nester étendit sur son dos la couverture et se mit en devoir d'attacher la selle, tandis que le hongre couchait les oreilles, pour manifester son mécontentement sans doute ; mais il ne réussit qu'à se faire traiter de « saleté ! ». Puis Nester serra les sangles ; le hongre aussitôt enfla le ventre ; mais on lui introduisit un doigt dans la bouche tandis qu'un coup de genou dans le ventre l'obligeait à expirer l'air. Malgré cela, quand on lui attacha le surfaix, le hongre coucha de nouveau les oreilles et jeta même un coup d'œil en arrière. Bien qu'il sût que tout cela ne servait à rien, il considérait néanmoins indispensable d'exprimer combien ces choses lui étaient désagréables. Lorsqu'il fut sellé, il recula sa patte droite ankylosée et se mit à mâcher le mors : en cela il obéissait aussi à quelque considération particulière, puisqu'il devait bien savoir qu'un mors ne peut avoir aucun goût.

Nester posa le pied dans l'étrier et sauta sur le hongre. Il déploya son fouet, dégagea son casaquin de sous ses genoux et s'assit de cette façon particulière qui est propre aux cochers, aux chasseurs, aux gardiens de troupeaux, puis il tira sur la bride. Le hongre leva la tête, indiquant par là qu'il était prêt à aller où l'on voudrait ; cependant il ne bougea pas : il savait bien qu'avant de partir il y aurait encore beaucoup de cris, d'ordres à donner à l'autre gardien, Vaska, et aux autres chevaux. Et, en effet, Nester se mit à crier : « Vaska ! Vaska ! As-tu laissé sortir les juments pleines ? Où es-tu, brigand ?... Dors-tu ? Ouvre donc ! Fais partir les juments en avant !... » etc.

La porte grinça. Renfrogné et ensommeillé, tenant son cheval par la bride, Vaska se plaça près de la sortie et fit passer les chevaux. Ceux-ci s'avançaient un à un, marchant avec précaution sur la paille qu'ils flairaient en passant ; les jeunes d'abord, poulains et pouliches, puis les lourdes juments pleines qui engageaient prudemment dans la porte leur ventre énorme. Les pouliches parfois se bousculaient, se présentant à deux ou à trois de front, elles posaient leur tête sur le dos de leur voisine et dansaient sur place, ce qui leur valait les injures des gardiens ; les poulains se jetaient dans les jambes des juments et poussaient des hennissements sonores en réponse aux appels de leur mère.

Dès qu'elle fut dehors, une pouliche espiègle baissa la tête et projetant sa croupe en l'air poussa un cri aigu. Elle n'osa cependant pas devancer la vieille jument grise *Jouldyba,* qui d'un pas lent et balançant son ventre marchait posément comme d'habitude en tête de tout le troupeau.

En quelques instants, la cour si animée se trouva morne et déserte, les poteaux se dressaient tristement sous l'auvent vide et l'on ne voyait plus qu'une couche de paille piétinée et salie. Bien qu'il eût de ce tableau d'abandon une longue habitude, le hongre pie en fut sans doute affecté. Il abaissa lentement la tête, puis la redressa comme s'il saluait. Ayant poussé ensuite un soupir aussi profond que le lui permettaient les sangles qui le serraient, il suivit le troupeau clopin-clopant, portant Nester sur son dos osseux.

« Je le sais maintenant, songeait le hongre : quand nous serons sur la route, il se mettra à battre son briquet et il allumera sa petite pipe garnie de cuivre et munie d'une chaînette. J'en suis heureux, car j'aime cette odeur tôt le matin dans la rosée et elle me rappelle beaucoup de choses agréables. Dommage seulement que lorsque le vieux a sa pipe entre les dents il fait le fier, s'imagine je ne sais quoi et s'assied de côté, tout à fait de côté. Et moi j'ai mal à cet endroit. Mais tant pis après tout ! Ce n'est pas la première fois que je souffre pour le plaisir d'autrui, je commence même à y trouver une certaine satisfaction chevaline. Qu'il fanfaronne donc, le pauvret ! Cela ne lui est loisible que lorsqu'il est seul, tant que personne ne le voit. Qu'il s'installe de côté à son aise ! » Et tout en raisonnant ainsi, le hongre continuait de marcher au milieu de la route, posant avec précaution ses pattes torses.

II

Ayant conduit les chevaux près de la rivière où ils devaient paître, Nester mit pied à terre et dessella sa monture. Le troupeau se dispersa lentement à travers la prairie humide de rosée, au-dessus de laquelle flottait un léger brouillard qui s'élevait des champs et de la rivière.

Ayant enlevé le bridon, Nester gratta le hongre sous le cou et l'animal manifesta son contentement et sa reconnaissance en fermant les yeux. « Il aime ça, le vieux chien ! » fit Nester. Pourtant le hongre n'aimait nullement ce genre de caresse, mais, poli, il faisait semblant d'être très satisfait. Il agita même la tête en signe d'acquiescement. Mais soudain, d'une façon tout à fait inattendue et sans aucune raison, Nester repoussa la tête de l'animal, brandit le bridon et frappa le hongre ; la boucle atteignit la jambe malade de la bête : sans doute Nester pensait-il qu'une trop grande familiarité risquait de donner au hongre une fausse idée de son importance. Ensuite, sans mot dire,

Nester alla s'asseoir sur un tertre contre une souche près de laquelle il s'installait d'ordinaire.

Bien que le coup eût peiné le hongre, il n'en fit rien voir et se dirigea vers la rivière en agitant lentement sa maigre queue et en arrachant pour se distraire quelques brins d'herbe.

Il ne prêtait pas la moindre attention aux ébats des poulains que le matin rendait joyeux ; sachant que ce qu'il y avait de mieux pour la santé, surtout à son âge, c'était de boire à jeun pour ne manger qu'ensuite, il choisit un endroit où la rive descendait en pente douce. Il plongea dans l'eau ses sabots et son museau et se mit à aspirer le liquide à travers ses lèvres déchirées en gonflant ses flancs et en agitant la queue.

La pouliche espiègle qui taquinait toujours le vieillard et lui causait un tas de désagréments, s'approcha de lui comme pour boire elle aussi, mais en réalité uniquement pour troubler l'eau. Cependant le hongre pie avait déjà fini de boire ; faisant mine de ne pas comprendre les intentions de la pouliche baie, il retira tranquillement l'un après l'autre ses sabots enlisés, secoua la tête et s'étant éloigné de la jeunesse se mit à manger.

Veillant bien à ne pas piétiner inutilement l'herbe, il mangea sans se redresser pendant trois heures exactement. Alors, son ventre pendant comme un sac sur ses côtes maigres et abruptes, il se cala sur ses quatre pattes douloureuses de façon à avoir le moins mal possible, surtout à son pied antérieur droit, qui était le plus faible, et il s'endormit.

Il existe une vieillesse majestueuse, il en existe de laides ou de pitoyables. Mais la vieillesse peut être à la fois laide et majestueuse ; celle du hongre pie appartenait précisément à cette dernière catégorie.

Le hongre était de grande taille : il ne mesurait pas moins de deux archines et trois verchoks[1]. Son pelage était noir-pie ou plutôt avait été tel, car à présent les taches noires étaient devenues d'un brun sale. Ces taches étaient au nombre de trois. La première, sur la tête, descendait jusqu'à mi-cou. La longue crinière entremêlée de brindilles était blanche par places et par places brunâtre. Une autre tache s'étendait le long du flanc droit jusqu'à la moitié du ventre. La troisième, sur la croupe, englobait le haut de la queue et des cuisses ; le reste de la queue était blanc et tacheté.

Sa grande tête osseuse aux orbites profondes, à la lèvre noire et distendue, depuis longtemps déchirée, pendait lourdement au bout de son long cou maigre que l'on eût dit en bois. La lèvre distendue laissait entrevoir une langue noirâtre entre les restes jaunes et rongés des dents inférieures. Les oreilles, dont l'une était fendue, tombaient de côté et ne remuaient paresseusement de temps à autre que pour chasser les mouches qui s'y collaient. Une touffe encore longue de crins pendait derrière l'une des oreilles. Le front dégarni était raviné et rugueux. Sur le cou et la tête, de grosses veines formaient des nœuds qui frémissaient à chaque frôlement de mouche. L'expression de la face était grave, méditative et douloureuse.

Les pattes de devant étaient arquées et des excroissances surmontaient les sabots ; celle de ces pattes qui était à moitié couverte par une des taches autrefois noire portait au genou une bosse de la grosseur du poing. Les pattes de derrière paraissaient en meilleur état, mais elles étaient pelées aux cuisses déjà depuis longtemps, semblait-il, et le poil ne repoussait plus. Les quatre pattes paraissaient démesurément longues à cause sans doute de la maigreur du corps. Bien que les côtes fussent abruptes, la peau les épousait si étroitement qu'elle semblait collée aux interstices qui les séparaient. Le dos et le garrot du hongre portaient de nombreuses marques d'anciens coups, dont l'une suppurait encore ; le noir tronçon de queue où se marquait chaque vertèbre pointait presque complètement dégarni. Sur la croupe brune, près de la queue, se voyait une plaie grande comme la main, couverte de poils blancs et qui ressemblait à une morsure. Une autre cicatrice marquait l'omoplate droite. Les jarrets des pattes de derrière ainsi que la queue étaient malpropres à cause des fréquents dérangements d'estomac de l'animal. Le poil sur tout le corps était hérissé, bien que court. Et cependant, en dépit de la répugnante vieillesse du hongre, un connaisseur en le voyant n'eût certainement pas hésité à reconnaître qu'il avait été autrefois un cheval remarquable. Le connaisseur eût même ajouté qu'une seule race de chevaux en Russie pouvait donner une aussi large charpente, d'aussi énormes épaules, de tels sabots, des pattes d'une aussi fine ossature, un cou si bien planté, une telle tête surtout, un œil noir et limpide, et ces nœuds de veines, signe infaillible de race, au cou et à la tête, et cette finesse de la peau et du poil.

Il y avait effectivement quelque chose de majestueux dans l'aspect du hongre pie, dans cette combinaison étrange des signes repoussants de la décrépitude que soulignait le pelage tacheté, avec l'attitude calme et assurée d'un animal conscient de sa force et de sa beauté.

Pareil à une ruine vivante, il se tenait à l'écart dans la prairie couverte de rosée, tandis que non loin de lui on entendait les piétinements, les reniflements, les hennissements stridents du troupeau dispersé.

III

Le soleil avait déjà dépassé le faîte de la forêt et brillait de tout son éclat sur l'herbe et sur la rivière. La rosée séchait et se condensait en gouttelettes, les dernières vapeurs du matin se dissipaient comme une fumée. Les nuages commençaient à moutonner, mais le vent ne se levait pas encore. Au-delà de la rivière, les seigles verts se dressaient en brosse et l'air était imprégné de l'odeur des herbes fraîches et des fleurs. De la forêt parvenait la voix quelque peu enrouée d'un coucou et Nester étalé sur le dos comptait combien d'années il lui restait encore à vivre. Des alouettes s'élevaient des champs de blé et des prairies. Un lièvre attardé, surpris par le troupeau, s'échappa, s'assit près d'un buisson et se mit à écouter. Vaska s'était assoupi la tête dans l'herbe ; le contournant, les pouliches s'égaillaient vers la rivière ; reniflant légèrement et marquant la rosée de traces claires, les vieux chevaux choisissaient les endroits où nul ne pouvait les gêner.

La plupart d'ailleurs avaient cessé de manger et se contentaient de déguster parfois quelque brin d'herbe particulièrement succulent. Tout le troupeau avançait peu à peu dans la même direction.

La vieille *Jouldyba*, précédant toujours les autres d'un pas mesuré, indiquait que l'on pouvait aller plus loin encore. *Mouche*, la jeune cavale noire qui venait de mettre bas pour la première fois, ne cessait de hennir en levant la queue et de souffler sur son petit poulain gris-mauve. La jeune *Satinée* au pelage lisse et brillant baissait la tête, de sorte que sa frange soyeuse lui couvrait le front et les yeux, et jouait avec l'herbe : elle arrachait une touffe, la jetait, frappait le sol de son sabot humide de rosée. L'un des poulains avait imaginé un nouveau jeu : sa petite queue frisée en panache, il galopait sans arrêt autour de sa mère ; celle-ci, déjà habituée probablement au caractère de son fils, broutait tranquillement et se contentait de temps à autre de le considérer obliquement de son grand œil noir.

Un petit poulain à la mamelle, noir, avec une grosse tête sur laquelle sa frange se hérissait d'étonnement entre ses oreilles dressées et dont la queue gardait encore la position qu'elle avait eue dans le ventre de la mère, regardait attentivement son camarade qui ne cessait de galoper ; et l'on ne pouvait savoir s'il enviait ou admirait cette façon d'agir. Certains tétaient en poussant leur mère avec leur nez ; d'autres, sans que l'on sût pourquoi et malgré les appels désespérés de leur mère, se mettaient à courir d'un petit trot maladroit dans la direction exactement opposée, comme s'ils cherchaient quelque chose, puis s'arrêtaient brusquement sans raison aucune et lançaient des hennissements aigus. D'autres encore restaient couchés sur le côté ; il y en avait qui apprenaient à brouter, il y en avait qui se grattaient l'oreille avec leur patte de derrière. Deux juments pleines se tenaient à part ; avançant avec lenteur elles continuaient de manger ; on voyait que les autres respectaient leur état et aucun des jeunes n'osait s'aventurer dans leurs parages et les gêner. Et si quelque espiègle s'approchait d'elles, il leur suffisait d'un mouvement des oreilles ou de la queue pour lui faire comprendre toute l'inconvenance de sa conduite.

Les poulains à la crinière taillée et les pouliches d'un an copiaient déjà les allures des grands chevaux pondérés ; on les voyait rarement sauter et se joindre aux bandes joyeuses. Ils broutaient posément en courbant leur mince cou tondu et agitaient leurs petits balais comme si c'étaient de vraies queues. Tout comme les adultes ils se couchaient, se roulaient par terre ou se grattaient mutuellement.

Les bandes les plus gaies étaient composées des juments de deux et de trois ans qui n'avaient pas encore porté. Elles se tenaient ensemble, formant bande à part à la façon des jeunes filles, et ce n'était parmi elles que piétinements, hennissements, reniflements. Elles se réunissaient, posaient leur tête sur l'épaule l'une de l'autre, se flairaient mutuellement, puis soudain elles bondissaient et parfois l'une d'elles dressant la queue passait au petit trot devant ses compagnes, fière et coquette. Parmi toute cette jeunesse, la plus belle et la plus fantasque était la pouliche baie. Entreprenait-elle quelque chose, les autres l'imitaient aussitôt ; où elle allait, toute la bande la suivait. Ce matin-là, l'espiègle était particulièrement folâtre ; elle se sentait de bonne humeur comme il arrive aux hommes, sans savoir pourquoi. Après avoir essayé de taquiner le vieux hongre à l'abreuvoir, elle s'était mise à courir le long de l'eau, faisant semblant d'avoir peur ; puis ayant soufflé bruyamment, elle était partie au triple galop à travers les prairies, de sorte que Vaska avait dû courir pour la rattraper ainsi que ses compagnes qui s'étaient précipitées sur ses traces. Ayant un peu mangé, elle s'était roulée ensuite dans l'herbe, puis avait agacé les vieilles en se plaçant devant elles. Après quoi, elle s'était amusée à poursuivre un petit poulain, faisant mine de vouloir le mordre. La mère ayant pris peur s'était arrêtée de brouter, le poulain poussait des cris de détresse, mais l'espiègle ne le toucha même pas ; elle se contenta de l'effrayer et de donner un spectacle à ses compagnes qui suivaient avec sympathie ses exploits. Après cela, la jument entreprit de tourner la tête à un petit cheval gris qui loin derrière la rivière traînait une charrue. Elle s'arrêta, leva fièrement la tête un peu de côté, se secoua et poussa un long et tendre hennissement. Il y avait de la gaieté dans cet appel, mais aussi de la douceur et une certaine tristesse. Il exprimait le désir, une promesse d'amour et la nostalgie de l'amour.

Là-bas, dans les roseaux, le mâle de la caille courant çà et là appelle passionnément sa compagne. Le coucou et la caille chantent l'amour et les fleurs confient leur pollen odorant au vent qui le transporte de l'une à l'autre.

« Moi aussi je suis jeune, belle et forte », disait le hennissement de l'espiègle. « Or il ne m'a pas été donné d'éprouver jusqu'ici la douceur de ce sentiment ; non seulement je ne le connais pas, mais aucun amant ne m'a jamais encore regardée. »

Et ce hennissement qui signifiait tant de choses résonna frais et mélancolique à travers les champs et parvint jusqu'au petit cheval gris. Il dressa les oreilles et s'arrêta. Le paysan qui le montait le frappa de sa chaussure de tille ; mais le petit cheval gris, charmé par le son argenté de l'appel lointain, hennit à son tour. Le paysan, fâché, tira la bride et frappa si fort le ventre de l'animal que celui-ci ne put achever son hennissement et reprit sa marche. Mais la douceur et la tristesse envahirent le petit cheval, et longtemps encore ses hennissements entrecoupés et la voix furieuse du paysan parvenaient au troupeau des champs lointains.

Si le petit cheval avait oublié son devoir rien qu'à l'appel de la jument, que lui serait-il advenu s'il avait pu voir la jolie espiègle quand elle l'appelait les oreilles dressées, les naseaux palpitants, aspirant longuement l'air, frémissant de tout son jeune corps tendu vers un but mystérieux !...

Mais la pouliche ne s'appesantit pas longtemps sur ses impressions. Quand la voix du petit cheval gris se fut tue, elle lança encore un hennissement moqueur, baissa la tête et se mit à creuser la terre de son sabot. Après quoi elle s'en fut réveiller et taquiner le vieux hongre pie. Le hongre était l'éternel souffre-douleur de cette gaie jeunesse. Celle-ci lui faisait plus de mal que les hommes. Lui cependant ne faisait de mal à personne. Les hommes avaient besoin du hongre, mais pourquoi les jeunes chevaux le tourmentaient-ils ?

IV

Il était vieux et ils étaient jeunes ; il était maigre et eux étaient bien en chair ; il était morne et eux toujours gais. Par conséquent, il leur était complètement étranger ; il leur apparaissait tout différent d'eux et ils ne pouvaient en avoir pitié. Les chevaux n'ont de pitié que pour eux-mêmes et parfois, rarement, pour ceux dans la peau desquels ils peuvent se représenter aisément. Était-ce cependant la faute du hongre pie s'il était vieux, efflanqué et laid ?

Il semblerait que non ; mais d'après la logique chevaline il se trouvait fautif et seuls avaient toujours raison ceux qui étaient robustes, jeunes et heureux, ceux qui avaient toute la vie devant eux, ceux dont chaque muscle frémissait d'une tension inutile et dont la queue se dressait verticalement. Peut-être le hongre pie le comprenait-il lui-même et peut-être admettait-il dans ses moments de calme qu'il était réellement coupable d'avoir déjà vécu son existence et qu'il lui fallait payer à présent la rançon de cette existence. Mais étant un cheval tout de même, souvent il ne pouvait réprimer un sentiment de tristesse et d'indignation à la vue de toute cette jeunesse qui le châtiait pour cela même qu'elle serait condamnée à subir à la fin de son existence. La cruauté des jeunes chevaux tenait également à la conscience qu'ils avaient de leur origine aristocratique. Chacun d'eux faisait remonter son ascendance du côté paternel ou maternel jusqu'à la célèbre *Crème* : or le hongre pie était d'origine inconnue, c'était un étranger, payé quatre-vingts roubles en assignats trois ans auparavant à la foire.

La pouliche baie passa comme en se promenant sous le nez du hongre pie et le poussa. Il savait déjà ce que cela signifiait et sans ouvrir les yeux il coucha les oreilles et montra les dents. La pouliche lui tourna le dos et fit mine de vouloir le frapper. Il ouvrit les yeux et s'écarta. Il n'avait plus envie de dormir et se remit à manger. L'espiègle, suivie de ses compagnes, s'approcha de nouveau. Une jument chauve de deux ans, fort sotte, qui toujours imitait la baie, s'approcha également et ainsi que font d'ordinaire les imitateurs, en singeant sa compagne elle exagéra. D'habitude, la pouliche baie s'approchait comme si elle ne songeait qu'à ses propres affaires et passait sous le nez du hongre d'un air désinvolte, sans le regarder, de sorte qu'il ne savait s'il devait ou non se fâcher. Et cela était effectivement très drôle.

Elle fit de même cette fois-ci ; mais la jument chauve, qui la suivait et était particulièrement gaie, heurta le hongre en pleine poitrine. Il montra de nouveau les dents, poussa un cri et, avec une vivacité dont on ne l'eût pas cru capable, mordit la sotte à la cuisse. Alors la jument chauve lança son arrière-train et frappa douloureusement les côtes saillantes du vieillard. Celui-ci émit une sorte de râle et voulut répondre à l'attaque mais y renonça, poussa un profond soupir et s'éloigna. Sans doute tous les jeunes du troupeau ressentirent-ils comme une offense personnelle l'attitude impertinente du hongre à l'égard de la jument chauve, et pendant tout le reste du jour on ne lui permit pas de manger en paix, on ne le laissa pas tranquille un seul instant, tant et si bien que Nester, obligé d'intervenir à maintes reprises pour calmer les chevaux, se demandait ce qu'ils avaient à s'agiter.

Le hongre pie était si profondément offensé qu'il s'approcha lui-même de Nester quand le vieux se prépara à ramener le troupeau, et il ne se sentit calmé et heureux que lorsque le gardien le sella et monta sur son dos.

Dieu sait à quoi songeait le hongre en emportant Nester sur son dos ! Pensait-il avec amertume à l'inlassable cruauté de la jeunesse ou bien pardonnait-il à ses offenseurs avec l'orgueil méprisant et silencieux propre aux vieillards ? Quoi qu'il en fût, il ne laissa rien voir de ses réflexions jusqu'à la maison.

Ce soir-là, des amis étaient venus rendre visite à Nester. En passant avec le troupeau par le village, il aperçut devant le perron de son isba une charrette attelée d'un cheval. Ayant rentré le troupeau dans l'enclos, dans sa hâte il négligea d'enlever la selle du hongre, cria à Vaska de le desseller, ferma la porte cochère et alla retrouver ses amis. Fut-ce la conséquence de l'affront fait à la jument chauve, petite-fille de la célèbre *Crème*, par le « sale galeux » acheté à la foire et qui ne connaissait ni son père ni sa mère ? Tout le troupeau se sentit-il atteint dans son orgueil aristocratique ? Ou bien le hongre avec sa haute selle sans cavalier offrait-il aux chevaux un spectacle bizarre, fantastique et qui les excitait ? En tout cas, cette nuit-là, il se passa dans l'enclos quelque chose d'extraordinaire. Montrant les dents, tous les chevaux, jeunes et vieux, poursuivaient le hongre, le chassant à travers la cour ; on entendait le choc des sabots contre ses flancs décharnées et le pénible halètement du vieillard. Le hongre ne pouvait plus supporter cela, il ne pouvait éviter les coups. Il s'arrêta au milieu de la cour ; toute son attitude exprimait la répugnante et débile colère de la vieillesse impuissante, et le désespoir. Il coucha les oreilles. Et soudain il se produisit une chose inattendue qui calma instantanément les chevaux : la jument la plus âgée, *Viasopourikha*, s'approcha du hongre, le flaira et soupira. Le hongre soupira aussi.

.. ..

V

Au milieu de la cour éclairée par la lune se dressait la haute et maigre silhouette du hongre avec sa grande selle surmontée du bec de l'arçon. Les chevaux se tenaient autour de lui, immobiles et silencieux, comme s'ils venaient d'apprendre quelque chose de tout nouveau et d'inattendu. Et en effet, ce qu'ils apprenaient de lui était nouveau et inattendu.

Voici ce qu'ils apprirent.

.. ..

PREMIÈRE NUIT

Oui, je suis le fils d'*Aimable Ier* et de *Baba*. Mon nom d'après le livre des origines est *Moujik Ier*: mais on m'a surnommé *l'Arpenteur*[1], à cause de ma foulée large et rapide qui n'avait pas son égale dans toute la Russie. Je suis de naissance plus noble que quiconque. Jamais je ne vous l'aurais dit. À quoi bon ? Vous ne m'auriez jamais reconnu, comme ne m'avait pas reconnu *Viasopourikha*, qui était avec moi au haras de Khrénov et qui vient seulement de me reconnaître à l'instant. Vous ne m'auriez pas cru sans le témoignage de *Viasopourikha*. Je ne vous aurais jamais parlé de moi. Je n'ai que faire de la pitié chevaline. Mais vous l'avez voulu. Oui, je suis cet *Arpenteur* que cherchent en vain les amateurs, que connaissait le comte lui-même et qu'il chassa du haras parce que j'avais battu à la course son favori, *Cygne*...

Quand je naquis je ne savais pas ce que signifiait le mot « pie ». Je croyais que j'étais un cheval comme les autres. Je me souviens que la première remarque que l'on fit sur mon pelage me surprit profondément, ainsi que ma mère.

Je naquis sans doute la nuit. Au matin, léché par ma mère, je me tenais déjà sur mes pattes. Je me souviens que j'avais tout le temps envie de quelque chose et que tout me paraissait extraordinaire et cependant fort simple. Nos stalles donnaient sur un long couloir tiède et l'on pouvait voir à travers les portes grillagées.

Ma mère me présentait ses tétines, mais j'étais si naïf que je la heurtais du nez tantôt entre ses pieds de devant, tantôt sous la queue. Soudain ma mère tourna la tête vers la porte et, passant sa patte par-dessus moi, elle recula un peu. Le palefrenier de corvée regardait dans notre box à travers le grillage.

— Eh bien, *Baba* a pouliné, dit-il en tirant le loquet.

Il entra et m'entoura de ses bras.

— Vois un peu, Tarass, cria-t-il, vois, il est taché comme une pie !

Je m'échappai de ses bras et tombai sur les genoux.

— En voilà un diablotin ! dit-il.

Ma mère se montrait inquiète ; cependant elle ne prit pas ma défense et s'éloigna d'un pas en poussant un profond soupir. D'autres palefreniers entrèrent et se mirent à m'examiner. L'un d'eux alla appeler le gardien d'écurie.

Tous ces gens riaient à cause de ma robe pie et me donnaient toutes sortes de surnoms étranges. Ni moi ni même ma mère ne comprenions le sens de ces appellations. Jusqu'à ce jour, il n'y avait encore jamais eu de cheval pie dans ma famille ; et nous ne nous doutions pas que ces taches fussent répréhensibles. D'autant plus que tout le monde admirait ma complexion, ma force.

— Voyez un peu comme il est vif ! dit le palefrenier. Impossible de le maintenir.

Au bout de quelque temps arriva le gardien ;

ma robe le surprit lui aussi ; il paraissait même vexé.

— D'où sort ce laideron ? dit-il. Le général ne le laissera pas au haras. Eh, *Baba* ! tu m'as joué un mauvais tour ! fit-il en s'adressant à ma mère. Si au moins il avait été chauve ! Mais non, c'est un pie.

Ma mère ne répondit mot et, comme toujours dans de tels cas, elle se contenta de soupirer.

— De qui tient-il ça ? On dirait un moujik, continua le gardien. Impossible de le laisser au haras ; ce serait une honte. Et pourtant, il est bon, très bon, ajouta-t-il comme tous ceux qui m'examinaient.

Quelques jours plus tard, le général vint en personne. Il me regarda attentivement ; et tout le monde de nouveau paraissait consterné et me grondait ainsi que ma mère à cause de mes taches. « Cependant il est bon, très bon », répétaient tous ceux qui me voyaient.

Jusqu'au printemps, nous vécûmes dans nos stalles, chacun auprès de notre mère. Mais quand la neige commença à fondre sur les toits aux rayons du soleil, on nous permit de sortir de temps en temps avec nos mères dans la large cour couverte de paille fraîche. C'est ici que je fis la connaissance de ma parenté proche et éloignée. Suivies de leurs poulains, des différentes portes sortaient les juments célèbres de cette époque : *Hollandaise, Petite Mouche, Rouge, Volontaire.* Elles arrivaient toutes avec leurs poulains, se promenaient au soleil, se roulaient sur la paille et se flairaient mutuellement tout comme de simples chevaux. Je ne puis encore oublier le tableau que présentait cette cour remplie des plus belles juments de ce temps. Il vous est difficile de croire que j'aie été autrefois jeune et vif; et pourtant, c'est la vérité. Il y avait là cette *Viasopourikha* que voici. C'était une pouliche d'un an, charmante, gaie et espiègle. Mais soit dit sans l'offenser — et elle-même d'ailleurs vous le confirmera —, bien que vous l'estimiez pour la pureté de son sang, elle était considérée comme un des plus médiocres produits de notre génération.

Ma robe tachetée, qui déplaisait tellement aux hommes, plaisait beaucoup aux chevaux en revanche: on m'entourait, on m'admirait, on me faisait fête. Je commençais déjà à oublier le mécontentement des hommes et me sentais heureux. Mais je connus bientôt le premier chagrin de mon existence et c'est ma mère qui en fut la cause. Quand vint le dégel, quand les moineaux se mirent à pépier sous les auvents et que l'air se fit doux, ma mère commença de changer d'attitude à mon égard.

Son humeur se modifia complètement. Tantôt sans raison aucune elle se mettait à courir, à jouer dans la cour, ce qui ne convenait nullement à son âge respectable, tantôt elle devenait songeuse et se mettait à hennir; tantôt elle donnait des ruades à ses compagnes et les mordait. Parfois elle me flairait puis soufflait d'un air mécontent; ou encore elle posait la tête sur l'épaule de sa cousine, *Marchande*, lui grattait le dos et me repoussait lorsque je voulais la téter. Un jour nous vîmes arriver le gardien d'écurie; il lui fit passer un licou et ordonna de l'emmener. Elle poussa un hennissement; je lui répondis et m'élançai derrière elle, mais elle n'eut même pas un regard pour moi. Le palefrenier Tarass me saisit dans ses bras tandis que l'on fermait la porte derrière ma mère.

Je fis un bond et renversai le palefrenier dans la paille, mais la porte était déjà fermée et le hennissement de ma mère s'éloignait de plus en plus ; ce n'était pas un appel d'ailleurs : il avait une expression toute nouvelle. Et soudain à sa voix répondit une autre voix puissante, celle de *Bon Ier*, comme je l'appris plus tard, qui, flanqué de deux palefreniers, venait à la rencontre de ma mère.

Je ne me souviens pas comment Tarass sortit du box ; j'étais trop triste, j'avais l'impression d'avoir perdu pour toujours l'amour de ma mère. « C'est parce que je suis pie », me disais-je me rappelant les paroles des hommes sur mon pelage. Et soudain une telle fureur me prit que je me mis à battre de la tête et des genoux contre les murs du box. Je ne m'arrêtai que lorsque je fus complètement épuisé, en sueur.

Au bout de quelque temps, ma mère revint. Je l'entendis approcher de la porte d'un petit trot qui ne lui était pas coutumier. La porte s'ouvrit et je ne la reconnus pas, tellement elle avait rajeuni et embelli. Elle me flaira, souffla bruyamment et poussa un petit cri. Je vis à toute son attitude qu'elle ne m'aimait plus.

Elle me parlait de la beauté de *Bon Ier* et de son amour. Leurs rendez-vous continuèrent et ma mère devenait de plus en plus froide à mon égard.

Bientôt on nous lâcha dans le pré. À partir de ce moment, je connus d'autres joies qui remplacèrent pour moi l'amour maternel. J'avais des camarades. Tous ensemble nous apprenions à manger de l'herbe, à hennir comme les grands et à galoper la queue en panache autour de nos mères. C'était l'heureux temps. On me pardonnait tout, tous m'aimaient, m'admiraient et se montraient pleins d'indulgence pour ce que je faisais. Cela ne dura pas longtemps.

C'est alors qu'il m'arriva une chose affreuse.

Le hongre pie poussa un profond soupir et s'éloigna des chevaux.

L'aurore avait déjà gagné une grande partie du ciel. La porte grinça et Nester entra dans l'enclos. Les chevaux se dispersèrent. Le gardien arrangea la selle du hongre et fit sortir le troupeau.

VI

DEUXIÈME NUIT

Aussitôt que les chevaux furent rentrés dans l'enclos, ils se rassemblèrent de nouveau autour du vieux hongre.

— Dans le courant d'août on nous sépara, ma mère et moi, reprit le hongre, et je n'en ressentis aucun chagrin particulier. Je voyais qu'elle portait déjà mon frère cadet (celui qui fut plus tard le célèbre *Moustache*) et moi-même, je n'étais plus tel qu'autrefois. Je n'éprouvais pas de jalousie, mais je me sentais plus froid à son égard. Je savais de plus qu'on allait m'installer dans l'écurie réservée aux poulains, où ceux-ci occupaient un box à deux ou à trois et sortaient le matin tous ensemble. Je partageais mon box avec *Charmant*, que devait monter plus tard l'empereur et que l'on représenta en peinture et en sculpture. Ce n'était encore en ce temps qu'un poulain au pelage brillant et soyeux ; il avait un cou de cygne et des jambes fines et droites. Il était toujours gai, aimable, bienveillant, toujours prêt à jouer, à lécher et à taquiner aussi bien ses compagnons que les hommes. Nous devînmes amis en vivant ensemble et cette amitié dura tout le temps de notre jeunesse. Déjà, il commençait à faire la cour aux pouliches et se moquait gentiment de mon innocence. Pour mon malheur, je l'imitai par amour-propre et bientôt je pris goût à l'amour. Cette précoce inclination fut la cause du bouleversement de ma destinée. Je devins amoureux... *Viasopourikha* avait un an de plus que moi ; nous nous liâmes d'amitié, mais à la fin de l'automne je remarquai qu'elle semblait m'éviter...

Je ne vous raconterai pas la triste histoire de mon premier amour ; elle se souvient certainement de ma folle passion qui aboutit à la catastrophe de mon existence.

Les gardiens du troupeau se précipitèrent pour la chasser et se mirent à me battre. Le soir on m'enferma dans un box particulier ; je ne cessai de hennir toute la nuit comme prévoyant l'événement qui m'attendait le lendemain.

Le lendemain matin, le général, le chef d'écurie, les palefreniers, les gardiens, tous se réunirent dans le corridor de mon box. Ils criaient tous ensemble. Le général injuriait le chef d'écurie, celui-ci essayait de se justifier disant qu'il avait interdit de me lâcher et que c'était la faute des palefreniers. Le général menaça de faire donner le fouet à tout le monde ; le chef d'écurie promit de faire ce qu'il fallait. Après quoi tout le monde s'en alla. Je ne comprenais rien mais je devinais que l'on tramait quelque chose contre moi.

. . . .

Le lendemain je cessai pour toujours de hennir, je devins ce que je suis maintenant. Le monde entier se transforma à mes yeux. Plus rien ne m'était cher. Je rentrai en moi-même et me mis à réfléchir. Au début, la vie me devint odieuse. Je cessai même de boire, de manger, de me promener ; quant aux jeux, je n'y songeais même plus. De temps à autre il me venait à l'idée de ruer, de sauter, de hennir ; mais aussitôt surgissait la terrible question : pour quoi, dans quel but ? Et mes dernières forces me quittaient.

Un soir on me sortit à l'heure où le troupeau rentrait des champs. J'aperçus encore de loin un nuage de poussière où se distinguaient les contours vagues mais familiers des juments. J'entendis de joyeux hennissements, des piétinements. Je m'arrêtai, bien que la corde du licou que tenait le palefrenier me coupât la nuque ; et je contemplai le troupeau qui s'approchait comme l'on contemple un bonheur perdu, que l'on ne retrouvera plus jamais. Il s'approchait et je reconnaissais les unes après les autres les silhouettes familières, belles, fières, robustes. Quelques-unes se retournèrent vers moi. Je ne sentais pas la douleur du licou que tirait le palefrenier ; j'avais perdu la notion des choses et involontairement, comme autrefois, je poussai un hennissement et me mis à trotter. Mais mon appel résonna triste, ridicule, absurde. Personne ne rit dans le troupeau, mais je remarquai que beaucoup se détournèrent de moi par délicatesse. Les juments avaient honte de moi et pitié ; et surtout, je leur paraissais comique. Elles trouvaient comique mon long cou inexpressif, ma grosse tête (j'avais maigri), mes longues jambes gauches et surtout l'allure stupide de mon trot lorsque, obéissant à une vieille habitude, je me mis à tourner autour du palefrenier. Personne ne répondit à mon hennissement, tout le monde se détourna de moi. Brusquement je compris tout. Je compris combien j'étais à jamais loin d'eux tous. Je ne me souviens pas comment je rentrai à l'écurie avec le palefrenier.

Déjà auparavant j'avais manifesté une certaine tendance à la gravité et à la méditation. Mais un changement décisif s'opérait maintenant en moi. Mon pelage pie qui provoquait un si étrange mépris chez les hommes, mon malheur terrible, inattendu, et la situation particulière que j'occupais au haras, dont je me rendais compte mais que je ne parvenais pas à m'expliquer, tout cela m'incita à rentrer en moi-même. Je réfléchissais à l'injustice des hommes qui m'avaient condamné parce que j'étais pie ; je réfléchissais à l'inconstance de l'amour maternel, de l'amour féminin en général, qui dépendait entièrement des circonstances physiques. Je réfléchissais surtout aux particularités de cette étrange espèce d'animaux avec laquelle nous sommes si étroitement liés, que nous appelons les hommes, à ces particularités d'où découlait la situation où je me trouvais au haras et que je sentais sans pouvoir la comprendre.

Je la compris, ainsi que certains traits de la nature humaine, dans les circonstances suivantes.

C'était en hiver, pendant les fêtes de Noël. De toute la journée je n'avais eu ni à boire ni à manger. Ainsi que je l'appris plus tard, notre palefrenier s'était enivré. Le soir même, le chef d'écurie entra dans mon box, constata que je n'avais pas de fourrage et se mit à injurier le palefrenier absent. Puis il sortit.

Le lendemain le palefrenier vint avec un camarade et m'apporta du foin. Je remarquai qu'il était très pâle et triste ; son long dos avait une expression particulière qui incitait à la pitié.

Il lança furieusement le foin derrière la grille de la mangeoire ; je tendis la tête par-dessus son épaule mais il me porta un coup de poing si violent sur le nez que je me rejetai en arrière. Il me frappa encore le ventre avec sa botte.

— Sans ce galeux, il ne serait rien arrivé, dit-il.

— Et qu'est-il arrivé ? demanda l'autre palefrenier.

— Naturellement, pour ceux du comte, il ne va pas vérifier ce qui s'y passe, mais le sien, il vient le voir deux fois par jour.

— Alors, on lui a donné le pie ? interrogea l'autre.

— Vendu ou donné, le diable le sait ! Ceux du comte, tu pourrais tous les laisser crever de faim, il s'en moque. Mais comment a-t-on osé ne pas nourrir *son* poulain ? Allonge-toi, m'a-t-il dit, et il s'est mis à taper. Ce n'est pas un chrétien. Il a plus pitié d'un animal que d'un homme. Il ne porte pas de croix sans doute. Et lui-même comptait les coups. Le général ne frappe pas ainsi. Il m'a déchiré tout le dos. Ce n'est pas une âme chrétienne.

Ce qui concernait le fouet et la religion je l'avais fort bien compris, mais ce qui me paraissait alors obscur c'était l'expression «*son* poulain»: les hommes établissaient donc un certain lien entre moi et le chef d'écurie. Mais je ne parvenais pas à comprendre en quoi consistait ce lien. Je ne le compris que bien plus tard, quand on me sépara des autres chevaux. Mais alors je ne saisissais pas comment on pouvait me considérer, *moi*, comme la propriété d'un homme. Les mots «*mon* cheval» se rapportaient à moi, un cheval vivant, et ils me paraissaient aussi étranges que les mots: «*ma* terre», «*mon* air», «*mon* eau».

Mais ces mots m'avaient produit une profonde impression. Je ne cessais d'y réfléchir. C'est beaucoup plus tard seulement, après avoir entretenu avec les hommes les rapports les plus divers, que je compris la signification qu'attachent les hommes à ces mots. Voici quelle est cette signification: ce n'est pas d'après les actes mais d'après les paroles que les hommes se dirigent dans la vie. Ce qu'ils apprécient, ce n'est pas tant la possibilité de faire ou de ne pas faire quelque chose que la possibilité de prononcer au sujet de différents objets certains mots dont ils sont convenus entre eux. Ces mots qu'ils considèrent comme très importants sont *mon, ma, mes*. Ils les appliquent aux êtres, aux objets, même à la terre, aux hommes, aux chevaux. Et ils sont convenus entre eux qu'un même objet ne pouvait être appelé «*mon*» que par une seule personne. Et celui qui conformément à ce jeu dit «mon» du plus grand nombre d'objets possible est considéré comme le plus heureux. Pourquoi est-ce ainsi ? Je l'ignore ; mais c'est ainsi. Naguère je pensais que cela était lié à quelque avantage direct, mais je me trompais.

Nombre de ceux qui me considéraient comme leur cheval ne me montaient jamais ; c'étaient d'autres qui me montaient, d'autres encore qui me nourrissaient. C'étaient les cochers, les maréchaux-ferrants qui me rendaient différents services et non pas ceux qui disaient «mon» cheval. Plus tard, ayant élargi le cercle de mes observations, je pus me convaincre que ce n'est pas seulement lorsqu'il se rapporte à nous, les chevaux, que le terme «mon» n'a d'autre raison que ce bas instinct dénommé par les hommes sentiment ou droit de propriété. L'homme dit : «ma maison» ; et cependant il n'y habite pas et se contente de la construire et de l'entretenir. Le marchand dit : «ma boutique», «mon magasin de drap», or lui-même ne porte pas le bon drap qu'il détient dans sa boutique.

Il y a des gens qui disent de la terre «ma terre» ; et cependant ils n'ont jamais vu cette terre et ne l'ont jamais parcourue. Il y a des gens qui prétendent que d'autres hommes leur appartiennent ; ils ne les ont jamais vus et le seul rapport qu'ils entretiennent avec eux consiste à leur faire du mal.

Il y a des hommes qui appellent certaines femmes «ma femme», «mon épouse» ; or il se trouve que ces femmes vivent avec d'autres hommes. Le but des humains ne consiste pas à accomplir ce qu'ils considèrent comme bon, mais à appeler « mien » le plus grand nombre d'objets.

Je suis persuadé à présent que c'est en cela que réside la différence essentielle entre les hommes et nous. Aussi, sans même tenir compte de nos autres supériorités vis-à-vis des hommes, cela seul nous permet déjà de déclarer hardiment que sur l'échelle des êtres vivants nous occupons un échelon plus élevé que les hommes. L'activité des hommes, de ceux du moins avec qui j'ai été en contact, est déterminée par des mots, tandis que la nôtre est déterminée par des faits.

C'était donc le chef de l'écurie qui avait reçu le droit de m'appeler « son » cheval et ce fut pourquoi il fouetta le palefrenier. Cette découverte me frappa. Jointe aux réflexions et aux jugements qu'avait provoqués parmi les hommes mon pelage pie, ainsi qu'à la mélancolie suscitée en moi par la trahison de ma mère, ladite découverte fit de moi ce que je suis aujourd'hui : un hongre grave et méditatif.

J'étais trois fois malheureux : j'étais pie, j'étais hongre et les hommes s'imaginaient que j'appartenais non pas à Dieu et à moi-même, ainsi qu'il est normal pour tout être vivant, mais au chef d'écurie.

Les conséquences de l'idée qu'ils se faisaient de moi furent multiples. La première fut que l'on me mit à part ; on me nourrissait mieux, on me faisait trotter à la longe plus souvent, et l'on m'attela plus tôt que les autres. Je n'avais pas trois ans quand on m'attela pour la première fois.

Je me souviens que ce chef d'écurie qui se figurait que je lui appartenais arriva avec toute une bande de palefreniers pour m'atteler, croyant que j'allais résister et me révolter. Ils m'entourèrent de cordes en m'introduisant dans les brancards ; ils me posèrent sur le dos des courroies en croix qu'ils attachèrent aux brancards afin que je ne pusse pas ruer. Or moi, je n'attendais que l'occasion de montrer ma bonne volonté et mon goût au travail.

Ils étaient très étonnés de me voir marcher comme un vieux cheval. À partir de ce jour, on m'exerça à trotter. Je faisais de très grands progrès, si bien qu'au bout de trois mois le général lui-même et d'autres louaient mon allure. Mais, chose étrange, du fait que j'appartenais selon eux au chef d'écurie, mon allure acquérait à leurs yeux une signification toute particulière.

Quant aux autres jeunes chevaux, mes frères, on les préparait pour les courses de trot, on mesurait leurs foulées, on les regardait courir attelés à de légers drojki[1] dorés ; et après leurs essais on les couvrait de couvertures précieuses. Et moi, attelé au simple drojki du chef d'écurie, je trottais pour ses affaires à Tchesmenka et dans les autres villages des environs. Tout cela parce que j'étais pie et surtout parce que j'appartenais selon ces gens non au comte mais au chef d'écurie.

Si nous sommes demain en vie, je vous raconterai quelle fut pour moi la principale conséquence de ce droit de propriété que croyait avoir sur moi le chef d'écurie.

sons et s'assit en face des louveteaux ; ceux-ci formèrent un demi-cercle autour d'elle. La louve s'approcha du plus petit et, abaissant la queue, la tête au ras du sol, elle fit quelques mouvements convulsifs, ouvrit sa gueule plantée de grandes dents et vomit un gros morceau de cheval. Tous les louveteaux s'approchèrent, mais la louve fit vers eux un mouvement menaçant et laissa tout le morceau au petit. Celui-ci saisit la viande en grondant, se coucha dessus et se mit à la dévorer. De la même façon, la louve vomit un morceau pour le deuxième, le troisième... Et quand elle les eut nourris ainsi tous les cinq, elle s'étendit près d'eux et se reposa.

Une semaine plus tard, il ne restait près du hangar en briques qu'un énorme crâne et deux omoplates, tout le reste avait été dispersé. Lorsque vint l'été, le paysan qui ramassait les os emporta ce crâne et ces omoplates et en tira parti.

Le corps de Serpoukhovskoï, qui allait à travers le monde mangeant et buvant, fut porté en terre bien plus tard. Ni sa peau, ni sa chair, ni ses os ne purent servir à rien.

Et de même que depuis vingt ans ce corps mort qui marchait, mangeait et buvait était une charge pour tout le monde, lorsqu'il fallut le mettre en terre ce fut encore une corvée pour son entourage. Depuis longtemps déjà il n'était plus utile à personne, depuis longtemps il était à la charge de tous ; et cependant, ces morts qui enterrent les morts crurent nécessaire de revêtir d'un bel uniforme le corps gras déjà à moitié décomposé, de chausser ses pieds de belles bottes et de le coucher dans un beau cercueil garni aux quatre angles de glands neufs. Ce cercueil fut mis dans un autre, en plomb, que l'on envoya à Moscou. À Moscou, on jugea nécessaire de déterrer de vieux os humains et d'enfouir précisément à cet endroit ce corps pourri et grouillant de vers dans son uniforme neuf et ses bottes bien cirées, puis de jeter de la terre par-dessus le tout.

DOSSIER

CHRONOLOGIE

Les dates sont données en « ancien style », selon le calendrier julien. Pour les événements internationaux, la date selon le calendrier grégorien est donnée entre parenthèses.

1. L'ESPRIT FORT EN QUÊTE DE VOCATION (1828-1851)

1828. 28 août : naissance dans le domaine seigneurial de Iasnaïa Poliana (gouvernement de Toula, à 200 km environ au sud de Moscou) de Léon, quatrième fils du comte Nicolas Tolstoï, capitaine des hussards en retraite, et de Marie, née princesse Volkonski, après Nicolas (1823-1860), Serge (1826-1904) et Dmitri (1827-1856) et avant Marie (1830-1912).

1830. 7 août : à deux ans, Léon Tolstoï perd sa mère. Il est élevé à Iasnaïa Poliana avec ses frères et sa sœur par une lointaine parente, Tatiana Ergolskaïa, qui a refusé d'épouser Nicolas Tolstoï, devenu veuf, pour pouvoir se consacrer à eux.

1837. 10 janvier : le comte Nicolas Tolstoï emmène ses enfants à Moscou, où l'aîné, Nicolas, doit entrer à l'Université.

21 juin : à huit ans, Léon Tolstoï perd son père. Il est placé, avec ses frères et sa sœur, sous la tutelle de sa tante Alexandra Osten-Sacken, qui ramène les trois plus jeunes enfants à Iasnaïa Poliana.

1841. 30 août : mort d'Alexandra Osten-Sacken. Les enfants Tolstoï sont placés sous la tutelle d'une autre tante, Pélagie Iouchkova, qui, en septembre, les accueille chez elle à Kazan, où Léon Tolstoï fait son entrée dans le monde, et prépare, après Nicolas et Serge, son examen d'admission à l'Université.

1844. 20 septembre : il est inscrit à la section de philologie turco-arabe de la faculté des lettres de l'Université de Kazan.

1845. 13 septembre : il obtient son transfert à la faculté de droit.

1847. 14 avril : à dix-huit ans, Léon Tolstoï, dégoûté de l'enseignement universitaire, renonce à poursuivre ses études et revient au domaine de Iasnaïa Poliana, sa part de l'héritage paternel, pour travailler librement à son développement intellectuel, à son perfectionnement moral et au bien-être de ses paysans. Longs séjours à Moscou (octobre 1848-janvier 1849), à Toula, à Saint-Pétersbourg (février-mai 1849) : velléités d'engagement dans l'armée, dans l'administration, tentatives de vie mondaine... et dettes de jeu.

2. L'ÉCRIVAIN-SOLDAT ET LE GENTILHOMME RURAL (1851-1862)

1851. mars : premiers essais littéraires : brouillon d'une *Histoire de la journée d'hier*, projet du récit *Quatre Époques du développement* (embryon de la trilogie autobiographique).

1851. fin avril-30 mai : accompagne son frère aîné Nicolas, officier de l'armée du Caucase, à Starogladkovskaïa, sur le Terek, à la frontière de la Tchétchénie, où, d'abord volontaire libre, il participe à des opérations de « pacification », avant d'être incorporé en janvier 1852 comme sous-officier d'artillerie.

1852. septembre : sa première œuvre, *Enfance*, paraît

dans la grande revue de Saint-Pétersbourg *Le Contemporain* et reçoit un accueil chaleureux de la critique.

1853. février-mars : participe à une « opération de déboisement » contre les montagnards rebelles.

1853. mars : publication dans *Le Contemporain* du premier récit « caucasien », *Le Coup de main* (le deuxième, *L'Opération de déboisement*, paraîtra en septembre 1855).

21 juin (3 juillet) : invasion par la Russie des « principautés danubiennes » (actuelle Roumanie), prélude à une guerre russo-turque qui, la France et l'Angleterre s'étant alliées à la Turquie, aboutira à la guerre de Crimée.

1854. 19 janvier : promu aspirant le 9 janvier, il quitte le Caucase, après un séjour de près de trois ans, ayant obtenu son transfert à l'armée des Balkans.

2 (14) septembre : débarquement franco-anglais à Eupatoria, début du siège de Sébastopol.

octobre : publication dans *Le Contemporain* d'*Adolescence.*

novembre : Tolstoï affecté à Sébastopol, où il combat jusqu'à la capitulation (août 1855).

1855. 18 février (2 mars) : mort de Nicolas Ier. Avènement d'Alexandre II, le « tsar libérateur ».

juin : publication dans *Le Contemporain* du premier des *Récits de Sébastopol* (*Sébastopol en décembre*).

29 août (10 septembre) : capitulation de Sébastopol.

septembre : publication de *Sébastopol en mai.*

novembre : en congé à Saint-Pétersbourg, Tolstoï noue ses premières relations littéraires (en particulier avec Tourguéniev).

1856. janvier : *Sébastopol en août.*

mars : *La Tempête de neige.*

mai : *Deux Hussards.*

juin-décembre : courte idylle avec Valeria Arsenieva, qu'il songe un instant à épouser.

septembre : publication du premier livre de Tolstoï, *Récits de guerre.*

novembre : quitte l'armée, avec le grade de sous-lieutenant.
décembre : *La Matinée d'un gentilhomme rural.*

1857. 29 janvier-fin juillet : voyage en France, en Suisse et en Allemagne.
Publie les récits *Première Jeunesse* (dernier volet de la trilogie autobiographique, janvier) et *Lucerne* (septembre).

1858. Publie le récit *Albert* (janvier).

1859. Publie les récits *Trois Morts* (janvier) et *Bonheur conjugal* (avril).
novembre : organisation de l'école de Iasnaïa Poliana.

1860. juillet-avril 1861 : voyage en Allemagne, Suisse, France, Italie, Angleterre, Belgique : visite d'écoles.
20 septembre : mort à Hyères de son frère Nicolas, atteint de tuberculose.

1861. 19 février (3 mars) : Alexandre II promulgue le statut des paysans, les libérant du servage.
16 mai-30 avril 1862 : Tolstoï, nommé arbitre rural au district de Krapivna (dont dépend Iasnaïa Poliana), arbitre (en général en faveur des paysans) des conflits consécutifs à l'abolition du servage.
mai : fonde la revue pédagogique *Iasnaïa Poliana* qui paraît jusqu'en avril 1862. Son activité et ses théories pédagogiques lui valent simultanément des tracasseries policières (perquisition à Iasnaïa Poliana en juillet 1862) et les critiques de la gauche radicale (Tchernychevski).

3. LE PÈRE DE FAMILLE ET LE GRAND ROMANCIER (1862-1879)

1862. 23 septembre : mariage de Léon Tolstoï avec Sophie (Sofia Andréïevna) Behrs, fille d'un médecin militaire.

1863. février : achève et publie *Les Cosaques*, aboutissement d'un projet né dès 1852.
mars : publication du récit *Polikouchka.*

28 juin : naissance de son premier fils Serge (1863-1947).
septembre : commence *La Guerre et la Paix*.

1864. 4 octobre : naissance de sa première fille Tatiana (1864-1950).

1865. février : publication de *L'Année 1805*, titre donné d'abord aux vingt-huit premiers chapitres de *La Guerre et la Paix*.

1866. 22 mai : naissance d'un deuxième fils, Ilya (1866-1933).

1867. décembre : publication des trois premiers volumes de *La Guerre et la Paix*.

1868. mars : publication du tome IV de *La Guerre et la Paix*.

1869. février : publication du tome V de *La Guerre et la Paix*.
20 mai : naissance d'un troisième fils, Léon (1869-1945).
décembre : publication du tome VI de *La Guerre et la Paix*.

1871. septembre-mai 1872 : travaille à son *Alphabet*, livre de lectures élémentaires pour les écoliers russes.
12 février : naissance d'une deuxième fille, Marie (1871-1906).

1872. janvier-avril : enseigne à l'école de Iasnaïa Poliana.
Naissance d'un quatrième fils, Pierre, mort en bas âge.
été : premier séjour (pour une cure de lait de jument fermenté, recommandé contre la tuberculose) en Bachkirie, dans le gouvernement de Samara, où il retourne et achète une propriété en 1873, et revient encore avec sa famille en 1875.

1873. mars : première ébauche d'*Anna Karénine*.

1874. naissance d'un cinquième fils, Nicolas, mort en bas âge.

1875. janvier : début de la publication d'*Anna Karénine* dans la revue conservatrice et nationaliste *Le Messager russe*.
Naissance d'une troisième fille, Varvara, morte en bas âge.

1876. juillet : la Serbie et le Monténégro en guerre contre la Turquie. Afflux de volontaires russes.

1877. 12 (24) avril : la Russie déclare la guerre à la Turquie. Opérations victorieuses dans les Balkans menant à l'indépendance de la Bulgarie.
juillet : *Le Messager russe*, ayant refusé la huitième et dernière partie d'*Anna Karénine* (à cause d'une présentation ironique de l'élan patriotique « slave » de 1876-1877), celle-ci paraît en édition séparée.
6 décembre : naissance d'un sixième fils, André (1877-1916).

1877-1879. Crise d'angoisse existentielle : lectures et réflexions religieuses.

1879. 20 décembre : naissance d'un septième fils, Michel (1879-1944).

4. LE PRÉDICATEUR ET LE CRITIQUE SOCIAL (1880-1910)

1880. janvier : premières œuvres de réflexion religieuse et morale. *Ma confession* et *Critique de la théologie dogmatique*, interdites en Russie, paraîtront à l'étranger en 1882.

1881. janvier-août : *De quoi vivent les hommes ?*, premier des « récits populaires » diffusés après 1884 par les éditions « Posrednik » (« Le Médiateur »).
31 octobre : naissance d'un huitième fils, Alexis, mort à quatre ans en 1885.

1882. janvier : Tolstoï participe au recensement de Moscou, qui lui fait toucher du doigt la misère urbaine engendrée par la civilisation contemporaine. Commence *Que devons-nous donc faire ?*, sa réponse aux maladies de la société.
juillet : achat d'une maison à Moscou, où s'installe la famille Tolstoï (Iasnaïa Poliana restant sa résidence d'été).

1883. janvier 1883-janvier 1884 : *En quoi consiste ma foi ?*, exposé de la doctrine chrétienne selon Tolstoï.

Tolstoï fait la connaissance de Vladimir Tchertkov, qui devient son disciple le plus proche et le chef de file des « tolstoïens », appliquant à la lettre les préceptes du maître.

1884. Tchertkov fonde la maison d'édition « Posrednik » (« Le Médiateur »), qui diffuse en brochures à bon marché des œuvres littéraires conformes à la doctrine religieuse de Tolstoï (et notamment ses propres « récits populaires », fables édifiantes écrites dans une langue accessible au plus grand nombre).

1884-1886. *La Mort d'Ivan Ilitch.*

18 juin : naissance d'une quatrième fille, Alexandra (1884-1979).

1886. octobre-novembre : *La Puissance des ténèbres,* drame populaire interdit en Russie en représentation publique (première à Paris, au « Théâtre libre » d'Antoine, en janvier 1888).

1887-1889. *La Sonate à Kreutzer.*

1888. 31 mars : naissance d'un neuvième fils, Ivan (« Vanitchka »), mort à sept ans en 1895.

1889. *Le Diable,* resté inédit jusqu'à sa mort.

Tolstoï commence son dernier roman, *Résurrection.*

1890. *Les Fruits de l'instruction,* comédie satirique.

1891. avril : la publication de *La Sonate à Kreutzer* est autorisée à la suite d'une démarche de Sophie Tolstoï auprès du tsar.

septembre-octobre : Tolstoï et sa famille participent à la lutte contre la famine en organisant des cantines populaires.

1896. juillet : un « chardon étoilé » à moitié écrasé aperçu dans un champ le fait penser au guerrier caucasien Hadji-Mourat. Le 14 août, première rédaction du récit sous le titre « Le chardon ».

1897-1898. Tolstoï travaille à l'exposé de sa conception de l'art : *Qu'est-ce que l'art ?*

1899. mars-décembre : publication de *Résurrection,* qu'il a décidé d'achever et de monnayer pour aider la secte persécutée des Doukhobors à s'installer au Canada.

1901. 24 février : à la suite des pages jugées blasphématoires de *Résurrection*, le Saint-Synode prononce l'excommunication de Tolstoï. Manifestations de protestation à Moscou et dans le monde.
septembre : départ pour la Crimée. Tombé gravement malade, il y reste en convalescence jusqu'en juin 1902. Rencontres avec Tchékhov et Gorki.

1910. 27 octobre : le conflit s'exaspérant entre les exigences de la doctrine, constamment rappelées par les disciples, et celles du mode de vie familial auquel Sophie Tolstoï ne veut pas renoncer, Tolstoï quitte clandestinement Iasnaïa Poliana avec son médecin.
7 novembre : il meurt d'une pneumonie dans la maisonnette du chef de gare de la petite ville d'Astapovo.
9 novembre : enterrement à Iasnaïa Poliana, en présence d'une foule immense venue de toute la Russie.

NOTICE

LA TEMPÊTE DE NEIGE (JANVIER 1854-MARS 1856)

En janvier 1854, Tolstoï, revenant du Caucase à Iasnaïa Poliana à la suite de son affectation à l'armée d'Orient, note dans son journal: « En voyage. Le 24 à Biélogorodtsevskaïa, à 100 [verstes] de Tcherkassk, erré toute la nuit. Et l'idée m'est venue d'écrire un récit, *La Tempête de neige.* »

Mais ce n'est que deux ans plus tard, à son retour de Sébastopol, qu'il met son projet à exécution. Le 2 février 1856, à Saint-Pétersbourg, il note: « Demain [...] je mets au net *La Tempête de neige...* » Et, les 11-12 février: « Terminé *La Tempête de neige,* on en est très content » : le « on » désigne la rédaction du *Contemporain,* et en particulier son directeur Nekrassov, qui l'avait révélé au public quatre ans plus tôt avec *Enfance.*

Le récit est publié en mars 1856, dans le n° 3 de la revue.

Avec le récit *Deux Hussards* (voir ci-dessous) qui paraît le mois suivant, il fait l'objet en septembre d'un compte rendu très élogieux dans la revue *Bibliotieka dlia tchtenia* (Bibliothèque de lecture) par le critique Alexandre Droujinine, qui appartient aussi au cercle du *Contemporain,* dont voici un extrait:

« En considérant *La Tempête de neige* comme l'étude d'un écrivain doué, nous ne pouvons pas ne pas la savourer. Elle manque de tenue générale, nous l'avons dit. Mais on y trouve de la vie, on y trouve du style, on y trouve cette rare alliance d'une puissante faculté d'analyse et d'une délicate poésie qui, à elle seule, sans aucun additif extérieur, met incontestablement le comte Tolstoï au rang des écrivains russes de première classe» («"La tempête de neige". "Deux hussards", récits du comte L.N. Tolstoï», *Bibliotieka dlia tchtenia*, 1856, nº 9).

Pour le sens général de l'article d'Alexandre Droujinine, voir ci-dessous la notice de *Deux Hussards*.

DEUX HUSSARDS (MARS-MAI 1856)

Le 12 mars 1856, Tolstoï note dans son journal: «Eu l'idée d'un père et d'un fils.» Et, le 15 avril: «Terminé hier *Un père et un fils.*» Enfin, le 19 avril: «Terminé même les corrections d'*Un père et un fils*, que, sur les conseils de Nekrassov, j'ai intitulé *Deux Hussards* — c'est mieux.»

Dès le 17 avril, Nicolas Nekrassov a écrit à leur ami commun, le critique Botkine: «Tolstoï a écrit l'*excellent* récit *Deux Hussards*.»

Il le publie aussitôt, daté du 11 avril, avec une dédicace à la sœur de l'écrivain Marie, dans le numéro de mai de la revue. En décembre 1856, le récit est mentionné avec des éloges dans la rubrique «Notes sur les revues» («Zamietki o journalakh»), sous la plume du critique Nicolas Tchernychevski, qui fait paraître dans le même numéro la première longue étude consacrée à l'ensemble de l'œuvre de Tolstoï («"Enfance et adolescence", par le comte L.N. Tolstoï. "Récits de guerre" du comte L.N. Tolstoï"»). Le critique Alexandre Droujinine, représentant la tendance critique adverse (hostile à l'art «tendancieux», que prône au contraire Tchernychevski), en fait aussi un compte rendu élogieux dans *La Bibliothèque de lecture* (*Bibliotieka dlia tchtenia*), 1856, t. 139, dont voici des extraits:

«Par l'indépendance de son talent, par le caractère raisonnable de son orientation, par son rejet de toute phrase — qualité extrêmement rare de notre temps —, le comte

Léon Tolstoï nous apparaît comme l'un des représentants inconscients de la théorie de la libre création qui nous paraît la seule véritable théorie de tout art [...] Aux premières œuvres de L.N.T., il n'était pas difficile de discerner en lui un écrivain entièrement indépendant. L'ombre même de la routine n'effleurait pas ses jeunes forces. Il ignorait beaucoup de choses, mais il y avait beaucoup de choses où il ne se trompait pas. On aurait dit que, pour lui, le passé n'existait pas : tous les péchés véniels de notre littérature, son sentimentalisme social, sa timidité face à l'innovation, sa prédilection pour une orientation négative, enfin les restes de l'ancien pédantisme didactique qui avait pris tant de forces à nos maîtres contemporains — n'avaient absolument pas marqué de leur empreinte le talent de ce nouveau narrateur. »

[...]

« *La Tempête de neige* et *Deux Hussards* paraissent en effet écrits par deux personnes différentes. L'une est pleine d'une poésie délicate, presque insaisissable, l'autre se résume à une série de scènes animées au possible, esquissées de main de maître. Dans *La Tempête de neige*, le talentueux auteur crée tout un tableau fantastique à partir d'un objet dont l'homme prosaïque ne serait pas capable de dire dix mots de suite ; dans *Deux Hussards*, nous sont rapportés simplement et presque sèchement des événements dont on aurait pu faire deux romans. »

[...]

[Le jeune Tourbine] « C'est un type authentique, que chacun connaît. L'auteur l'a modelé à la hâte, n'y a même pas dépensé la moitié de ses capacités de créer des personnages vivants — et pourtant le résultat de son travail est vraiment remarquable. Dans la représentation de tout le personnage, dans quelques menus détails de sa silhouette, on aperçoit des lignes qui révèlent la sûreté du trait d'un maître. »

[...]

[L'« idée » du récit] Cette pensée est celle d'un artiste incontestablement indépendant, et aucunement d'un auteur didactique ou d'un moraliste contemporain ; chacun voit clairement qu'il n'y a dans toute l'œuvre ni parti pris, ni leçon tracée d'avance. Le vieux hussard n'est pas sacrifié au jeune, et si le jeune se révèle une personne peu attirante, il ne s'ensuit pas que ses vices soient une justification des défauts de son père. »

L'épigraphe évoque l'image du poète Denis Davydov (1784-1839), le « hussard et partisan » contemporain et ami de Pouchkine, figure typique de sa génération, qui s'était illustré pendant la campagne de Russie en créant les corps de partisans qui harcelaient la Grande Armée dans sa retraite, et servira de prototype au personnage du hussard Denissov, ami de Nicolas Rostov et premier prétendant de Natacha, dans *La Guerre et la Paix*.

Le personnage de Fiodor Ivanovitch Tourbine évoque de façon transparente celui de son quasi-homonyme Fiodor Ivanovitch Tolstoï (1782-1846), parent éloigné de l'écrivain. Officier de la garde s'étant illustré lors de la campagne de Russie, aventurier, bretteur et joueur de réputation douteuse, connu pour ses scandales et ses extravagances, Fiodor Tolstoï, embarqué sur un navire russe faisant le tour du monde, avait été débarqué pour mauvaise conduite dans les îles Aléoutiennes par l'amiral Krusenstern, commandant de l'escadre, et en était revenu en traversant la Sibérie, en partie à pied, ce qui lui avait valu le surnom de l'« Américain ». Il avait épousé en 1821 une Tsigane, Avdotia Maksimovna Tougaïeva, dont il avait eu deux filles. Léon Tolstoï, qui l'avait rencontré dans son enfance, en parle ainsi dans ses souvenirs : « Je me souviens de son beau visage de bronze, rasé, avec d'épais favoris descendant jusqu'aux coins de la bouche, et aussi de ses cheveux blancs frisés. J'aurais beaucoup de choses à raconter sur cet homme hors du commun, criminel et séduisant. »

L'apologie des manières « hussardes » des années 1810-1820, par opposition aux mœurs policées de l'époque suivante, est chez le jeune Tolstoï un trait d'archaïsme : le poète Pavel Viazemski, contemporain et ami de Pouchkine, note que celui-ci et ses amis, « élevés à l'époque des guerres napoléoniennes, sous l'influence de la débauche héroïque de cette époque, faisaient parade de crânerie guerrière et d'une espèce de mépris pour les exigences de la société civile». Pouchkine lui-même, selon ce témoignage, «paraissait attacher du prix aux derniers sursauts de cette intrépide crânerie, y voyant les dernières manifestations d'une vie indépendante qui était en train d'être enterrée vivante [à l'époque de Nicolas Ier]».

La nouvelle *Deux Hussards* est la première œuvre de Tolstoï publiée en France. Sa traduction par Charles Rollinat (revue par Tourguéniev lui-même) a paru dans le journal *Le Temps*, 1875, n° 5047 (10 février), précédée d'une préface de Tourguéniev qui, bien introduit dans les milieux littéraires parisiens, s'était fait l'ambassadeur de la «nouvelle école littéraire russe» en France, et avait déjà tenté sans succès de faire traduire et publier *Enfance* (dès 1857), *Trois Morts* et *Les Cosaques*. Voici le texte de sa préface :

«L'auteur de la nouvelle offerte aujourd'hui aux lecteurs du *Temps*, le comte Léon Tolstoï, est un des plus remarquables écrivains de la nouvelle école littéraire russe, de cette école qui procède de Pouchkine et de Gogol, et bien plus de notre grand humoriste que de notre grand poète. On peut même dire qu'après la publication (en 1870) du dernier ouvrage du comte Tolstoï, *La Guerre et la Paix*, composition originale et vaste, qui tient à la fois de l'épopée, du roman historique et de l'étude de mœurs, c'est lui qui tient décidément le premier rang dans la faveur du public. Né en 1828, il est dans toute la force de l'âge, et promet de fournir une longue et brillante carrière.»

Après un rappel de l'œuvre antérieure du romancier, où il distingue *Enfance* et *Les Cosaques*, et une allusion au «nouveau grand roman dû à sa plume [qui] se publie actuellement à Moscou» (*Anna Karénine*), Tourguéniev conclut ainsi son introduction :

«Je ne crois pas devoir m'étendre sur les mérites particuliers des *Deux Hussards* ; le lecteur les sentira sans que j'aie besoin de l'en avertir. Il suffit de dire que cette nouvelle donne une idée assez exacte de la manière du comte Léon Tolstoï. Lui aussi, il est dans ce grand courant réaliste qui, à l'heure actuelle, domine partout dans la littérature et dans les arts; mais il a une couleur et une note qui lui sont propres.»

LA MATINÉE D'UN GENTILHOMME RURAL (JUILLET 1852-1856)

Publié dans la revue *Otetchestvennye zapiski (Annales de la Patrie)* en décembre 1856, le récit *La Matinée d'un gentilhomme rural* est le résidu d'un projet de roman, conçu dès le début de la carrière littéraire de Tolstoï, en mai 1852, sous le titre «Le roman d'un gentilhomme rural russe». L'écrivain y a travaillé à trois reprises:

1. De mai à décembre 1852

À Starogladkovskaïa, dans le Caucase, parallèlement à sa trilogie autobiographique et aux premiers récits de guerre. Voici les traces que ce travail a laissées dans son journal:

10 mai 1852 (Starogladkovskaïa): «Demain je me mets à la continuation d'*Enfance* et peut-être à un nouveau roman.»
18 juillet 1852 (Starogladkovskaïa) «Je médite le plan du roman d'un seigneur foncier russe, avec un but.»
3 août 1852 (Starogladkovskaïa): «Dans mon roman, je montrerai ce qu'a de mauvais le Régime r[usse], et si je le trouve satisfaisant je consacrerai le reste de ma vie à dresser le plan d'un régime aristocratique électif uni à un [régime] monarchique sur la base des élections existantes. Voilà un but pour une vie vertueuse. Merci, Seigneur, donne-moi la force.»
1er octobre 1852 (Starogladkovskaïa): «Expédié *Chkalik* [nom d'un chapitre du roman] convenablement. Si j'écris chaque jour autant, en un an j'aurai écrit un bon roman.»
4 octobre 1852 (Starogladkovskaïa): «Résolu la question de la conclusion du roman: après la saisie de ses biens, un emploi sans succès *dans la capitale, un demi-engoue-*

ment pour la mondanité, le désir de trouver une compagne et une déception dans ses choix, la sœur de Soukhonine [nom du héros] *le quitte. Il comprend que ses engouements sont (non pas mauvais) mais nuisibles, qu'on peut faire le bien et être heureux en supportant le mal* [en italique : passages soulignés par Tolstoï].

19 octobre 1852 (Starogladkovskaïa) : « L'idée du roman est heureuse — il peut n'être pas une perfection, mais il sera toujours un livre utile et bon [...] — *Fondements du roman d'un S[eigneur] r[usse] : le héros cherche à réaliser l'idéal du bonheur et de la justice dans la vie au village. Ne le trouvant pas, il veut le chercher dans la vie familiale. Sa compagne l'amène à l'idée que le bonheur réside non dans l'idéal, mais* dans un travail constant, à longueur de vie, ayant pour but — le bonheur — des autres » [en italique : passages soulignés par Tolstoï].

30 novembre 1852 (Starogladkovskaïa) : « Les quatre *Époques de la vie* constitueront *mon* roman jusqu'à Tiflis. Je peux l'écrire parce qu'il est loin de moi. Et comme roman d'un homme intelligent et sensible et qui a erré, il sera instructif bien que non dogmatique. Le *Roman d'un seigneur russe*, lui, sera dogmatique. »

Lettre à Serge Tolstoï du 10 décembre 1852 (Starogladkovskaïa) : « J'ai commencé un nouveau roman, sérieux et utile selon mon entendement, auquel j'ai l'intention de consacrer beaucoup de temps et toutes mes capacités. Je l'ai entrepris avec le sentiment avec lequel, enfant, je me mettais à faire un dessin, en disant que "ce dessin, je vais le dessiner pendant trois mois". Je ne sais pas si mon roman aura le même sort que mon dessin, mais le fait est que rien ne me fait plus peur que l'idée de devenir un plumitif de revue et, malgré les propositions avantageuses de la rédaction, j'enverrai au *Contemporain* — et encore ce n'est pas sûr — un seul récit, qui est presque terminé et qui sera très mauvais. Tant pis ! Ce sera la dernière œuvre de M. L[éon] N[ikolaïevitch]. »

Journal du 11 décembre 1852 (Starogladkovskaïa) : « J'ai véritablement honte de m'occuper de sottises telles que mes récits, alors que j'ai en chantier une chose aussi merveilleuse que le *Roman d'un seigneur*. À quoi bon l'argent, une imbécile notoriété littéraire. Mieux vaut écrire avec conviction et ardeur une chose bonne et utile. À un travail comme celui-là on ne se fatigue jamais. Et quand j'aurai terminé — pourvu que j'aie vie et vertu — il se trouvera de quoi faire. »

Mais ce travail semble s'interrompre de décembre 1852 jusqu'en septembre 1853 : en février-mars, Tolstoï participe à une opération de déboisement dans les montagnes de Tchétchénie, et de juillet à septembre, il est en congé dans les villes d'eaux de Piatigorsk, Jéleznovodsk et Kislovodsk, où il retrouve sa sœur Marie et son beau-frère Valérien.

2. De septembre 1853 à janvier 1854

Le 28 septembre 1853, aux eaux de Jéleznovodsk, il relit son roman à son beau-frère Valérien, et note dans son journal : « Il faut décidément tout changer, mais l'idée même restera toujours originale. »

De retour à Starogladkovskaïa, il décide le 2 décembre de « composer par écrit le plan du grand roman et d'en esquisser quelques scènes ». Les 19 et 20 décembre, il note : « Une chose qui, à ce qu'il me semble, a compensé l'inaction d'un mois où je me trouve, c'est que le plan du *R[oman d'un] s[eigneur] r[usse]* s'est clairement dessiné. Auparavant, pressentant la richesse du contenu et la beauté de l'idée, j'écrivais au petit bonheur, je ne savais que choisir dans la foule des pensées et des tableaux qui se rattachaient à ce sujet. »

D'après son journal, il y travaille, remaniant les premiers chapitres, du 3 au 12 janvier 1854.

Le travail s'interrompt avec son départ pour l'armée d'Orient, en février 1854, mais les réflexions politiques suscitées par la guerre de Crimée raniment le projet, en lui donnant un éclairage nouveau :

Journal du 2 août 1855 (Sébastopol) : « Aujourd'hui, en discutant avec Stolypine de l'esclavage en Russie, il m'est venu plus clairement qu'auparavant l'idée de faire mes quatre époques de l'*Histoire d'un seigneur russe,* et je serai moi-même ce héros à Khabarovka. La pensée principale du roman doit être l'impossibilité d'une vie juste pour un seigneur cultivé de notre siècle avec l'esclavage. Toutes ses misères doivent être exposées et indiqués les moyens de les corriger. »

3. À Saint-Pétersbourg, en novembre 1856

Aussitôt après son retour à la vie civile, Tolstoï promet le *Roman d'un seigneur russe* au directeur de la revue *Otetchestvennye zapiski* (*Annales de la patrie*) A. Kraïevski, mais il ne revient à son manuscrit qu'en novembre 1856, comme l'indique son journal :

11 novembre : « Préparer pour recopiage le *Roman d'un seigneur russe.* »
13 novembre : « Relu le *Roman d'un seigneur russe.* Recopié, il peut en sortir quelque chose de bien »
17 novembre : « Dès le matin corrigé le *Roman d'un seigneur russe,* c'est atrocement délayé. »

Dans ses carnets, à la date du 18 novembre, Tolstoï note : « Pour le *R[oman d'un] s[eigneur] r[usse].* Il rêve de bonheur en famille, sa femme en peignoir blanc, après quoi il s'en va se râper à la vie russe. » — et plus loin, quelques suppressions et modifications du texte sur lequel il est en train de travailler.

Mais cette relecture semble le convaincre de renoncer à son projet et de transformer en nouvelle (ou court récit) la partie la plus satisfaisante du manuscrit.

L'échange de lettres entre le héros et sa tante, par lequel s'ouvre le récit, est présenté comme une traduction du français. Le brouillon conservé dans les archives de l'écrivain, dont nous donnons ici le texte, a effectivement été rédigé en français :

[Lettre du prince Nekhlioudov à sa tante] :

J'ai pris une résolution qui doit décider de mon sort : je quitte l'Université pour me vouer à la vie de campagne, pour laquelle je me sens fait. — Au nom du Ciel, chère maman, ne vous moquez pas de moi. Je suis jeune, peut-être qu'en effet je suis encore enfant : mais cela ne m'empêche pas de sentir ma vocation et de vouloir faire le bien et de l'aimer.

Comme je vous l'ai déjà écrit, j'ai trouvé les affaires dans un état de délabrement impossible à décrire. En voulant y mettre de l'ordre j'ai trouvé que le mal principal était dans le misérable état des paysans et que l'unique moyen d'y remédier était le temps et la patience.

Si vous aviez pu voir seulement Davydka Koziol et Ivan Biély[1] *— deux de mes paysans — et la vie qu'ils mènent avec leurs familles je suis sûr que la vue seule de ces deux malheureux vous aurait mieux convaincue que tout ce que je pourrai dire pour vous expliquer ma résolution. N'est-ce pas mon devoir le plus sacré que de travailler au bonheur de ces 700 personnes, dont je dois être responsable devant Dieu? N'est-ce pas une horreur, que d'abandonner ces pauvres et honnêtes gens aux fripons d'*oupravliaïouchtchié *et* starosty[2]*, pour des plans de plaisir ou d'ambition? Si je continue mes études, si je prends du service comme Nicolas, si même avec le temps (je sais que vous faites des plans d'ambition pour moi) j'occupe une place marquante, de quoi cela m'avancera-t-il? Les affaires dérangées à présent sans ma présence se dérangeront à un tel point, que peut-être je serai obligé de perdre* Krasnye Gorki[3]*, qui nous sont à tous tellement chers, ma vocation manquée, je ne pourrai jamais être bon à rien et toute ma vie je ne cesserai de me reprocher d'avoir été la cause du malheur de mes sujets. Tandis que si je reste à la campagne, avec de la persévérance et du travail, j'espère bientôt payer mes dettes, devenir indépendant, peut-être servir aux élections et le principal, faire le bonheur de mes paysans et le mien. Et pourquoi chercher ailleurs l'occasion d'être utile et de faire du bien, quand j'ai devant moi une carrière si belle et si noble.*

1. Les noms des paysans sont écrits en caractères cyrilliques.
2. En caractères cyrilliques : intendants et maires élus. Voir *La Matinée d'un gentilhomme rural*, n. 2, p. 188.
3. En caractères cyrilliques : nom du domaine du héros.

Je me sens capable d'être un bon khoziaïn[1] *(c'est-à-dire d'être le bienfaiteur de mes paysans) et pour l'être je n'ai besoin ni du diplôme de candidat, ni des rangs, que vous désirez tant pour moi. Chère maman! cessez de faire pour moi des plans d'ambition, habituez-vous à l'idée que j'ai choisi un chemin extraordinaire; mais qui est bon et qui,* je le sens, *me mènera au bonheur.*

Ne montrez point cette lettre à Nicolas, je crains son persiflage et vous savez qu'il a pris l'habitude de me dominer et moi celle de l'être. Pour Jean je sais, que s'il ne m'approuve, du moins il me comprendra...

[Réponse de la comtesse Belozerskaïa]:

Ta lettre, cher Dmitri, ne m'a rien prouvé si ce n'est ton excellent cœur, chose dont je n'ai jamais douté. — Mais, mon cher, les bonnes qualités nous font dans la vie plus de tort que les mauvaises. Je ne compte point influencer ta conduite, te dire que tu fais des extravagances, que ta conduite m'afflige, mais je tâcherai de te convaincre. Raisonnons, mon ami. Tu dis que tu te sens de la vocation pour la vie de campagne, que tu veux faire le bonheur de tes sujets et que tu espères devenir un bon khoziaïn. *1-mo il faut que je te dise: qu'on ne sent sa véritable vocation, qu'après l'avoir manquée; 2-do qu'il est plus facile de faire son propre bonheur que celui des autres et 3-io, que pour être un bon* khoziaïn, *il faut être froid et sévère, ce que tu ne pourras jamais être. Tu crois tes raisonnements péremptoires et ce qui plus est tu veux les prendre pour règles de conduite; mais à mon âge, mon ami, on ne croit qu'à l'expérience: et l'expérience me dit que ton projet n'est qu'un enfantillage. Je frise la cinquantaine, j'ai connu dans ma vie beaucoup de gens de mérite et cependant jamais je n'ai entendu parler d'un jeune homme bien né et de capacités, qui de gaieté de cœur s'allât enterrer à la campagne sous prétexte de faire du bien. Vous avez toujours affecté d'être original, tandis que votre originalité n'est qu'un excès d'amour-propre. Hé! mon cher, suivez les chemins battus; ce sont ceux dans lesquels*

1. En caractères cyrilliques: patron.

on réussit et il faut réussir pour acquérir les moyens de faire du bien. La misère de quelques paysans est un mal indispensable, ou un mal auquel il est possible de remédier sans oublier tous ses devoirs, envers l'État, ses parents et soi-même.

Avec ton esprit, ton cœur et ton enthousiasme pour la vertu il n'y a point de carrière dans laquelle tu ne réussisses ; mais choisis-en au moins une qui te vaille et qui te fasse honneur. Je te crois sincère, quand tu dis que tu n'as point d'ambition ; mais tu te trompes, mon ami : tu en as plus que tout autre. À ton âge et avec tes moyens l'ambition est une vertu et n'est plus qu'un travers et un ridicule quand on n'est plus en état de la satisfaire. — Tu l'éprouveras si tu persistes dans ta résolution.

Adieu, cher Dmitri, il me paraît, que je t'aime encore plus pour ton projet qui, quoiqu'extravagant, est noble et généreux. Tu n'as qu'à faire selon ta volonté ; mais je t'avoue que je ne l'approuve pas.

Tolstoj L., *Polnoe sobranie sočinenij*, t. 4, Moscou, 1932 : *Utro pomeščika (La Matinée d'un gentilhomme rural)*, p. 369-370 et 372.

Décembre 1856 : publication de *La Matinée d'un gentilhomme rural* dans la revue *Otetchestvennye zapiski* (*Annales de la patrie*).

LUCERNE (JUILLET-SEPTEMBRE 1857)

En voyage en Suisse, Tolstoï note dans son journal du 7 juillet 1857 (calendrier grégorien), à Lucerne (Hôtel Schweizerhof) : « Suis allé au Privathaus. En en revenant la nuit — ciel couvert —, la lune transparaît, on entend plusieurs magnifiques voix, deux clochers dans une rue large, un tout petit homme chante des airs tyroliens avec guitare et excellemment. Je lui ai donné et l'ai invité à venir chanter devant le Schweizerhof — il ne dit rien, il s'en va timidement, en bredouillant quelque chose, la foule le suit en riant. Alors qu'avant la foule et les gens assemblés au balcon faisaient silence. Je l'ai rattrapé, invité au Schweizerhof à boire. On nous a fait passer dans la deuxième salle. Un artiste banal, mais touchant. Nous avons bu, le laquais s'est mis à rire et le portier a pris un siège. Cela m'a fait éclater — je les ai injuriés et me suis mis dans une colère effroyable. — Nuit merveilleuse. De quoi ai-je une telle envie, un désir si passionné ? Je ne sais pas, mais pas des biens de ce monde. — Et ne pas croire en l'immortalité de l'âme ! — alors qu'on sent dans l'âme une si immense grandeur » (Tolstoï, *Journaux et carnets*, t. I, p. 433).

Journal des 9, 10 et 11 juillet : « écrit *Lucerne* ».
11 juillet : « Achevé d'écrire *Lucerne* avant le dîner. Bien. Il faut être audacieux, sinon on ne dit rien, sauf ce qui est gracieux, et j'ai besoin de dire beaucoup de neuf et de pertinent. »

Dans un premier temps, il a songé à donner à son récit la forme d'une lettre à son ami Botkine, auquel il fait part de cette intention dans une lettre du 9 juillet.

Du 15 au 18 juillet, il met au point une deuxième rédaction, qu'il lit le soir du 18 juillet à la cour de la grande-duchesse Marie (sœur d'Alexandre II), dont ses cousines Alexandrine et Élisabeth Tolstoï sont les dames de compagnie.

Le 21 juillet, dans une lettre à Botkine, il désigne le récit sous le titre de « Carnets du prince Nekhlioudov ».

Le 1er août (du calendrier julien), à son retour à Saint-Pétersbourg, il lit le récit dans le cercle du *Contemporain* : « Leur ai lu *Lucerne*. Ça leur a fait de l'effet. »

Le 4 août, lettre de Tourguéniev à Botkine : « J'ai lu une petite chose qu'il a écrite en Suisse. Je ne l'ai pas aimée : c'est un mélange de Rousseau, de Thackeray et du petit catéchisme orthodoxe. »

Août : dernières modifications, surtout de la conclusion (sur la civilisation occidentale).

Publié dans *Sovremennik* (*Le Contemporain*), nº 9 (sept. 1857).

ALBERT (JANVIER-NOVEMBRE 1857)

Le 5 janvier 1857, à Saint-Pétersbourg, Tolstoï fait la connaissance du violoniste Georges Kiesewetter, ex-musicien de l'orchestre de l'Opéra de Saint-Pétersbourg, qui lui raconte l'histoire de sa vie. Tolstoï note :

7 janvier : « L'histoire de Kiesewetter me hante. »
8 janvier : « Kiesewetter est venu. Il est intelligent, génial et sain [d'esprit]. C'est un génial illuminé. Il a joué merveilleusement. »
10 janvier : « Kiesewetter est venu, affreusement soûl. — Il a joué mal [après visite chez les Oustinov]... à la maison Kiesewetter endormi — un cadavre [...] Kiesewetter m'a profondément ému. »
12 janvier (en route pour Moscou) : « Kiesewetter, du feu et pas de force. »

Dans la liste de ses travaux en cours, « L'homme perdu » (« Propachtchy »), titre provisoire d'*Albert*, figure en cinquième et dernière place, après *Première jeunesse*, deux projets dont la réunion donnera *Les Cosaques*, et un projet de récit qui sera abandonné.

Le 29 janvier, quittant Moscou pour Paris avec le manuscrit de « L'homme perdu » (« Propachtchy »), il note : « Médité beaucoup sur *L'homme perdu*. » Le 3 février, il note : « Je crois que *L'homme perdu* est tout à fait prêt. » Cependant, il y travaille pendant son séjour en France et en Suisse, en particulier à Dijon où il a accompagné Tourguéniev du 25 février au 2 mars pour pouvoir se concentrer sur son travail à l'abri de l'agitation parisienne.

De retour à Moscou, il envoie le récit à Nekrassov le 26 novembre, mais se ravise une semaine plus tard et veut reprendre son manuscrit, en écrivant à Nekrassov qu'« il faudra y biffer beaucoup de choses, surtout dans la deuxième partie. » Nekrassov juge que le récit n'est pas bon, mais se dit prêt à le publier si l'auteur le souhaite. Tolstoï, l'ayant relu sur épreuves, se décide malgré tout à le publier : il paraîtra donc dans le numéro de janvier 1858 du *Contemporain*.

Les lecteurs et la critique partageront en général le jugement de Nekrassov : de tous les récits des années 1855-1858, *Albert* est celui qui a reçu le moins bon accueil.

POLIKOUCHKA (1861-1863)

Pendant son séjour à Bruxelles, du 6 au 27 mars 1861, Tolstoï éprouve un « doux sentiment d'être en famille » chez le prince Mikhaïl Dondoukov-Korsakov (1794-1869), vice-président de l'Académie des sciences, père de quatre filles, qu'il fréquente de manière quasi quotidienne ; l'une d'entre elles lui raconte l'histoire réelle dont il tirera son récit. C'est ce que lui rappellera une sœur de celle-ci, Sofia Mikhaïlovna Heiden, dans une lettre du 13 avril 1888.

Sophie Tolstoï, de son côté, note en 1878, dans une « Brève esquisse biographique » écrite sous la dictée de l'écrivain, à propos de son séjour à Bruxelles en 1861, que « c'est là qu'il a écrit *Polikouchka* ».

La première mention qu'il en fait lui-même figure dans son journal du 6 mai 1861 : « Demain matin *Polikouchka*. »

Le 26 octobre 1862, Sophie Tolstoï (son épouse depuis un mois) écrit à sa sœur Tatiana : « Je recopie le récit *Polikouchka*. »

Le 15 janvier 1863, l'écrivain note dans son journal : « *Polikouchka* ne me plaît pas. Je l'ai lu chez les Behrs. »

Cependant, le récit est sans doute déjà en cours d'impression. Il paraît en février 1863, dans le nº 2 du *Messager russe*.

LE CHEVAL (1856-1885)

Le 31 mai 1856, en visite chez Tourguéniev dans son domaine de Spasskoïé-Loutovinovo, Tolstoï note dans son journal : « J'ai envie d'écrire l'histoire d'un cheval. » Cette note se rattache probablement à l'épisode raconté plus tard par Tourguéniev à un contemporain : au cours d'une promenade, les deux écrivains ont aperçu dans un pré « un vieux cheval qui paraissait épuisé et pitoyable au possible ». « Nous nous sommes approchés de ce malheureux hongre et voilà que Tolstoï s'est mis à le caresser tout en parlant pour exprimer ce qu'il devait penser et sentir. J'écoutais, fasciné. Non seulement il s'était mis lui-même à la place de ce malheureux cheval, mais il me faisait m'y mettre moi aussi. Je ne pus m'empêcher de lui dire : "Écoutez, Léon Nikolaïevitch, ma parole, vous avez dû être cheval un jour." »

Le nom du cheval (« Kholstomer », le métreur de toile, allusion au long pas de l'ambleur) indique cependant une deuxième source : c'est en effet celui d'un célèbre trotteur ayant appartenu au haras du comte Orlov-Tchesmenski, cheval châtré et revendu par l'intendant après la mort de son propriétaire. L'histoire en a été racontée à l'écrivain par un ami des Tolstoï, Alexandre Stakhovitch (1830-1913), intendant des écuries à la Cour de Russie, propriétaire d'un haras dans le gouvernement d'Orel, dont le frère, l'écrivain Mikhaïl Stakhovitch, se proposait d'en tirer un récit : c'est à la mémoire de celui-ci, décédé en 1858, que Tolstoï a dédié le sien.

Il y travaille fin avril-début mai 1863 (« En ce moment, j'écris l'histoire d'un hongre pie que je pense publier cet automne », écrit-il à son ami le poète Fet le 13 mai 1863) ; mais c'est seulement en mars 1865 qu'il l'aurait proposé à l'écrivain Vladimir Sollogoub, pour la revue *Starover* (« *Le Vieux-croyant* ») que celui-ci s'apprête à lancer avec l'historien nationaliste et conservateur Mikhaïl Pogodine, avec lequel Tolstoï entretient à l'époque d'excellents rapports. La revue n'ayant cependant pas vu le jour, Tolstoï aurait gardé le récit dans ses papiers, et c'est seulement vingt ans plus tard, à l'époque où il a abandonné la gestion de son œuvre à sa femme Sophie, que celle-ci l'a publié pour la première fois dans la 5e édition de ses œuvres, où il a paru l'année suivante (en 1886), au tome III.

BIBLIOGRAPHIE

SUR TOLSTOÏ ET SON ŒUVRE EN GÉNÉRAL

1. *Œuvres*

En russe :

Édition critique complète avec variantes et commentaires détaillés : *Polnoe sobranie sočinenij,* 90 volumes, Moscou, 1928-1958 (le tome 90, comprenant les index, a paru en 1964). Une nouvelle édition en 100 volumes, entreprise en 2000, est en cours de publication.

En français :

Œuvres complètes, en 28 volumes, trad. M.J. Bienstock, Paris, Stock, 1902-1923.

Ont paru dans la « Bibliothèque de la Pléiade » (repris dans la collection « Folio classique ») :

La Guerre et la Paix, trad. H. Mongault, Paris, 1948.

Anna Karénine, trad. H. Mongault, et *Résurrection,* trad. E. Beaux, Paris, 1951 (publiés séparément dans « Folio classique »).

Souvenirs et récits (comprend notamment *Enfance, Adolescence, Jeunesse,* trad. S. Luneau, et *Les Cosaques,* trad. P. Pascal, publiés séparément dans « Folio classique »), Paris, 1960.

Journaux et carnets, trad. G. Aucouturier, vol. I à III, Paris, 1979-1985.

Également aux éditions Gallimard :
Lettres, vol. I (1828-1879) et II (1880-1910), Paris, 1986, choisies et commentées par R.F. Christian, trad. B. du Crest.
Écrits sur l'art, rassemblés et annotés par L. Radoyce, trad. M. Minoustchine, Paris, 1971.
Chez d'autres éditeurs :
Confession. Quelle est ma foi ? Pensées sur Dieu, trad. L. Jurgenson, Paris, Pygmalion, 1998.

2. *Biographie*

En russe :

Nikolaj GUSEV, *Materialy k biografii L. N. Tolstogo*, t. I-IV, Moscou, 1954-1970.
—, *Letopis' žizni i tvorčestva L. N. Tolstogo*, t. I et II, Moscou, 1958 et 1960.

En français :

Romain ROLLAND, *Vie de Tolstoï*, Paris, Hachette, 1911.
Daniel GILLÈS, *Tolstoï*, Paris, Julliard, 1959.
Henri TROYAT, *Tolstoï*, Paris, Fayard, 1969.
Victor CHKLOVSKI, *Léon Tolstoï* (trad. du russe : Moscou, 1963), Paris, Gallimard, 1970.
Martine DE COURCEL, *Tolstoï, l'impossible coïncidence*, Paris, Hermann, 1980.
Pietro CITATI, *Tolstoï* (trad. de l'italien : Milan, Longanesi, 1983), Paris, Denoël, 1987.
Luba JURGENSON, *Tolstoï*, Paris, Pygmalion, 1995.

3. *Souvenirs, témoignages*

Maxime GORKI, *Trois Russes, Tolstoï, Tchekhov, Andréev*, Paris, Gallimard, 1935.
Tatiana TOLSTOÏ, *Journal*, Paris, Plon, 1953.
Sophie LAFFITTE, *Léon Tolstoï et ses contemporains*, Paris, Seghers, 1960.
Tatiana TOLSTOÏ, *Avec Léon Tolstoï (souvenirs)*, Paris, Albin Michel, 1975.

Sophie Tolstoï, *Journal intime*, t. I et II, Paris, Albin Michel, 1980.

4. *Études littéraires et essais*

En russe :

Boris Ejhenbaum, *Lev Tolstoj. kn. I : 50-e gody*, Leningrad, 1928.
—, *Lev Tolstoj. kn. 2 : 60-e gody*, Moscou-Leningrad, 1931.
—, *Lev Tolstoj. Semidesjatye gody*, Moscou, 1960.

En français :

Dmitri Merejkovski, *Tolstoï et Dostoïevski*, Paris, Perrin, 1903.
Léon Chestov, *Les Révélations de la mort. Dostoïevski. Tolstoï*, Paris, Plon, 1923.
—, *L'Idée du bien chez Tolstoï et chez Nietzsche*, Paris, Vrin, 1949.
—, « Celui qui édifie et détruit le monde », *L'Homme pris au piège*, Paris, 10/18, 1966.
Ivan Bounine, *La Délivrance de Tolstoï*, Paris, Gallimard, 1939.
Thomas Mann, *Goethe et Tolstoï*, Paris, Victor Attinger, 1947.
Stefan Zweig, « Tolstoï », *Trois poètes de leur vie*, Paris, Stock, 1950.
George Steiner, *Tolstoï ou Dostoïevski*, Paris, Seuil, 1959.
Isaiah Berlin, « Le hérisson et le renard », *Penseurs russes*, Paris, Albin Michel, 1984.
Michel Aucouturier, *Tolstoï*, Paris, Seuil, 1996.

SUR LES RÉCITS DES ANNÉES 1856-1865

Édition critique commentée du texte russe et des principales variantes :

Lev Tolstoj, *Polnoe sobranie sočinenij ; Metel' (La Tempête de neige)* et *Dva gusara (Deux Hussards)*, t. 3, Moscou,

1932 ; *Utro pomeščika (La Matinée d'un gentilhomme rural)*, t. 4, Moscou, 1932 ; *Iz zapisok knjazja Nehljudova (Ljucern) (Journal du prince Nekhlioudov (Lucerne))* et *Al'bert (Albert)*, t. 5, Moscou, 1932 ; *Polikuška (Polikouchka), t.* 7, Moscou, 1936 ; *Holstomer (Le Cheval)*, t. 26, Moscou, 1936.
Sur *La Matinée d'un gentilhomme rural* :
Nikolaj K. Gudzij, « Ot "Romana russkogo pomeščika" k "Utru pomeščika" », dans *Lev Nikolaevič Tolstoj. Sbornik statej i materialov*, Moscou, 1951.
Sur *Polikouchka* :
Elena Gaškene, « Povest' L.N. Tolstogo "Polikuška" », dans *L.N. Tolstoj. Sbornik statej o tvorčestve*, Moscou, 1959.

NOTES

LA TEMPÊTE DE NEIGE

Page 43.

1. *Territoire de l'Armée du Don* : région située dans la basse vallée du Don et peuplée de Cosaques jouissant d'un statut particulier. Novotcherkassk, à une cinquantaine de kilomètres au nord-est de Rostov-sur-le-Don, en est le centre administratif.

2. Aliochka, diminutif d'Alekseï (Alexis), qui n'interviendra guère dans le récit, est manifestement le valet de chambre serf du narrateur.

Page 46.

1. Il s'agit de poteaux disposés à chaque verste, indiquant la distance parcourue. La verste équivaut à 1,0668 km.

Page 47.

1. Le cocher déforme le mot étranger « courrier ».

2. La *troïka* est un attelage de trois chevaux, formé par un *limonier* et deux *bricoliers*. Le limonier, attaché aux deux brancards (ou limons) réunis par un arceau (surmonté d'une clochette), avance en général au trot ; c'est en principe un cheval exercé, qui dirige le mouvement et détermine l'allure. Les bricoliers, attachés par des traits fixés à un collier des deux côtés du limonier, sont en géné-

des chevaux plus jeunes et plus fringants qui avancent au galop et aident à la traction.

3. *Son de framboise* : métaphore populaire qualifiant un carillon au son particulièrement doux.

Page 49.

1. Le *coussinet* est destiné à protéger le dos du cheval du frottement de la courroie reliant les deux timons.

Page 51.

1. L'épidémie de choléra qui a sévi en Russie en 1830-1831 a laissé le souvenir d'un fléau dévastateur.

Page 52.

1. *Artels* : corporations.

2. Mis en circulation en 1762, les assignats se sont rapidement dévalorisés. La loi Kankrine, en 1839, en fixe le cours à 3,5 pour un rouble-argent. En 1843, ils sont échangés à ce taux contre des roubles de crédit (roubles-papier) circulant au pair avec l'argent (mais qui se dévaloriseront rapidement eux aussi).

Page 56.

1. Ignachka (ou Ignatka, moins affectueux) : diminutif d'Ignat (Ignace).

Page 59.

1. Mitrytch, abrégé de Dmitrytch (ou Dmitrovitch) : patronyme formé sur Dmitri (ou Dimitri). L'usage du patronyme à la place du prénom souligne la différence d'âge.

Page 60.

1. *Rouleau* : le *valiok* est un petit rouleau de bois cylindrique servant à fixer les rênes du bricolier.

Page 69.

1. Rappelons que Léon Tolstoï, orphelin à huit ans, a été élevé à Iasnaïa Poliana par sa vieille tante Tatiana Ergolskaïa.

Page 71.

1. Le demi-pot équivaut à 62,3 cl.

Page 72.

1. *Kalmouks* : peuple nomade d'origine mongole, dont le territoire s'étend du Don à la Caspienne (sur les bords de laquelle se trouve aujourd'hui une République autonome de Kalmoukie).

DEUX HUSSARDS

Page 91.

1. Marie, sœur cadette de Léon Tolstoï, née en 1830, a épousé en 1848 un cousin éloigné, Valérien Tolstoï, dont elle s'est séparée en juillet 1857.

2. Vers extraits d'un poème célèbre de Denis Davydov (1784-1839 ; voir la notice), « La chanson du vieux hussard » (1817), qui tourne en dérision les « hussards savants » de la jeune génération. Antoine-Henri de Jomini (1779-1869), officier de l'armée de Napoléon passé en 1813 au service de la Russie, auteur d'un *Traité des grandes opérations militaires*, classique de la stratégie.

3. Une première voie ferrée, reliant Saint-Pétersbourg à Tsarskoïe Selo, a été construite en Russie dès 1837, mais le « chemin de fer Nicolas » (Moscou-Saint-Pétersbourg) n'a été inauguré qu'en 1852. Les premières routes asphaltées sont apparues en même temps.

4. Les bougies de stéarine (moins chères que les bougies de cire) ont commencé à se répandre en Russie au cours des années 1840. Le gaz d'éclairage, mis au point en Angleterre, y a été introduit à peu près à la même époque.

5. Le roman d'Alexandre Dumas fils *La Dame aux camélias*, qui a paré d'une auréole romantique le personnage de la courtisane demi-mondaine, venait de paraître (en 1848).

6. *Côtelettes Pojarski* : boulettes de viande hachée, spécialité d'un aubergiste renommé sur le trajet Moscou-Saint-Pétersbourg.

7. *Valdaï* : ville où se fabriquaient des clochettes réputées pour les attelages.
8. *Boubliks* : sorte de bretzels.

Page 92.

1. La franc-maçonnerie, introduite en Russie au XVIIIe siècle, a joué dans la haute société du début du XIXe siècle un rôle important, que Tolstoï illustrera dans *La Guerre et la Paix*.
2. *Martinistes* : disciples de Louis-Claude de Saint-Martin (1743-1803), le « philosophe inconnu », créateur d'une doctrine « théosophique » qui a eu beaucoup d'adeptes parmi les francs-maçons russes.
3. *Tugendbund* : « Ligue de la vertu », association de patriotes prussiens hostiles à Napoléon fondée en 1808 à Königsberg, foyer d'agitation libérale qui a influencé les futurs décembristes.
4. Mikhaïl Miloradovitch (1770-1825), général, héros de la guerre de 1812 contre Napoléon, gouverneur militaire de Saint-Pétersbourg en 1819, unique victime de la tentative de coup d'État des décembristes. Sur Denis Davydov, voir n. 2, p. 91.
5. L'élection du « maréchal de la noblesse », représentant local de la noblesse élu pour trois ans, est l'occasion d'une assemblée générale de la noblesse au chef-lieu du canton.

Page 95.

1. *Lebedian* : petite ville de province, dans la région de Toula, à 300 km environ au sud de Moscou.

Page 96.

1. *Belov* : petite ville de province, dans la région de Toula, à une centaine de kilomètres de Lebedian.

Page 99.

1. Nous traduisons littéralement l'apostrophe à la fois respectueuse, familière et affectueuse « batiouchka », qui est commune en Russie à toutes les classes de la population.

Page 103.

1. *Mikhaïlo Vassilitch* : forme parlée, familière, de Mikhaïl Vassiliévitch (voir plus loin).

Page 107.

1. *Tu aimes-tu n'aimes pas* : désignation familière du jeu.

Page 117.

1. *Archine* : mesure de longueur valant 0,711 m.

Page 123.

1. *Gross-vater* : le « grand-père », danse sur laquelle s'achève généralement un bal.

Page 126.

1. *Stechka* : diminutif de Stefania ou Stepanida (Stéphanie).

Page 127.

1. *Lioubacha* : diminutif de Lioubov, prénom féminin.

Page 142.

1. *Tué en duel par un étranger* : comme Pouchkine par d'Anthès, comme aurait pu l'être Lermontov par le fils de l'ambassadeur de France de Barante (l'un et l'autre en 1837).

2. Le tsar Nicolas Ier a plusieurs fois envoyé ses troupes en opération pour soutenir les souverains européens contre les mouvements populaires. Tolstoï lui-même a eu en mai 1849 la velléité de s'engager pour la campagne contre l'insurrection hongroise de Petöfi. Il pourrait s'agir ici de l'aide apportée en 1846 à l'Autriche-Hongrie pour écraser l'insurrection de Cracovie.

Page 146.

1. *Staroste* : maire élu par les villageois. Voir *La Matinée d'un gentilhomme rural*, p. 188, n. 2.

2. *Oustiouchka* : diminutif de Oustinia, Justine.

Page 158.

1. *Une bougie de Callet* : Callet, collaborateur de Milly et Motard, premiers fabricants en France de bougies de stéarine, a installé une usine à Moscou en 1841.

Page 163.

1. En français dans le texte.
2. En français dans le texte.

Page 166.

1. Voir *La Tempête de neige*, p. 52, n. 2. À la date du récit (1848), les roubles-assignats ne sont plus guère utilisés qu'en province.
2. Terme du jeu de boston : coup que l'on gagne quand on parvient à se débarrasser de toutes ses cartes, sans relever une seule main (*demander une misère en pique*).

Page 176.

1. *Kvas* : boisson légèrement fermentée à base de farine ou de pain de seigle.

LA MATINÉE D'UN GENTILHOMME RURAL

Page 187.

1. La lettre du jeune Dmitri Nekhlioudov et la réponse de sa tante ont d'abord, effectivement, été rédigées par Tolstoï en français, langue de la culture mondaine, et en particulier de la correspondance féminine en Russie jusque vers le milieu du XIXe siècle : c'est en français que sont écrites les lettres que l'écrivain lui-même adressait à sa tante Tatiana Ergolskaïa. Pour le brouillon du texte original en français, voir la notice, p. 527.

Page 188.

1. Au moment du partage de l'héritage de ses parents, la propriété de Iasnaïa Poliana, formant la part de Léon Tolstoï, avait une superficie de 1 470 dessiatines (soit à

peu près autant d'hectares) et comptait 330 « âmes » (serfs de sexe masculin), soit, avec leurs familles, l'équivalent du chiffre donné pour la propriété du prince Nekhlioudov.

2. *Staroste* : en russe, *starosta*, littéralement « doyen », maire élu chargé de représenter les paysans de chaque village du domaine devant le barine, ce qui lui confère un pouvoir dont il abuse parfois. L'intendant, lui, est le gestionnaire du domaine, un « professionnel » (souvent étranger) appointé par le maître, qui lui laisse souvent exercer un pouvoir dont il abuse lui aussi.

3. *Candidat* : premier grade universitaire au XIXe siècle.

4. Trait autobiographique : les règles d'action que Tolstoï a rédigées dans son adolescence et au début de sa jeunesse se sont en grande partie conservées (voir *Journaux et carnets*, I).

Page 189.

1. Les souvenirs d'enfance de Tolstoï permettent de reconnaître deux de ses trois frères, Serge, son aîné immédiat, et sans doute Nicolas, l'aîné des trois.

Page 191.

1. *Mir* : communauté rurale en tant que personnalité collective devant le seigneur et l'État, ayant en principe la haute main sur la répartition des terres.

2. J.-A. Bixio, *La Maison rustique du XIXe siècle*, Paris, 1837. Traité d'agronomie et d'économie rurale théorique et pratique, dont Tolstoï s'est lui-même servi.

3. *Assignats* : voir *La Tempête de neige*, p. 52, n. 2.

Page 192.

1. Tchourissionok est la forme diminutive de Tchouris, nom de ce paysan.

Page 198.

1. *Coin noir* : partie de l'isba réservée aux tâches domestiques ; la partie où la famille se réunit et où se trouvent les icônes est le « coin rouge ».

2. *Archine* : voir *Deux Hussards*, p. 117, n. 1.

3. Le poêle russe est une construction en maçonnerie placée au milieu de l'isba, et dont la surface, à peu près à hauteur d'homme, sert de couchette.

Page 200.

1. *Isbas Gherard*: isbas construites selon un modèle inventé par le propriétaire foncier A.I. Gherard (mort en 1830).

Page 206.

1. *Kvas*: voir *Deux Hussards*, p. 176, n. 1.

Page 207.

1. Voir *La Tempête de neige*, p. 51, n. 1.

Page 212.

1. *André Ilitch*: l'intendant.

Page 213.

1. Nekhlioudov, comme Léon Tolstoï à Iasnaïa Poliana, n'est devenu le propriétaire légal qu'à sa majorité.

Page 214.

1. *Ioukhvanka*: prononciation populaire (avec transformation du «f» en «khv») du diminutif d'Épiphane.

Page 226.

1. *Staroste*: voir p. 188, n. 2.

Page 227.

1. Les «mesures» auxquelles pense l'intendant sont les châtiments corporels, auxquels le propriétaire noble a le droit de recourir.

Page 228.

1. Le propriétaire avait le droit d'envoyer ses serfs à la conscription ou de les faire déporter par décision administrative.

Page 232.

1. L'usage est de labourer la terre en deux fois, en long, puis en large.

Page 238.

1. *Femme de soldat* : en russe *soldatka,* féminin de *soldat,* le soldat ; épouse ou veuve, en général perdue de réputation, d'un paysan envoyé au service militaire pour vingt-cinq ans.

Page 243.

1. Une dessiatine équivaut à peu près à un hectare.

Page 254.

1. Les paysans pouvaient être dispensés de la corvée qu'ils devaient au seigneur moyennant une redevance (*obrok*).

2. *Romny* : en Ukraine, important croisement de routes commerciales vers les ports de la mer Noire.

Page 255.

1. *Odest* : déformation d'Odessa, le plus grand port russe de la mer Noire.

Page 256.

1. *Isba « blanche »* : par opposition à l'isba « noire », où la fumée s'évacue directement par un orifice du toit.

2. Les rondins qui forment les murs de l'isba sont calfeutrés avec de la mousse. L'isba étant neuve, la mousse n'a pas eu le temps de se faner.

Page 264.

1. Nekhlioudov a apparemment hypothéqué sa propriété, comme Tolstoï lui-même a dû le faire pour éponger ses dettes de jeu.

DOSSIER